炸裂志

閻連科

炸裂吧，閻連科！

蔡建鑫

半畝方塘一鑑開，天光雲影共徘徊；問渠那得清如許？為有源頭活水來。

朱熹〈觀書有感〉

一種愛。一種恨。愛極生恨。恨極生愛。最後，它們是一種輪迴說。

夏宇〈逆毛撫摸〉，《摩擦，無以名狀》

一、新民主主義路線

一九五三年二月，周恩來在一場政治會議中提到，「三反」（國家機關企業中「反貪汙」、「反浪費」、「反官僚主義」）和「五反」（私營企業中「反行賄」、「反偷稅漏稅」、「反偷工減料」、「反盜騙國家財產」、「反竊盜國家經濟情報」）運動，嚴厲批判了資產階級的腐朽，也成功清理了反革命分子與帝國主義的餘毒。周恩來講話最後總結，人民文化水平與國家經濟發展並不能決定普及基層選舉，人民的覺悟程度與組織程度才是成敗關鍵。他認為土地改革、抗美援朝等活動讓數億中國人民更有組織、更有自覺地自我改造；時至今日「立即實行普選，是完全符合於我們人民民主發展的實際狀況和全國人民的迫切要求的。」[1]

同年三月一日，《中華人民共和國全國人民代表大會和地方各級人民代表大會選舉法》公布實施，廣大人民群眾有了當家做主的法律依據。四月二日，全國基層選舉工作全面展開。兩個月內，六億民眾投下寶貴的選票，選出基層人民代表五百五十多萬人。多年來，《選舉法》歷經多次修改。五〇年代的等額選舉到八〇年代（也就是《炸裂志》開始的歷史背景），已經成了更為民主的差額選舉。

選舉是貫穿《炸裂志》的一個主題。生長在台灣的讀者可能有些人以為中國大陸沒有民主投票。閻連科告訴我們，在毛澤東新民主主義的指導原則之下，中國大陸也推崇投票制度，至於背後是否有黑箱作業，那是另一個問題。台灣讀者無法偷笑中國民主落後，因為自己也是一路風風雨雨走來。賄選貪汙也曾經撕裂台灣民主，人民至今記憶猶新。然而時過境遷，我相信現在台灣民眾有了比起從前更優良的民主素養，也知道自己選票的無價，不是一切都要向錢看齊。閱讀《炸裂志》的投票民主之後，台灣人對自己的選舉和「拼經濟」會更有新的反省。

《炸裂志》裡的選舉與買票手段未必真有其事，但我相信台灣讀者應該心有戚戚焉。試舉小說中一場基層選舉為例。二位候選人在投票之前，依序發表政見。衛冕者孔明亮口沫橫飛地講，底下鄉親沒多少人理他，甚至有婦女「抱著她的孩子拉大屎，還用那生硬淺黃的選票當屎紙」。挑戰者朱穎上台後，安安靜靜等待現場的騷動消失。當民眾還搞不清楚狀況的時候，她倏地拿起鈔票撒個風花雪月，只說了這麼一句話：「我當上村長了——要讓各家的錢都花不完，就像我這樣從家裡朝著門外撒——」她光明正大地買票，讓人瘋了，讓新民主一下就炸裂了。落敗的孔明亮低聲下氣求朱穎把位子讓給他；朱穎也真讓了。她私通高層硬是將兩人的得票數對調，讓孔明亮連任。她嫁入孔家，伺機而動。

二、為有源頭活水來

對閻連科來說，中國復甦、中國崛起、中國做夢乃至夢醒時分等歷史與現實，有血也有肉，術語如審美、崇高等等，過於抽象。於是他透過汁液橫流來具體衝擊讀者閱讀底線。《聖經》中惡人變成「鹽柱」，閻連科筆下遭人唾棄的角色，溺斃在花花綠綠的藕斷絲連中，成了痰柱。但比起這種表面的變化，「炸裂」面臨的天翻地覆以及其權力動力其實更令人側目。

文革時期，村長朱慶方讓孔東德冤了獄，兩家從此不相往來。文革結束之後，孔家老二率領村民搶劫運貨火車——美其名「卸貨」——讓家家戶戶都「爆發富」起來。生活改善了，孔明亮也順利成為改革開放之後第一位民選村長。大權在握，他立刻做了三樁事：

1　〈政治報告——一九五三年二月四日在中國人民政治協商會議第一屆全國委員會第四次會議上的報告〉，《人民日報》一九五三年二月五日第一版。

一是重申了他的執政綱領和目標，保證村裡家家富裕，年底有半數人家成為萬元戶，明年家家都是萬元戶，後年家家都告別草屋住進新瓦房；二是請各戶人家不要走，都要看著他父親孔東德，朝仇家朱慶方臉上吐口痰；三是村裡人在他父親朝朱慶方的臉上吐痰後，誰若也過去朝朱的臉上、身上吐口痰，他孔明亮就給誰十塊錢，吐兩口就是二十塊，吐十口就是一百元。

俗話說，有錢能使鬼推磨。在金錢的誘惑下，村民都去吐了痰。朱慶方成了痰柱之後，女兒朱穎便開始了女王蜂的復仇大業。冤冤相報是歷史的輪迴。孔明亮、朱穎高手過招、各懷鬼胎，彷彿是薄熙來跟谷開來恩恩怨怨的寫照。

孔明亮一心一意為人民服務，期待將河南山區中的「炸裂」農村升級成鎮、縣、市，然後直轄市。諷刺的是，孔明亮積極入世的精神，必須靠藏污納垢的手段來落實。這是「出淤泥而不染、濯青蓮而不妖」的當代政治實踐了。這名句來自北宋周敦頤對當時官場有感而發的〈愛蓮說〉，台灣讀者琅琅上口。我提到〈愛蓮說〉是為了先突出一個更大於小說背景的歷史。

回到歷史。周敦頤是程顥、程頤的老師。二程後來成為理學的正統，在中國儒學發展史上有開山奠基之功。兩人出身的河南耙耬山區是閻連科的故鄉，也是《炸裂志》的地理背景。二程在洛陽講學極受歡迎，時人尊為「洛派」之代表。程頤一絲不苟的態度，很多人不以為然，奔放跌宕的蘇軾是其中之一。蘇軾來自四川，對程頤得理不讓的「理學」多有尖銳批評，是「蜀派」的先鋒兼大將。洛蜀二派同屬司馬光舊黨，對外口徑一致，聯合反對王安石領頭的新黨變法，但其實周遭的人都知道彼此看不順眼。除了蘇軾之外，蜀派還有一員大將。孔子四十七代孫的孔文仲曾經跟蘇軾一搭一唱，譏諷程頤為「五鬼之魁」。程頤提倡「性即理」，蘇軾認為「性即情」，長期以來，兩造人馬嚴守理念防線，不讓對方乘機攫取擅場。雙方的機智問答、語言攻防，《皇宋治跡統類》、《程子微言》都留有精彩的文字紀錄。

洛派蜀派之間的齟齬因為程頤的去世以及北宋南遷告一段落。到了南宋，程頤新儒學理論由三傳弟子朱熹發揚光大。在朱熹及後學努力鞏固之下，三綱五常成為朝廷與民間各種出世入世不得不遵守的典範。二十一世紀的今日，朱熹念茲在茲的父子有親、君臣有義、夫婦有別、長幼有序早已是華人基本的生活態度。後來明儒王陽明針對鍛鍊到僵化的程朱理學，提創了「心即理」、「致良知」、「知行合一」的「心學」，這是後話。簡單地說，論者對何為人性、心性、天性、心理、天理，各有微妙細膩的闡釋。程朱「理學」與王陽明「心學」當中，也各有不同流派分裂，不見得有一致的看法。

放在這樣眾聲喧譁的儒學詮釋學（Confucian hermeneutics）語境裡閱讀，閻連科小說流露出更為長遠深刻的歷史呼應與政治關懷。不無玩笑地說，孔明亮孔家跟朱穎朱家的恩怨，搞不好從北宋就開始了。文革期間綱常淆亂。朱慶方作為朱熹的後代沒有遵守先人教訓，反倒濫用權力。改革開放之後，也難怪孔明亮父仇子報。當然這世界上也沒有永遠的敵人。孔明亮的情婦程菁就是宋儒程家的後代。程菁跟孔明亮好，自然就跟朱穎起了衝突，程朱也就起了內鬨，女人也就為難起了女人。

現當代人物故事只是冰山的最頂端，越往下看我們越驚嘆倫理結構之龐大堅硬。也因此，我們也可以說閻連科是以小說的形式來詮釋各種上下從屬關係、以及血緣和地緣的盤根錯節。他不以抽象的理論辯論入手，而以飲食男女或展演、或突破形形色色的教條。這個視野高度，很容易因為其過激的肉體描寫而遭到忽略。他以小說中的肉體性與人性的貪婪來演繹／衍譯「性即理」，經常引起爭論批判。我以兩篇精彩的小說為例。

一九八七年的中篇小說《兩程故里》中有個程氏後代「七叔」（程正亭），讀《二程全書》累了，喚剛滿十六歲的「喜梅」上前搥背。才剛從滿紙的仁義道德中抽身，七叔怎麼就迫不及待搞來搞去？「喜梅」年紀小不懂事，但哪個讀者不知道蓋棉被純聊天是「健康寫實主義」才有的事？儘管染指幼齒或相似的情節只是故事中眾多軸線之一，但是相傳小說出版之後，程氏後代曾經號召二百餘人準備問候閻連科。或許他們的抗議見效，《兩程故里》之後幾篇小說中不見程氏家族身影，到了比較晚近的《堅硬如水》中，他們才重新復出粉墨登場。

《兩程故里》中年輕的程天民、程天青嚮往村長的職位，到了《堅硬如水》的時候，已經有了歲數的程氏兄弟早把村委會大權一把抓在手上。留心細節的讀者可以發現，《兩程故里》程氏「七叔」敗壞綱常的因果，由他在《堅硬如水》的子孫來承擔。程天民的兒媳「夏紅梅」跟程天青的半子返鄉軍人「高愛軍」給知書達理的程家捅了個天大的醜聞。程天民掙扎之後殺了自己的兒子讓夏紅梅沒了丈夫，然後自殺。令人咋舌的是，老父弒子所凸現的宗法體系瓦解只是河南農村連續劇序幕。夏紅梅死了丈夫，跟高愛軍愛得更瘋了。白天二人相敬如賓共同為革命打拚，夜晚則偷偷挖鑿隧道，開發名符其實的地下戀情。高潮來臨之時，連毛主席以及紅色話語、紅色音樂所代表的不可侵犯的權威，都用來替二人熱烈背書。於此，閻連科給了毛政權結構一個從根本而來的另類詮釋。

《兩程故里》和《堅硬如水》人名的延續讓我想到薩伊德在《文化與帝國主義》一書中提倡的「對位閱讀」（contrapuntal reading）。薩伊德有深厚的古典音樂涵養，「對位閱讀」借用了音樂理論術語的「對位法」。小說當中或有一條特別激烈高昂的情節，可以稱為「主旋律」。但是在對位閱讀裡，每一個人物、每一段歷史都可以是所謂的主旋律。它們跟和聲不同，並不是為了唱和某個主旋律而存在。對位講究的是旋律之間此消彼長的關係。敘事旋律的對位讓小說的骨架體態更為逼真立體。薩伊德指出，雖然某些歐洲小說專注描寫安穩的田園風光、寧靜的鄉村景象，閱讀起來像是政治不沾鍋，但是字裡行間都是帝國主義的政經社文線索。當然這個說法也讓我們想起了各種文藝批評理論。文本與文本的相互指涉，現實和虛構的互文特質（intertextuality）、文學和歷史的多聲複調，政治無意識，理論家多有著墨。

薩伊德以歐美小說與其同時代的（反）殖民主義與（反）帝國主義為分析重點，但對位閱讀並沒有地方和時間的限制。透過對位閱讀，閻連科作品裡面中國歷史中幽微陰暗的縫隙變得更為明晰可見。簡單地說，一方面《堅硬如水》跟《兩程故里》兩兩相對；另一方面，跟兩本小說對位的則是宋儒以來對理、對性的詮釋與實踐。當我們對位閱讀《兩程故里》和《堅硬如水》的時候，我們不僅僅回顧了現當代中國歷史人物事件，也赫然發現儒家教條其實持續型塑著每一個時代的感情結構。論者如李海燕提醒我們現代中國文學作品中的革命經常是「孔教感情結構」（Confucian structure of feeling）的變形延伸。[2]兒女英雄追求自由戀愛，獻身革命反封建的同時，卻也不經意地深化禮法規範。且不說倫理規範如何跟權力一搭一唱，孔教總有法子將來自結構之外的作用力轉化成反作用力，然後加倍奉還。

閻連科小說中，有人積極維護程朱理學所穩固的倫理綱常，有人肆無忌憚地破壞道德秩序。這種情況在歷史人物事件裡都可以找到回音，閻連科的成就恐怕還入不了史家的法眼。舉例來說，文化大革命期間，紅衛兵反帝反封建，如有必要連家人的命都可以革，是忠孝不能兩全最貼切的時代註腳。「忠孝不能兩全」不也是在維護綱常的同時又將其拆解？此外，大型歌舞表演如《東方紅》與「忠字舞」其實反襯了（或反諷了）甘為孺子牛的昂貴代價。儘管下定決心橫眉冷對千夫指，個人承擔一切還是太過孤獨，沒有全民啦啦隊的打氣鼓舞怎能一路走來沒有放棄？不管是當權者也好、作家也好，甚至一般百姓也好，做與不做，寫或不寫之間的距離原本就不容易拿捏。每一位努力做個眼中釘的人都抱著怎麼做怎麼錯的覺悟。

或有讀者要說，作者批評封建陳規之餘，卻又嘆息道德崩壞，是兩面討好。就算是兩面討好，這兩面討好最後卻也讓閻連科兩面都不討好，數本小說都無法在中國出版。作家視創作為生命職志。政府機關三令五申的查禁是非常嚴厲的規訓，再怎麼給力的作品一旦沒能出版也不來勁兒。令人激賞的是，面對國家機器毫無掛礙地運作，閻連科貌似吃了秤砣鐵了心，拒絕接受育新改造。他的變本加厲直言不諱，是對寫作保有過人的信仰和毅力。

三、發憤著書

與其專注在作品跟檢查制度的拉扯，我毋寧更願意思考作家經營作品的用心良苦。從敘事模式來說，閻連科的長篇小說擅長以第三人稱來鋪陳流俗恩怨。且不論第三人稱在西方語言與文學傳統中的興起與流變，[3]論者如韓南（Patrick Hanan）等人對中國說唱傳統如何演變至話本小說乃至影響現代小說的修辭和傳播皆有仔細的研究。[4]不論是第三人稱或是說書人，這兩種模式都依靠一個全知全能、說唱俱佳的敘事者而賴以不墜。中國傳統的話本小說可依講述題材和體裁而細分，以史實為經、想像力為緯的「演義」（或曰「歷史小說」）是其中之一。演義透過傳記野史引申義理，其影響力可能比官方監修的正史還要來得深遠。《三國演義》是一例。

閻連科將最新小說命名為《炸裂志》，再一次展開他對現實和虛構的演義／衍繹。縱觀《炸裂志》，我們不難發現閻連科雖然自稱小說家也有小說家的自覺，他卻又不打算一直局限在「小說家」的範疇之內。他將小說命名為「炸裂志」，是「炸裂」地方的方志無疑。令人目不暇

2 Haiyan Lee. *Revolution of the Heart: A Genealogy of Love in China, 1900-1950* (Palo Alto: Stanford University Press, 2010).

3 概括來說，西方語言對主語、謂語、賓語的位置有嚴格要求。一個句子如果沒有主語，其語法結構便不算完全。相較之下，漢語則更有彈性。法國語言學家本弗尼斯特（Émile Benveniste）對人稱代名詞（pronouns）的研究指出，與其單單說第三人稱的「他／她」跟第二人稱的你和第一人稱的我有所不同，我們更要注意「他／她」代表的，恰恰是「你」「我」所不是的東西。你我之間有一個聽話者和說話者之間必然的話語關係，而他／她則存在於這樣一個關係之外。「我」的發言總是有一個傾聽的對象，即便沒有提到「你」，「你」也總是一個缺席的存在。延伸來看，這也是為何第二人稱小說，即便以「你」作為主語，也經常不由己意地向第一人稱的「我」靠攏，因為沒有「我」就沒有「你」。有關第三人稱哲學意義上的討論見Roberto Esposito, *Third Person: Politics of Life and Philosophy of Impersonal* (Malden: Polity Press, 2012)，特別是一〇四—一五一頁。

4 例如Patrick Hanan, *The Chinese Short Story: Studies in Dating, Authorship, and Composition* (Cambridge, Mass.: Harvard University Press, 1973)。郭洪雷，《中國小說修辭模式的嬗變：從宋元話本到五四小說》（上海：上海三聯書店，二〇〇八）。

給的地方鬧劇，也讓我想起巴赫汀所謂的嘉年華。《炸裂志》全書共計十九章，有記敘自然的章節，也有描寫人物的傳記；有傳統習俗、政經發展的記載，也有輿地沿革的專錄。作為小說，《炸裂志》的這些章節安排，卻又戲倣了傳統史書的體例，透露出作者掙脫小說傳統的企圖。

在小說最初的「主筆前言」裡，小說中的「閻連科」現身說法，解釋了他編寫《炸裂市地方志》（《炸裂志》全名）的由來，有心人可以就此深究小說的後設意義。我只簡短地指出一條顯而易見的線索。後設小說書寫者眾，讀者胃口早已被養大，可能見怪不怪。但是，在我有限的閱讀裡，閻連科是近年來第一位把自己的全名寫進小說的作家。拋頭露面還不打緊，「閻連科」乾脆一五一十地坦白他貪財、他齷齪、他想要大學剛畢業的女生當祕書！儘管自曝其短，「閻連科」切切實實有他身為作家所不輕易妥協的堅持。儘管受炸裂市市長的委託而動筆，「閻連科」表明他拒絕受任何人的干擾妨礙；他必須直言不諱，否則不寫。當炸裂市長「孔明亮」看到成書，威脅恐嚇「閻連科」如果要命就不要出版的時候，小說出虛入實的旨趣也就坦白到不能再坦白了。

我們當然可以質疑作者有必要如此露骨，把自己的名字都當成創作的一部分？然而換一個角度來看，這個故作姿態非常重要。不少文字或影音創作涉及敏感材料之時，經常會以「若有雷同，純屬巧合」的箴言來預先回應可能的質疑；閻連科不同，他是要說，「如有雷同，就是雷同」。他對自己的文字絕對負責。面對「炸裂市長」的質疑、威嚇、查禁，「閻連科」的回應是：「你的話讓我知道我寫了一本還不錯的書。」來自國家機器的嚴厲警告反倒令作者會心一笑。我們幾乎要說這是在為查禁而寫作了。

由此看來，「閻連科」底下的聲明極可令人深思：「我是一個小說家，小說家最大的意義是個異化。我要用我個人的方式去寫志史，而不是墨守成規地照搬照抄中國傳統中的志史體例與記載法。」在我看來，閻連科甚至有從史家如太史公而來的靈感。評者早已指出《史記》裡面的情節生動、人物刻劃細膩的人物列傳未嘗不是小說。《炸裂志》雖然是小說，但從名字來看也未嘗不可讀成一篇篇列傳組成的斷代史，藉此描摹當代中國發展的光怪陸離。

用小說的方式來寫志史，是「異化」。這裡的「異化」可以理解為俄國形式主義的「陌生化」；也就是說，別出心裁的描述讓再熟悉不過的事物都顯得陌生。透過這樣的手段，日常生活理所當然的一切也都變了起來。此外，閻連科選擇「異化」一詞應該還有另一層考量。他曾經獻身軍旅，對馬克思主義思想理應倒背如流。他不會不知道馬克思如何批判資本主義將勞工與勞力異化成商品。更令人擔憂的是，一旦報酬沒有辦法貼補體力心力的付出，勞工在資本主義剝削下將再沒能夠掌控自身存在。勞動異化是閻連科小說中常見的情節，《日光流年》、《受活》、《丁莊夢》都有所琢磨。

《日光流年》中的村民代代受到神祕的喉堵症困擾，活不過四十歲。他們努力賺錢，不是為了享受物質生活，而是為了尋求延年益壽的方法。女人們出賣身體，男人們割下皮膚，按面積大小計價，賣給燒燙傷醫院。結果是，神祕疾病沒治好之前，不少女人們先身染毒辣性病身亡。男人賣皮換來的不是鈔票而是俗稱「紅寶書」或「紅皮書」的《毛主席語錄》。讓受活村民異化的不是資本主義而是號稱為人民服務的社會主義，這是《日光流年》最大的諷刺了。

《受活》讓所有身體一切的障礙缺陷成了賺錢工具。聽障者在耳上掛鞭炮燃放、小兒麻痹男童腳上套著玻璃瓶後空翻。男童原本展現的是後空翻之餘還能保存瓶身完整的技巧，到後來則故意讓玻璃破碎扎腳，因為嗜血觀眾乏了，不見紅不打賞。這些身障者的巡迴演出，全部出於自願。他們為了改善生活，搏命集資向俄國購買列寧屍身，準備供奉在村裡，吸引觀光客，發展革命觀光產業。《丁莊夢》中，愛滋病也是愛資病。非法分子為了抓緊掙錢，別人的孩子死不完。在愛滋病／愛資病的雙重發作下，村民再沒有生命尊嚴與生存意義。經過這麼多奇觀即景，讀者恐怕都擔憂閻連科小說錦囊裡是否還有妙計，而他也沒讓讀者失望。這一次，閻連科的「異化」讓一切堅固的東西都煙消雲散了，都徹底炸裂了。

在更進一步指出《炸裂志》中幾個亮點爆點之前，我想推測閻連科炸裂的原因。司馬遷的《史記》以及其刻劃人物細節的功力成了許多小說家的範本。我說《史記》也可以當小說來讀，不是要求看官一定要把《炸裂志》當成歷史來讀。我想要提醒的是，小說書寫的背後和歷史書寫的背後或有類似的動機。

在給朋友的信件〈報任安書〉中，司馬遷解釋自己決心寫作《史記》的前因後果。他提到多位歷史著名人物與他們的創傷書寫：周文王被拘禁的時候演繹了《周易》；孔子困頓不順的時候編寫了《春秋》；屈原遭到放逐而以《離騷》來抒發鬱悶；孫子被砍去膝蓋於是開始探究兵法等等。司馬遷替漢將軍李陵辯護，觸怒武帝的代價是宮刑。司馬遷認為沒有任何的悲痛比傷了心還深刻、沒有任何的處罰比起宮刑留下更大的創痛與恥辱。儘管如此，一旦就此無所事事更對不起先人、更不可寬恕。作為史官的兒子，他不能因為個人問題而不去完成書寫歷史的責任。

司馬遷和閻連科寫作的時間背景與文化差異之大，似無交集之處。如果一定要說二人有任何可比，那便是他們都認識到文字書寫的力量。我願意相信閻連科沒有受到刻骨銘心的肉體摧殘。但我以為他對當代中國層出不窮的，傷人又驚人的現實，必定如太史公一般有話要說。他的激越憤懣支持他發出庶人之議，是在這個層面上，我要說他賡續了發憤著書的傳統。

小說中的「閻連科」以史筆自居的責任感，以及他把歷史當成小說來寫、小說當成歷史來寫的夫子自道，恰恰證明往事不僅並不如煙，更是慘痛的官能之旅。他人經歷過的傷痛，「閻連科」感同身受。現實生活中的閻連科筆下的殘酷劇場渲染羶色腥，不僅僅是為了引領讀者去探索禁忌，也是為了讓自己正視荒謬，戒慎恐懼不敢或忘，要說是惹內的（Jean Genet）紀惡（evil）書寫（或用學者陳思和的話來說「惡魔性因素」）或說是太史公的自罪意識，都無不可。要說我過譽閻連科亦無妨，但如果文學最終還保有明燈救贖的力量，那必定是要先來自作者我不入地獄誰入地獄的覺悟。

小說的命名啟人疑竇。也因此我要說《炸裂志》不只是以「演義」更是以「後演義」來「小說中國」。後演義小說融合影射小說、政治小說、歷史小說、狹邪小說，已經不能單單以政治性、歷史性、鄉土愛情故事，等閒視之。「後」不突出新與舊在時間上的先來後到，如《新約》、《舊約》以基督降生時刻作為分隔標準。我所謂的「後」毋寧更突出「瞻之在前，忽焉在後」的現實和歷史。歷史看似已經過去，但現實生活裡，某些時刻的記憶一再回歸，有時清楚有時模糊，都讓我們恍兮惚兮。在他不清不白的後演義小說裡，我們讀到了閻連科的忐忑。在他的忐忑裡，我們注意到的是，歷史的誘惑和現實的不安，皆源自未來的恐懼。

四、生活大爆炸

中國傳統神話裡，盤古開天、女媧造人是生命的開端。根據《聖經》，世界也是從混沌中開創。神說要有光就有光；光是好的，就把光暗分開了。《創世紀》信者恒信。現代物理學家以及宇宙學家積極尋求宇宙開端的證據。他們推斷宇宙從無限緊密到無限擴張是在百億年前的「大爆炸」（Big Bang）一瞬間開始的。到今天宇宙持續膨脹擴展，沒有一刻停下腳步，能夠追趕上這個速度的，或許只有人類的想像力。宇宙學家預測未來的方法，是回頭研究過去的「炸裂志」，這跟史家鑑往知來有同樣的關懷。閻連科以科學口吻記述了炸裂村從無到有的歷史，進而展演村子急速膨脹的過程，《炸裂志》的命名不能不說巧妙。試見底下文字，有科學也有歷史：

北宋之時，京都汴梁（今開封）以西三百五十公里為古都洛陽。洛陽西南七十公里為嵩伊縣，縣中伏牛山間，主峰旁側有地熱醞釀，火山噴發，煙霧數月不散。始間人們不懂地質地殼，所以謂之地裂或地炸。環繞火山周邊之民眾，因地裂而紛紛遷徙生存。有人從火山口處逃往上百里外的耙耬山脈，耕地勞作，久居為安，漸成村落，始稱炸裂村，為地裂、地炸遷徙而紀念。

毛澤東所謂「不破不立，大破大立。破字當頭，立在其中」。炸裂了，也就破了，也就立了。就炸裂這個虛構村名的本質來看，閻連科自然是小說創世紀的造物主，《炸裂志》也是他所謂「神實主義」的最佳範本。一方面，神實主義以人間現實作為血肉核心，另一方面其神話、奧祕、寓言、奇幻的層面又不僅甘於描繪現實，更要探索現實、再造現實。[5]閻連科上一本小說《四書》中的「孩子」就是一個「喊水會結凍」的神奇人物；是神化的人，還是神仙投胎成凡人，沒人說得準。《炸裂志》裡也出了這麼一個奇葩。孔明亮選上村長之後有了呼風喚雨的能力，要他心情愉快，花草爭先恐後地開，鳥獸歡天喜地地叫；要他不高興了，墳上野草連芽都不敢發。

作家經常把自己的故鄉當成小說藍本；魯迅、沈從文、李銳、莫言、宋澤萊、鍾理和等人都是如此。關懷更為深遠的鄉土作家在小說內甚至把空間當成時間來寫，或把時間當成空間經營，在人物行為與對話裡創造出一個生長於斯卻又不同於斯的時空型（chronotope）。他們透過這種既存在於現實生活之中的地景，卻又因為遐想異化而更為逼真的文本空間裡，去敷衍故鄉的過去和未來。舉例來說，花開花落代表了時節遞嬗，時間也因花的生長凋謝有了物質空間的存在。《炸裂志》寫人、寫歷史的亂了套、寫村子快速成長的變形，除了正面攻堅，也迂迴前

5 平心而論，在文字技藝的層面上，神實主義跟拉丁美洲作家拿手的魔幻寫實主義難以區隔，二者或許只有在理論正名的層面上才能顯示出其差異。當然我也要提醒，中國傳奇志怪裡，人間亦是鬼界，更何況有時候惡人還比幽魂邪惡醜陋。生長於斯，要說是沒有受到任何影響，恐怕也說不過去。從閻連科的作品來看，神實主義定位在神話／神話學的範圍裡，專注在人類經驗或許無法妥善詮釋的現象。從文字的根源來看，「神話」（myth，mythos）指向口頭敘述傳誦的思想和故事，而這些思想和故事都跟神祇的所作所為有關。另一方面，「魔幻」（magic，magikos），又稱「魔術」，突出的是運用隱藏的自然力量去促成改變的技藝（tekhne）。純粹就等級而言，代表了神力的自然與借用自然神力的技藝，前者當然來得更為高段。

進。生活荒謬大炸裂，於是「院子裡栽的石榴樹，全都開著蘋果花。還有一棵桃樹不僅開著石榴花，還開著海棠和茶花」。原本花季九月的秋野菊卻開出了四月才紅的牡丹花，這是六月飛雪必有奇冤的境界了。自然生物法則全沒了準。但嚴肅之餘，閻連科也妙語如珠：「愛情就像牡丹棵上開菊花……除了牡丹和菊花知道為啥兒，別人誰都不知道。」

王德威曾言，閻連科的土地是「礦物性」的。的確，《日光流年》、《丁莊夢》的異托邦裡，我們不見生長，唯見死寂。在《年月日》與《四書》裡，作物唯有以血灌溉才能長成。土質因人命而改變，花以人血為養分而盛開，都成了文明發展國家進步的隱喻。《炸裂志》裡，花又開了，花開成海，海又昇起，讓血淹沒。以美為醜，歷史如果有任何詩意，詩意之中也隱隱散發著屍意。

慘綠男女的愛情和性事是閻連科已經駕輕就熟的材料。單單就性的描寫，此間並沒有超過以往《日光流年》、《堅硬如水》，甚至《為人民服務》的驚人描繪，但這並非壞事。作家少了開發奇技淫巧的壓力，反倒更可以確實經營女子在都市發達史中的重要地位。《炸裂志》的兩位奇女子朱穎、程菁比起閻連科先前小說的女性人物更為強勢能幹，誠所謂「女子關係天下計。」有一天男人以理論建立的世界終將倒塌，還得依靠女子（女媧？）補天造人的技術，才能化腐朽為神奇。也的確，炸裂的繁榮是朱穎與「女子技校」眾家姊妹胼手胝足的努力成果。光靠孔明亮村長的舌燦蓮花，沒有眾家姊妹犧牲「身」奉獻，大小情事也難有成果。朱穎是有資格說她「會讓全世界的男人都變成畜生、變成豬和狗，會讓全世界都是我的都是女人的」。閻連科筆下，孔明亮最後也的確敗在宿敵朱穎的手下。儘管在三弟孔明耀的五鬼搬運大法之下，一個禮拜之內蓋成了全亞洲最大的機場，完成了升格直轄市的嚴苛條件，朱穎精心培育的「保母」大軍徹底讓他的夢想成了泡影。朱穎、孔明亮夫妻二人成就了、也毀滅了炸裂的繁榮，借用夏宇的話來描述，二人的關係是「一種反抗。一種吞噬。一種再生。一種殺人見血。一種焚屍不滅跡。一種愛。一種恨。愛極生恨。恨極生愛。最後，它們是一種輪迴說。」[6]夏宇以上的創作自況用來描述閻連科愛之深責之切的創作動力，也無不可。

文學和電影裡，性工作者的形象經常代表了現代都市時髦摩登、紙醉金迷的一面。我們也記得法國作家巴爾扎克《人間喜劇》中的巴黎的各種危機轉機就是由風流男女的公私活動所串聯起來。波特萊爾更是將性與頹廢象徵為「惡之華」。都市、鄉村，只要有人的地方都有悲喜劇。回到閻連科的《炸裂志》。朱穎訓練的家政婦，勤快又美麗，對鄉土發展舉足輕重，甚至可以作為地方名產進貢京師，成為左右政治決策的王牌。閻連科之前寫性多局限在個人層面，即便是《為人民服務》中靠砸毀毛主席聖像來升級性高潮，那也屬於當事者關起門來的事。直到《炸裂志》，他才真正放手寫出了性的政治學、性的經濟學。

除了朱穎之外，孔明亮和他的情婦程菁也擁有機動的紅粉軍團。「中國姑娘再好也沒有我當年在越南遇到的姑娘好。她讓我終生難忘，可我找不到當年越戰中和姑娘睡的那種感覺了。」考慮在炸裂設廠的外商剛抱怨完，四周背景便隨即變化成越戰時期的越南。中國女人們「一律

6 夏宇，〈逆毛撫摸〉，《摩擦，無以名狀》（台北：唐山，一九九七），頁六。

穿著土織布裙和布衫，頭上戴著竹編尖頂的遮陽帽，背著竹簍走動著」，儼然是中南半島土生土長的姑娘。怕異國情調的殺伐旅不能說服外商來炸裂投資設廠，炸裂居民還扶老攜幼，上演了血流成河的戰爭大戲，最後成百上千的演員大喊：「你們殺了我們那麼多的人，你們到我們這兒投資吧！……為了你們的良知，你們就在我們這兒投資吧！……為了你們的公義與上帝，讓你們的錢就在我們這兒扎根吧！」一方面滿足美國佬的性懷舊，一方面訴諸良知道義。雙管齊下猛藥，果真成功吸引外商資金。如果讀者以為這已經是炸裂演劇團為了拼經濟的完美演出，請看閻連科怎麼樣寫了科索沃戰爭，怎麼樣把科索沃戰爭當時據說意外轟炸中國大使館的美國軍隊領袖柯林頓（Bill Clinton），以及他的妻女希拉蕊（Hilary Clinton）、雀兒喜（Chelsea Clinton）都寫進《炸裂志》的另一齣戲裡，在小說戲中戲裡挑戰中美友好關係的底線。故事也就在兩國關係炸裂之前寫下句點。

五、神話的開始與結束

閻連科如果心中有暗暗思索「四書系列」的話，那麼《炸裂志》該是第二本；《四書》無疑打了頭陣，《炸裂志》接了棒。他的長篇小說多以農村的日常生活來回顧歷史，演義了中共一九四九年以來從新民主主義到後社會主義的建國史話。透過《四書》和《炸裂志》特殊的批評眼光來理解當代史中的造神運動，我們警覺史話與神話的重疊。在此，我想到法國人類學家李維史陀（Levi-Strauss）於《神話與意義》中的說法：「神話給人一種『他有可能了解宇宙萬物』以及『他的確了解宇宙萬物』的幻覺。當然，這只是一種幻覺。」[7] 歷史的弔詭在於，我們重構歷史、還原歷史，試圖從歷史中學習。然而倘若我們以為透過歷史便可以了解宇宙萬物，那麼歷史便即刻成了重層的神話、迷思（myth）。

閻連科的「炸裂」指涉繁複。從宇宙開創的炸裂、經濟的炸裂、開採鉬礦的炸裂、戰爭衝突的炸裂、男女關係的炸裂，他一一引爆。《炸裂志》的敘事也不懸崖勒馬，目不暇給的內爆，讓人擔心他要怎麼收尾。還是他就讓炸裂之後的一切，塵歸塵，土歸土？小說尾聲，閻連科透過一個奇妙的「敘事裝置」（narrative device），讓一切時序／失序都重新有了秩序。他的手段或許不能讓每一個人都滿意，但自圓其說綽綽有餘。就算熟悉鄉土劇或「花系列」的看官，也不免發出「原來如此，算你狠」的喟嘆。

一路談來，我已經爆了太多的雷，最後且容我再多說一句。就字面而言，神話是神的話語。神話是寓言也是預言，是開始也是結束。讀者如果在《炸裂志》裡看到了孔明亮跟薄熙來二人某些重疊的身影（例如，對城市發展的貢獻），那恰恰證明小說跟現實同樣精彩。薄熙來案才剛開始，等不及審判結果的讀者，不妨先看小說家如何處理另一個城市在另一個領導人的領導下的興起與衰落。

7 李維史陀著、楊德睿譯，《神話與意義》（台北：麥田，二〇〇一），頁三九。

人性的不人性（humanity's inhumanity）不但在歷史中顯露無遺，也充斥現實，並快速膨脹至未來。《炸裂志》之後，多少文字都將顯得蒼白無力。

蔡建鑫，曾任美國德州大學奧斯汀分校亞洲研究學系助理教授。

目次

炸裂吧，閻連科！／蔡建鑫 3

第一章 附篇

一、主筆前言 30

二、《炸裂志》編纂委員會名單 32

三、編纂大事記 33

第二章 輿地沿革㈠

一、自然村 37

二、社會村㈠ 39

三、社會村㈡ 40

第三章　改革元年
一、萬元事件記　48
二、改革之碑記　54
三、轟烈悲愴記　56
四、新貌參觀記　62
第四章　改革人物篇
一、孔明亮　66
二、程菁　70
三、胡大軍　74
四、孔東德和他的兒子們　81
五、孔明耀　95
第五章　政權㈠
選舉　100
第六章　傳統習俗
一、哭墳　116

二、喜帖 122
三、聽房 130

第七章　政權(二)

一、村改鎮 139
二、家政 145
三、陣容 148

第八章　綜合經濟

一、工業工人 152
二、農業農人 154
三、特殊行業 159

第九章　自然篇

一、鳥雀 173
二、雜樹 190
三、河流 195

四、動物 199
五、昆蟲 203

第十章　深層變革

一、難途 212
二、陣痛 220

第十一章　新時代較量

一、較量 230
二、勝利 239

第十二章　國防事宜

一、英雄事 247
二、英雄歸 259
三、英雄淚 261

第十三章　後軍工時代
一、軍性與女性　270
二、後軍工時代(一)　274
三、後軍工時代(二)　279
第十四章　輿地沿革(二)　306
第十五章　文化、文物與舊史
一、現實文化史　311
二、文化變遷史　315
三、心史記　330
四、文化與文物　340
第十六章　新家族人物
一、朱穎　345
二、孔明亮　349

三、孔明耀　356
四、娘　359
第十七章　輿地大沿革㈠
一、直轄市㈠　364
二、大宏圖　375
三、直轄市㈡　386
第十八章　輿地大沿革㈡
一、沿革前奏　391
二、沿革中曲　399
三、直轄市㈢　412
第十九章　主筆後言（尾聲）　424

第一章　附篇

一、主筆前言

尊敬的讀者們，請允許我在這類似「編者按」的主編者說中道出幾點事情的真相來，倘是這些事端、想法敗壞了你們的胃口，請你們罵我而不要批評那些「志委會」的其他同仁們。

一、我答應放下手中正寫的長篇小說來接手這部《炸裂志》的編纂和撰寫，除了我是那塊土地養育的兒子外，我承認炸裂市給了我一筆使我啞然到只能在夢中大笑的巨額報酬也是一種動力或潛動力。請讀者諒解我，我確實需要那筆錢，就像有太多男性荷爾蒙的人需要女人樣。市長派他的祕書到北京見我說了那句話：「閻老師，市長說想要多少稿費你開口，只要你不把市裡的幾家銀行搬回你們家，什麼條件都可以。」我被這話打中了，擊垮了，被真金白銀俘虜了。請不要問我為撰寫這部志書到底掙了多少錢，我只能說寫完這部《炸裂志》，我一生都不用為錢字著想了，換房、豪車，乃至用錢去買名譽和地位，都已經不值一提了。

就這樣，我答應擔任新《炸裂志》的主編、主筆了。坦誠地說出這些來，是想說在撰寫這部《炸裂志》時我是下了真功夫，不僅僅是為讀者和整個炸裂市，還為寫在合同上的那筆巨額可觀的錢。

二、在動筆寫這部《炸裂志》前，我的三點要求是得到市長孔明亮和全體編委會成員同意的。這三點要求是：①我只採用我相信的材料和事實，可以拒絕任何人強加給我的事例、事件和要求；②我是一個小說家，小說家最大的意義是個異化。我要用我個人的方式去寫志史，而不是墨守成規地照搬照抄中國傳統中的志史體例與記載法；③請給我配一個聰明、可愛的女祕書，最好是剛剛畢業的文科大學生。

三、這部《炸裂志》無論炸裂市怎樣印刷和出版，我作為它的重要作者和炸裂市共同擁有其版權，但在炸裂市不再予以印刷後，我可獨自享有印刷出版權和署名權。

四、凡根據這部志史引發的外語翻譯（包括港、台繁體字出版）、影像改編、網路轉載或連載及其他外延作品、產品的署名權和收益權，都歸其主要作者閻連科所獨有，炸裂市和其他編委會成員不再享有這些署名權和收益權。

凡此種種，不一而足。

親愛的讀者，我把這些不該示人的東西都寫在這兒了，如同一個君子把他的齷齪展擺在了陽光下。閱讀吧。罵我吧。——無論你們中間的誰，任何一個人，都可以站在貞節牌坊的高台上，手攬清風，頭頂陽光，罵我是個婊子、娼妓和最沒有骨性氣節的小說家；罵我至死把我淹葬在你們如海似洋的唾液裡，但在你們把我淹葬前，我還有一個請求，就像一個死刑犯還有最後要說的一句話——

看看這部志史吧，哪怕僅看其中的數頁、十數頁，那都是給我的死墓獻去的花！

二、《炸裂志》編纂委員會名單

名譽主任：孔明亮　炸裂市市長

執行主任、主筆：閻連科　作家　中國人民大學教授

副主任：孔明光　市師範大學教授，原《炸裂縣誌》編委會主任

編委委員（以姓氏筆畫為序）：

孔明耀　炸裂市著名企業家

何昭金　市高中特級語文教師

季進進　市文化局幹部、民俗學家

陳　一　市師範大學教授

楊錫成　工作人員

楊　豐　工作人員

趙　鳴　市文聯攝影藝術家

歐陽芝　女，工作人員

蘇殿實　市教育學院講師

繪圖：羅照林

校對：金菁茅

財務：梁國棟、黨雪蘋

三、編纂大事記

1. 二〇〇七年八月，市政府決定重新修訂、編纂炸裂市市志，並確定將其《炸裂市地方志》簡稱為《炸裂志》。
2. 二〇〇七年九月，成立《炸裂志》編纂委員會，由市師範學院教授孔明光為編纂委員會主任。

3. 二〇〇七年十月，編纂委員會召開第一次會議，在原有縣誌基礎上開始正式編纂工作。
4. 二〇〇八年三月，材料搜集工作基本完成。
5. 二〇〇九年三月，完成編纂初稿，並列印成冊，下發縣屬各部門徵求意見。
6. 二〇〇九年十二月，《炸裂志》下廠印刷。
7. 二〇一〇年二月，正式印刷完畢。
8. 二〇一〇年十月，國慶日，為使《炸裂志》流傳廣泛，市政府決定高價聘請當地在京的著名作家閻連科對《炸裂志》進行重新編寫，使其《炸裂志》成為一部曠世奇書，為炸裂由村到鎮、由鎮為城，再由城發展為市和超級都市的演變樹碑立傳，為那兒的英雄、人傑、人民歌功頌德。
二〇一〇年十月十日，著名作家閻連科回到家鄉，正式接任《炸裂志》編纂委員會主任，開始工作。
二〇一〇年十一月末，閻連科經過大量閱讀、調查、訪問和思考，提出新的《炸裂志》撰寫意見，要求完全以個人方式書寫志史，並最終得到市長允諾。
二〇一一年二月，閻連科擬出新的《炸裂志》結構框架。
二〇一一年十月，開始《炸裂志》正式編寫。
二〇一二年三月，閻連科到香港浸會大學國際作家坊完成《炸裂志》主要部分。
二〇一二年八月，《炸裂志》完成初稿。
二〇一二年九月，《炸裂志》交炸裂市政府和各階層人員閱讀審定，引起一片譁然，聲討和咒罵連連不斷，使之成為炸裂私傳私閱的一本市志奇書。

二〇一三年，《炸裂志》最終得以由國內出版社和台灣、香港出版社同時以華文出版，而炸裂市領導、幹部、機關、百姓、上上下下，知識分子與普通民眾，幾乎全部拒絕認同這部荒謬、怪談之市志，從而掀起前所未有的地方抗史之大潮，也因此勒令閻連科永無故鄉，再也不得回歸他的生養之地炸裂市。

第二章　輿地沿革㈠

一、自然村

宋

北宋之時，京都汴梁（今開封）以西三五〇公里為古都洛陽。洛陽西南七〇公里為嵩伊縣，縣中伏牛山間，主峰旁側有地熱醞釀，火山噴發，煙霧數月不散。始間人們不懂地質地殼，所以謂之地裂或地炸。環繞火山周邊之民眾，因地裂而紛紛遷徙生存。有人從火山口處逃往上百里外的耙耬山脈，耕地勞作，久居為安，漸成村落，始稱炸裂村，為地裂、地炸遷徙而紀念。

元

村落初成，人口近百，因炸裂村前有伊河之水，後有耙耬山勢，村前平地開闊，始有農人至炸裂相聚，以物換物，以銀購物，初成鄉村之小集微市。

明

炸裂村人口大壯，五百有餘，以孔姓、朱姓為主，多稱孔宋聖人之後代，但無家譜可考。然村落集市日成有規，每月初一、十一、二十一為鄉村集市之日，人們雲集於此，買買賣賣，構建生活。

清

清時社會由盛至衰，中原兵變四起。李闖王兵鬧河南，曾在炸裂與清軍交戰，使炸裂及炸裂周圍村民遭劫遭洗，糧畜時遇搶掠，加之曾經連年大旱，稼禾無粒，百草無花，於是炸裂民不聊生，逃難西去陝西、甘肅及新疆，村莊幾無人煙炊灶，近於滅村毀土。

民國

人去人回，炸裂再又草屋煙火，村莊再旺，生生不息，人口重興。據當時嵩伊縣誌載，炸裂人口數百，因水近道暢，又成耙耬山脈一村落集市，風尚勤儉，民生良好。民國中期，因鄰縣發現特大煤礦，有鐵路延伸而來，在二十里外設下車站，這兒便棄靜奔繁，物流便利，自然村落逐漸失去而成為社會村落之組成。

二、社會村㈠

一九四九年新中國成立，炸裂村的歷史開始成為一部新中國發展、陣痛的微縮史。它歷經了中國土地革命之打土豪、分田地的驚異與狂喜，曾經有過把一戶朱姓地主的三個妻妾分給三個長工的真實發生。其中一個姓孔的長工——孔明亮市長的爺爺，分得了地主的三姨太，他在洞房花燭之首夜，將三姨太抱至床上，不敢去碰她的仙體肉身，只是跪在床下，一直磕頭至東方曉亮，那三姨太最後看他確實厚誠古樸，才下床把他拉上床去，替他寬衣解帶，安撫他伏到自己身上。自此一夜，炸裂才有了孔明亮的父親孔東德，有了這一脈孔姓的旺族和《炸裂志》的轟轟烈烈與傳奇。解放後，合作社把分給農民的土地重又收歸集體之創舉，使孔市長的爺爺坐在田頭嚎啕大哭，三天三夜，哭聲不止，引來了幾乎各戶土地的主人——村民們都到田頭為失去土地而哭泣，而他的奶奶三姨太，卻在那田頭捋著頭髮笑了笑。久笑不語，意味深長。然炸裂之「哭俗」，也就源此而初成（下有詳述）。接下來，在中國的「三反五反」[1]中，炸裂村有人把山野的雜樹砍去做了鋤把與木凳，因此被判刑入獄，痛打勞教，事件觸目驚心。那一時期，孔東德把合作社的農具不慎弄壞，便被以破壞社會主義農具罪而送進監獄大牢，自此成為孔家最深之創傷，也為本史志開章書寫準備了筆墨。

一九五八年，中國全面實行人民公社化，炸裂村成為人民公社下的炸裂大隊所在地，從此更加密切地與共和國經歷著共有的榮譽與傷痛。

一九六六年，文化大革命轟然爆發，以孔、朱二姓，形成炸裂兩大派系。而第三大姓，程姓人家，則坐山觀虎，平靜日月。革命在炸裂成為了宗族鬥爭，再由宗族矛盾，演變為階級爭鬥。十年革命，十年混戰，有人死去，有人牢獄，有人耕種而糊口。孔明亮的父親孔東德，則因彎腰鋤地時，後背上有鳥糞下落，那鳥糞被汗水浸濕，漸化開來，在他的白襯衣上形成為中國地圖，而他又半月不洗襯衣，那鳥糞地圖，就日日扛在背上，終於被人發現，報告給村長朱慶方。朱慶方覺察情勢嚴重，上報公社，再報縣裡，孔東德終於二次入獄，被判重刑，在監獄勞改不止，直到有一天他從獄中出來，悄然回村，炸裂村才進入了一個新的時代之輪回。

《炸裂志》才有了新的落點與起筆。

三、社會村(二)

初冬時節，天寒地凍，人都貓在屋裡，樹都枯枯冷著。麻雀在簷下團團簇簇。整個炸裂，都被寧靜所包裹，沉靜而安息。

孔東德從監獄回村了。他回得陡然悄然，無人知曉，在家苦待一月，未曾出門半步。說起來，人已六十二歲，十二年的牢獄生涯，沒人知道他在哪兒刑監受難，沒人知道他在監獄做了什麼，受著何樣的人生與罪苦。自一月之前，他夜半敲門，帶回了滿屋的驚愕和妻兒們的滿面之淚水，還有的，就是他們家的死悶與沉寂，彼此之間，除了問說想吃什麼，想喝啥兒，其餘的，沒有絲毫的隻言與片語。

他是死刑。都以為他已經死了，可他卻活著回來了。頭髮全白，人瘦得乾枯如枝，若不是眼珠會動，坐在家裡，確如死了一模樣。

倘若躺著，那就果如死了，再無活人樣了。

可在死寂的半月後，他的臉上又掛了活人氣色了，把兒子們叫到屋裡床前邊，開了驚天之口說：

——「世道變了，以後大隊不叫大隊了，還叫村。」

——「土地要重新分給農民了，可以重新營商生意了。」

——「在炸裂，朱家、程家都完了，該是我們孔家的天下了。」

1 一九五一年到一九五二年中國開展的自上而下，由城市到鄉村在社會主義建設中進行的「反貪汙、反浪費、反官僚主義」和之後又同時開展的「反行賄、反偷稅漏稅、反盜騙國家財產、反偷工減料、反盜竊國家經濟情報」的「三反、五反」革命運動。

四個孩子望著他，如一群都已長成等待出窩的狗。老大孔明光，老二孔明亮，老三孔明耀，老四孔明輝，一排兒站在床邊上。而床下生著的一盆槐柴火，油香味在屋裡漫瀰飄散，把所有人的臉上都抹下淡黃潤潤的光。牆上的壁虎，聽到了孔東德的祕語，回頭望著六十二歲卻老如古稀的他，壁虎那微圓的眼裡，是兩滴漆黑明白的豁然。在孔東德的頭頂上，牠把寸長的尾巴搖得如見了主人的狗。東面牆角的灰蜘蛛，也聽見了孔東德的話，牠朝這邊望著時，因為把頭抬得過高，肚子都翻了起來了。

「你們都出去。」孔東德這樣說著，用手朝門外指了指，半個月來從未有過的笑，薄金一樣貼在他臉上。「你們現在都出去，朝著東西南北走——別回頭，一直走，碰到啥兒彎腰撿起來，那東西就是你們這輩子的命道日子了。」

孩子們不說話，以為父親是瘋了。

可父親這樣連說三遍，最後有些求著他們時，老二孔明亮，才給老大明光閃去一道眼神兒，帶著弟弟明耀和明輝，離開火盆、凳子、父母、壁虎和蜘蛛，朝門外試試探探走去了。

這一去，千變萬幻，世界不再一樣了。炸裂的史志開始新的單元了。

孩子們離開後，一直坐在床邊的母親盯著男人說：「你瘋了？」

男人道：「我想喝瓶酒。」

女人說：「你不像從前了。」

男人說：「我們家要出皇帝了，但不知這四個孩子誰會當皇帝。」

女人就溫順地去給男人找酒做著下酒菜。她的溫順也是他的下酒菜。回來半個月，他沒有碰過她。他似乎早就不想男女之事了。可這時，當也已六十歲的女人將要出門時，他又猛然從後邊追上去，一把將她抱回到了床鋪上，讓那床鋪承受了早已忘記的撕裂和尖叫。

村子裡，夜半三更，月光如水。

各戶簷下的麻雀們，團在窩裡，偶或發出嚶嗚嚶嗚的叫。有一種誇張的靜，鋪在村街上，像墳場落在村落裡。孔家的四個男孩兒，從家走出來，很快來到村街的十字路口間，老二明亮說，我們分開吧，朝東西南北走，碰到啥兒就都立馬撿起走回來。

四個人就都朝東、西、南、北走去了。

老大東、老二西、老三南、老四北，如一窩在靜夜中四散開來的鳥。村子依山築座，東西主街長，南北街巷短，十字街又靠村東邊，老大、老三和老四，很快就走穿街巷到了村外邊，只有向西的老二孔明亮，在村街上走得筆直漫長，夜深久久，除了月光、空氣和狗吠聲，他在迎面什麼都沒碰上。

可在他以為什麼都不會碰上時，有戶人家的門響了。

門樓是村裡獨一無二的瓦門樓，寬大的雙扇柳木門，剛塗過一層紅油漆。那竹裂吱吱的門響聲，也是紅顏色，有股刺鼻烈烈的漆香味。這是老村長朱慶方的家。門開後，他的女兒朱穎從家裡走出來，剛走幾步到門口，就看到大她幾歲的孔明亮，從迎面朝她款腳款步走過來。

他們都轟隆一驚站住了。

片刻後，下邊的話，響在他們一生的傳奇裡。

明亮說：「操！我遇到騷鬼了。」

「沒想到我會最先碰見你。」朱穎有些意外地說：「三更半夜，你去哪？」

「就到這。」月光中，孔明亮惡了朱穎一眼睛，又狠狠接著道：「我本來想翻牆到你們家，把你爹活掐死，把你強姦掉。可現在，我又不想了。」說完他就回轉身，大步地沿著村街朝東走，到十字街和向東的哥哥、向南向北的三弟、四弟去匯合，腳步快捷，踢滿沮喪，有說不出的要想爆裂的東西溢在脈管裡。可在那欲炸欲裂的血脈中，還有一絲說不出的快活在裡邊。他想要大吼一嗓子，把深睡的炸裂都吵醒，然就在他想要喚要吼時，聽到從身後追來的朱穎對他先喚了：

——「孔老二，我倒天楣啦，偏偏一出門就撞上你！」

——「我沒有別的出路了，撞上你我只能嫁給你。」

——「嫁給你，這輩子我都要把你們孔家捏在我手裡！」

朱穎的喚，像閃電從後邊躥過來，孔明亮循著聲音轉過身子去，看見程家的妞兒程菁提著一個燈籠從一個胡同走過來。姓楊的葆青用火機照著從另外一條胡同走出來。村裡的二狗狗，也拿著一個手電筒，在地上照著找著走出來。

突然間，村子裡四處燈光，一世明亮，腳步聲由稀到密，彷彿流水由淺到深樣。所有的人，都在燈光下邊走，都在燈光下面找著什麼樣。十字街那兒已經雲集很多人，都在說國家出了大事情，和皇帝駕崩一樣大的事，不然不會把叫了幾十年的公社改回到鄉，把大隊的名稱改為村，把生產隊的稱謂改為村民小組了，又把歸屬國家的土地重新分到農民手裡去。還殷殷切切鼓勵人們都到集鎮市場做生意。起原先，做生意是要抓走遊街判刑的，可這一夜間，卻又一猛愣地鼓勵人們從商營生了。

地輿沿革名稱都變了，一如張姓改為李姓了，世界要天翻地覆了，黑白顛倒了。因為朝代更替，改地換天，炸裂人都說他們在前半夜裡睡著時，做下一個共同的夢，夢中有個枯瘦精神的人，六十或者七十歲，從監獄逃出來，到床邊搖著他們的肩膀或拉著他們的手，讓他們趕快都到村街上，一直前行，不回頭，不旁顧，最先碰到啥，那啥兒就是他的命道或預兆。有人不相信，夢醒後翻個身子接著睡，睡著後又繼續做著那個夢，三番五次，都是那從監獄出來的人，要把他或她從夢中搖醒來，讓他們趕快到街上筆直筆直地走，碰到一枚硬幣或一角毛票兒，那就是你這輩子經商能賺很多錢。碰到女人掉在地上的一件物碎兒，那就是他有上好的婚姻或者打不退的桃花運。人們就都紛紛從夢中掙出身子來，趿著鞋，提上燈，走出屋門、院門來到村街上，交流著他們做的夢，交流著他們剛到村街上看到碰到的物事和怪異。就有人在那人群中，興奮地舉著一毛錢或者一元錢，說他一出門就在路邊撿錢了。有人拿著一段紅頭繩，或誰家姑娘丟的塑膠髮卡兒，問人說他們撿了這些是啥兒預兆呢？

還有那姓程叫著程菁女娃兒，剛剛十幾歲，她也做了那樣的夢。也依了夢引從家裡拿著電筒走出來，在路的中央撿到了一個透明的皮套兒，雪白色，手指狀。她不知道那皮套物碎是啥兒，預兆什麼呢，就擠進人群舉著那套兒，問大人們那是啥兒貨，有見識的男人就都哈哈笑著說，那是男女床上用的避孕套兒時，程菁顯得興奮而好奇，還想問男女在床上做啥兒要用那套時，她娘的一條胳膊從人縫插進來，一耳光打在她臉上，把她從人群揪走了。

人群中爆出了哈哈哈的笑。

孔明亮沒有擠進那滿是燈光和哄笑的人群裡。他不知道一直正西首先碰到仇家的朱穎預兆是啥兒，將來會是怎樣的景光和物事。朱穎在他後邊追著的喚聲讓他刻骨銘心、捉摸不定，如同他到了一扇屋門前，拿起一串鑰匙卻不知該用哪一把。他就那麼遲疑地站在十字街西的路邊上，猶豫著，覺得腳下有一樣東西骨硬骨硬地硌著腳，想要撿起來，又怕是一枚普通到毫無意義的石子兒。不願去撿時，那物什又在腳下錐刺刀割地動著扎著右腳心。於是間，彎腰把那東西撿在了手心裡，緊緊地握著不鬆手，不去看，把目光投到面前十字街心的人群上。

人群間，各種燈光擁堵相撞，影碰影的聲音像鐵皮擦著鐵皮一樣響。這時候，明亮看見大哥帶著三弟、四弟從人群那邊過來了。他們三個人的臉上都是燦然的笑，彷彿這一夜，一出門他們都碰到了他們最是渴求的願望與意外。

就是這時候，孔明亮藉著燈光，把緊握的右手打開了。他的右手心裡出了一層汗。那汗把他手裡握的東西染濕了。他手裡的那東西，是一枚四方四正的長狀印章石，包在一張白紙裡，還未及刻下字樣兒，就被它的主人弄丟了，由孔明亮撿到了手裡邊，成了他的大好前程了。

第三章　改革元年

一、萬元事件記

一切都來得唐突和意外，如從夢中到來的洪水般。人們開始分田種地，在自家田頭栽播瓜果與蔬菜，自食後也把多餘的挑到集上去售賣。

消失多年的集市又元氣恢復了。

炸裂村前的河灘地，因為開闊又成了集市場。雞、鴨、豬肉和木材，土特產和來自城裡時新的衣物及鞋襪，都會在陽曆每月遇一的日子裡，擺滿河灘與河流的大堤上。最為要緊的，是政府下了文，要培養和樹立「萬元戶」[1]。要讓一小部分人率先富起來。

人們就都發瘋了。餵豬牧羊、養牛飼馬，做編織、伐木材、買家具、蓋新房，都企望自家率先富起來，拿到政府下發的無息款，讓臉面風光，心花怒放，成為人中人，傑中傑，過上夢寐以求的好日子。

老三孔明耀，在春天當兵了。那一晚，村人皆都沿著夢道朝前走去時，他一直朝南走，一出村就看見有拉練的軍車從村頭拖著槍砲開過去，他就知道他要參軍離開炸裂了。果然冬天過去後，春季招兵已經不再考慮你家的成分和政治史，只要你嘴裡能說出保家衛國的大話兒，身體沒問題，也就可以當兵了。

也就當兵了。

大哥當了小學教師去。因為他不僅初中畢業，字也甚好，且頂頂重要的，是他那一夜剛離開十字街，在月光下就看到一段粉筆頭。他不認為粉筆就是他的命，又繼續朝東走，一直走到一段山梁上，除了連續不斷地撿到月光下的粉筆頭，他一路上什麼也沒碰到和撿到。如此著，他的命運就得粉筆著。也是好命道，上上籤。本已二十八週歲，因為父親在監，已為犯人家屬，他是一直沒有找到對象的。可現在，他成了鄉村的知識分子了，很快就有了姑娘看上他。很快的，就結婚成家，過上穩妥平靜的日子了。

現在，該輪著老二孔明亮的婚事了。

父親說：「你該結婚了。」

「結婚能讓我在銀行存夠萬元嗎？」老二問父親，嘴角掛著不知是嘲弄誰的笑，然後就朝門外走出去。不種地、不賣售，也不做編織，就那麼飯後走出去，飯時走回來。父母讓他去勞作任何事體他都在嘴角掛著笑，嘲弄地哼一下，就從家裡、村裡消失了。

老二是有雄心的。別人種地做著小本生意時，他每天都從村裡若無其事地走出去，到村後的溝壑拿出兩個籮筐和麻袋，再到幾里外的山梁那邊鐵道上，等著從山西運煤和焦炭的火車

1　「萬元戶」，指中國在八十年代初那些家裡最先掙到一萬元的人家和戶主。

過來時，順手牽羊把那煤和焦炭從火車箱上朝著車下扒。天際空曠碧藍著，山野上的莊稼都醒轉過來了，綠出一道幕景展擺在山脈上。他獨自守在山坡間，盯著從山下爬上來的火車頭，噴著濃煙，像一個燒了一堆濕柴、可以沿路走動的巨大灶台從山下吭哧吭哧朝著山上爬，坡勢漸陡，速度漸緩，那火車終於到了如同人行時，孔明亮就從道邊田頭走出來，舉起備好的長竹耙，把焦炭從火車箱上扒下來。雁過拔毛著，每一節車廂都可抓下一籃、半袋的山西焦。待那焦炭、黑煤一籃一袋積有一車了，從山窩間的一蓬草下把煤炭運到縣城一賣就是二百、三百元。到夏天，原來火車道邊的草地都被扒下的焦炭砸黑時，孔明亮在炸裂率先存了一萬元，成了國家和政府最為賞識的勞模萬元戶。

他去縣城開了三天致富的標兵會。

從縣城回來那一天，是由鄉長陪著入村的。鄉長叫胡大軍，他把炸裂村的村民全都集中到村裡十字街的路口上，六百多口人，四個村民組，老老少少，女女男男，一皆兒都被鐘聲召喚著，到十字街的空曠裡，把那空曠填滿塞實後，鄉長將一朵大如大碗公似的紅花戴在孔明亮的胸口上，把依著銀行存摺放大到半扇門板似的巨大存摺硬紙舉在半空中，讓所有的村人都看到了那存摺上邊大如人頭的「孔明亮」的三個字，和「一」字如梁、四「〇」如碗的一〇〇〇〇來。

村人都驚了。

啞然如山了。

殷勤人家最多存款還不到千元時，孔明亮竟就果果真真存了一萬元。黃昏的夕陽從西山脈鋪就過來時，人們在夕陽中盯著那巨額存摺和面如朝陽的孔明亮的臉，看見他眼中的興奮和嘴角掛著嘲弄誰的笑。鄉長說，請孔明亮同志上台介紹他的致富經驗時，孔明亮望著村人們，樣兒謙遜地說了一句話：

「沒啥兒可介紹，就是兩個字：勤勞！」

鄉長接著就把勤勞二字做了詮釋和發揮，說勤勞是人類富足之魂靈，金銀之庫房，只要有一雙勤勞的手，就是瞎子和瘸子，也是可以在致富的道上奔跑和馳騁。接下來，麻雀準備回窩了，雞豬和狗貓，也都要從村頭各自回家飽食上床了。鄉長就把目光從人群頭上掃過去，找到人群最後縮在那兒的老村長：

「你能在年內致富存夠萬元嗎？」

村長朱慶方，把頭低了下去了。

鄉長問：「你有沒有決心到年底讓全村出現十個萬元戶？」

朱慶方抬頭瞟瞟鄉長的臉，把頭低得更低些，差一點讓頭夾在兩腿間，鑽進地面裡。鄉長就把頭扭到身邊孔明亮的這一邊，說兄弟，你年底能讓村裡生出多少萬元戶？孔明亮上前一步後，看看鄉長，望望村人們，把拳頭朝自己的胸膛上連擂三下，又躍到一塊吃飯坐的石頭上，信誓旦旦朝著村人們說，到年底十二月，村裡一百二十六戶人——他如果當村長，不讓一半六十三戶村民家家成為萬元戶，他自願在村裡頭下腳上走三圈；甘願把自己的存款分給各戶人家老百姓；甘願從炸裂消失掉，從此再也不回炸裂來。

炸裂人就當場瘋癲了，個個都興奮得想要蹦起來，掌聲和海潮一模樣。一個村都在令人害怕的興奮中，轟轟隆隆著。回窩的雞，不知村裡發生了啥兒事，重又從窩裡走出來，在院裡團團轉著咕咕地叫。房檐下的麻雀和鴿子，都又飛出來落在院牆和房坡上，作為觀眾在十字街見證觀演一台從未看過的戲。鄉長當場宣布了撤去老村長朱慶方的職，讓年輕的孔明亮，做了炸裂村改革元年的新村長。因為天色將晚，鄉長宣布完又講了一些話，就趕著天色朝二十里外的鄉裡匆匆了。

在鄉長走了後，新任村長又做了三樁事：一是重申了他的執政綱領和目標，保證村裡家家富裕，年底有半數人家成為萬元戶，明年家家都是萬元戶，後年家家都告別草屋住進新瓦房；二是請各戶人家不要走，都要看著他父親孔東德，朝仇家朱慶方臉上吐口痰；三是村裡人在他父親朝朱慶方的臉上吐痰後，誰若也過去朝朱的臉上、身上吐口痰，他孔明亮就給誰十塊錢，吐兩口就是二十塊，吐十口就是一百元。

朱慶方就那麼僵僵地坐在夕陽的最後一抹中，臉色霜白，目光呆滯，從口袋中取出村委會的公章遞給新任村長孔明亮，把屁股下的一個凳子挪出來，遞給身邊的女兒朱穎不說話，只把眼皮搭下來，蹲著等待痰液的雨水落過來。

女兒朱穎在邊上大喚一聲說：「爹！」

朱慶方沒有睜眼吼著道：「讓他孔家吐！讓他孔家吐！」

喚著把雙眼閉起來，人們就都看到從監獄出來後很少出門的孔東德，到朱慶方面前立下來，哆嗦的嘴角掛著笑，「呸！」一下，果真把一口惡痰吐到了朱慶方的額門上。

接下來，孔明亮從口袋取出了一厚打兒十元一張的人民幣，跳到更大的一塊石頭上：「誰吐一口我就發他一張錢，吐兩口我就發他兩張錢！」還把那錢在手裡抽得劈哩啪啦響，等著有人去朝朱慶方的臉上、身上吐痰去。

只有靜，沒人吐。落日在靜裡粉成濕在水面的綢。

——「吐不吐？吐一口我給二十塊！」

——「真的一口二十塊？」

那個叫二狗的年輕人，笑著問著孔明亮。

孔明亮就從石頭上跳了下來，遞給了二狗二十塊。二狗便拿錢笑著過去朝朱慶方身上吐了一口痰。又給二十塊，又吐了一口痰。他連連呸吐，明亮也就連連給錢。人們就羨著喜著都去朱慶方的身上吐痰了。咳痰呸吐的聲音在黃昏如是雷陣雨，轉眼間，朱慶方的頭上、臉上、身上就滿是青白灰黃的痰液了。肩頭上掛的痰液如簾狀瀑布的水，直到所有村人的喉嚨都乾了，再也吐不出一滴痰液來，朱慶方還蹲在痰液中間一動不動著。

像用痰液凝塑的一尊像。

二、改革之碑記

朱慶方被痰液嗆死了。

給他換著葬壽衣服時，單單為他洗痰就洗了五擔水。事情都是他的獨生女兒朱穎承做的。為父親擦身子、洗容面、換衣服、買棺材、請人挖墓和安葬，這一切都由她料理。

那一夜，村人吐痰時，朱穎聽見父親在痰雨中對她又說了那句話：「別管我，讓他們吐！」她就一動不動地看著村人們，都過去朝爹的頭上、臉上吐，只是在心裡數著、記著哪些人朝爹的臉上身上吐了百口、幾十口的痰。哪些人吐得少一些，只吐了幾口、十幾口的痰。直至人群散盡，爹像跪的一段樹樁倒下去，她才過去把爹從痰堆拖著、抬著往家走。到自家大門口，要拖著死屍過那門樓、門檻時，才看見幫她抬著爹的是孔家最小的兒子孔明輝。門樓下的電燈被人拉亮了，光亮落下來，她看見明輝的臉上純淨疚愧，像一張白紙被水濕過一樣柔軟和脆弱。「是你呀！用不著！」這樣冷一句，她就把明輝抬屍的手推到一邊去，自己連泥帶水地把死屍拖過大門檻。而被拒之門外的孔明輝，這時立在門樓的燈光下，直到朱家大門關上後，都還僵在原地沒有動。

朱穎把父親埋在了他被痰水淹死的那地方——村十字街的正當央。這是公眾之地，村人的吃飯場，當然不該有一個墓堆在那突兀著。人們議論紛紛，報告給新任村長孔明亮。孔明亮出來攔阻時，朱穎對孔明亮說下那樣一句話：

「姓孔的，別忘了你出來沿夢西走那一夜，碰到的第一個人就是我！」

明亮站在那，回憶著那一夜他碰到朱穎時，朱穎在他身後閃電一樣喚著的話，又聽到朱穎朝孔明亮半是嘲弄、半是傷疼地說：「埋完我爹我就離開村。有一天我不能讓你孔明亮跪著來求我，我就不再回這耙耬山脈的炸裂來。」

孔明亮不再阻攔把朱慶方埋在村中央。他向村人解釋不願阻攔的理由是，念起他是村中的老黨員，就讓他埋在那兒吧。葬埋朱慶方的那一天，是在他被痰水淹死的三天後。來葬埋他的人，恰是那些用痰水淹死他的人。在他的身上吐了最多口水痰液的，也是安葬他最為出力流汗的。二狗一共在他身上吐了一百零六口痰，他卻從挖墓、殮屍、抬棺、下棺、落土，沒有一樣不親身躬卑的，且埋完後還在那墳前說了一句話：

「欠你的也都還你了。」

寬一米，高二米，厚半尺的青石墓碑也是二狗從幾十里外用車拉回的。在把朱慶方最後入殮安葬前，朱家依照朱家的境界和想像，在死屍的身上覆蓋了黨旗和國旗，還念了充滿激情、境界的追悼詞（之後人們知道那悼詞是孔家的老大孔明光的撰筆與美文）。在埋了死者後，把青色墓碑從一面自製的紅旗下面揭開時，人們都看見那墓碑上是這樣一行字：

最忠誠的老共產黨員朱慶方之墓

從此後，一個黨齡和那個國家同齡的人，寫照著一個時代的尾末，就從這個村莊消失了。她的女兒日後在村莊、鎮上、市裡的呼風與喚雨，不知道與他是更大的悲哀還是榮耀和芒光。離開村莊那一天，朱穎選定的日子是爹的七日祭。她在那墳前、碑前磕了頭，燒了紙，毅然離開村莊後，連頭都沒回，臉色凝重，目光毅硬，唯一做下的，就是路過孔家大門前，站定腳跟看一會，她以牙還牙地也在那門前吐了一口痰，然後直到走出村，步上山梁子，消失在梁道上，她的脖梗和身影，都是硬的堅毅的，像一塊石碑朝山外移著走動著。

三、轟烈悲愴記

炸裂村計畫用二年時間讓全村人都住上瓦房的宏願，其實是一樁保守和守舊。事實上，這個過程只用了一年半。孔明亮帶著全村人到後山梁上扒火車，卸貨物，錢來得如雨水朝著每家人的院裡落。從夏天到冬天；從雨天到雪天，人們風雨無阻，勤勤懇懇，無論是白天或晚上，雨天或晴天，都有人守在後山正上坡的鐵道旁。已經摸清了鐵路上經過耙耬山脈喘吁而過的列車的全部規律和行情。從北向南，爬上山的火車一般都是拉著礦石、焦炭和木材，從南向北來的火車都是拉著北方人要用的日用品，如電纜、水泥、建材和桔子、香蕉、芒果等在北方罕見罕見的鮮果實。半年光陰，偷卸火車的炸裂村，就人人有數了，度過了農民不成體統的一盤散沙期。人們成了隊伍，有了規矩，有了上下班的作息時間表，也有了術語和分配錢物的情理與數碼。

村長孔明亮，不讓任何人的嘴裡說出一個「偷」字來。大家說「偷」都說「卸」，問候從山那邊回來的人，都是「今天你卸了多少貨？」「都卸了啥兒貨？」問走出村子去卸貨的，都是「上班啊？」「輪你上班了？」人們開始覺得這有些掩耳盜鈴的滑稽和可笑，可當孔明亮真的在每月月底給村人發錢時，凡嘴裡說過「偷」字、「賊」字和「竊」字的，都果真會扣掉百元、二百元的工資時，有關偷盜、賊竊的話就從炸裂消失了。沒有人再相信他們每天是去偷火車。建築在離火車道二里外溝谷裡的庫房內，碼滿了從火車上卸下來的蘋果、桔子、電線、焦炭、牙膏、香菸、肥皂和各種南方加工成的時新衣服、鞋子和七七八八，千奇百怪的物品與異貨，轉手到城裡、市裡銷售後，孔明亮就把每月的基本工資和多卸多得的酬勞加在一起發給村民們。先是一戶人家每月能掙幾百元，後來就是數千元，乃至上萬元。八個月後，春天到來時，人們看到每年三月路邊的白色槐花放開那些天，一團一團的槐花都是灰褐色，雪白成了北方土地的顏色了。泡桐樹上喇叭狀的粉淡倒變成雪白了，如葬禮上的雪白飄在半空中。人們都驚異，都出來站在路邊看那變了顏色的花。這時候，二狗從山的那邊跑回來，大喚著不好了，不好了，有人從火車上掉下來摔死在了道基上。村人們就都朝著梁上跑，再也不管槐花變灰、泡桐花變白那事情。

孔家一家正在團桌吃著飯。日子已經相當殷實和富滿，請來了保母洗衣做飯，只是因為母親的頭上有白髮，就不讓她在灶旁和河邊奔波了。七八口人，十幾個菜，關門在院內團桌吃著飯，日常間也和過年一模樣。衝進來的李二狗，噹的一下釘在孔家院中央，說了一句莽撞而又平常的話。

——「村長，又一個！」

孔明亮慌忙把筷子扔在飯桌上：「誰？」

「村西朱慶方的侄兒朱大民，他是朱穎的叔伯哥。」二狗說著去飯桌上抓起一個碩大的白饃咬兩口，又慌慌端起村長喝剩的半碗湯，咕咕地順下卡在他喉間的白饃後，才從容地說出後邊的話：「那笨伙，爬上火車後，發現那一節上裝的全是呢料西裝和名牌服，在車上對我喚著說——發啦！遇到好貨啦！就開始一箱一箱把衣服朝著車下扔。可扔到第九箱，火車已經爬上山頂該要下山加速了，我在下邊追著火車喚著讓他快些跳下來，他說他又發現了一箱紅領帶，賣西裝應該配著領帶賣。當他把那一箱領帶也從車上扔下來，準備從車廂梯上下跳時，火車已經下山飛起來，他跳下來就躺在道邊上，血像噴泉一樣朝外濺。」說完這些時，二狗直立在孔家院裡的一棵泡桐樹下邊，下落的雪白色的桐樹花，剛巧落在他端的村長的湯碗裡。

孔家一家人，都盯著帶來死訊的二狗的臉。父親臉上蕩過一層波紋似的笑，從飯桌上起來朝屋裡走去了。大哥臉上的木然和平靜，像沒有聽到啥兒樣，把面前盤裡的一塊肥而不膩的熟豬肉，隔著母親夾到了新媳婦蔡琴芳的碗裡去。只有坐得離二狗最遠的小弟孔明輝，筷子從他手裡驚落了，臉上顯出了極厚一層缺血的白，有汗從他透亮的額門滲了出來了。

「咋辦呢？」二狗問。

「按烈士。」明亮想一會，吩咐二狗說：「你去買最好的棺材和最大最厚的紀念碑。」說著從身邊樹杈上提起一件軍用大衣披在肩頭上，又把一個饅頭掰開來，把幾塊瘦肉夾到饅頭裡就朝門外走。到了村西死者家裡時，死者的父母已經在大門外哭得搖地動天，一下一下朝著被從山那邊抬回來蓋著很多卸貨得來的嶄新的衣服、布匹的死屍上撲，想要撲上去把兒子從死處喚回到生處裡。人們攔著他們老夫老妻倆，說死了就死了，也是烈士呢。可他們，不聽這些話，又要朝那擔架上衝，糾纏不斷，哭喚聲扯天鬧地。這時節，村長明亮就來了，軍大衣在他肩上像他披著很厚很厚的戰袍樣。

人群為村長閃開了一條道。

朱大民的父母忽然不哭了，望著村長，他們的眼裡有著仇視的光，似乎想要撲上去把村長撕碎吃在肚子裡。

村長平平靜靜從人群穿過去，掀開蓋在死者臉上的一件西裝看了看。他的臉被看到的景象摑打一下子，彷彿一個耳光打在了他臉上，白一下，嘴角抖了抖，很快又恢復到常態裡，用粗重平靜的話語對那兩位老人說：

「大民是烈士。他是為全村人的富裕死掉的。」

老人盯著村長說話的嘴。

「村裡厚葬他。把他埋在村裡十字路口的最中央，和他叔——也是我叔朱慶方埋在一塊兒，讓全村的人今後都要學著他。」

那對老人好像聽不懂孔明亮的話，可望著他臉上的青仇白恨淡薄了。

「下個月，村裡就統一要把所有的草房都蓋成新瓦房。」似乎是為了解釋老人臉上的疑問樣，孔明亮把事情說得簡單而明瞭，「等你家兒媳婦從娘家帶著娃兒回來後，就對她說我說了——給村裡統一蓋房要最先翻蓋你們家裡的。你們家裡不出一文錢，蓋房的錢全由村裡出，還把你家孫子從小養到十八歲。不到十八歲，不讓你家兒媳改嫁行不行？實在要改嫁，不讓她把孩子帶走行不行？」

兩個老人臉上便由悲漸喜了，笑像日出一樣掛在他們臉上了。待孔明亮要從屍體邊上離開時，忽然他們朝他跪下來，連連磕著頭，說明亮侄兒你是這麼好。這麼好的村長我們從來沒見過！孔明亮就又回頭安慰老人幾句話，說讓他們放寬心，凡為村莊致富卸貨死了的，家家是烈屬，他們的父母將會比兒女活著過得還要好。說那些圍觀的人，該吃飯了去吃飯，該到山那邊卸貨的就上班去卸貨，留下安葬死者的，別忘了把蓋著死屍的衣服收起來，將那衣服上的血漬洗一洗，交到庫房重新賣到城裡去。

也就把死者朱大民，以最隆重的方式安葬了。

農曆三月初九那一天，村人們放假歇息，除有在山那邊留人守庫外，其餘連火車上拉的外國香菸（每箱幾千元）都不再扒車卸貨了。全村人都來安葬死者，像全村人都來參加婚禮和喜慶。用了最厚最大也最高價格的好棺材，還用了最為透明潤滑的大理石刻了紀念碑，碑上刻著碗口大的一行字：「致富模範朱大民烈士之墓！」然後是鞭炮炸鳴，嗩吶聲聲，讓村裡凡比烈士歲小輩低的，都要披麻戴孝，哭聲連連；凡比他歲大輩高的，一律都戴黑袖套、手持小紙花。棺材上覆蓋國旗，墓碑前擺滿花圈和輓聯，並由村長的大哥孔明光，寫了追悼詞，在全村人的悲傷喜悅中，由村長把那悼詞念了念：

朱大民同志生於一九五六年，自出生之日起，就歷經大躍進和三年自然災害之大饑荒，後又經過文化大革命，食不果腹，衣不遮體，後逢國家改革開放之良機，他勤於勞作，肯於吃苦，靠雙手致富並為村民集體富裕而努力，最終因公殉職時，年僅二十八週歲，不愧為是國家之英雄，致富之表率……

如此云云。

孔明亮把悼詞念得莊重而鏗鏘。雖然他滿嘴都是耙耬的方言和方言中耙耬山區的炸裂地方話，可炸裂人還是都被那話振奮了。下葬朱大民的棺材時，全村人都唏噓掉淚，又人人掛笑羨慕著。直到太陽當頂，墓邊上的一棵老榆樹，原來世代都開青銀色的榆錢花，這時全都開成墨玉的顏色時，人們都才收了工具，看看天空，想起午時十二點，山那邊會有一列火車拉著北方特有的蘑菇、金針和猴頭運到南方的餐桌上。想到一箱野猴頭也是數千元，還有可能在哪節車廂上，時來運轉地碰上一箱幾箱天麻和野人參，就都慌慌地丟掉手裡葬埋的工具，朝山的那邊走著和跑著，去搶趕十二點左右的火車卸貨了。

村裡便又安靜下來著，只餘了老人和孩子。

還有十字街上先是被痰液淹死的朱慶方的墓，後是卸貨摔死和分貨不均、打架傷命者的墓。那些墓上都有野草生出來。朱慶方的墓上還開了許多小白花。前後新舊，十字街的路邊上，共有十六個墓，分掘兩側，夾道迎送著炸裂人的急腳快步和進進出出的村人們。

四、新貌參觀記

二年後，僅就七百天，炸裂就不是炸裂了。

炸裂村的草房轉眼間消失殆盡，變成了一片瓦屋了。有人家是仿舊的青磚瓦屋，也有人家是時尚的紅色機磚機瓦屋。村子裡充滿了新磚新瓦的硫磺味。東西向的主街上，還都鋪了水泥地，栽了電線桿，街道和城裡的街道一模樣。縣裡組織全縣村以上幹部都到村裡參觀時，炸裂各家門前都擺了花，房後壘了新砌的豬圈、羊圈、牛馬棚子和別的養殖業的畜欄與養殖窩，把從鄰村租來、借來了豬羊牲畜關在那窩那圈裡。一些充當蔬菜大王的人，早半年就在山坡路邊的田地裡，搭出塑膠大棚來，把那畦地侍弄好，種出旺極、綠極的菠菜、芹菜、西葫蘆和城裡人忽然愛吃的苦瓜菜。也從城裡買回一大車、一大車的新鮮蔬菜來，擺在村頭和門口，演著準備進城賣菜的鄉村戲。到了日升數干後，縣長就帶著全縣上百人的鄉長、村長參觀團，浩浩蕩蕩開著汽車進村了。

參觀團把汽車停在村頭上，第一樁事是徒步走向十字街，給為炸裂富裕獻出生命的烈士們致哀獻花圈。第二樁，才是在村長孔明亮的領帶下，到各家參觀新瓦房和農民家裡的電視機、洗衣機、有用沒用的電冰箱和嶄新嶄新的自行車和摩托車，還有跑運輸富裕起來的拖拉機。那時候，孔明亮是全縣最年輕的村長和全省最年輕的致富帶頭人，日後回憶起那一天新貌參觀團的到來時，他都還充滿著傲然和豪意，臉上的笑，如同開在九月燦黃豔麗的野菊花。他領著大家到十字街的公墓三鞠躬，對大家說，之所以要把為致富死去的人埋在村中央的十字路口上，是要人們和子孫每每路過這，都記住他們的祖輩為吃好、穿好、住好付出的努力和犧牲。「吃水不忘打井人，飲水思源情常在。」他還向縣長和市裡來參觀的幹部背了兩句對聯上的話，之後就領著參觀團，到一戶戶準備好的人家去參觀，向他們介紹各戶致富的經驗和故事。直到參觀團最後離開先一步富起來的村人的房屋和家舍，到了村長孔明亮的家裡去，那些鄉長、村長都才真正呆住感動了。明白了孔明亮的不凡不容易。

所有的人，都未曾料想過，全村人都住上新房瓦屋時，孔村長家裡還住著解放前蓋的草屋子。三間上房的草屋和院裡相對而立的四間麥秸草屋房，古舊在村東頭，散發著新苫草的麥芽香。

參觀的人，都在那房前驚住了。

縣長在那房前流了淚。

一片感慨在村長家裡如一湖聚起來的水。屋子裡沒有電視、冰箱和洗衣機，也沒有新近走進村裡人家的沙發和城裡人愛坐的竹籐椅。只有舊條案上擺的祖先的牌位和毛澤東、鄧小平的掛像及那像的兩邊間，用金粉寫就的紅對聯：

先天下之憂而憂

後天下之樂而樂

這麼古樸詩韻的話。這麼古樸清素的人家和幹部。縣長那時啥兒都沒說，吃了村長母親煮的一碗荷包蛋，擦了掛在眼上的淚，就領著上百個鄉、村兩級幹部回到了村頭上，看著那些外鄉的鄉長、村長全都上了大轎車，蜿蜒著下了耙耬山道離開村，才最後把孔明亮叫到自己小車旁，盯著孔明亮的臉，說了讓明亮飛黃騰達的話：

「你今年剛剛二十六？」

孔明亮點了頭：「過了二十六。」

「你能帶動周邊村莊都富嗎？能了我就提拔你立馬當鄉長。」

第四章　改革人物篇

一、孔明亮

孔明亮是決計要帶領相鄰的幾個村莊富將起來的。鄉長、縣長已經答應他，先把距炸裂最近的兩個村莊帶富後，人均年收入過了多少錢，都和炸裂一樣住瓦房，就立刻提拔他當副鄉長，日後再當正鄉長。左邊的村莊劉家溝和右邊幾里的村莊張家嶺，也都從行政上畫歸屬於炸裂了。炸裂村原來只有一個自然村，六百多口人。現在是三個自然村，十四個村民組，一千九百五十六口人。村委會就設在村前河邊的一塊空地上，蓋了兩層樓，砌了紅圍牆，大鐵門上掛了莊重莊重的大招牌，上書「中共炸裂村委會」——如西瓜一樣大的字。

已經給那兩個村莊的每戶人家無償都分了上千元，讓他們能養豬了養豬，能種菜了種菜。而且還把那兩個村莊的年輕人，都帶到二十里外另一個山坡上的鐵道邊兒去卸貨，教他們在火車爬坡時，如何在坡上、崖頭把車上的焦炭用鐵鉤抓下來；如果那貨車車廂上沒有鐵廂蓋，貨都露在大天下，又怎樣才能一鉤兒把一箱、一筐或一袋的貨物在樹上吊起來。還又讓炸裂的年輕人，都當師傅帶徒弟，教他們如何追爬火車和卸完貨後頂著逆風輕輕跳下來。

最為要緊的，是讓那兩個村莊的每戶人家都和炸裂村民一模樣，簽下扒火車卸貨的保密合約和死為烈屬、絕不追責的合同書。事情就這樣，人就轟隆一聲富將起來了。那兩個村莊原有破皮囊似的窮日子，轉眼就風吹袋鼓地脹起著。就有人家很快成了萬元戶，準備要蓋新的瓦房了。

炸裂所屬村人的歲月與日子，如著嚴冬已過、春天到來般，一夜醒來，各戶人家院內的樹上，村裡的街上，村外的鄉野，那兒和那兒，山內裡的這兒和那兒，萬物花開，八方芽綠，滿世界都是桃紅李白了。鄉長因為有了炸裂這典範，據說立馬要調到縣裡去當副縣長。縣長因為在全省的改革元年抓出了萬元村，且村裡家家都在二年內住進了新瓦房，那黃土窮壞間，一片瓦屋的照片配著文字在北京的領導人手裡翻來倒去地看，有大領導還把那照片在夜晚帶到家裡去，讓他的夫人、兒女們，看著感歎著。據說某領導那一晚因為那一張照片多吃了三個金銀小饅頭，多喝了半碗黑米粥，於是縣長就被傳到北京彙報改革開放的景光了。

總之說，一髮而繫全軍的事情發生了，一如一個窗口的明亮，讓世界都變得光明而輝煌。可事情恰恰卻趕在這個節眼上——這年秋天時，這個國家的火車提速了。炸裂人不知道事情是怎麼變化的，那些路過後山梁上的火車，無論是客車還是貨運車，忽然間在那爬坡時，都不像先前那樣氣喘吁吁、慢慢騰騰了。它們突然間，都有了氣力和速度，宛若一個老人的返老還童般，猛地就健步如飛了。上山爬坡也如履平地了。事情是在炸裂人有一天扒車卸貨十分鐘內摔死了五個人才被發現的。才知道那兒所有路過的火車均被提速了，讓人再也不能扒車卸貨了。

而更為糟糕的，是秋前朱慶方的女兒朱穎回了村。二年多前她離開村子時，穿著耙耬人都愛穿的自己縫製的笨衣褲。二年後，她回到村裡時，竟穿了一身說是每件都要上千元的洋衣服——她的布衫、褲子、圍巾和鞋襪上，都印著炸裂人無人能識的英文字，尤其她到哪都要穿在身上、不繫釦子的灰色呢大衣，有塊鮮紅的外國商標，還綴在左袖的外袖口。她在村裡招搖過市，把帶回來的香菸和巧克力，無論見到誰，大人和孩子，都要整包、整盒地遞過去。

她是在向炸裂挑戰和宣誓。

是在向孔明亮挑釁和證明。

讓孔明亮不可理喻的，是她根本沒有通過村委會，沒用村委會的證明和公章，她就從縣裡取得了一塊宅基地的土地證，從秋前到秋後，就在村委會的邊址上，蓋起了比村委會的二層樓房還要高出一層的三層樓。村委會的樓房都是裸磚砌成的，她還在她家的樓磚牆上貼了一層白磁片。村委會樓房的玻璃都是白玻璃，她家樓房的玻璃都是茶色紅玻璃。在她家新樓完工那一天，炸裂村十分鐘內從火車上摔死了五個人，在村中埋了那五個烈士後，孔明亮獨自坐在村委會的辦公室裡發呆時，朱穎出現在了他辦公室的屋門口，臉上掛著泛紅的笑，依在門框上，那灰色的毛呢大衣，被她的肩膀挑得一邊高，一邊低，像城裡百貨商場櫥櫃裡的模特沒有把衣服穿正樣。這當口，落日西去，村中靜謐，在孔明亮和會議室一樣大的辦公室，那偌大的辦公桌和可以旋轉的真皮辦公椅，還有桌上的電話和故意擺在那兒以示威嚴的夾了什麼的檔夾，正面牆下的沙發和沙發頭上從縣城花市買回的鐵樹和元寶樹，地上的花紋地磚以及拖把擦過的水印痕，都在朱穎的比襯下，顯出了土氣和軟弱，沒有了威力和說服力。她就那麼背著落日站在門口上，披肩髮落在她的大衣外，臉上是晨露樣的皮膚和落日色的光，盯著呆在那兒的孔明亮，她淡淡笑著問：

「發愁了？不知道該咋兒致富了？」

明亮抬起頭。這是她回村第一次來找他。第一次這麼近的和他說著話。第一次讓他聽到她的話裡多少含有替他想的意思在裡邊。他就那麼抬頭望著她。她就從門口走進來，站在他的桌前邊，把話說得柔軟酸疼著。

——「火車提速了，以後再偷不知道會摔死多少人，會讓村裡十字街的四邊都成為墳場也埋不下。」

——「一年內，你沒有辦法讓劉家溝和張家嶺都像先前炸裂那樣富起來，你就別想當鄉長。鄉長就別想當縣長。縣長也別想調到市裡當市長。」

——「我有辦法讓他們富起來。有辦法讓那兩個村莊在明年家家都住進瓦房、樓房裡。」

落日從窗口透進來，在那兩間屋子裡，落滿了紅意和她那夾了城裡語色的耙耬話，像一片的火苗在他眼前跳躍著。他看著她的臉，猛地發現她比離開村子時候漂亮了。那時候，她的漂亮是莊稼花，這時候，她的美裡滿是城裡人的盆景和經過修飾的陽台花，在她不知怎樣變細變長的眉毛間，有著誘人的風妖和孽氣。

「怎麼富？」他問她。

「你要娶了我。」她笑著：「我二十三、你二十七，都該結婚了。我在外邊可以隨便嫁個比你好的人，可沿夢出來那一夜，我首先碰到的就是你，我這輩子不能不嫁你。」

在她臉上死死盯了很大一會兒，明亮忽然笑一下：

「你以為我不知道你在外面做啥兒生意嗎？——雞——你是妓女、婊子你以為我不知道嗎？」

如同地震樣，朱穎身子晃了晃，然後對他說：「這次你沒答應我，下次你就該跪著求我了。那時候，你跪著來求我，怕我朱穎也不會答應嫁你了。」說完她就轉身朝外走，腳步和來時一樣輕盈和詩意，棕紅色的高跟鞋，磕磕地敲著地上的花紋黃色磚。直到她走後，整整一年的時間裡，那磕磕的聲音都還響在孔明亮的深腦和獨自呆著、想著啥兒的猛然間。

二、程菁

已經臨了十七歲的程菁在村委會裡做祕書，工作是擦桌掃地，通知人來開會和給村長倒開水。

朱穎從村委會的院裡走去時，她盯著朱穎腳下的紅皮鞋，決計有一天也要買雙紅皮鞋，在村委會裡進進出出和朱穎一樣也有磕磕磕的聲響來。可就在朱穎走去那一刻，她看見村長鑲在窗口的方臉成了菊黃色，彷彿出汗過多虛脫一模樣。她慌忙提著一瓶開水走進去，想要給村長倒杯水，可到屋裡又見村長的臉色不是菊花黃，而是春來葉綠的菜青色，且那目光中，還有一種厚極的失落簾在眼幕上。村長已經把臉從窗口扭回來，看著面前程菁的臉，像看著一個他從來沒有見過的姑娘樣。

程菁去給村長面前的杯裡倒著水。

村長一下抓住程菁的手，用哆嗦的聲音說：

「你過了十七吧？」

「還沒呢。」

程菁朝後退一步，把手從村長的手裡抽出來，就從村長辦公室裡逃走了。到院裡她聽到村長在她身後的喚：「你以為你有朱穎的能耐啊？——去你哥的墳上看一看，我能讓你哥的墳上連棵野草都活不成！」

在村委會的院裡木呆一會兒，等村長的話音消散後，程菁出了村委會。村委會的南邊是一片小樹林，她從那林地繞到村委會後邊的小路上，到村裡穿街往家裡走去時，看見一戶楊姓人家新蓋的房，高大漂亮，和廟堂一模樣。看見了一戶姓朱的，想要兒子去村裡做電工，母親每天去村長家裡賄送菠菜、芹菜、母雞和雞蛋，恨不得把家裡有用沒用的，都送到村長家裡去。程菁看見她時，她也看見程菁了，還很巴結地對程菁笑了笑。程菁也對她笑了笑。可程菁走到十字街口那片墳地時，她臉上沒笑了，想起了剛才村長的話。哥哥就埋在十字街西南角的最邊上，是第二批去火車上卸貨死了的。她是因為哥哥死了才被照顧到村委會裡去做祕書的。烈士的妹，照顧她村人和村長都覺得理應著。她每天上班都從這十字街上走，從只有一個朱穎的父親——老村長的墳，到這兒已經一片幾十個的墳，她都已經習常了。經過墳地如經過一片房屋樣，都懶得扭頭多看一眼了。可今天，再次經過時，她扭頭去看了，冷驚發現那兒除了幾個新墳都還是花圈和光光禿禿的黃土外，其餘十字路口四角的老墳堆——也不老，最多的也就埋在那兒三幾年。可這些墳墓經了雨，經了季節和年頭，都墳草萋萋，如深顏色的一堆漆。白花紅花和深黃深黃的野菊在那墳上開得歡天喜地、載歌載舞，連秋蜜蜂和秋蝴蝶，都在那墳頭上蹦蹦跳跳，又說又笑著。程菁發現哥的墳頭上，沒有蝴蝶和蜜蜂，孤靜得如是荒野中一塊野土石。她就在那十字街上站住了腳，愣一會，從別的墳間朝哥的墳前走過去，到近了，就看見哥的墳頭上的草——野菊棵和抓地龍，還有村裡人都特意往那墳上栽的迎春花——其餘墳墓都草青花開著，濃烈的香味如桂花鋪天蓋地般，就是到了夏天來至，春日去往，迎春花都已過季謝落，可那墳地的迎春卻還依舊燦燦黃爛，永開不敗著。

景象就這樣。程菁看見所有的墳頭都草青旺旺，只有她哥的墳上沒有青草與花棵，死寂光光，連蜜蜂蝴蝶都不朝那墳上落。

過一會，程菁從哥的墳前離開了。沿著來路很快又回到村長孔明亮的辦公室，看見村長提著一件布衫正要離開時，她橫在村長的面前憋出了一句話：

「我過完十七了。我是大人了！」

村長看著她說話時額門上急出的汗像水珠一模樣。他拿手去她的額上擦了汗，感覺她渾身的哆嗦如鼓槌敲著他的手，且不等他說啥兒話，她就回身關了門，開始在他面前解著自己的衣釦兒，以至於她慌亂急切，還把她脖下的一粒黑釦扯掉在了地磚上，像乒乓球樣跳著滾到了沙發下。那依舊從窗裡信步走來的光，這時有了跑著的腳步聲，在屋子裡叮哩噹啷，晃晃亂亂，這裡亮一塊，那裡暗一塊，但終究有一塊光亮是從程菁的臉上照到了她的胸前去。孔明亮也就藉著那塊光，看見程菁嫩白淡青的胸脯上，那還沒有發育成形的物，如沒有發酵蒸開的饃兒般。他拿手去那饃兒乳上摸了摸，拉了她衣服把那硬嫩蓋了起來了。

「你還不到十七呢——以後吧，鄉長叫我抓緊到鄉裡去一趟。」明亮說著就急急朝著門口走。當他打開屋門，光亮瀉過來靠在他的身上時，他又回過頭來望著程菁說：「去你哥的墳上看看吧，你哥的墳頭開了很多花。」

村長就走了。

程菁一直呆在村長的辦公桌子前，直到從院裡響來腳步聲，直到這天的黃昏如期到來後，她穿好衣服，重又往著村裡、家裡去，重又來到十字街口上，看見哥哥的墳上原來枯乾的草，果然全都開了花，盤飛了很多蜜蜂、蝴蝶和啁啁啾啾黃鸝鳥。

三、胡大軍

1

鄉長胡大軍，坐著朱穎用身子掙錢捐給鄉裡的小轎車，朝著炸裂開過來。

冬時候，太陽黃爽朗朗，懸在頭頂上，像燃了火的金子燒在山脈上。胡鄉長帶了副鄉長，幾個人坐著新轎車，在耙耬山上奔馳著。望著車窗外的光，誰的臉上都是金燦燦的紅，一觸一摸會有顏色掉下來。胡鄉長的臉，志得意滿、紅光燦燦，一路都在無聲咯咯笑著樣。老縣長要到市裡去當市長了，答應力薦他到縣裡做縣長，因為他在全縣抓出了炸裂這樣的致富示範村——而這示範村，朱穎也是為它出過大力的。他今天就是要到炸裂再去開一次致富現場會，要給朱穎豎起一塊表彰紀念碑。

2

一年前，火車提速了，炸裂人再也不能去鐵道邊上卸貨了，富裕的腳步骨折一樣停下來。胡鄉長和孔明亮急得口不進食，夜不寢夢時，最後鄉長一咬牙，一跺腳，就讓鄉裡派了幾輛大卡車，等在炸裂村外路邊上，又和孔明亮在村裡開了一個動員會，說市裡來鄉裡招工了，指標全部給了炸裂村，凡村裡十八歲以上、四十歲以下，能走動爬動的男人和女人，想到市裡掙錢的，願望一月去掙三千、五千的，都可以扛著被褥、行李到那山下去坐車。

全村的青年男女便嘩的一下都去了。

人走了，村落像過了忙季的麥場一樣空。可那人擠人的幾車炸裂男女們，被鄉長和村長親自送到幾百里外市火車站旁的一個角落裡，將卡車停在一個僻靜處，鄉長和村長下了車，給每個炸裂人——尤其是劉家溝和張家嶺的人，都發了一張蓋有鄉裡、村裡雙公章的空白介紹信，說你們想咋兒填就咋兒去填吧，想在這市裡幹啥你們就去找啥兒工作吧。男的去給蓋樓的搬磚和提灰，女的到飯店去端盤子去洗碗；哪怕去找朱穎做了雞，當了鴨，用自家舌頭去幫著人家擦皮鞋、舔屁股，也不准回到村裡去。說發現誰在市裡待不夠半年就回村裡的，鄉裡罰他家三千元；待不夠三個月回到村裡的，罰款四千元；待不夠一月回到村裡的，罰款五千元。若誰敢一轉眼就買票回到炸裂去，那就不光是罰款了，是要和計畫生育超生一樣對待的。

說完這些話，鄉長和明亮就坐著卡車離開市裡回去了。然後呢，然後那炸裂人就水珠落在海洋般，融在人海了。偶然間，也有事情發生著，多不過是在市裡集體做了賊，被人抓到了，收容所裡裝不下，被市裡的員警用警車押著送回到了老家裡，胡鄉長就得出面請那員警吃頓飯，敬杯酒，走時再給員警送些土特產。

員警說：「他媽的，你們這個鄉是專門出賊呀。」

胡鄉長就在每個賊的臉上摑了一耳光。

員警說：「再抓住他們就該判刑啦。」

胡鄉長就把土特產裝在有鐵欄杆窗戶的警車上邊了。

車走後，只剩下鄉長和那幾十個賊，鄉長就橫著眼睛問他們：

——「偷了啥？」

——「街上的井蓋和鋼管。」

——「還有啥？」

——「城裡人家的電視機。」

鄉長就一腳踹到那個年齡最大的賊王肚子上，說他媽的，學著炸裂村的人，別做小事情——井蓋、鋼管能值幾個錢？電視機一天降個價，便宜得和蘿蔔白菜樣，這也值得你們去偷嗎？說都滾吧，都給我滾回到市裡、省會，廣州、上海、北京那些地方去。做了賊我不罰你們，可兩年內你們必須在村裡辦出幾個小工廠——要辦不出幾個廠，再被押回來，我就讓你們全家人戴著高帽遊街去。那些賊，那些劉家溝和張家嶺的年輕人，挨了鄉長的罵，又從鄉長手裡接過鄉裡、村裡的空白介紹信，到家門口沒有回家省下親，就又坐著長途汽車回到市裡了。從市裡轉乘火車到了省會或別的都市了。

還遇上一些事，員警是不往鄉裡、村裡押人的。市裡的員警用電話通知鄉長去市裡領人去。你不親自去，市裡不光不放人，還把有些情況活脫脫地請客上菜樣，擺在報子上，播在電視上。那當兒，事情冷猛被動了，鄉長就不得不親自出面到省會或九都市的哪家公安局，一入門，就看見劉家溝和張家嶺的十幾個姑娘們，一排兒蹲在一堵院牆下，每一個都精赤條條，裸了身子，只戴了乳罩，穿個紅紅綠綠的三角褲頭兒，在日光下展擺著她們的水身子。

鄉長把目光在她們身上擱一會，有個員警走來了，在他面前惡惡吐了一口痰。

問：「你是胡鄉長？」

鄉長說：「對不起，給你們添了麻煩了。」

人家罵：「操，你們鄉是專出婊子是不是？」

鄉長說：「我回去讓她們每個人都掛著破鞋遊大街，看以後她們咋還有臉在這世上做人吧。看她媽的日後嫁人還能嫁給誰。」

也就把人領走了。讓她們穿好衣裳，跟在身後，從那局裡走出來，像老師領著學生從學校走出樣。穿過一條街，又穿過一條街。一回頭，見她們個個都還隊伍在身後邊，鄉長便盯著她們說：「都還跟著我幹啥呀，跟著我有飯吃還是有錢花？都去跟著朱穎去。朱穎現在從廣州回來了，她在省會開店哪。」

姑娘們就怔怔望著胡鄉長，又彼此看了看，便重又散到那市裡，花花綠綠，像一片開在市街上的花。只是在她們和鄉長告別時，胡鄉長才像她們的父親那樣責怪了她們幾句話。

——「有能耐你們像朱穎一樣自個當老闆，讓外鄉、外縣的姑娘跟著你們當雞兒；有能耐你們去把那在我面前吐痰的員警整一整，讓他妻離子散，家破人亡，你們去做那員警的老婆去。讓他一輩子沒有好的日子過。」

——「都走吧，都給我滾去吧。半年內，你們誰要不能把自家的草房變成大瓦房，不能把土瓦房變成小樓房，那你們才真是婊子哩。才真是野雞哩。才真的給炸裂村和耙耬的父老丟了臉，才真的沒臉回家見你們父母、爺奶哩。」

姑娘們遠遠聽著鄉長的話，看著鄉長那質樸得和土一樣的臉，轉身走掉了。走著她們進城的路，綻放著她們青嫩嫩的花，去結她們豐碩的人生果實了。

3

眼下兒，劉家溝、張家嶺和炸裂一樣都已經富得果實纍纍了。村裡不光有了電，有了路，有了自來水，還有麵粉廠、鐵絲廠、鐵釘廠、機磚廠和正在建著的流水作業的石灰窯。人們的日子是電閃雷鳴一般富了起來的。原來在九都給人家壘雞窩、砌灶房的小工兒，轉眼間就成了包工頭兒了。原來在理髮館給人家做著下手的，入了夜，要去侍奉男人的姑娘們，都去跟著朱穎學了藝，先徒弟，後師傅，最後在朱穎的幫協下，到別的城市另立門戶了，最不濟也是理髮館的妖豔老闆了。侍奉男人的情事就輪到別的姑娘了。事情就這樣，把炸裂人追雞趕鴨樣都趕到城裡去，一年後，村裡就有些城裡模樣了。從劉家溝和張家嶺的村街望過去，街岸上的瓦房、樓房和炸裂村是一模樣，各家都是高門樓，石墩兒獅，門前有著三層五層的石台階。

咋就不在炸裂村頭給朱穎豎塊大碑呢？沒有她那些村野的姑娘能讓村裡變富嗎？何況朱穎不光讓劉家溝和張家嶺的姑娘家裡都富了，還給鄉裡捐了一輛新轎車。

就通知各村的村長都到炸裂去開現場會。孔明亮去縣裡媚上了，胡鄉長就到炸裂親自動員各戶的村人們，擦了屋，掃了院，收拾了正街和胡同，迎來了他村他莊上百人，尾在鄉長身後邊，先去參觀了劉家溝的廠呀和窯的，後來參觀張家嶺的家禽和畜牧。邊走著，邊問著，隨著每個村幹部的意趣和奇好，想到哪家看了你到哪家看，想問哪家誰了你問哪家誰。

末了鄉長就帶著人馬到了炸裂村委會旁邊的朱穎家。看見朱家像一座新式的廟院出現在那兒，一畝地，豎著坐西向東的三層樓。那樓房是朱穎家只住了半年顯土就又改造修建一遍的。樓磚都是半青半灰的仿古色，窗子都是如木雕一樣的鋼花兒。鋼花中還不時地鑲著一些紅銅和黃銅。院牆呢，因為有鐵藝，就成了城裡公園的圍牆了，牆下又都種了樹，種了草，雖然是冬季，可那本就長不高的地龍柏和臥塔松，還有本就四季碧翠的冬青樹、越冬草，就在那黃蒼蒼的冬日綴下許多藍綠色。就都豎在那樓下，各人嘴裡響出一片「哎喲」、「哎呀」、「天哪」的驚歎後，趕在落日之前參觀完畢了，便都依戀戀離開了朱穎家，往村頭去給朱穎豎碑了。

村頭有一塊大場地，平坦著，正在馬路入村的口道上。就在這村口，鄉長給朱穎豎了碑。碑是大理石的青石碑，一尺厚，八尺寬，一丈二尺高，上面刻了大碗公大的字。

碑的基座已經放入地坑了。

在那碑坑的四周不光填了土，還又用水泥澆了一圈兒。空氣中有一股清清新新的泥灰味。太陽懸在頭頂上，全鄉的村幹部們都立在日光裡，或席地坐在自己的一隻棉鞋上，端端地盯著鄉長的臉，看著鄉長一張一闔的嘴，聽著鄉長的講話聲：

「你們說，你們村有誰像朱穎姑娘那樣呢？你們知道不知道？朱穎剛到廣州才是一個理髮店的服務員，可現在，朱穎在省會開了一個娛樂城，一次洗澡能容下九百個男人和女人，每天掙的錢都能買幾輛小轎車，或者蓋下一棟小洋樓！」

「咋能不給朱穎立碑呢？」鄉長說，「她不光讓自己家裡蓋了樓，還幫鄉裡出去的一百多個姑娘家家都蓋了瓦房和樓房。」說：「不光讓這上百個姑娘家家蓋了瓦房和樓房，還讓劉家溝和張家嶺兩個村莊通電、通水、通了路。這錢都是從哪兒來的呢？——都是朱穎捐的啊，都是朱穎動員上百姑娘集資出的哪。」

「還有一樁事，」鄉長停頓一下子，瞟瞟下面的幹部們，把嗓子扯得更開些，「朱穎說她在明年開春要把從鄉裡到村裡的泥沙土路鋪成柏油路。把土路修成國家級的公路呢，你們知道修這路得花多少錢？」

鄉長喚：

——「得百萬千萬啊！」

鄉長說：

——「我作為一鄉之長，沒別的報答朱穎這姑娘。我只能給朱穎姑娘豎這麼一塊碑。」

一堵牆似的巨大石碑就豎了起來了，所有來的人，就都看見那大碑上籃子一樣大的十個字：

致富學炸裂
榜樣看朱穎

就都對著那巨碑鼓了掌。鼓得誰人手掌都流了一片血。

四、孔東德和他的兒子們

1

渴求著春天再來時，桐樹還開它的粉色花，杏樹還開它玉白色的花。可春天真的到來後，孔東德看到在村裡十字街所有墳頭栽的迎春本應率先泛綠開花時，迎春卻不再泛綠、不再開花兒。河邊、井邊的柳，也不吐綠芽了。沒有倒春寒，天象一天暖一天，人都完全脫了棉衣了——依著往時候，這時節都已過了清明，臨了穀雨，怎麼也該春滿人間，一世界綠景和花紅，然卻這年季進農曆三月間，春綠卻還遲遲不肯走出來。

這春間的一日早，孔東德想著春天的事，把他養的一對八哥掛在村中央朱慶方的墳頭柳樹上，開始學著城裡人一早在公園行拳走舞的樣，在那墳前十字路的空地裡，開始運動他的胳膊腿。他也不真的是要鍛練身體、延年益壽、貪戀世界的美好和妙生，只是這幾年都這樣走過來，證明著他人生美好，歲月安雅，雖然前半生朱慶方讓他坎坷蹲監，可現在他笑到了最末後，而你朱慶方，卻早早躺進墳裡了。

就把那一對八哥每天起床都提來掛在朱慶方的墳頭上，在這十字街上鍛練運動，接受著所有村人起床路過時，早早的問候和祝安。天是漸暖了，動一會身上會有汗水浸出來。脫掉一件夾衣服，沒有掛在近旁的一棵樹身上，而是故意穿過幾個墳，掛到朱慶方那已掛了八哥的樹枝上，還有意走上墳身去，在朱慶方的墳肚墳腰上跺幾下，才從那兒走回來，重又鍛練著。

空氣醒人呢，有潮潤涼爽襲過來。朱慶方的墳，每天早上都被孔東德踩來踩去，那墳前有了一條小路兒，墳堆上乾結硬實，清明隆起的新土都已經又被他踩流在了地面上，使那墳堆低矮，像隨意堆著的一堆土。有一天，他看著朱慶方墳頭石碑上「最忠誠的老共產黨員」不順眼，就用泥巴把那字糊上了。又一天，他看那豎著的石碑也不順，就讓村人去把那碑推倒，可推到一半時，他又讓村人歇了手。

「就這樣——好壞他也算來世上走過一遭兒，把碑留著吧。」那石碑就從此斜在墳前邊，要倒未倒的樣。孔東德覺得這樣看著那墳那碑更舒服，像朱慶方永遠在他面前低頭跪著樣。像朱慶方的墳是孤墳野鬼樣。他就每天起床到那十字路口做著這些事，想著自家的好日子，大兒子是老師，現在還當了小學副校長；二兒子是村長和這村裡的皇帝樣；老三在部隊，不是軍官，可卻是團長的警衛員，提幹當官註定是早晚一天的。老四在城裡讀高中，成績甚好，下年就該趕考大學了。

時運相幫，也料定是可以考就的。

他沒有哪兒不順心。倘若不是朱慶方家女兒朱穎在城裡掙了錢，蓋了樓，還有鄉長（也是一個當該千刀萬剮的人）在梁上的村頭路口豎那麼一塊巨壁碑，孔東德在這世上可謂連一絲一毫煩惱都沒有。

可鄉長胡大軍，幾個月前就那麼給朱穎豎了一塊巨壁碑，儘管那碑上的第一句話是「致富學炸裂」，第二句才是「榜樣看朱穎」。且朱穎天好也是炸裂人，也得在村長——他兒子孔明亮的領帶下，可這還是讓孔東德覺得喉間如鯁了一根刺。他當然不能去把鄉長豎起的碑推倒——再說鄉長可能要當縣長了——那就把朱穎這婊子姑娘她爹墓碑上的字給糊上吧。當然不能把鄉長豎起的巨碑上的大字泥糊掉，那就把那婊子她爹的墓碑推個將倒未倒，斜成下跪的樣。

終於的，孔東德覺得萬事諸順，像把喉間的刺給拔下了。

他就這麼在這墳前鍛練身體，哼著小曲，手動腳舞地揮揮胳膊腿。天天這樣子，天天的晨時都到這兒來，向那墳裡的人宣告著他的勝利和暢快。直到今早這一天，他又在十字街的空地鍛練時，忽然發現墳頭上的迎春在三月底末還沒泛綠開出黃花來，偶有幾棵本已泛綠的楊柳樹，都已吐了小芽兒，這時那小芽在沒有倒春寒的氣暖裡，都又乾枯萎縮著，綠又退回到了枝條內。

孔東德的心裡有些不安了。

他想到明亮昨天從鄉裡開會回來，給他說的縣、鄉兩級想改革，要在炸裂做試點，實行民選村長的事。想到民選村長也有可能把朱穎選為村長時，他心裡震一下，揮動的胳膊僵在了半空裡。扭頭望望朱慶方的墳，聽了幾句八哥在那墳頭「我比你好！我比你好！」的叫，又和路過這兒的村人點頭說了話，接納了人家的問候和請安，孔東德收起鍛練和架勢，朝朱慶方的墳墓走過去。

藉著路上無人時，他在那墳上灑了一泡尿，把尿全都灑在朱慶方墳頭仰臉的部位後，他穿上衣服，提上「我比你好！」回家了。

2

果然要民選。

果然鄉裡提的候選村長的名單是兩個人：明亮和朱穎——這婊子！

孔明亮的眼圈有了黑暈邊。他跑鄉裡，走縣上，買了許多好菸佳酒送上去，最後事情還是無可改的樣。要民選，那個候選人竟是在省會和大都市開著「天下娛樂」婊子店的人。狹路相逢，他就和朱穎在選村長的道上撞著了，要一比強弱了。從早上天將亮，到午時太陽走頂間，孔明亮都在算計三個村莊誰家會投他的票，誰家會投朱穎的票。他明白，炸裂人每戶人家都如不會裂縫外洩的一桶水，一定是說投誰一家人就都去投誰的。他就從四弟的作業本上撕下兩頁白淨的紙，一張上寫了「村長」二字和他的名，一張寫了「婊子」二字和朱穎的名，從炸裂村算到劉家溝，又從劉家溝算到張家嶺，最後得出的結論是，大凡炸裂村的人，多投他的票，而劉家溝和張家嶺的人，多投朱穎的。因為是他讓炸裂富將起來的，而朱穎讓那兩個村莊富將起來了。具體到戶頭人頭上，是有一百零五戶、五百二十五人會投他的票，有一百六十五戶、八百二十五人會投朱穎的。

竟然他落選。

孔明亮丟下那兩張紙，從屋裡走出來，站在院落裡，再回頭時看見那兩張白紙如兩片死人後的白色墳紙在空中飄舞著，後來那墳紙成了雨雲霧，飄一會散開不見了。把目光收回來，又去望望平南那日光，眉頭皺成結團兒，用舌頭舔舔乾裂的唇，想著心事間，父親從上房出來了，到門口看看掛在那兒的鳥籠子，過來站到兒子的面前問：

「你知道你選不上村長嗎？」

孔明亮望著父親不說話。

孔東德就從自己手裡遞給兒子兩張寫滿字的紙。明亮接過那兩張紙，驚奇地看到，那兩張紙也是寫著「村長孔明亮」，另一張上寫著「婊子朱穎」四個字。且在「村長」孔明亮那張白紙上，寫了一堆各村戶主的名，在那一堆名下用紅筆寫著：「共有一〇五戶，五二五人」；在「婊子朱穎」那張白紙上，有更大一堆一片戶主的名，在那一攤一堆的名下邊，用紅筆寫著：「共有一六五戶，八二五人」一行字。

和孔明亮的算計一戶一人都不差。

孔明亮盯著那兩張紙，臉上呆愕了，直到父親連問兩句「你選不上村長知道該咋樣選上嗎？」他才醒轉過來，點了一下頭，又搖了一下頭。惘然中，好像又聽到一句「跟我來」的話，便看見父親轉了身，朝上房走回去，低矮渾圓的肩頭兒，像兩個球樣朝著前邊滾。他便踩著父親的腳印兒，跟著朝父親住的屋裡去。

3

依著父親的安排，孔家干戈大動起來了。用拖拉機去縣城買了一車麥乳精、餅乾、香菸和甚好的酒，回來分類裝兜，家裡戶主抽菸的，就送菸和酒；有老人年事已高的，就送補養品。且由明亮親自出陣，帶著大哥孔明光，四弟孔明輝，弟兄三個先到炸裂那些在鐵道上卸貨死了人的家裡去，把禮品放到桌子上，問寒一些話，說暖一些話，最後就很直切了。

——「要選村長了，還是請你家都投我的票。」

——「怎麼說我們都姓孔，我們孔家做了村長，還是比那外姓好。」

——「你家宅基地是比別人小了些，等我這次選上後，首一樁事，就是給你家畫一塊大的宅基地。」

又到另外一家去，依舊是放下厚禮說了那些話，又據實情修正一些話：「老人還在病床上？咋就能不去醫院啊！」並不管病家實情是怎樣，就親近熱燙地把病人抬下來，差人趕快送往醫院去檢查，還把醫病的錢塞到人家手裡邊。

完了炸裂各戶的事，便又分頭去劉家溝和張家嶺。為著讓戶戶人人都投孔家的票，孔東德和三個兒子也都軍馬上陣，把拖拉機上的禮品運來停在梁道上，讓大兒子去有學生讀書的家裡禮惠與拜拉，明亮去那些有女兒在外跟著朱穎風流的家戶裡，孔東德去那老弱病殘家，四兒子留在梁道上，守著剩下的禮品等著他們回來提，直到把那票禮都送完。

孔明亮就去那有女兒在都市被朱穎帶著風流掙錢的家。一進院，先看看那新起的樓屋和院落，連說幾句「好房子！好房子！」，再到屋裡樓上樓下看一看，對人家說你可以在這裝個水龍頭，在那擺一張大沙發，最後從樓上走下來，坐在客廳裡，喝下主人遞過來的大茶碗，面帶容笑，寒暖皆問，到那戶主心熱感化後，又單刀直入血淋淋地說：

「你知道你女兒在省會幹啥嗎？」

那風流女兒的父母皆都不語了。

孔明亮就板起面孔來：「做婊子！做婊子掙錢還不如我們去後山火車道上卸貨哪。選村長時請你家都投我的票，待我續任村長後，首一樁，就是把你女兒從城裡叫回來，幫她找份好工作，又輕鬆、又體面，錢也掙得多，然後給她找個好婆家，好好過日子！」

那做父母的就都尷尬感動了，臉上原來被人揭瘡的疼痛和僵持，也都絲絲柔潤了。答應著必投孔明亮的票，說家裡雖然是富了，住了新樓屋，可對朱家姑娘的怨，卻是在心裡從未剔除過。就從這戶走出來，在門口又說些囑託保證的話，又去梁上提了禮品到了下一家。下一家因為算得為書香之門第，要著面子尊嚴的，明亮就不那麼血淋淋地單刀直入了，還是看了院子和樓房，說了很多樓房、院落好的話，最後坐下來，慢條斯理，問寒理暖間，對人家說你不要聽信別人說你家姑娘是跟著朱穎在外做那風流的事，我前不久才在省會見了她，她在一個工廠裡，靠手藝力氣才給你家蓋了樓。那戶主父母就臉上掛有尊嚴了，說我們也不信她會在外面去做那樣的事，怎麼著她也是個有著養教的。

「可朱穎幹著風流倒是真的呢，」明亮說：「明明朱穎是婊子，可不知怎麼的，上邊還讓她當了村長候選人。」

「沒人會選她。」人家極肯定地道：「反正我們除了你明亮，打死我們都不會選她當村長。」

這家的事情也就成定了。選明亮做村長必就無疑了。也就走出來，到新樓新院的大門口，拉著嬸呀伯的手，說下諸多囑託的，又往梁上走。那車上算好人家，一戶一袋的禮品還有一部分，三朝兩日就選舉，趁朱穎沒回來，趕在天黑之前必得全部送出去，家家戶戶拜託到，把要投給朱穎的票全都拜過來，這樣炸裂就是孔家的炸裂了。孔明亮就可實現他的人世大夢了。

4

在劉家溝和張家嶺中間的一道梁道上，老四孔明輝等著父親和大哥、二哥一趟一趟來車上提禮去拜票，就像等著歲月的日出日落樣。他覺得車廂裡花花綠綠的禮，全都兜在一個一個網袋裡，堆在那兒像一群鳥雀被關在一個籠子裡。他想讓那些鳥雀全都趕快飛出去，各回各家，他也就可以輕鬆了，回到家裡寫他的作業了。他並不希望真的考上大學呢，可他覺得把作業寫好，老師每次在講台上拿著他的作業，不吝不嗇地讚美著，也像賄禮一模樣，雖然常常讓他有些羞怯地低著頭，可每次事後同學們都在注目他。那一片羨慕的目光，還是讓他安慰和心悅。

他年齡還尚小，在別人要衝刺人生、成家立業的事情上，他還沒有想過那些事。嘴唇上連鬍子的影兒都沒有。那些長鬍子的同學們，都說他長了一端女兒像，白白淨淨，淳樸得如從未有過風污草沾的女兒胸。

他就是這麼一個孩娃兒，中學生。

週末回來看看家，取些糧錢，就趕上父親和哥們正在力拚力打地準備選村長。大哥是老師，大他十二歲，他認為他是和大哥最可同語的，畢竟都在學校裡。可他問大哥：「二哥非要當這村長嗎？」大哥很驚異地看著他，「沒有你二哥當村長，將來的炸裂會是孔姓嗎？」

他不明白二哥當村長和他讀書有何樣的葛連和糾纏，和大哥教書有何樣葛連和糾纏。但他明白那是父親最求望的一樁事，也是二哥最甘願興致的一樁事。也就跟著父親、哥們拉著一車票禮到這劉家溝和張家嶺之間的分水梁道上。看著那一梁相隔的兩個村，幾乎家家都是新蓋的樓房和瓦屋。在初春已到、綠卻未至的山脈間，那些村落、房屋像在一片光禿禿中突兀而起的一堆堆的顏料般。他大不明白，村落怎會在轟然之間富起來，日子彷彿氣吹一樣脹鼓著，人都有錢了，穿著時新了，連走路都挺拔快捷了。

的確的，所有的炸裂人，為了錢，似乎從來沒有停腳慢慢走過路，日日都在你追我趕的奔跑著。一切都是動的慌張的。只有山脈和天空還是那樣靜止著，一承不變著。孔明輝就那麼靜坐在山脈間，一會在路邊看看爬在草尖上的昆蟲和飛雀，一會跨到拖拉機的駕樓裡，看看那儀表、離合和手煞，把那麼複雜的東西搖搖動一動，直至他看到父親和哥們分別從劉家溝和張家嶺款款走回來，笑臉如豔日，才發現車箱裡的禮品不知何時一袋也不剩，明輝才又從拖拉機的駕樓跳下來。

他好像剛才還在那駕樓睡了一小覺。

看著一家人臉上都豔陽喜喜，亮如紫光時，明輝也就喜喜說：「妥當了？妥當了我們去街口好好吃一頓。」一家人難得有這好心情，都堅信炸裂勢必還是孔家那天下，連草動和風吹，也都有著明亮說了算。明亮不發話，就風也不吹草也難動的。也就去了村委會前面一家名為「香翠閣」的酒館裡。酒館裡還有別的村人們，閒散客，年輕人，那裡充滿了白的酒氣和紅柔紅柔的肉香味。他們一見村長就都發狠說，選村長時誰要敢投朱穎的票，夜裡就去一把火燒了他們家的屋。明亮就狠瞪他們一眼睛：「反了你們呀，民主你們知道不知道？」那些人就不再說話了，只在那兒敬著村長偷偷地看。孔東德就招呼他們過來一塊吃。也都感感激激坐來了。都讓四弟明輝來點菜。在校學習好，那就隨意點。點下很多菜，說吃不完了打包帶回去。最後孔明亮也就拿著那點菜單子看一陣，又站到酒樓櫃檯前，望著櫃裡的酒品和飲品。開店的是村裡在鐵道邊卸貨摔死家裡的，被照顧家眷讓她在村委會前邊街口輕巧酒館著。生意好，好得如日日婚宴般，吉祥喜慶，財源如滾，那女人的就想多虧男人卸貨摔死了。多虧村長孔明亮讓她開酒館。村長一家到這來吃飯，她像碰到皇帝路經下榻樣，紅粉喜悅在周身汩汩潺潺地流。見村長站在櫃前望著她檯櫃裡的酒飲品，她就趕過來遞了村長一句話：

「要喝啥村長你自己拿，這兒沒有了我去別的地方買。」

村長說：「你沒想過把這店開得再大些？」

女人就笑道：「這已經讓我家裡吃喝不愁了。」

村長的臉上立馬有了不悅色：「沒想過你就別開了。你要想著有一天把這小酒館開成大酒樓。把大酒樓變成城裡、市裡的大賓館，讓那賓館裡有客宿、飯店、游泳池和電梯、保安、商場啥兒的，還有戲園和電影院——就和電視裡的賓館一模樣。」

女人怔怔看著村長的臉，半晌沒能說出一句話。

村長又不高興了：「看啥兒看？你不認識我？」

女人慌忙笑著點了頭：「兄弟，我哪能不識你，家裡孩子還向你叫叔呢。」

村長就又問：「剛才我說的你都記住沒？」

女人連忙著：「記住了，記住了——有一天要把酒館開成大賓館。」

村長滿意的默下一會兒，自己去櫃裡取下十瓶烈性酒，過來又盯著女人問：「剛才我四弟一共點了多少菜？」

「十二個，」女人說：「四涼八個熱。」

「上二十四個菜。」村長大聲道：「讓師傅把他的手藝全都拿出來。」

酒館女人又微驚一下子，醒了神，慌忙去後廚交代著。天近黃昏了，落日呈著粉紅粉淡色。村長說完轉過身子時，一抹日紅從門口撲進來，讓村長的臉上閃了祥雲的光。村長的臉就成了祥雲了，猶如廟裡的神像鍍了金的粉。大家這時望著村長時，都驚奇地從凳上站起來，不太能信這個村長就是那個孔明亮。孔明亮就是那村長。連他大哥孔明光、四弟孔明輝，也都驚得不再認識了，僵在那兒說不出一句話兒來。

只有父親孔東德，還依舊故我地坐在那盯著兒子看，臉上的喜悅如貼上去的一張大紅門聯紙。

孔明亮抱著一捆二十瓶的高度烈性酒，過來頓一下磕在桌子上，用低沉粗重的聲音說：「今年炸裂還是一個村，村前只有這一條商業街，明、後年，我要讓炸裂成為一個鎮，讓鄉委會從柏樹鄉那兒消失掉，從此柏樹鄉就歸我們炸裂鎮來管了——鎮委會就紮在我們吃飯這地方。再過三、五年，炸裂鎮就不再是鎮了，它是炸裂城。縣城就搬到我們炸裂這兒了，我們這兒的繁華和那市裡差不多，跑著的公共汽車和小車，多到沒有紅綠燈，那小車大車就會叮叮咚咚撞在一塊兒，公安局每天處理交通事故都來不及。」

人們就都望著孔明亮的臉，期望從他臉上望出破綻來。可中等身材、敦實渾圓的孔明亮，臉上的莊重與肅穆，滴水不漏，嚴謹得如山脈對地下河的封鎖樣。別人就都思緒不上後邊的話，只是望著他，像一個人從夢裡走出來，飄飄悠悠站在他們的床前邊。大哥孔明光，似乎想要弄清弄明一些啥兒事，過去拉著二弟孔明亮的手，可弟弟孔明亮，如遭了疑懷和譏嘲，一下把大哥的手打到了一邊去。四弟孔明輝，望著二哥嚇得站起來，朝後退了小半步，倒先用手把自己的嘴給捂起來，似乎生怕自己說出一句和二哥相撞相擊的話。

父親孔東德，竟就忽然哭起來，嗚嗚地哭著說，有明亮這個兒，他再多蹲十年監獄也值得。且為兒子的那番話，哭得爬在飯桌上，肩膀抖得如同篩糠般。景象的急轉和大變，使大兒子孔明光和小兒子孔明輝，完完全全不知道這世界在一轉瞬間發生啥兒了，都呆若木雞地立在酒館餐廳的窗口前，讓夕陽無盡止地紅著照過來，使他們的臉都痛紅如羞，泥塑在那一方一隅的窗光裡。還有村裡的那些閒散年輕人，也都僵著木呆著，一如閃電雷殛後的幾尊泥塑像，沒有原樣表情了。一動不動了。

然而著，孔明亮卻是依舊靈動活樣的，明白事態世相的。他不屑地看看哥和弟，嘲弄地瞥一眼村裡的人，走過來扶著父親抽搐的肩，說了一句慰天慰地的話：

「爹，你好好活——你啥兒都能看得到。」

待父親不再抽搐傷哭了，村長明亮就又扭頭望望村裡那幾個年輕人，交代說以後活著多在世上學些事，等村子成了鎮子、成了縣城、成了都城，你們都是創業那元老，都要當處長、局長和庭長，別他媽到時候啥都不會幹。不會說話，不會處事，連批個檔、組織個會議都不會。到那時，你們就別怪我不講情面，不把大的生意、重要的職務給你們！交代著，期許抱怨著，說話間，老闆娘就端著幾個炒菜上來了。炒菜的熱氣上升上來，遮住她的臉。明亮扭回頭，隔著那蒸氣對著那黃臉大聲喚：

「二十四個菜不夠，你給我最少炒出三十六個來，七十二個來。最少擺出十個宴席來——我要請炸裂村每戶人家的戶主來吃飯，要請全村的人們都來吃宴喝酒——要他們都知道，不要幾年間，炸裂就會變成鎮子、變成縣城，和那市裡一樣繁華富裕著！」

5

孔家父子們宴罷回家時，月亮至著中空了。村街上的路燈和月光，爭著耀照把村街映成白天的樣。滿街都是新磚瓦屋的硫磺味，還有半夜的清寂和微風。父子四個提著沒吃完的飯菜往家走，路上明亮問明光：

「發票開沒有？」

大哥明光說：「開了，多開了幾千塊。」

「還可以再多些，以後我一簽字就報了。」這樣說著話，明亮隨跟在父親後，回到家門口，就同父親和兄弟一道見了那意外——原來下午全都送出去拜票的禮，竟有一半被村人藉著夜寂又送回到了大門口。沒有退到家裡去，就都隱名悄悄堆在門口上，月光中，像堆著一大堆的南瓜蔬菜樣。父親愣在那一堆退禮邊上不動彈。明亮和兄弟也都站在那退禮邊。溶溶的月光下，能聽到光在門口的走動聲。忽然的，一家人都不約而同吐了一個字：「天……」四弟彎腰提起一兜看看又放下：「退回來了我們自家吃。」明亮冷四弟一眼睛，朝那一堆禮品上踹一腳，聞著香烈的餅乾糕點味，想到的第一默念是：「你們找死啊，竟敢退回來！」接下來，他就想到在部隊的三弟明耀有真槍，能借我一天該多好。可把目光轉到父親身上時，父親竟又說了一句和他的想念完全撞在一起的話：

「給老三明耀發電報，看他能不能帶槍回來一半天。」

老大孔明光和小弟孔明輝，都不解地望著父親的臉。可孔明亮再望父親時，臉上就滿是月光遮不住地愕異興奮了。

五、孔明耀

明耀從部隊回來了。

他高了許多，壯了許多，威武如可以奔跑的馬。進村時，提了黃的旅行包，走在村街上，臉上興奮紅亮，見誰都點頭、遞菸和發糖。男人菸，女人孩娃是小糖——這是所有耙耬人外出榮歸的習俗和規矩。菸的貴賤，糖的好壞，是你在外成敗榮辱的明證物。明耀回來給村人發的是那時回家最昂貴的菸，傳說中只有國家領導才可買到吸到的。明耀給村人就發那樣的菸。女人孩娃的糖，村人並不覺得那是最好最甜的，味微苦，可那包成圓狀、長狀、三角狀的金色糖紙上，一皆兒都不是中國字，都是洋碼兒，於是人們知道巧克力是怎樣一種物品了。對孔明耀的歸來越發感到充滿傳奇了。他從村街上走過去，春天為他開著花，為他披著嫩綠和鮮紅。村街上的北方槐，也都為他頂著一樹繁花，開成大紅的玫瑰和白芍藥，飄著腥白烈紅的花香味，在日光裡為他閃著柔亮柔亮的光。

他已經幾年不回了，穿一身藍制服，黑皮鞋，踏踏踏地從村街走過去，東看看，西看看，和所有的熟人都說話，叫伯喚嬸，說長道短，過去後所有的村人就都想，我家的姑娘嫁給他該有多好啊！該有多好啊！

孔明耀回到村十字街以南的孔家旺族了。

剩下的就是滿街的議論、猜測和朝孔家跑來跑去的腳步聲，及至過了時辰，到了午飯後，人們那花雜情妙的想念就沒了。就看見孔明耀再次從家裡走出來，身後跟了無數的孔姓人，男的女的，少少老老，個個臉上都沒了先前和潤的光。都是繃緊臉面，目光裡半含了殺氣和憤怒。男人們跟在他的身後邊，女人、孩娃們跟在男人身後邊，一群一股，簇擁著從部隊探家回來的孔明耀。

這次從孔家出來的孔明耀，沒有穿他回村穿的藍制服。他換上了他在部隊穿的新軍衣，還紮了棕紅色的牛皮武裝帶，手裡提著村人幾十年都未曾親眼見過的油亮黑手槍。村人們不知他在家裡和父親、兄長們說論了啥，總之他這次一出來，村裡的空氣就僵滯不動了。天氣也和他的臉色一樣有些陰。脖頸衣領上，那兩塊新領章，是種血紅色，掛在那兒讓人總想到人頭落地的事。父親和哥們，沒有誰跟在他後邊。四弟明輝在城裡讀書壓根不知他回來。他就那樣從家裡走出來，逕直到十字街口上，看看身後、面前的人，掛著冷笑說：「聽說村裡要選村長了？民主好啊，你們想選誰，那是你們的權利，誰都從你們手裡奪不走。」然後他就掏出手槍看了看，用手絹擦了擦，拿槍對準天空隨意瞄了瞄，又笑著自語說：「聽說劉家溝和張家嶺村都富了蓋了新樓屋，我們去他們村裡看看吧？」

炸裂人們就都歡呼著：「先到劉家溝！先到劉家溝！」人群便愈來愈大，滾成黑鴉鴉的團，擁著推著年輕的軍人孔明耀，還又主動地為他閃著道，出村朝三二幾里的劉家溝蕩動過去了。

日過平南，山脈上慵懶和暖。當幾十、上百的炸裂人，洶湧捲蕩到劉家溝的村前時，早有消息傳到了劉家溝。於是劉家溝人便關門閉戶，如將要遇到一場槍血樣。可又發現景況並不那麼樣，只是說孔明耀從部隊探親回來了，要到村裡看看他家親戚呢，還見人都遞菸遞糖時，又都把門閃開來，也就見那穿著軍裝、紮了腰帶、提了手槍的孔明耀，已經從親戚家裡走出來，被更多的人擁著團圍著，看他在一戶新蓋了三層樓房的人家大門前，持槍對著天空瞄了瞄，「砰！」一聲，開了一槍，待天空、樹梢的飛鳥全部消失後，他收槍吹吹槍口的煙，用手絹擦擦槍柄和槍蓋，把槍插入腰間大聲說：「民主好啊，你們想選誰就投誰的票！」然後又往張家嶺村動動蕩蕩過去了。

他走後，在那槍聲的餘音裡，劉家溝所有的綠葉全都枯萎了。所有正開的春花也都凋謝了。所有的村人都成為啞巴不再說話了。

張家嶺其實是和劉家溝相鄰相靠的，中間有一條土道連接著，又有一條河水隔斷著。在張家嶺村孔家沒親戚，孔明耀不需要到親戚家裡送點禮品坐一會，他只是說，有點小事要去看看張家嶺，看看張家嶺的變化和那蘑菇一樣新蓋的樓房群。就帶著從一百變成二百、從二百滾成三百的大人群，集會著從劉家溝開到了張家嶺。到了村街的最中央，在人群你擠我、我推你的簇擁中，站到一塊還殘留在村的碾盤上，看看那些各家的樓房和瓦屋，問問這座是誰家的，家裡人幹啥就蓋起樓房了。問問那家房上有尖頂琉璃瓦的樓，說不錯啊，和他在外邊見的別墅一模樣，然後就掏出手槍來，瞄著那一家尖樓頂上鑲的瓦製灰鴿子，把左眼閉起來，食指勾在扳機上，又是「砰！」的一聲槍響，那房上的瓦鴿便碎了下來了，樹葉也落了，花草都枯了，就都聽見明耀在村街大聲說：「民主好啊，你們想選誰就投誰的票！」接著張家嶺的天空便下了雨夾雪，不一會工夫就大地結冰霜白了。

那年春，在孔明耀走了後，劉家溝和張家嶺，都因天遭冷寒，樹枯苗死，莊稼幾近顆粒不收。倒是炸裂村和他們只有一梁之隔，風調雨順，糧食多得吃不完。

第五章　政權(一)

選舉

1

一場民主一場雨，把炸裂的什麼地方都濕了。

朱穎從省會回來是在選舉的前一天，雨過天晴，空氣新銳，有一輛轎車把朱穎送到梁頂村口上，她看了看鄉長為她豎在那兒的巨壁碑，就從那兒款款進村了。

進村時是上午十點鐘，水泥街上被雨水洗得溜光潔淨，有潮氣冷在路面上。把路上的石子、磚塊都冷成了灰白色的冰。為選舉，商販都不去鎮上、縣城商販了。耕的也都不去田裡鋤草施肥了。人都在村街聚暖曬太陽，等待著一場前所未有的民主轟轟隆隆砸落在炸裂村。這時節，候選人——年輕時新的朱穎就從省城回來了。轟的回來了。這次回來的朱穎和前次回來的完全不一樣。前次回來是為了翻修她家剛蓋起就覺過時的樓樣兒，衣著扮相完全和村人不一樣，塗口紅、描眉毛，畫眼睫，頭髮染成棕紅色，惹得所有村人、鳥雀都朝她睜大眼，以為她不是炸裂人，而是城裡、市裡的女妖兒——可這次，她回來是為了選村長。她的扮相和村人一模樣，頭髮又回到了黑色裡，皮鞋的跟，也低到半高間——人著地面了——穿了短毛裙，紅毛衣，像是城裡人，也像富了以後的村裡人。進村時她碰到的第一個人是個男娃兒。她把那男娃抱在懷裡邊，給他塞了一張一百元的票，說阿姨在外忙，沒顧上給你買東西，想吃啥兒你就自己買去吧。又遇到一個十幾歲的小姑娘，她扯著那姑娘的手，塞給她兩張百元的票，說姊沒給你買裙子，到城裡喜了啥兒裙，你就自己去買吧。她一路發錢走過去，少者一百，多者三百或五百。作派像是孔明耀，又和明耀持的槍器大不相同著。她的槍器是錢幣。是百元百元大把分撒的人民幣。從村街這頭到那頭，不知道她到底發了多少錢，直至她到十字街上父親的墳前跪下磕了頭，用真錢當做紙冥燒了一大堆，許願喃喃地說了一些啥，又一路散錢消失在一條胡同裡，使村街上所有的人們都弄不明白這個年月村間到底發生了啥兒事。正在發生著啥兒事。還要發生啥兒事。

之後在她消失的片刻寧靜中，站在十字街上幾十上百的炸裂人，不知誰喚了一句「朱穎回來了——朱穎回來給各家各戶發錢了！」於是著，所有的人就都朝著朱家的新樓湧過去。炸裂人就在這一天，看到了銀行夜不閉戶，讓人隨手取拿那美望。發現了朱穎進村沒有穿啥時新服，卻在家裡掛著一件用紅黃綠藍幾色人民幣構成圖案的披風衣，且那錢不是印製在布上的錢幣印染圖，而是真的百元的人民幣，剪剪貼貼黏在衣面上，只是衣服手藝好，人民幣如畫樣裱在衣服上，掛在朱家客廳的衣服架子上，還有朱穎別的衣，毛衣、襯衣、內衣、風衣、褲子、鞋襪上所有的圖案和底色，都是真的錢幣剪裁裱貼上去的。二十幾年後，炸裂由縣改為市，新成立的炸裂發展博物館中的鎮館之寶，就是朱穎這些錢衣服。

她是為了趕製這些錢衣才從省會遲到回來的。

接下來的一天間，朱家那三層樓的樓屋裡，就成了炸裂人的展覽館。男男女女，少少老老，也包括往日和孔家甚好、仇遠朱家的人，都藉著理由要到朱家來一趟，看朱穎帶回來的把百元大票剪成的花草和樹木、蜜蜂和蝴蝶，鑲貼成各種圖案的各種衣服和妝飾，掛在衣架上，展在牆壁上，或在人們手裡你傳給我，我再傳給你。朱穎不像孔家樣，為了村長拜票買一拖拉機的禮品一戶一家地送。她誰家也不去，就等著各戶人家來參觀。那一天，朱家門前的路道上，村頭的梁道上，源源不斷，絡繹不絕，說的都是朱穎和她錢衣的事。都是民選村長的事。

人們就悄悄對朱家姑娘說：「還是你當村長好。」

朱穎連連擺著手：「都選明亮吧，我是被鄉長、縣長從省會逼將回來的。」

「你富成騾馬，也得讓我們活成一隻肥的家雀麼。」人們抱怨著。

「那我市裡、省會的生意誰來管？」朱穎反問時，一臉都是因小失大，為當村長煩潑呢。

人就有些失落了，越發想要選她了。她就那麼在屋裡的樓上樓下、客廳院裡，忙前忙後，為村人們倒水說解，給那些在村裡還有些窮相的，掏出三百五百元，接濟他們的日子和愁悵。那些和她一道在外風流拚打的姑娘們，劉家溝、張家嶺，還有耙耬山脈別村他戶的，也都來到朱家替她張羅著。都說朱穎姊，你千萬可別當村長，你回來當個屁村長，我們在外邊咋辦呢？那工廠、那商店，那最好、最大、最繁華的娛樂城，還不三朝五日都關門？然後間，前一拔參觀的人從朱家走出來，後一拔兒走進去，又都那樣希望憂憂地說。午時朱家在家燒了很多家常飯，讓來參觀錢衣的，都在家裡吃，一直到下午，到傍晚，到日色西去，院裡靜安下來了，朱穎把她那些錢衣全都小心地收疊起來後，一轉身，看見門口站著掛了一臉冷笑的孔明亮。他像一尊對人世滿臉嘲諷的青石雕塑樣，在樓前門口邊，落日蕩在他臉上，如一薄紅色照在厚的青上面。院子裡栽的石榴樹，全都開著蘋果花。還有一棵桃樹不僅開著石榴花，還開著海棠和茶花。有花葉落在磁磚地面上，景況詩得很。人像詩中用錯的詞。孔明亮就那麼塑著左看看、右看看，最後又有一抹冷笑飄在嘴角上，默了許久才對朱穎說：

「回來了？」

朱穎也笑著：「這錢衣不是展給你看的。」

明亮收起笑：「錢比槍厲害。」

朱穎說：「不進來坐了你走吧。」

他們像說話，像吵架，分開時明亮從院裡朝著門外走，朱穎像送他，又像為了出去把大門門閉上，把一天的煩亂都關在門外邊。可孔明亮走到大門口，在朱穎準備關門那瞬間，他突然又回頭說了一句話。

「你這麼婊子還想嫁給我？」

怔一下，朱穎停頓一會用很輕的聲音說：「我真的是婊子。可我明天當上村長了，你會跪到面前來求我。」

「你以為村人會選你？」

「他們不選我，他們是選錢。現在我有很多錢。」

孔明亮不再說話了。心裡很深的地方震一下，低了一會頭，又突然從門外朝著院內走。朱穎不讓他進來，他就掙著身子朝著院裡擠，兩個人你推我搡很大一會兒，明亮終於推開朱穎站在了朱家院中央。黃昏已經赤腳蹣跚地到來了，院裡好像有春之馨香，還有夏季那熱暖。鳥聲疊疊，一群雀子就落在石榴樹和院裡的桃樹上。他們彼此在院裡瞪著眼，孤絕冷冷地望了很大一會兒。

「你走吧，」朱穎說：「再站一會你就該求我了。」

「你退選——把村長讓給我！」孔明亮用目光逼著她。

朱穎笑一笑：「你是求我嗎？」

又停頓一會兒，明亮笑一笑：「你不退選等我選上我會整死你！」

也笑笑，朱穎突然問：「那一夜走夢你除了出門碰見我，你還撿到了啥？」

明亮沒有說，只是在那兒僵著又站一會兒，最後終於轉身開門朝門外走過去。朝相鄰的村委會那兒走過去。整整一天間，他都在村委會的樓上瞅著朱家大門口，看著那絡繹不絕的人。這次他離開朱家大門，要走回到村委會的院子時，又聽到朱穎在他身後大聲地喚：「你又錯過向我朱穎求婚的機會啦——一錯再錯，你會後悔得要去牆上撞死哪！」

隨後間，傳來了朱穎很重很沉的關門聲。

2

一夜間，炸裂的腳步聲都如冰雹一樣寒噹噹的響。有人去孔家，有人去朱家，也有人從孔家出來又跑到朱家去。這是這個國家開天闢地的選村長。是縣長要當市長前，彙報到省裡的一樁大舉措。炸裂人不知道，為此老縣長做了多少上傳下達的彙報和設置，是要把這次選舉作為禮物帶到市裡，獻給省裡的。

也就要選了。

來日上午十點鐘，把炸裂下屬的劉家溝人、張家嶺人全都招到炸裂村前的河灘地。依著河的鱗壩用各戶的門板塔了會議台，台上放了一排桌，桌上鋪了新紅布，台額上掛了大橫幅，寫下「炸裂村首屆民主選舉大會」十一個字，事情也就端莊了。有記者、有警車、還有縣上、鎮上十幾位的觀察員。把一個投票箱子放在主席台的最中央，給每個十八歲以上的村民（公民）都發了印著孔明亮和朱穎名字的選票紙，讓人們同意誰就在他（她）的名後打上一個勾，依次拉開走到台子上，把選票丟進選票箱的縫口裡，也就民主了，你的事情也就結束了。餘下的，就是等著點票、計票，宣布候選人的票數多與少。

多的也就當選了。

沒有啥兒了不得，這樣的事情炸裂人也是經過、見過的。所不同的是，先前都是選隊長，而今大隊改為村，都來選村長。那時選是同意誰就往誰的碗裡丟豆豆，而今是不記名的投票箱。那時都是自己組織選，而今是縣長、鎮長和員警都來組織和監督。

縣長和鎮長是早上天色毛亮就坐著車子到了村裡的。為了避嫌還不到候選人家裡去吃飯，自己帶了豆漿、油條就在那車上吃。村人（公民）是從早上飯後就開始朝著會場裡趕，一群一股，拉拉拖拖，如看戲一樣各自手裡提了小凳子。到了十點鐘，從四面八方趕來的群眾雲集到齊了，上千人雲在了河灘地，大喇叭就宣布民主開始了。老縣長做了選舉動員，說了很多關於民主與選舉那開天闢地的話。鎮長宣布了選舉規則，還把投票選舉和法律扯在一塊兒，說了這樣是違法、那樣是犯法的事。接下來，輪到候選人競選演講那一節，孔明亮把大哥明光在半月前寫好的稿子在台上撕破嗓子念一遍，台下的人好像都在認真聽，又好像都壓根沒有聽，嗡嗡的聲音彷彿有成千上萬的蒼蠅在會場上空飛，整個會場就像夏天的糞池樣，成了蒼蠅們的大舞台。明亮驚此朝台下瞟一眼，看見面前有婦女在抱著她的孩子拉大屎，還用那生硬淺黃的選票當屎紙。那一刻，他恨不得走到台下朝那婦女臉上摑去一耳光。明明縣長講話時，台下鴉雀無聲，寂靜如死，到了鎮長講話時，台下雖然有了嗡啦嗡啦聲，但講什麼還是可以讓台下聽個清明的。

可到了孔明亮，這聲音就如波如濤了。

他拿著稿紙扭頭看看身邊的縣長和鎮長，見縣長正被記者採訪著，就爬在鎮長的耳朵上說：「讓員警維持一下秩序吧！」沒想到鎮長又爬在他的耳朵上：「念吧，就是走個過場麼。」也就又撕著嗓子大聲吼著念著了。他演講中的勃勃雄心——要讓每戶人家抽屜桌的一個抽屜一年四季都塞滿錢，要讓炸裂村在未來幾年變成鎮、再過幾年變成城的藍圖宏願那東西，在吵雜的人聲中，如雲一樣飄走了。念完稿紙後，他從台上回來坐在鎮長邊，想要抱怨一句時，鎮長反倒抱怨說：

「你的稿子太長了。」

他愕然。

望著鎮長的臉，看見鎮長的眼珠一刻也沒有離開過坐在他身邊的朱穎的臉，正想在心裡罵一句郎豬、嫖客的話，明亮猛然覺得腳下如地震一樣使他有些站不穩腳跟了。他冷猛地發現，朱穎的動人和勾魂，原來全都凝在她的眉眼間。紅毛衣，直筒褲，半高的皮鞋和肉色襪，還有她圍在脖上又搭在前胸後肩的長圍巾，何等的得體和好看，雖然都是從城裡、市裡學來的新尚和洋氣，可她眉間那股撩拔男人的情表和光彩，那從她眼裡射出來能擊倒男人的那束光，卻是別人和城裡女人都沒的。鎮長在不停地看她那潤白紅亮的兩眉間，就像看一處女人昭然天下的隱處樣。就是這一刻，明亮有一種被震倒的感覺襲上來。有一種站不穩的軟癱纏在他的腳脖上。慌忙倚勢坐下來，聽見有人宣布讓朱穎上台發表她的競選演說辭，看見她像風樣從鎮長面前走去時，她看了鎮長，鎮長也看了她一眼，彼此那目光，在半空匯一下，朱穎就款飄飄地走上前台了。

孔明亮這時的唯一想法是，我完了，敗在這婊子和鎮長的眉來眼去之間了。為了挽住那還沒有最後敗來的局，他讓自己鎮定下來，想看看朱穎念稿或演辭時台下的吵嚷有沒有自己演念時候的吵聲大——到現在，那吵聲給他雙手帶來的汗水都還捏在他的手心裡。他就盯著等著站到台前的朱穎開口說話兒，像等著一場雷陣雨。可是朱穎站在那兒就是不開口，生生過去一會兒，又過去一會兒，直到她用沉默把台下的吵嚷壓下後，待台下的目光都因為她半晌不語，盯著她，等她開口將要厭煩時，她忽然從口袋取出一大把有數萬元的錢票從台上扔下去。那錢票風花雪月，在半空飄得眉來眼去，人們都還沒有從中回味過來時，她在那一刻，才用她華潤朗朗的聲音朝台下莊重地喚著許諾道：

「我當上村長了——要讓各家的錢都花不完，就像我這樣從家裡朝著門外撒——」就完了。

她的競選演說從開始撒錢到一句喚話的結束，前後不到二十秒。等台下的人都瘋狂地衝到前台來撿錢搶錢時，她就從台前回到了台中央。在孔明亮還沒有回過神兒時，台上台下的掌聲就風吹雲動地捲將起來了，電閃雷鳴，似乎長有一天一夜二十四小時，那掌聲都未息下來。之後大喇叭適時地宣布了開始投票了，請公民和人民，按照事先說定的公平次序，開始在各個村民組長帶領下，都到台上去投票。

一場選舉，就像一場演出劇。此前孔明亮為選舉所做的一切，在縣長、鎮長和員警的目光及大喇叭的喚話中，如一股炊煙被風吹走了。他從台中央起身坐到台子角，望著朱穎和鎮長、縣長說著笑著朝台後的一片樹下的茶桌走去時，朱穎就像已經選上了樣，陪著他們像領著她的熟識客人般。

婊子和郎豬！——他這樣在心裡咒罵著，有一股孤獨的仇恨從心底升上來。他極想衝到台上把那投票箱和桌子掀翻掉，及至看見父親、哥哥還有特意從縣城高中回來為他投票的四弟，他又覺得事情還沒完，人們並不一定真的選朱穎。

她畢竟是婊子。

有誰不知道她是在省會做那風流生意呢？

說好公民投票和點票間，領導和候選人是要離開票箱閃躲的，都到後台的茶桌那兒去候等，可孔明亮這時就是不想去。不想和他們待在一塊兒。朱穎像一個巨大的金斑母蝴蝶把那些男人招走了，他想他該恨朱穎，就像一堆蒼蠅圍著糞飛時，他更該厭惡的是那一堆糞。可不知為啥兒，他罵朱穎婊子如同掛在嘴上的話，可到了必恨這一刻，他恨將不起來。他忘不掉她眉間那勾魂撩人的表態來。抽了一支菸——從準備開始選舉他就開始抽菸了。抽著菸，望著遠處井然次序到台上投票的人——人民——公民——村民們，他看見有一隻喜鵲叫著本要落在他身邊樹上的，可欲著落下時，卻又飛走了。竟落到那邊朱穎頭頂的一棵樹身上，歡唱了很久才又飛開去。縣長和鎮長，還指著喜鵲和朱穎說了很多話，笑聲黃辣辣地蕩過來，像針刺一樣扎在孔明亮的腦子裡。他們睡過沒？都一定去過朱穎的娛樂城裡吧？讓那兒的姑娘給他們洗澡、擦背、按腳，最後他們就抱著哪個姑娘躺到床上去。孔明亮很肯定地這樣想。想只有這樣才合乎縣長、鎮長熱她冷己的事態來。不然間，怎麼會他們在那兒又說又笑，就沒人想起把他這個候選人也叫將過去呢？右前投票的人，很多投完票開始朝著村裡走。日又平南，到了午飯時，公民也是要回家燒飯吃飯的。望著那些回走的村人們，待在樹陰下，花花團團的光亮落在孔明亮的臉上和身上，他覺得身上一陣熱、一陣冷。朱穎到底和鎮長、縣長睡過沒有的念頭老是如刺一樣扎在他的頭腦裡，血淋淋，拔不掉，這讓他有些坐臥不寧了。本來不關他的事，她又不是他媳婦，不是他對象，可這一刻他冷猛地靈醒到，只要他們睡過了，那今天他這村長就勢必敗選了。敗選了，那每日每夜都在他的惡望中漸欲漸高的大樓也就坍塌了。他的人生就嘩地完結了，如在河邊堆起的一堆澡泡劈劈啪啪破裂了。活著也沒意思了。日子也沒趣味了。他就不知道下一步該怎麼一天一天過去了。他是為了把村子變鎮、鎮子變城才來到炸裂的。偷扒火車時，他幾次都差點從車上掉下摔死在路基上。炸裂是因為他才富將起來的。到現在，全村人都樓屋瓦舍了，只有他孔家還住在原來的一院草瓦舊屋裡——雖然是戲意，可都是為了村長和這炸裂的努力呢。可眼下，那婊子——就因為她長得好，會風流，鐵路提速他不能領著村人卸貨致富了，她就可以帶著錢衣回到村裡和他一爭高下來當這村長了。

他媽的！——朝樹的根下踢一腳，孔明亮看見那最後投完票的公民們——村人們，離開河灘往村裡走去時，朱穎領著縣長、鎮長也往村裡走去了。

要吃午飯了。

於是間，孔明亮也朝村裡獨自走去著。

3

沒回家，孔明亮去了村委會。

空空的村委會中除了他和村祕書程菁姑娘外，還有的就是四月才有的陽光和滿院子都是隨春而來的野麻雀的叫。他坐在空大的村委會的辦公室，過分顯高的樓屋頂，讓屋裡的沙發和花草，都覺得自己低矮和萎縮。程菁也穿了紅毛衣，高筒褲，半高的黑皮鞋，人也純淨靈秀到了了不得。可村長孔明亮，就是覺得她的臉上沒有朱穎那股撩拔勾人的味。他沒有回家去吃飯，不知程菁從哪兒給他端來了一碗撈麵條，他就坐在辦公室的桌前吃。要吃時，他又盯著程菁突然問：

「我要讓你嫁給我你會高興嗎？」

程菁說：「縣長、鎮長分散到村裡各戶吃飯了，說這是他們瞭解基層的好機會。」

明亮又問她：「說實話，你覺得縣長、鎮長和朱穎到底睡過沒？」

「點票就在河灘會議台子上，」程菁說：「飯後票就點過了，村人們返回會場就宣布你和朱穎誰的票數多。」

孔明亮就一下把麵條碗僵在嘴邊上，不說話，盯著大屋裡的空靜和落寞。程菁站在他面前，臉上滿是為他落選的擔憂和愁悵，像做錯了啥兒偷偷瞟著他。「去河灘地那兒跑一趟，探探情況抓緊回來跟我說。」待明亮把飯碗放在桌子上，對程菁這樣一句後，程菁就點頭慌慌出去了。

程菁第一次從灘地那邊傳回來的話兒是：「孔村長，你和朱穎的票數差不多，你還比她多幾張。」

第二次：「朱穎的票愈來愈高了，她已經比你多了五十張。」

第三次：「現在票點一半了，你是二百零一張，她是四百零九張。」

第四次，程菁姑娘汗淋淋地從外面風進來，臉色黃白，頭髮汗濕在額門上，立在孔明亮面前欲說時，明亮對她擺了手，讓她不要說。就那麼沉靜一會兒，他咬咬自己的下嘴唇，差一點就在那唇上咬出血，才又讓她到鄰居把朱穎請到村委會裡來。說是請她來，彷彿下了天大的決心般。決心下定了，他人就沒有力氣了，倒在靠椅上，渾身軟得要從椅上滑下來。可是程菁出去很快就又回來了：「她讓你到她家裡去。她說你請她就該去找她。」孔明亮就在那椅上怔呆著，眼裡滿是空洞和虛茫。過去一段天長地久的時光後，他悠長地嘆口氣，從桌子那邊慢慢走出來，在程菁的頭上摸了摸，摸出一股醉人的髮味和洗髮水的香，又在她的額門上親一下，然後就朝門外綿軟無力地走，還又回頭依戀地瞅瞅村委會的三間大房辦公室，像皇帝被逼宮後不得不離開他的大殿般，濃重的傷失霧一樣罩在他臉上，還有屋子裡。

也就一步一傷地離開了村委會。

「我咋辦？」程菁追到村委會的院外問村長：「朱穎當了村長，她還會讓我當這祕書嗎？」

淡下腳，想了好一會，孔明亮回身用很輕的聲音笑著說：「我怎會不當村長呢，你這張烏鴉嘴，我怎麼會選不上村長呢？」又回身朝著朱穎家裡去。中間也就幾十步的路，他走得沉緩遲暮，幾次都想立腳轉回來。可也終是沒有轉，讓炸裂的歷史逕直朝前了。日光在頭頂如澆流下來滾燙的水。汗從他的頭上朝著脖子下邊流。程菁在後邊一直望著他，忽然後悔他在村委會裡幾次想沒人時把她的身子要了去，可她終是扭著閃躲著，沒有把自己給了他。現在她看他將要不當村長了，走路蹣跚，病病懨懨，七老八十歲的樣，就慶幸沒有把身子給過他。也又覺得還是給了好，有啥兒了不得，不就一副皮囊身子麼。然現在，他要下台了，再給他也不是給著村長了。站在那兒望著想，直到他拐進那方院落的門樓裡，程菁都沒有想明白到底該不該把自己的身子送出去。

朱家院落裡的光，明亮熱燙，使人周身都是黏津津的汗。孔明亮很想用冷水洗把臉，把自己冰一冰，再到她的面前去。進門後，他扭頭朝著院裡瞅，看見她在院牆邊下用為澆花澆樹預備的龍頭在洗碗，水流嘩嘩的，也就站住了。「你咋不在灶房洗碗呀？」這樣問一句，沒見她扭身回頭來，以為是自己那樣想了想，並沒問出口，就又鼓著力氣大聲問：「你咋不在灶房洗碗呀？」

朱穎還是沒有扭頭回他話，像壓根沒有聽見樣。

其實間，她知道他在她身後。門響時她就知道他來了，但她就是不理他，和壓根不知有人進了院子樣，直到他把那話問到第三遍，她才洗過鍋碗，轉過身，對著他像看一頭垂死的騾馬般，見他面色枯黃，額門上的汗珠滾球一樣滴滴嗒嗒落。河灘地那兒的大喇叭開始廣播了，通知炸裂村的公民們，吃過飯趕快到會場去開會，點票馬上就結束，馬上就宣布誰當建國後的第一任民選村長了。大喇叭裡的聲音又粗又重，說話磕磕絆絆，每一個字都如不連貫地朝外砸著的粗礪石頭般。待那喇叭的聲響完了後，明亮和朱穎都從那聲音中掙出身子來，在院裡彼此望了很大一會兒，最後還是朱穎憋不住她的志得和嘲弄，抿著嘴卻還有淺笑從她的牙縫、唇間擠出來。

「是來求我退選吧？」她問著朝著屋裡走。

他跟在她的身後邊：「你咋不和鎮長、縣長一塊吃飯呢？」

「來不及了，我決心當這村長了。」

「跟我說句實在話——朱穎，你到底和鎮長、縣長睡沒有？」

「灶房龍頭壞掉了。」她把洗過的電鍋和碗筷放在灶房內，「你已經把機會錯了過去了。」

「我知道你比我的票數高。」孔明亮追在她的身後邊，「我只想知道你和鎮長、縣長到底有沒有那關係。」

「大喇叭都催著群眾開會了，」朱穎說，「我們倆得趕緊到那會場去。」

他一下攔在她面前：「把村長讓給我，我啥都答應你。」

她站在那兒瞟瞟他：「你能答應我啥兒呢？」

「我只要你告訴我一句話，」他急切地嘴唇有些抖：「你到底和鎮長、縣長是睡過沒？」

她逼問：「你能答應我啥兒呢？」

「我娶你。」

「能跪下來給我發誓嗎？」

他就望著她。

「跪下發誓呀！」

他就終於跪下來：「你讓我當村長，我們立馬就結婚。結了婚，我主外，你主內，炸裂村就是咱們家的炸裂村。在村裡你想幹啥就幹啥。」說完他抬頭望著她，感覺到她家地上的磁磚硬得和鐵樣，硌著他的膝蓋骨，像他跪在一柄刀刃上。外面的喇叭又響了，點著他和朱穎的名，讓他們趕快都到會場去，一時三刻就宣布票數、宣布誰來當村長。明亮不管喇叭裡的話，就那麼呆跪著，目光求哀哀地看著朱穎的臉，看著她那撩勾人的眉間濃態來。朱穎倒是仔細聽了大喇叭裡的喚話後，才又低頭瞅著他，慌慌拉著他說道：「我知道你早晚得有這一天——快走吧，一宣布啥兒都來不及了呢。」

第六章　傳統習俗

一、哭墳

1

宣布孔明亮當選村長後，他忽然想起村裡人有一年沒有到山脈墳地去哭了。那有傷悲憂痛都要到自家墳地大哭的習俗都忘了。也不一定真的哭，就是走到那兒向祖先跪著傾訴發洩一番的事。孔明亮忽然就想哭。想到墳地痛痛快快地哭一場。朱穎得了八百二十票，他有四百一十票，剛巧是她的一半兒，且投她票的都是年輕人，多也不過四十歲。投他票的都是老年人，五十、六十以上歲月的，說到風月妓事都要啐痰的。可村裡的年輕人，沒有誰不喜她流水一樣的錢。凡家有女兒者，都說在外邊——南方打工掙著錢，卻又幾乎都是跟她做著風月的事，掙那風流錢。這一些，都是家家心知的，不去說破它。橫豎房子樓屋蓋了起來了，富將起來了。嘴上不說朱穎的好，心裡還是念她好。就都投她票，選她為村長，也就有了高他一半的票。

宣讀票數是宣讀孔明亮當選村長的，得票八百二十張，宣讀朱穎四百一十張。台下先愣然，繼就掌聲了。你掌他也跟著掌。掌聲中，縣長、鎮長都來祝賀孔明亮繼任炸裂村的民選新村長。喇叭裡有音樂。會場外邊有鞭炮。他還到台前鞠躬感謝所有選他的人，保證說讓炸裂三年二年就奔進城市樣的繁華裡。朱穎來祝賀他當選新村長，像城裡人那樣在台上握著他的手，卻又小聲硬令道：「我們過幾天就結婚！」他像接受祝賀的樣，握著她的手，感覺她的手又軟又柔，連一絲硬繭都沒有，使他手裡像握了一團白棉花。因為那手的熱軟，也使他未加多思，就承諾點頭要結婚。

就在這一刻，他心裡突然想到二年村裡沒有沿襲哭俗了，該到墳上去好好哭一場。就在會後留鎮長、縣長吃晚飯，還讓市裡的記者拍照片，鎮長、縣長都說要到鎮上、縣上忙著別的去，也就送他們上了民主車，看著小車、大車朝耙耬山外開過去，會場上的公民都朝各自家裡回。落日疲憊地朝西挪移著，世界轉眼就從盛況落寞下去了。寂靜鋪延開來著。河灘上除了拆著會議台子的人，再沒別的人影兒。誰家坐壞的凳子索性就扔在灘地上。還有丟掉的鞋，孩娃們的彈弓和木玩具，紙疊的鴿子和不知為何撕了、扔了的選票紙，狼藉一地的亂。孔明亮就和朱穎站在路口目送鎮長、縣長的車，直到那車愈來愈遠，模糊如跑在夕陽中的馬，朱穎才轉過身子來，很認真認真地再次對他說：

「我想立馬就結婚。」

明亮臉上掛著慘澹的笑：「看樣子你真的和鎮長、縣長沒有那關係。」

「你不想結婚嗎？」朱穎說：「結婚多好啊。」

「我想趕快到祖墳上哭一場，」明亮說：「好久沒哭了，得給祖先說說村裡的事。」

有人從會議台上喚著他們倆，問些啥兒話，他們就朝著要拆的會議台上走。明亮在前邊，朱穎在後邊，走著走著朱穎就快起腳步來，追上明亮像城裡姑娘那樣挎著明亮的胳膊了。這時候，明亮頭暈得想要倒在地面上，可那胳膊卻又繩一樣縛著他，使他想走想倒的可能都沒有。就越發想要到祖墳前邊大哭一場了。

2

孔家的墳地在村後幾里外的一道山梁下，坐南朝北，陽光一整天都照在墳地上。祖輩十幾代、幾十上百的圓墳頭，每個墳頭都有柳樹或柏樹，像山脈上突兀在山坡的一片林地般。落日西去，有微細微細的走移聲。四月山坡上的小麥地，也都綠出厚的顏色來。靜得很，也有些虛無在那空靜裡。不知為啥兒，孔明亮連任了村長就想哭。他就獨自悄悄地踩著落日來到墳地裡，老遠望著墳地的一片林，還沒有走到就淚流滿面了。幾至到了墳邊上，待從墳地吹來的風細涼柔柔地撫著他的臉，也就終於無可忍地嗚嗚哭起來，傷心如幾歲的孩子般，癱在祖先的墳堆前，受了天大的委屈樣。墳前因地裡的小麥已經從冬日的伏狀進了春天挺腰硬脖了，一棵棵地撐著腰身子，轉著脖兒看那明亮的哭。沒有誰明白他為啥就要那樣哭，為啥想要哭。明亮自己也不知，橫豎就要哭。有春醒的野兔站在邊上望。烏鴉也落在墳頭樹上聽著看著他的哭。看他嘶啞粗沙的大哭聲，像泥水渾蕩的河流把整個山脈、田野都哭得模糊濁黃了。肩膀也抖著，淚從捂在臉上的手縫擠出來，放大悲聲，卻又有些孩子在大人面前嬌寵的樣，直哭到忽然不想再哭了，落日將要西盡時，聽見心裡有個聲音說，不哭吧，明亮就戛然而止地不哭了。擦了淚，還有沾在手上的濁鼻涕，覺得心裡因為剛才的痛哭而變得輕鬆和豁達，有一道很強的光亮照在他心裡。想要趁著那光的力量看見一些啥，拿定主意去做些啥兒時，起來身，卻看見哥哥明光和四弟明輝也半蹲半跪在他的身後邊。明光的眼上有淚珠，卻是沒有哭出來。明輝沒淚也沒悲，只是那麼沉靜著。太陽終是落去了，最後的亮色在明輝的臉上成了潤玉的紅，素潔古樸，好像他人是假的樣，原是在炸裂村可以走動的玉塑像，四方臉，開闊肩，雙唇柔厚呈著濕潤的紅。他個子也高了，整個人如果不是短髮和衣服，也許就是一個姑娘呢。

孔明亮盯著明輝不說話。

大哥卻在臉上抹一把淚，又笑著走上來：「今天你比朱穎多了一半票。」

把臉從四弟臉上扭到大哥的臉上去，明亮幾乎是未加思索就對大哥說：

「我和朱穎快要結婚了。」

驚一下，孔明光盯著孔明亮，像從此不再認識這個弟弟村長了。

「爹會同意嗎？」

「我同意。」

再默一陣子，四弟似乎是為了打破沉靜般，很喜興地說：「三哥今天來信說，他在部隊受到表彰了，一表彰就該提幹了。」

明亮也就喜驚著，又盯著明輝看一會，臉上掛了笑，拍拍膝蓋和屁股上的土，開始朝著墳地外面走。大哥和四弟跟在他後面，漫長的沉默，如幕布樣罩在他們弟兄的頭上和中間。太陽光是說失就失的，在一滴短小的工夫間，山脈的道上暗灰而靜謐，腳步聲鼓槌般敲著地殼的鼓。可也就在這眨眼中，月亮從一片雲後走將出來了。可以看到炸裂有很多村人都從村裡走出來，都要到自家墳地哭一場。也不真的哭，就是沿著習俗的路道朝前走一走。每年清明後的一個月，各戶人家在祭祖之後的某一天，都再到墳上哭一場，和祖先默說默說心裡話，一年間就會心暢事順了。也便都聽說村長今天去墳上默說痛哭了，就都陸續從家走出來，到各家的墳上延宕那哭俗。有很多的腳步聲。也有很多從靜夜中走來的燈光和說話聲，隨後就聽到誰家在路邊墳地嗚嗚的哭，還有呢喃不清的訴說聲。接下來，前後左右，近近遠遠，山坡上，溝壑間，有墳的地方就都有燈光了。都有哭聲了。悲天傷地，悽悽楚楚，哭得嗚嗚啦啦，彷彿各戶人家都有不盡不止的冤屈樣。

弟兄仨，就在那哭聲中朝著村裡走。

到了村中的十字街，以為村人都到祖墳地裡去哭了，村裡會空靜死寂的，可卻又看到，還有村人沒有去到山野祖墳裡，卻在新墳地的十字街上祭哭著，燒了紙，點了香，讓草香的焚味在村街暖暖地流。近過去，也就看見那近處襲著哭俗的是朱穎。她在爹的墳前跪著燒了三炷香，擺了三碗供，對爹清晰大聲地說：

「我馬上就要結婚了。你放心睡去吧，以後炸裂就還是我們朱家的炸裂了。」

「我馬上就要結婚了，以後炸裂就是我們朱家的炸裂了！」

孔家弟兄便立刻收住腳，看著那哭場，聽著朱穎對她父親說的話，像看著朱穎拉開了一場大戲的幕，後邊就有宕宕起伏的出演了。接下走出來的是程菁。她和她娘一道兒，挎了竹籃，籃裡裝了燒紙和供品，手裡拿著手電筒。手電筒的光明在月色上漂來蕩去著，像一大塊圓狀的黃綢滑在地面上。他們從孔家兄弟面前走過去，程菁娘還立下和明光、明亮說了親熟的話，拿手在孔明輝的臉上摸了摸，說這孩子咋就一轉眼長成大人了？倒是最該說些啥兒的村委會的祕書程菁見了新任村長孔明亮，只是輕輕點了一下頭。從宣布明亮當村長，她都沒有在明亮面前出現過。可這一會她又出現了，她到他面前既沒有如村俗一樣叫一聲「明亮哥」，也沒有公事一樣喚聲「孔村長」，她躲著明亮的目光走去了。要出村往自家墳地去哭了。

明亮有些意外地用目光追著她，直到她走開幾步遠，又回過頭來時，兩個人的目光才在月色中遇到一塊兒，她才莫名其妙地問：

「我還當村委會的祕書嗎？」

「當然呀，」他朝她靠過去，「怎麼啦？」

「你一定要娶朱穎姊？」她說著朝朱穎那兒望了望，也正看見朱穎朝著這邊望。

「馬上就結婚，」明亮說，「不好嗎？」

「好的呢——我就是想到墳上哭一場。」這樣說著話，程菁眼上有了淚，就催著母親趕快走。她們母女就溶進了月色裡，像兩片黃葉落在了秋天般。這時節，朱穎也從父親的墳前那兒走過來，拉著明輝的手，望著孔明光，把大哥、大哥叫得那個親，就像她已經和明亮結了婚，已經是了孔家人。

二、喜帖

父親孔東德，聽說明亮要和朱穎結婚時，把正提在手裡的鳥籠摔在了門口前。鳥籠散開了，籠裡的鳥食罐兒碎在地面上。一對八哥兒，終生受寵，而這突來的驚嚇，讓牠們尖叫一聲飛走了。

從此再也沒有飛回來。

孔東德在那房檐下，正用一片竹子清理著籠裡的鳥糞時，明亮站在他身後，告訴了父親他的這樁婚姻大事情。

「我和朱穎訂婚了。」

父親僵在那，半晌後才遲遲轉過身：

「程菁不是對你很好嗎？」

「我答應朱穎立馬就結婚。」

孔東德就把鳥籠摔在了地面上。

春天回歸的小燕子，正在那檐下忙忙碌碌泥窩兒，喃呢的叫聲滴在他們父子靜謐的縫隙間。院裡的一棵老榆樹，開滿梨花，卻有純烈烈的椿香飄過來。望了望飛走的一對老八哥，孔東德知道牠們遠走他鄉了，再也不會歸回來，心裡酸一下，為剛剛的暴烈後悔著，孔東德把目光擱在做了民選村長後，表情就少了喜色的兒子臉上問：

「你當選村長是朱穎讓給你的嗎？」

明亮說：「都已經準備去領結婚證。」

「我會死在她手裡，」父親說，「她是為了她死去的父親才要嫁到孔家的。」

「給她一個喜帖吧。」明亮問：「一個村長幾百張選票還換不來一張喜帖嗎？」

結婚是不能沒有喜帖的。一張紅紙，上寫「百年和好」或「吉慶婚姻」那樣的祥語和吉言，再在這張紅紙裡包上幾百、上千的訂婚錢，擺一桌酒肉喜宴，在宴上由男方的父親或母親把喜帖交到女方手裡去，就證明男方家人同意婚事了。正式訂婚了，也就可以擇日結婚了。

朱穎到孔家領她的喜帖是四月末的一個上午間，天色朗晴，村前河灘地裡是個逢集日，村人們都到集市上買買或賣賣，忙著各自的日子生意去。她也想趕快回到省會忙她的生意去，便決定擇下這日子，面見公婆，定下婚日，返城打點「歡樂世界」後，再回來完婚和明亮共圖炸裂的大業過日子。也就這一天，朱穎穿了她從外面帶回來的印滿錢幣的彩風衣，提了無數的禮品到了孔家裡。

「我爹要不同意你我訂婚呢？」明亮問。

「一見我他就同意了。」朱穎很肯定地說：「天下沒有我做不成的事。」又扭頭去問明亮道：

「有你想做做不成的事情嗎？」

「也沒有。」明亮很肯定地答。

他們就風捲火勢地要回家領喜帖。穿過村街時，彼此並著肩，看到有戶人家挑著一擔青菜要去街上賣，也就立下來，和那中年男人說了很多話。朱穎說你家姑娘多大了？讓她跟著我走吧，一天掙的就是你一年賣菜的錢。那中年就用目光瞟著明亮的臉。明亮看了看他在路邊新蓋的大瓦屋，說去了好，有點錢將來村子成鎮了，你就在這路邊開家新鮮蔬菜店；炸裂變成縣城了，你家姑娘也見過世面了，回來做經理，註冊一家百貨公司啥兒的，等你姑娘成了大老闆，從此你連穿衣服都不用繫釦子——有人幫你繫釦子，有人幫你穿鞋子。又往前邊走，看到一個孩子揹著書包去上學，朱穎摸了摸那孩子的頭，明亮就對朱穎說：

「我們明年也生個孩子吧？」

「行。」朱穎說：「等明年村子變為鎮，我的孩子要生在鎮上的大富大貴裡。」

「好好讀書吧，」明亮就笑著拍拍那孩子的後腦殼：「努把力，上完大學你就是炸裂市城市規畫建設局的工程師。」

他們又接著朝前走。剛在朱穎家那一番男女的親熱——血沖頭頂的愛，還沒有在他們身上退回去。愛情就像火一樣，把他兩個燒著了，讓他們感到世界上無處不是未來的美好和宏願。到了一個街角上，孔明亮說將來想在這個街角開個上星級大酒店，專供到炸裂出差的人住宿和吃飯。朱穎就對明亮嘲諷地笑一笑，說你目光淺短，見識微薄，說要開就開個五星級，一下就頂端，免得剛開業就覺得低端過時了。

「十星級。」明亮親了一口朱穎說：「讓他媽的全世界的人，一到這賓館都嚇得說不出一句話。」

朱穎站下來更為嘲笑著：「世界上最好的也才五星級。」

「難道你不信我能建出牆壁全是玉石的十星級的賓館嗎？」明亮很認真地問：「難道世上還有我做不成的事情嗎？你不信我你嫁我幹什麼？」

這問話，讓朱穎無言了。讓她一下回到了冷清裡。回到了她和他婚後急做的事情裡。她沒有說她信不信，她只是對他說，你得抓緊把村改鎮的報告請人寫出來，隔過去鄉政府，一份直接交到縣裡去；一份由她託人交到市裡去，放在市長的辦公桌子上。就都回到了現實裡。回到了應該急做的事情上。邊走邊說就到了孔家大門前。一個村都是樓房瓦屋了，只有孔家還住著原初的老草房和老瓦屋。院牆外臨街的老街樓，是由土坯和青碎小瓦搭起的，風雨飄搖，要倒未倒的樣。有很濃重的塵土氣息圍在那門樓上。朱穎走來就站在那門樓前，看著那門樓和孔家一院的老房子。

——「該蓋新房了。」

——「等我當上鎮長吧。」

「記者、報紙和電視都已經不再新鮮你這事情了。」她有些語氣冷冷的，「我不想結婚住在這舊房裡。」這時候，明亮娘從院裡走出來，看見朱穎後，先是盯著她的風衣微微愣一下，接著就一臉容笑地出門接了朱穎手裡提的衣物和禮品，笑燦燦地把兒子和朱穎迎到了家裡去。

午前的光亮裡，有春天的綠氣和村外小麥田的青氣瀰漫著。娘去和明光媳婦在廚房忙炒菜，大哥和父親在屋裡悶悶的坐。屋中央的飯桌上，已經擺了五六個迎賓菜，雞肉、牛肉和魚鴨，香味從扣蓋的盤裡擠出來，金絲纏纏繞在屋子裡。有幾隻村貓聞到香味走來了，牠們纏著桌腿和朱穎的褲角轉，喵喵的叫聲和音樂樣。喜鵲和黃鸝飛來了，在院裡旋一會，又到堂屋半空飛，還圍在朱穎的頭上、身上飛，飛累了，落在院裡樹上小憩一會兒。她滿身都是香水味，和桂花盛時的味道樣。有兩隻金絲雀兒總是追著那香味落到她的肩膀上，跟著就又有一群麻雀飛過來，也去她的身上撲那香味兒，讓孔家屋內有一屋鳥叫聲，也一屋撲楞起來的塵土味，直到孔東德大吼一聲後，那些鳥雀才都驚恐安靜下來著。

無論她到哪，金絲雀總是落在她身上，去她身上印的錢幣上叮，使她不得不隨時揚起胳膊去趕那雀兒鳥兒們，直到有一盤青烈烈的苦瓜端上來，金雀鳥們才消停。才都被孔東德趕到屋外邊。一家人就都圍桌坐下來，十幾個菜，見色見味地擺在桌子上。酒杯和筷子都在各人面前焦急著。父親坐在主座上，大嫂蔡琴芳，和朱穎坐在一塊兒，她爬在朱穎的衣服上聞了聞，說難怪這鳥雀蛾蟲滿天飛。又說明亮你好眼力，找到朱穎就一輩子掉進香糖蜜罐了。

明亮就笑著，可看看上座的父親後，又把笑給收將回去了。

大哥明光不說話，看看朱穎，又看看自家媳婦蔡琴芳，臉上有鮮明的失落顯掛著。

空氣生熟不均了，時熱時冷的。朱穎是見過場面的人，接待過天上、地下滿世界的客，富貴和乞丐，當官的和魚蝦市場的，知道今天到孔家等著孔東德的遞帖和接帖，將會是怎樣一場鴻門宴。並不急，不生氣。落坐前把提來的禮物一一分到大家手裡去。給未來的婆婆一雙城裡人穿的絨布鞋，給大哥一件西式裝，讓大哥去學校上課時穿在身子上。給嫂子一套半毛裙，還有兩瓶完全是洋文的香水和護臉霜，說那香水和護臉霜，比自己用的還要好，用上幾天人就年輕了。喜得嫂子接過那禮物，手都抖起來。再把給四弟帶的城裡人穿的牛仔褲子取出來，放到一邊上，說等四弟從城裡回來了，一定交給他。最後該給未來的公公孔東德那份禮物了。給了孔東德，孔東德自然要把準備好的喜帖取出來，交給將要入家的新媳婦。如此的一番「換禮」後，朱穎打開喜帖看一看，把那喜帖上的吉祥詞語念出來（有人家還會當場把包的見面禮錢當眾數一數），然後就是一番歡慶和恭賀，喜帖禮儀也就結束了，該如一家人樣大宴賓佳了。

也就在眾人期盼的目光中，朱穎從她提的禮包的底端取出一個信封來，在所有人的微笑裡，回到飯桌前，把那信封打開來，是兩張豪房築建圖，一張是中國式的四合院，一張是城裡貴昂的別墅宅。她讓未來的公公隨便挑，喜了哪幢她就在下月動工給公公蓋那幢。說公公一生委屈，不能再住這土坯瓦屋了，該住大屋洋樓了，要在那樓房裡裝上暖氣和空調，冬日不冷，夏日不炎，要讓公公把前生失的全都補回來。

「爹——你挑一樣房，今年我就給你蓋起來。」大聲說著，朱穎就把那圖紙遞到孔東德的面前去。

人們的目光就都投到孔東德的臉上去，看著他六十幾歲，瘦小結實，頭上有著冉冉的白，可臉上卻愈來愈有日月的肌膚光亮了。他瞟著朱穎看著那圖紙，目光中，那人生的沉鬱和警覺，一閘湖水樣從他的眼裡漫出來。看了那兩張圖，沒有接，又看桌前他的兩個兒子和老伴，見所有的目光都是企盼的，和解的，且老二明亮看他時，還暗暗瞪了一眼睛，分明是讓他必須這樣而不能那樣的。他就把目光從飯桌上方收回來，從朱穎手裡接了那兩張豪房圖，笑著說讓我想想再定吧。就盯著那兩張畫圖看，看見四合院的上房屋，客廳裡，畫了一排大家具，靠牆一邊上，明明是櫥櫃，卻和長方的棺材一模樣。說是像棺材，卻又有些像著大的食品櫃。孔東德臉上的喜色沒有了，慌忙又看別墅那張圖，也看見客廳擺著家具的一方上，似家具，卻不是衣櫃櫥櫃的，分明是在那家具堆裡畫了棺材的。驚驚疑疑地抬頭看朱穎，見朱穎不往這邊瞅，有意正和大兒媳婦說著啥兒事，就心明如鏡萬事知曉了。知道那畫圖裡還藏著送給他的棺材了。也就緩緩收起圖畫來，臉色僵硬一會後，咳一下，把所有的目光全都抓過去，從自己的口袋取出信封大小的一個紅紙包，紙包上寫了「吉利百年」四個字，自己先靜靜看一會，把那四個字念出聲音後，在大家的目光中，朝朱穎遞了過去了。

全都笑起來，鼓著掌，把那四個墨字都又重複地念出了口。朱穎臉上原來隱隱的擔憂沒有了，變得平靜而光亮。可接過那喜帖紅包兒，她準備當眾打開時，孔東德拿起筷子說：「先吃飯——沒多少錢，你回去再打開。」就都又有一陣笑。朱穎也笑著把那喜帖收在了口袋裡。

喜帖宴是吃得歡快的。你給我夾菜，我給你盛飯，一家人的喜悅很華美地鋪在飯桌上，堆在屋子裡。老大孔明光，總是忍不住去看弟媳朱穎的臉，再看自家媳婦的臉，又要掩飾這些去說很笨的話。朱穎是發現了這些的，可她和沒有發現樣，只是不停地去瞅邊上明亮的臉，去看公公孔東德的臉。她從那兩張臉上看出啥兒了。看見孔東德的目光有些陰冷的硬，連掛在臉上的笑也是生硬的。看見孔明亮邊吃飯，邊夾菜，目光總是要瞅著她裝了喜帖紅封的褲口袋。於是間，在大家宴到半途時，她藉故要到廚房盛湯從屋裡出去了。

她在廚房打開了孔東德給她的那個紅封帖。從紅封裡取出的不是錢，是一張白紙上寫的一行字：「小婊子，你想讓孔家咋樣呢？」

盯著那字看一會，她把臉上雲起的青色收起來，又醞釀出平心靜氣來，把那白紙黑字原樣疊好裝進紅封內，盛了一盆雞蛋湯，從灶房走出來，碰到要去灶房找她的孔明亮。明亮知道她到灶房是必看紅帖的。世代和祖輩，每一個要嫁到炸裂的姑娘們，接帖後最想知道的就是那帖裡包了多少錢。她很大一會不從灶房走出來，明亮就從屋裡出來找她了。

「多少錢？」在院裡，明亮問著說：「有我你啥兒都有了，別在乎爹給你多少錢。」

朱穎就笑著：「是存摺，我一輩子都花不完。」

到了屋裡去，她和公公對了一眼睛，又迅速把目光滑到一邊兒。這時候，她就開始像孔家的媳婦樣，給桌上的每人都盛了一碗湯，放到大家面跟前。最後去往孔東德面前放著湯碗時，她又把口袋的紅帖取出來，在半空晃一晃，大大方方笑著說：「我剛才偷看了，是一張死期大存摺，讓我一輩子都花不完。」孔明光媳婦臉色先黃了。她走進孔家的禮帖是沒有存摺的，只在一個帖裡包了二百元。就去那半空要搶那紅帖看究竟，便把桌角的一個湯碗碰掉到了地面上。湯碗碎成三瓣兒，雞蛋湯灘流一地兒。在喜帖宴上有碗破盤碎的事，那是最為不祥的，預示著那個人的到來，將會使這個家庭四分五裂呢。

於是間，所有的人便都驚起來，臉都黃起來，只有朱穎為這一碎碗，臉上掛著笑，璀璨紅紅，像一台戲的朱紅幕布樣。

三、聽房

孔家很快就把院裡的草房翻蓋成了大瓦房。

結婚那一天，炸裂瘋狂了。

村長和炸裂最旺錢的朱穎要成親，明明選村長時還是仇家的，可不久他們成了一家人。有人說，縣長是媒人。有人說，鎮長是媒人。總之著，這婚姻是炸裂盤古開天之大事。縣長和鎮長都到了婚禮上，都送了驚人大婚禮。整個炸裂的人，包括那些劉家溝和張家嶺的人，沒有不送厚禮的。在村頭擺了兩張收禮桌，就在朱穎那塊巨壁石碑下，兩個會計為登記各戶送禮人的姓名、禮名和錢數，寫字累得手腕都腫了。送來的被子、毛毯在孔家兩間庫房都堆不下。和朱穎在外面做風流打拚的，每個姑娘都從外地趕回來，送的戒指和項鏈，得用幾個竹籃柳筐才能裝起來。一整天，炸裂的街巷和胡同裡，都來往走動著這些花枝招展的姑娘們，她們身上蕩的香味兒，讓所有炸裂的男人都癡迷和癲狂，讓整個世界的鳥雀貓狗都飛在她們頭頂跟在身後邊。為了宴請送禮的人——和他們的家人們，孔家在村街上能立灶起火的空地方，全都壘了炒菜煮飯的灶。能擺桌子宴賓的，全都擺了耙耬的八仙桌子和從幾十里外的鎮上飯店借來的圓桌子。婚宴從初六早上日出始，三日不散，單炒菜師傅用掉的味精都有兩大桶。酒和菸是從縣城用卡車拉回的。那些被買空了菸酒的商店裡，店主跺著腳，後悔自家沒有多備些菸和酒。直到三天後，黃昏到來時，來的人們都陸續醉著散去後，炸裂的村街上，才漸漸靜安下來了，有了往日寧寂的樣。

整三日，被熱鬧嚇到村外的牛馬，慢慢從村外回來了。

驚恐的雞鴨鵝，不知從哪又出來回家了，到街上走著走著間，雞就生了鵝的蛋，鵝就生了鴨的蛋。

黃昏小心翼翼地來到村落裡，把往日的平靜還給炸裂村，那些準備聽房的男孩子，早早已潛在了孔家的院子裡，或者早已經把翻牆的梯子靠在了孔家後牆上。在耙耬，誰家的喜日結婚裡，沒有人去鬧房和聽房，那是天災落寞的，說明著這戶人家的孤群和索居。聽房的如果可以從黃昏聽到天大亮，那才是喜慶和熱鬧。人就早早做好這些準備了，有人藏在孔家廚房的案板下，有人藏在牆角裡，有人索性爬在樹上躲在一團樹葉中。就看見那些和村長當年卸火車的小夥男人們，那些和朱穎在南方和省會風流的女子們，都在洞房進進出出，說說笑笑，不斷把村長推到朱穎的身子上，又把朱穎推到村長的懷裡去，隨之炸開來的笑，暴雨樣淋淋打打，把孔家偌大的院落鬧翻了。

孔東德自被明亮和朱穎一拜天地、二拜父母後，就再也沒在人群出現過。

大哥大嫂是為二弟的婚禮忙了一天的，到他們在夜裡進了自家的房間後，那些聽房的人，無意間聽到了他們的吵鬧聲，還聽見誰打誰的一記耳光聲。之後那屋裡就寂靜如死，和墳墓一樣了。

四弟明輝是從城裡學校請假回來的。他要作為去迎接嫂子的童男把朱穎從朱家接到孔家裡。本就一個村，多也不過半里路，可浩蕩的車隊卻從朱家出發，繞到村外、繞到鎮上，鑼鼓開道，鞭炮齊鳴，從早上九點出發到十一點，車隊才從村外慢慢開回來。在朱穎坐的豪華轎車裡，左邊是純童孔明輝，右邊是只有十二歲的純童女，她被打扮成一個洋娃娃，一路上嘴裡都笑著含著糖，一路上都把頭靠在朱穎的肩膀上，唯一對朱穎說的話，是我長大也要和你一樣到外面世界裡，也要和你一樣回來嫁個村長和鎮長。明輝和朱穎說了很多話。她問了他城裡的學習和生活，問他考大學準備考什麼學，還問他：

——「大學畢業還準備回到炸裂嗎？」

——「打算找一個啥兒樣的工作和對象？」

最後她很鄭重地對這個四弟說：「我是你親嫂，你聽我一句話，上了大學就再也別回炸裂來，只要我和你二哥一結婚，炸裂早晚都得毀在你哥和我的手裡邊。」他不懂嫂的話，扭頭看她時，卻看見她眼角掛的淚和她手上戴的鑽戒一模樣，可嘴角上那麻花扭曲的笑，卻又讓他人心裡不寒而慄著。他就那麼在婚車上不解地盯著嫂子看，直到嫂子笑著擦了淚，又如姊樣在他臉上摸了摸。

這一天，也就這樣過去了。

沒有人看到黃昏之後，最該去鬧房、聽房的弟弟明輝在哪兒。和大哥明光的住屋相對的孔家廂房被翻整一新後，就成了明亮、朱穎的洞房了。滿屋滿院的紅囍字，滿院滿街的紅對聯，滿街滿村的大紅鞭炮紙，和滿村一世界的炮紙火硝味，在月光和夜潮中去了浮鬧，變得濕潤和靜謐。洞房裡一點聲息都沒有。有人把耳朵貼在孔家洞房的後牆上，有人大膽地從樹上爬下來，躡腳走到洞房下，把耳朵貼在窗櫺上，當啥兒聲息也沒聽到時，他們驚愕地望著熄燈後的窗，用舌頭把窗紙舔出一個手指洞，一個人蹲下來，另外一個踩到那人肩頭上，閉左眼，把右眼對準那個手指小洞兒，除卻看見一片紅色的家具和桌角上將要燃盡的蠟燭外，再就是床上蓋著被子睡去的鼓囊和安靜。

這個從肩頭走下來，換著那個站到肩頭上，仍然是除卻聽到、看到床上彤紅的鼓囊和滿屋子的安靜外，其餘一點聲息也沒有。這當兒，那新婚的床下有著響動了。藏在床下鬧房、聽房的，在那床下睡了一覺後，慢慢從床下爬出來，失望地看看寬大的婚床上，除了熟睡的新郎和新娘，其餘一片寧靜著。他從那洞房輕腳絕音地走出來，到院裡看看鬧房、聽房的同夥們，被大家圍在正中間，連連問著怎麼樣？聽到新郎、新娘說了啥兒悄悄話？那從床下出來的，啥兒也不說，掙出人群，打開孔家的大門，到門外才對跟來的同夥說了一句話：

「鬧騰一天，新郎新娘倒在床上沒脫衣服就睡了。」

第二夜，依然如此。

第三夜，當所有聽房的孩娃、小伙都深感絕望，對婚房窺偷的渴念，被疲累和無趣擠走後，他們不知道那洞房裡發生了怎樣驚天動地、火燒火燎的事。

愛情像天崩地裂一樣炸著到來了。

從房倒屋塌後的昏睡中醒過來的孔明亮事後擁著他的妻子朱穎說：

「天呀，天呀，我遇到妖精了！」

朱穎就笑道：「以後你要聽這妖精的。」

然後他們又經過了一次餘炸之蕩動，明亮從床上揉著惺松的睡眼下了床，知道他腿上的筋健被女人抽走了，不扶著牆幾乎不能從屋裡走出來。天是霾陰天，陽光霜在雲霾間。打開洞房的屋門時，孔明亮朝天空瞟了一眼睛，卻看見他家院子裡，幾乎站滿了和他在鐵路上一塊卸貨的小伙們。他們個個臉上神祕，滿是驚羡驚豔的光，眼睛中卻又充滿著疑問和困惑，而且還有兩個十五、六歲的小伙子，直到明亮走出來，都還把耳朵貼在洞房的窗下牆上聽。

孔明亮朝那兩個小伙的屁股上各個踹一腳。

那兩個小伙彈簧一樣跳起來，很委屈地說：「村長，昨兒夜你和嫂子在洞房，連我們家的床都跟著搖晃了。」

人就都圍著村長問，到底和朱穎結婚有哪好？有啥兒不一樣？村長就原地打著轉，把雙手擱在胸前對搓著，臉上放著耀眼的光，一連說了三句「了不得！了不得！」

人就都跟著他原地打轉兒，連連不捨地追著問：

「啥兒了不得？」

「和火山爆發樣。」

「人會燒死嗎？」

「體弱的會被她們活燒死。」

炸裂人就決計要和村長樣，要與那些在外風流打拚的姑娘們訂婚、結婚了。不計前嫌和老一輩人嗤之一鼻的笑，只要能把外面世界的錢都掙回來。只要她心裡是有錢有家的，過去的事就權當沒有生發過。就都圍著孔明亮，問說以後咋樣呢？總不能每天每年都花人家掙的錢。孔明亮就對他的那些同夥兄弟大聲說，炸裂村要想真的富起來，要想變成鎮子變成城，就不光要靠姑娘們在外面打工掙那風流辛苦錢，還要人人辦工廠，家家辦工廠，讓工廠企業旺得如姑娘們在洞房的瘋癲樣。

「我歷經磨難看透了，」明亮喚著說：「他媽的——改革開放這年月，啥兒錢你都可以掙。有錢你就是老爺姑奶奶，沒錢你才是孫子和老鼠。有錢鎮長、縣長都聽你的話；沒錢鎮長、縣長就當我們是孫子、重孫子。」他說著和喚著，看村人愈來愈多了，把他家院落擠滿後，就站到一張新婚椅子上，聲音更加大起來：「你們都選我當了村長了，讓我得了八百二十票，讓朱穎只有四百一十票。這票數，剛好比她多一倍——因為這票數，讓她想當村長的夢和雨泡一樣砰的一下就破了。她甘拜下風了。想嫁給我還到村委會裡朝我跪下來，哭得和孩娃一模樣。她哭成那樣兒——淚人樣——我就答應和她訂婚結婚了。她就答應一結婚，把外面她的生意全都撤回來。把那些生意全都安營紮寨在咱們炸裂村街上。洗腳屋、理髮店、娛樂城，她要在耙耬建成娛樂一條街。讓那些有錢人都湧到炸裂來花錢。讓他們口袋裡裝滿真金白銀來，空空蕩蕩裝一口袋空氣回家去。讓我們炸裂今年是耙耬山脈的一個村，三年二年就是一個鎮，再過幾年就是一個城——連女人、姑娘都這樣愛著炸裂了，為炸裂的富裕豪華不惜身子、名譽、死活了，那我們男人們咋樣呢？」喚著和問著，看院裡人多得擠不下，不只年輕力壯的小伙都從村裡堆過來，老人、孩子、媳婦和女兒們，也都開會一樣湧進他家裡，屋門前、大門口，全都擠滿了炸裂人。孔明亮就索性讓人把家裡的一張新婚桌子從屋裡抬到大門外，完全如在村街開宣誓大會樣。他站在紅喜桌子上，望著黑鴉鴉的村人們，還讓那些家裡沒來人開會的，派人把他們從家裡全都叫出來。太陽從雲的背面鑽出後，村街上明亮而熱暖，站著坐著的村人們，全都是一身的騷動和汗粒。他們望著立在紅色桌上的新郎倌，像看著一個發光的年輕神佛舞蹈在半空裡，聽著他嘶啞激越的喚，如雷如鼓響在他們的血脈裡。

「姑娘、女人們都已經這樣了，炸裂的男人能每天住著人家掙錢蓋的房，吃著人家掙錢買的雞蛋、大肉不動嗎？我們要辦工廠、開公司——只要能掙錢富起來，你跪著給人磕頭也可以，用舌頭舔人家皮鞋上的灰土也可以。除了殺人和放火，只要能把錢給掙回來，沒有啥兒做不得的事。沒有啥兒了不得的事。等炸裂由村改鎮了，你們十有八九都是工廠廠長了，公司經理了。都是鎮政府的國家幹部了——都是委員和副鎮長這個書記和那個主任的——家家都有大卡車，出門都有小汽車，連到菜市場買菜都推個自行車。早上喝牛奶，晚上燉雞湯，孩子到幼稚園都是保母接和送——這就是我孔明亮當村長的理願和承諾，就是我這幾年領帶你們去的那方向！我要讓你們過不上這樣的好日子，要不讓炸裂在這幾年變成鎮，有那縣城一樣的熱鬧和繁華，過幾年，又選村長了，你們誰也別投我的票！

「你們把我從村長的位置上拉下來，把所有的痰和口水都吐到我身上。讓痰和口水像淹死我媳婦她爹朱慶方樣把我也淹死嗆死在黏痰裡！」

到這兒，明亮嘶著嗓子的喚講讓他喉嚨喑啞了，像喉間夾有一把乾草般。他低頭咳一下，人們就在他的一咳間，掌聲響起來，直到天黑那掌聲還沒息下去。一場掌聲整整拍了八個半小時，有很多村人的手掌都拍出了血，把村衛生所的止血藥和膠布紗布全用完了。

第七章　政權㈡

一、村改鎮

村改鎮的檔終是沒有批下來。

送到縣上的報告如走親戚送的雞蛋、糕點樣，不知為此大宴賓朋花了多少錢。單是朱穎把村街上最漂亮的姑娘送到縣上各個領導家裡做保母，都送了七個或八個，可那村改鎮的報告最終還是走在一條絕路上，每一送，都如牛糞落在了田野間。

明亮有些絕望了。

從失望到絕望，猶如從村的這頭到那頭，若不是朱穎的不渝和恆持，他都想朝縣長胡大軍身上踢兩腳——你都從鎮長做了縣長了，可炸裂僅僅是要把村改鎮，由你主持縣領導們開個會，簽個字，下份文件就一了百了的事，卻又偏偏不肯著。

累極了。心裡煩潑著。孔明亮已經不再在村改鎮上大抱期冀了。可你不抱期冀時，又聽說那檔快要批下來，因為山脈間發現有鉬礦。說全世界燈泡中的鎢絲都是鉬做的。沒有鉬，整個世界都會黑下來。還有山那邊的火車站，原來每天只有兩輛客車在那停靠兩分鐘，現在那火車站也要擴建了。要把那兒擴為一個中型貨運站，將山脈中的礦石叮咣叮咣運出去。炸裂是勢必要稀哩嘩啦繁華的，可就是等不來那場村改鎮的雨，人就燥熱了，煩惱了，心裡疲極著。

冬日裡，村裡和山間積了皚皚的雪。白冷白冷的天氣裡，明亮在村委會裡坐了一會兒，瞌睡漫在他的眼皮上。昨夜他和朱穎又有了床上的事，火山口差點把他熔燒死。完了他說妖精下凡了，她說我得給公爹請個保母侍奉著。他說要請個工程師，把炸裂的街道好好規畫規畫呢。她說下雪天，很少再有遊人到炸裂玩耍了，生意冷得和天氣樣。然後他們就都瞌睡了，相擁相抱的，直到起床來到村委會，床笫的勞碌還沒有從他眼皮脫開去

一如往日地，他在辦公桌上打個盹，睡一覺，當這次睜開眼睛時，他看見有兩份文件放在他的桌角上。一份是《關於同意炸裂由村改鎮的批覆》，一份是《關於孔明亮同志為炸裂村改鎮後第一任鎮長的任命通知書》。檔的內容都不長，寥寥十幾行，如迎面開來的十幾節火車撞在他頭上。

他有些慌亂了。眼睛花得很，頭暈像剛和朱穎床上完了事，還有驚慌喜悅的汗珠從額門滲出來。

為了盡快使我縣北部耙耬山區在國家改革發展的大好形勢下，根據自身條件，適應發展需要，讓其以炸裂為中心的私營企業、民營工業和旅遊業，以及新發現的鉬礦業，經營有序，蓬勃發展，進一步成為我省西南發展的龍頭地區，經由縣委、政府研究決定，報市委、政府批准，同意成立新設炸裂鎮。鎮政府設立於現有炸裂村。同時，原柏樹鄉西屬十二個自然村和炸裂環圍九個自然村，規化整合後由新設炸裂鎮管理和建設。鎮所屬土地面積四十六萬平

方公里，人口十一點二萬。新設炸裂鎮的行政區域圖，由縣統一修改印刷後下發。

就是這樣十幾行的文字。還有「經縣委、縣政府研究決定：任命孔明亮同志為炸裂鎮第一任鎮長」的不足三十個字的任命書，兩份紅頭文件和兩頁雪白的紙，落款都是縣委、縣政府。都有縣委、縣政府的紅色大印和縣委書記及縣長私人的簽名和印章。這兩頁紙和紙上的字，把孔明亮劈劈啪啪擊著了。他像身上通電樣，哆嗦一陣念一遍，又哆嗦一陣念一遍。念到第九遍，他奇蹟地看到桌子上已經乾枯的文竹花草又活了過來了。那盆文竹因為天冷缺水，澆了水又會在盆裡凍成冰渣兒，在任它枯死時，明亮看見它在轉眼間細碎的葉兒都又黃綠著。他不知道在文竹身上發生了啥兒事。試探著把那兩份文件在文竹上空晃了晃，那乾的文竹葉兒就紛紛落下去，有細的芽兒掙著生出來。為了證明啥兒樣，他對著文竹，又把文件朗誦一遍後，那文竹就在他面前一蓬雲綠，散著淡淡翠色了。

朝辦公桌邊的一盆彎成弓狀的冬青盆景走過去，把那兩份文件在冬青枝上拂了拂，那冬青枝上就慢微慢微開出豆粒似的小白花，讓村委會這三間村長辦公室，如了花房樣。為了進一步證明這樁事，明亮從盆景邊上走過來，又把檔擺在沙發頭上的一盆鐵樹上。腕粗身高的黑鐵樹，有三年不死不活了，這時那鐵樹的枝葉間，微慢微慢有了夏夜玉米生長的吱吱聲，如人在夢裡搓牙一模樣。他把村改鎮的檔抽回來，只把任命他當鎮長的檔掛在鐵樹的乾枯上，緩緩的，那些幹枝變綠了，像柳樹在初春間一夜泛綠般。

把文件放在盆外的樹根上，鐵樹開花了。

把檔朝爬上沙發的一隻蟑螂伸過去，那蟑螂如吞了毒劑樣，從沙發上掉下來，腿腳朝天，肚子泛青，死後牠還盯著明亮手裡的文件看。

孔明亮臉上有了不知所措的笑。有一種驚奇在他心裡衝撞著。這時候，祕書程菁走進來，把泡好的一杯綠茶放在茶几上，要走時，明亮佯裝平靜地對她說：

「炸裂村成了炸裂鎮。」

程菁站住了腳。

「我當鎮長了。」

程菁怔一下，臉上散著彤紅的光。

「高興嗎？」明亮笑著說：「我心裡燥得很。」

「你是鎮長了？」程菁笑著問：「你真的當了鎮長了？」

把目光擱在鎮長孔明亮那年輕熱烈的臉上去，看他點了頭，她不知該做些啥兒來慶典就那麼呆著猶豫著，像一個喜興的布衣娃娃立在那。明亮就試著把任命他當鎮長的檔在她眼前晃了晃。她便有些醒過來，笑著動手脫著穿在自己身上的鴨絨襖，去解毛衣秋衣的釦。快要脫光時，她木在那兒打量著明亮的臉，又成喜興的布衣娃娃了。明亮就又把那文件在她眼前晃幾下，她就又如被喚醒一模樣，笑著把身上的衣物一股腦兒全都脫下去，一絲不掛，一袋水樣把自己放倒在了沙發上，身上的白亮讓整個房間都如露天透明在陽光下。

這讓新的鎮長明亮呆若木雞了。

脫光躺下是程菁先前恆持不從的，這時候，她竟不言不語脫光躺在他的面前了。盯著她像盯著一片浮在水面密集潔白的花。他不知道她這樣是為了他還是為了那檔，就想把檔再在她身上撫過去，看事情會有怎樣的變端和幻異。然卻不行了，他不能管控自己了。在她的裸體前，他忽然渾身哆嗦，檔從手裡滑下去，飄在了地面上。而且她火辣辣地躺著看著他，也一樣在那沙發上哆嗦等待，使屋裡發出一種她身子和沙發的粉紅摩擦聲。大冬天，屋裡熱得很。人都要出汗。「過來吧！」她這樣哆嗦著輕聲對他說：「村改鎮了。你當鎮長了。我該把我給你了。」

他就躡手躡腳朝她走過去。脫下的大衣、棉襖像一堆乾草、棉花樣，隨手扔在身後邊。到她身邊時，觸摸她的那一刻，她身上如有靜電般，把他擊打一下子，使他手指朝後彈過去。可靜電都是一瞬間的事。畢竟他是結過婚的人，很快就明白他該怎樣去做了。

也就去做了。

也就明白她躺在那兒的遲笨和稚嫩，那如裹著一袋水似的嫩身子，和朱穎有萬千萬千的不一樣。可惜的是，這一刻自己不爭氣，物性雖好，卻短得如一曲單劇大幕拉開也就尾聲了。似乎還沒有明白是怎樣發生也就結束了。他有些沮喪和懊悔，想到自己已經是一個鎮長——而非村長，還是這樣的短暫和可恨，起身穿著自己的衣服，想著要不要讓老中醫來看看自己物性的病，就見程菁縮在朱紅的真皮沙發間，蜷著身子，臉色蠟黃，如深秋霜後縮在那兒的一堆葉，額上有著霜露似的汗，頭髮一縷縷濕在額門上。而堆在沙發背上她的衣褲和襪子，委屈地落下來，像一堆綠敗了的草。

「你咋了？」他問她。

「疼得很。」程菁縮著腿，臉上笑著說了一句很詩很意外的話：「鎮長，我的花落了。」

把目光盯在程菁的兩腿間，孔明亮穿褲的雙手僵住了。她的兩腿間，紅花漬漬，有一股春來乍到的腥香味。這當兒，孔明亮啥兒也不說，忽然覺得渾身上下又再次熱燥了，他的物性又無端好將起來了。他又一次撲在她的身子上，就著沙發和她做了第二次。第一次時他急急慌慌，人像要從一條門縫逃走樣。這一次，他不急不慌著，把朱穎教他的本領全都使出來，如同打開自家的門，回自己家裡取東西，要啥兒有啥兒，能拿啥兒就把啥兒揹在身子上，直到最後無力綿綿地從她身上軟下來，他才確信他是鎮長了。鎮長和村長就是不一樣。物性也是不一樣。心意十足地看著她也變得舒展光亮的臉，他又像上次那樣問：

「咋樣兒？」

「花又開了呢。」笑著答完後，程菁的臉如著一盤金色成熟的向日葵。

「你要我鎮長為你做些啥兒嗎？」

「我想讓你把十字街鎮上的房子租給我，我要在那兒開一家店。」

他以為她會大開天口，要求當個副鎮長、黨委委員或鎮上哪家企業的廠長或經理，可她卻只想租下村十字街的那些房。這讓他失望又心安，最後就答應那片房子永遠不收租金送給她，讓她在那兒願意經營啥兒就經營啥兒去，以此作為他當鎮長後，送給她的一份禮。

「真的嗎？」她睜著一雙驚恐的眼。

「我是鎮長一言九鼎啊。」他說著，把做愛後又撿到手裡的文件給她念一遍，兩個人就都笑起來。笑著從辦公室裡走出來，看見天空又有雪花了。鵝毛大雪裡，村委會院裡那兩棵泡桐樹，原來枯枝掛天，這一刻，卻在雪天裡開滿了粉紅豔烈的泡桐花，喇叭狀地向著天空吹，有雪花就落在喇叭花的口端上。盯著雪天和滿樹的泡桐花，程菁驚喜地喚：
「天！大冬天泡桐開花了，剛才還是滿樹枯枝呢。」
明亮對她說：「村子改鎮了，這村委會的院子也要變成鎮委會的大院了。」

二、家政

正午時，明亮回到家，一家人的喜悅都炸在臉上、屋裡和院裡。雪有沒腳的厚，走路的拔雪聲，如一腳腳踩在油炸果片的香物上。到處都噴著油物的香。朱穎為家裡請來的中年保母是很會做飯的。她洗衣做飯那功夫，深如不見底的淵。孔東德和朱穎不說話。他不認他這個兒媳婦，可朱穎有一天在家裡沒人時，突然朝他鞠了一個躬，叫了他一聲爹，他就驚得朝後退身子，直退到身後牆壁無法再退時，她又追到他面前鞠著躬，說你不認我這個兒媳婦，我就跪在你面前。跪死在你面前！

也就不得不認將下來了。

為了孝，朱穎便替他請了那保母，乾淨俐落，四十幾歲，看得出年輕時的水韻還含在她的年齡裡，滿頭烏髮，臉上並無多少的皺，只是身子稍有富態了，圓胖著，不再如年輕人樣苗細和走路可以跳起來地飛。保母住在院角的一個房子裡，每天不聲不響地做飯、洗衣、掃院子，讓孔東德過得和當年的地主樣。保母就那樣不動聲色，在孔家忙碌著，直到明亮當了鎮長這一天，午時她做了一桌菜，讓孔家一家人為兒子當了鎮長高興時，景況發生變化了。

菜剛端上來，一家人都圍著飯桌時，明亮大步走回來，爹、娘、朱穎、大哥和高考落榜的四弟弟——終於還是有了閃失沒考上，就回來閒在家裡邊。都扭頭朝著門外看，見明亮進屋拍拍身上的雪，笑著大聲說：「炸裂鎮以後就是我們家的了，你們誰想幹啥就都給我說。」他擇個空位坐下來，很認真地盯著父親道：「鎮上成立個敬老院，你想當敬老院的院長嗎？」看爹只是笑著望著他，他就把臉扭到娘一邊：「以後牙痛你不用再跑柏樹鄉的醫院了，鎮醫院一成立，你一牙痛，醫生一時三刻就到我們家裡來。」

又把目光落到大哥的臉上去，很認真地問：

「想當幹部嗎？把你調到鎮委會當個副鎮長，專門抓教育？」

大哥先是有些驚，後來醒過來，也很認真地答：「我只想從小學調到中學當老師，讓別的老師都聽我的課，都說我不僅有學問，課又講得最好，我就知足了。」明亮就有些輕慢哥的沒出息，之後再把目光落到四弟的臉上去，問他想幹啥兒事，說鎮上的工作隨你挑。見落榜的陰鬱在四弟臉上沒有了，笑在那臉上，如晨時日出後的一盤葵，這讓明亮想起上午他在村委會和程菁那些情愛的事，想起程菁那張事後向日葵似的臉，想到程菁和四弟倒是很般配的一對兒。可想到程菁和四弟應是一對兒時，他臉上燙一下，又如一盆沸水倒進了自己心裡樣，身上有了一個別人看不出的熱哆嗦，於是又忙把目光落到身邊媳婦朱穎的臉上去：「你想幹啥呢？當鎮上的婦聯主任，管全鎮的婦女工作嗎？」

朱穎說：「我啥兒也不幹，只想做好孔家的兒媳婦，把爹娘的身體侍奉好，也就萬事大吉了。」是當笑話說了的，本是一句虛浮的話，可她說完後，所有的孔家人，卻都驚驚異異盯著她，像一下把她看穿了，看她像是一個完全沒有穿著衣服的人，赤裸裸的醜。且在那瞬間，目光那齊整，屋裡那驚靜，連門外雪花飄落的聲音都可聽得到。於是間，尷尬在這飯桌上五顏六色著，看的被看的，都不知怎樣為好時，保母端著一盆燉雞走進來，放在飯桌上，臉上放著光，盯著明亮看一會，用沸熱沸熱的嗓音道，「孔村長——你是鎮長了——孔鎮長，求你一樁事，把我調到鎮裡做個婦女幹部吧。你媳婦朱穎她不喜這鎮幹部，我喜當這婦女幹部呢，讓我抓全鎮的婦女工作吧。」

她說：「我已經在你們家做保母半年多，分文不取，我也該有這報酬了。」

說：「孔鎮長，我算不得你家人，可那樣侍奉你家老人也算你家半個人，你就把我轉成一個國家幹部吧。」

到晚上，朱穎替保母收拾了行李，讓她離開孔家時，把一嘴口水吐在她臉上，還在她臉上抽了一耳光，之後保母就離開孔家了，誰也不知她去哪兒了。

三、陣容

村改鎮是最有史志意義的。要在掛牌揭幕的大會前，做下無數準備的事。大街上，一街兩岸的店鋪和商家，都必得把你原有的招牌摘下來，更換新的招牌名。如名叫「張記修鎖」的，須更換名字為「炸裂鎮配鎖城」。叫「王家裁縫」的，要換名字為「炸裂鎮縫製大世界」。還有那各種小吃和飯店，原來只是推個玻璃車子在街上售賣燒雞的，玻璃上只印著「燒雞」兩個字，現在的工商和稅務，會要你在那玻璃櫃上印出「炸裂鎮熟肉大食府」的字樣來。賣售燒餅的，名字就叫「炸裂鎮燒餅大王」了。開麵食小店的，就要求你掛出「炸裂古食府」或者「炸裂鎮美食大都會」的招牌來。總之總之著，龐大鮮明的店名要氣氣派派、威威武武，透著村改鎮的豪氣和壯賀。

最忙的要算那專門刻章印製招牌的文化店，他們從縣城趕遷到炸裂來，在幾處經營和忙碌，日夜趕製各種店名和匾牌，一個月來每個人都忙得通宵達旦，旦又通宵。

雪止了。

日光豔到刺扎人的眼。沿著炸裂村前的河流繁華而起的街道上，所有的樹木都泛綠透紅地旺葉和開花。是冬日，可村子改鎮了，氣象也不得不改著，冷退熱進著，萬物速醒，天地溫暖，角角落落都因為村改鎮而疾快地堆下了春天的清氣和香味。雪在村改鎮的熱鬧中迅速融化著，房檐上的滴水流進街邊的管道裡，那水泥渠裡響著琴鼓一樣的嘩嘩聲。二年前修好的水泥大街上，被雪水清洗後，水泥街面上泛著青灰色，有一股沁人心脾的潮潤氣，人一呼吸就覺得世界不再一樣了，冬死春活了。再過幾天，縣長就帶著各班人馬到炸裂宣布炸裂鎮的正式成立與掛牌，當然要參觀炸裂鎮的街道、工廠和分散在炸裂周邊的各種小企業。這些天，鎮長孔明亮，一直都在為縣長胡大軍的到來操心準備著。事體終於大體竣業後，他要帶著從本地選撥和由縣上預選調來的各個鎮幹部，從鎮街的北端到南端，檢查一遍街貌街容和各家住戶歡迎準備的事，看那新起在街岸上的門面房，牆壁都一律用紅漆刷新了，一條大街像一條燃了的火。漆香味在半空的雪光豔陽裡，呈著綢絲緞線的美。各家店名新換新掛的橫匾和豎牌，白底紅字或綠底黃字，醒目麗眉都在街空閃著彩色的光。全部住戶的大門前，也都貼上了紅對聯，各家門前又至少擺了四盆花。沒有鮮花的，都從城裡買了塑膠花，把那街面扮成花街了。

明亮就領著人馬從那街上走過去，前呼後擁，團團團團，人人見了都叫他「鎮長、鎮長」著。他笑道：「還沒宣布哪。」人家就說「馬上了，馬上了」。受用得很，像人在焦渴時候送的冷飲般。見了一戶人家門前沒擺鮮花或者塑膠花，一個婆婆正在用紙剪製八朵比籃子還大的紅紙花，明亮就對身邊的交代道：「這是村裡有名的烈士戶，無兒無女了，從下月起，鎮上每月要多照顧她家五百元，一定要她錢多得沒處花。」

看到一戶何姓專售豬大腸的熟肉店，請來人為寫「炸裂熟肉」還是「炸裂何記肉舖」猶豫不決時，明亮毫不猶豫地對那店家說：「寫『美味百年』四個大字就行了。」人家就寫下了「美味百年老店」六個字。

到了街南頭——那兒原來全是朱穎從省會分離帶回經營的理髮屋、洗腳店和吃、住、洗澡都甚為方便的「康健娛樂城」及「心愉大世界」，現在那「娛樂城」和「大世界」的招牌都換成了彩美藝術字，門口站的姑娘也都端莊樸素，衣服齊整，又樂樂大方著，也就放心地走過去，穿街到街外的一家小企業。那家企業是專門訂製、印刷各種證件的，如大學生的畢業證，國家機關的證明信，軍隊幹部的軍官證，城裡員警的警官證，有鋼印，有木印，還有專門供人報銷的各種空白發票本和各種各樣的身分證。這些證件從這兒訂製、印刷好了後，運到城裡、市裡賣，銷路廣闊，訂單一批又一批。可現在，那企業的大門前掛了「紅星印刷廠」的大牌子，門內廠房裡，擺著從國外進口的印刷機，印刷機旁擺滿了他們印刷的革命書籍和學生的作業本。一切都規範上好了。從車間奔騰而出的油墨香，如六月天山野間的麥香味。領著人去各個車間看了一圈兒，滿意地走出來，欲走時從腳下的一堆草裡踢出幾枚公章來，拾起一看，是縣政府和市政府的大圓印。

明亮就把這印刷廠的廠長叫來了。

廠長原是跟著明亮在鐵路上卸貨的，他過來叫了一聲「明亮哥」，然後明亮就把那兩枚公章給他看了看，把那公章砸在他頭上，又朝他身上狠狠踢一腳，鐵青著臉色朝門外走出去。

那人便如腸子斷了樣，蹲在地上咧著嘴，一直看著明亮和他的人馬消失在馬路上，去巡察別的企業了。

第八章　綜合經濟

一、工業工人

新鎮工業有鐵絲廠、電纜廠、水泥廠、印刷廠和城裡、鄉間蓋樓使用的水泥產品預製廠。家庭私企有從把收回的廢輪胎燒澆製成塑膠鞋底的製鞋廠，用廢膠煉製水桶、水盆、塑膠碗的塑膠製品廠和塑膠玩具廠，還有紡織廠和農貿產品加工廠。加工廠設在河對岸的一個院落裡，山貨如木耳、核桃、香菇等，泥土芳香地走進去，出來就成光鮮亮麗的猴頭燕窩了。膠煉廠進去的都是從市裡、城裡回收的膠鞋底、舊皮鞋，出去就成了城鄉重新使用的水桶、臉盆、牙缸了。也許某個人喝水用的紅、綠塑膠杯，前身就是他自己穿的膠鞋或拖鞋；一個人用的牙刷子，前身是專門捅通堵塞廁所的膠木棒。

還有一家新聞故事加工廠，廠主是當初夢引走夜撿到一個破喇叭殼兒的楊葆青，他是識字有過見識的，愛讀書讀報的，因此他就近水樓台，在那個年代全國報紙雜誌都春暖花開、枯木又綠時，領著兒女們用剪子、漿糊和彩色圓珠筆，訂了無數的報紙和雜誌，每天把發生在南方的新聞換個時間和地點，剪剪貼貼，紅筆勾畫，之後有他的學生重新抄一遍，寄到北方的報社去。把北方報紙上的故事和特寫，掐頭去尾、改頭換面，寄到南方的報紙副刊上，或者把這家月刊文章重新抄一遍，作者署上自己的名，寄到南轅北轍的季刊編輯部，那稿子很快就見報刊登了，稿費匯款單，每天都從郵局一兜一袋地寄回來。這期間的邏輯與律法，就是南事向北寄，北聞向南發，把上海的故事改為中原寄到西安、蘭州那方向，再將新疆的故事改為南方事端寄到上海去。見報發稿率，在百分之九十八，是炸裂新鎮有名的新聞故事廠，稿費匯款單，每天都碩果纍纍從郵局寄送到他家裡。

總之的，炸裂鎮沒有閒人了。沒人種地了。家家企業、舍舍工廠，讓這個新鎮沸騰得如是煮沸的水。每天天空中從煙囪騰起的黑煙和紅火，把空氣燒得焦焦燎燎，晝晝夜夜都有刺鼻的膠味和水溝裡的腥臭味。可家家舍舍的，又都習慣了那味道，下一場雨把那味道洗一遍，清新會讓他們幾乎人人感冒和不快。於是著，醫院又忙將起來了，病人多得和學校的學生樣。病人多了就需要有自己的製藥廠和藥瓶、包裝加工廠。加工廠多了稅收、衛生又忙將起來了。稅收多了鎮長就忙上加忙了，每天都忙著新企業開工的揭幕和剪綵，吃飯和握手。後來回憶起炸裂最初的工業發展、資本積累的雛形期，孔明亮對我說了天斷地絕的一句話：

「好年月啊——用剪子、漿糊都能建一家故事新聞廠，以後中國怕再也沒有那樣的年月啦。」

二、農業農人

有一次，山梁頂上響起了一片哭喚聲，斷斷續續，三日不止，就有人跑到鎮政府裡報告去。那時候，鎮政府的新址正在建設中，幾棟樓房也都剛剛拱出地面兒。工地上一片凌亂，豎八橫七，攪拌機、打夯機的聲音地動山搖，不撕著嗓子說話，對方壓根聽不到。來的人在正指揮工地的鎮長面前連三趕四，大喚大叫，鎮長都瞪著眼睛問：

「你說啥?!」

來人就爬在鎮長的耳朵上喚：

「農民都瘋了——農民在山梁上瘋子一樣哭！」

「哭啥兒?!」

「哭土地！」

鎮長想一會，和來人一道朝鎮街背後的山梁上去。他們繞過街道，到半山坡上時，回頭望一下，鎮長有些驚住了，這才看見炸裂鎮在短短的時間裡，沿河而築，這邊那邊都樓房林立，街道寬闊，再也不像早先山脈中的村街那般土熱鬧。街道上的路燈電線桿，和筷子樣均勻地豎在路邊上。各家大廠、小廠的煙囪，插在天空間，吐出的濃煙如雨天罩在頭頂的雲。而這兒或那兒，把土地破開、闔上的工地，一處又一處，像外科大夫隨意的開腸破肚樣。將大地破開來，重又縫闔上。挖開來，重又草草填起來。新土舊土，傷痕累累，到處都朝氣蓬勃，疤痕疤痕的。

「炸裂發展得好快啊！」鎮長感歎著。

「他們哭他們沒有地種了。」隨著的答。

「全鎮一共有多少戶人家住別墅？」

「都哭鬧整整三天三夜了，像要反一樣。」

又急急朝著梁上走。那條路當年鎮長卸火車時是每天都走的，重又走在那路上，他有一種熱親感，忍不住要往路的兩邊看。風景像水樣從他面前流過去。看見山坡上的電線電纜廠，工人們都在工廠門口和路邊喝啤酒，花生和豬頭肉，用紙包著擺在地面上。問為啥上班時間都在喝啤酒？答說廠裡又接了一批大訂單，且那訂單還是來自某某市，說那市裡所有居民、工廠用的電線和電纜，都是來自炸裂的電線電纜廠。炸裂的電線埋在牆壁裡，電纜埋地底下，三年五年也就壽終正寢了，這些電線電纜的膠皮都老化脆裂漏電了，常會引起短路和火災，著火死人的事情經常發生著。人家都是用一次炸裂的電線和電纜，火災之後就去買別家電纜電線了，可這個城市有次大火燒死了一百多個人，現在還偏就再買炸裂電纜電線廠的貨，所以廠裡就發啤酒豬肉讓工人都喝酒慶賀了。

「為啥兒？」鎮長站住問。

「回扣多得很。」隨行的笑著答。

鎮長就讓隨行的人立刻通知電纜電線廠，凡是失火後又來買的回頭客，都給他們再贈加百分之十的回扣費，你訂一百萬元的貨，再多給你個人十萬元，你訂一千萬元的貨，再多給你一百萬元的回扣費。「不怕他媽的那些人不來購買我們的電線和電纜！」鎮長罵著說，就讓隨行的立刻去通知，自己獨自朝著梁上走。路兩邊的各種工廠和車間，像村落住宅樣從他面前掠過去。路邊的樹木上，葉子都被塵土封蓋著，各種的塑膠袋，掛在樹枝上，風一吹，肚子鼓起來，發出劈啪劈啪的響。鎮長就那麼抬頭瞟著懸滿天空的塑膠袋，想炸裂什麼時候可以從鎮變為縣城呢？縣城什麼時候可以因為炸裂的繁華從四十公里外面遷徙過來呢？

有工人從很遠的地方朝著鎮長招著手：「過來喝瓶啤酒吧！」

鎮長朝那原是炸裂的農民們喚：「等著炸裂由鎮變成縣城我們再喝吧。」

到了山梁上，日過平南後，有兩隻野雞、野兔在梁道上張望和遠眺，然後看見鎮長牠們逃走了。胡大軍給朱穎豎的牆壁似的紀念碑，因為鎮子日繁，來自鎮外的要道都轉移到了河邊上，它就在這顯了冷清和寂寞，連朱穎本人也很少再來看看它，像她的日子裡從未發生過這樣一樁事。紀念碑上的字，被歲月塵土蓋得和消失一模樣。炸裂村的那些老人們，六十歲以上的農民們，就在這紀念碑旁哭。他們哭著說：「我們沒地了，我們沒有地方再種莊稼了。」他們都剛過六十歲，年輕力壯得和正當午時的日光樣，可富裕繁華把他們送進了敬老院，不讓他們摸鋤拿鍬和土地交往了。他們過不慣每天不再種地那日子，就到這原是田土、現在卻一片荒廢的田野裡哭。

朱穎的紀念碑，像一堵風雨飄搖的牆。原來那碑下和周圍都是冬有小麥、秋有玉米的。每年春天小麥苗油成黑烏色，夏天麥熟時，黃香味漫進村子裡，漫到各家的飯桌上。可現在，不知怎的就沒人再種了。荒草一人高，野雞、野兔在那兒鑽來鑽去著，如是牠們的天堂公園樣。老人們就圍在那一片荒野上，哭哭喚喚，鬧鬧叫叫，還在大白紙上寫下草草醜態的口號和標語：「還我土地！」「我們要和莊稼生死在一起！」等等等的，有的貼在碑牆上，有的製成標牌豎在草野間。就在那裡喚。就在那兒哭。哭喚累了打開自己帶來的飯食野炊飽了後，接著哭鬧與喚叫。

示威如起義。他們三天三夜，相聚不散，原來幾個人，後來幾十個，第三天就多到上百個，連劉家溝、張家嶺和其他村莊被開礦、修路占了土地的，也都聚到這兒來鬧。他們不知道他們的行為是革命，是在抵抗發展和後工業。他們的質樸成就了這場帶著抵抗性的農民大運動，也因為質樸毀掉了這場偉大的農民大運動。到了第三天，人數聚到二百時，黑黑鴉鴉一片兒，那些「誓死和土地在一起」的標語牌，像一群群白色的信鴿蕩在坡地上。鎮長孔明亮就從鎮街走來了。他站在那些都剛六十歲的壯年熱鬧的目光中，很動情地喚：

「都回家去吧，不怕哭壞身子嗎？」

人都不說話，靜靜的望著他。

「回去問問你們的兒子和孫子，問問年輕人，看他們是想要種地，還是要想把炸裂變成城？」

人都不說話，靜靜望著他。

「你們再不離開，我就讓你們的兒女們來把你們拖回去！」

人都不說話，靜靜望著他。

沉默像黑色的墨水樣，在那些年長的老人、農人的臉頰上。他們臉上的皺摺和溝坎，顯得沉穩而有力，頭上幾乎人人都有的白頭髮，擎在田野的半空裡，如同雜在田野上的草。沒有人張嘴去接鎮長的話茬兒，也沒有誰要離開那田野，回到家裡、回到他們新蓋的樓房和敬老院。他們知道鎮長不敢把他們拖回去，也不敢讓鎮上派出所的員警來把他們趕回去。他們是看著鎮長長大的，直到現在鎮長和他們單獨相遇時，都還叫他們叔、伯或爺爺。就都那麼僵持著，直到從哪飛過來一片黃枯的樹葉從鎮長面前飄過去，猶如一道訊息從鎮長頭腦畫過樣。於是間，鎮長站到他媳婦朱穎那牆壁碑的底座上，居高臨下，望著那些要求歸還土地的老人們，用最動人的聲音喚：

「叔叔大伯們、爺爺奶奶們——聽我的話你們回家吧，現在我答應你們一樁事——」看看下邊一片望著他的渾濁的目光和渴求的臉，鎮長就像遇到了一片大旱無雨、乾裂的土地般，「過不了幾年，因為缺少土地，國家就要實行殯葬火化制度了——把死人推進火化爐，把屍體燒成白灰了。那時候，不管你們中間的誰，最終都不能土葬而必須被兒子、女兒哭著推進大火爐，把骨頭和肉全都燒成灰。」到這兒，鎮長把話題頓下來，看見面前那一片乾枯堅毅的臉，都成了驚異和灰白，如同從火化爐裡推出攤開的骨灰樣。所有的目光，都是慌恐的驚懼和癡呆，彼此看著如同要尋求啥兒著。「這樣吧——」鎮長動動身子，站得更高些，聲音更大些：「你們都解散回家吧，三年二年火化制度開始後，我保證你們今天聽話回家的，都不火化，依舊土葬；

依舊是壽衣棺材，風俗葬禮，讓你們死後也不離開土地，永永遠遠和土地在一起。可你們硬要不聽話、不回家，要求歸還土地要求種莊稼，那你們死後就只能火化，只能裝進幾寸大小的骨灰盒。擺在半空的水泥台子上，至死都不能和土地在一起——生前死後，今生今世，何去何從，就這兩條路，你們自己想想、自己決定吧。」

鎮長說完就從碑的台上下來了。

在面面相覷中，就有老人扛著「還我土地！」的紙牌起身回家了。也就都相隨相趨著離開荒野朝鎮子收散了。一場意義深大的農民新革命，就這樣被發展像死屍一樣火化了。

三、特殊行業

1

炸裂的繁華，不單單是靠工業的興起和土地的消失繁華起來的，那特殊行業的發達，才是炸裂綜合經濟大廈的腳手架。

在主街的北半部，白天蕭條安然，除了走在街上的狗，很少有人的腳步聲。可是到了黃昏到來時，那半條街上就燈光明亮，紅紅綠綠，閃得人眼花撩亂，無所適從了。理髮屋、洗腳屋、按摩店和娛樂城，所所有有的，名字都巧麗朦朧，有說不出的味道和花俏。如「迷你理髮廳」、「醉臥花叢園」和「好再來」、「永回頭」什麼什麼的。這名字都是朱穎從南方和省會抄寫帶了回來的。有了那名字，有了那屋舍，在那屋舍中裝上木頭炭火的淋浴房和純粹用電的蒸氣房，傳說中可以在火上澆水、用蒸氣洗澡的東西就擺在面前了。都去看，都去蒸，先是炸裂的男人、老人們排成隊，脫光淋水後，走進那房裡，在火上倒上水，讓蒸氣騰起來，在那白濃的高溫氣裡深呼吸，幾分、十幾分鐘後，人就大汗淋漓了，泥垢如牆皮一樣從身上脫落著，一天的勞碌和疲乏，也都煙消雲散，昏昏然然，走出來飄飄欲仙著。鎮街上第一家裝上那蒸氣房的是朱穎開的「極樂天外天」。第一次走進那蒸氣房一試一蒸的，是當年還時任村長的孔明亮。他從那蒸房走出來，身上赤裸亮堂，對在外面排隊等待的男人們說：

「就像鑽在了女人們的那裡邊。」

人都依次地走進那蒸浴房裡去，一次三五個，一撥兒大約十分鐘，外面等待蒸浴的，從街的這頭排到那頭去，還又繞到半山梁子上。想要蒸一次，山脈的人要從晨時排隊等到黃昏後。有的人為了蒸一次澡，要從很遠的地方提著乾糧趕過來，在路上走三天，才可以到炸裂這兒洗上一次蒸浴澡。後來就有了第二個電蒸浴、炭蒸浴，

有了第三個電蒸浴、炭蒸浴。女人們也可以輪流去那蒸浴房裡了。蒸浴後還有別的服務了——按摩、修腳、性服務，人在快樂勞累後，要喝酒、飲茶、搓麻大閒散，世界上的大繁

華，也就這樣急腳快步地趕到了炸裂來。

不知道炸裂是有了這行業，山脈上才有了開礦的人，還是因為那兒有了礦，有外來的礦人才有了這行業。總之著，都是一夜間的事。一夜間有了那些礦，有了這行業。有了高鼻大眼的外國人，從礦上坐著轎車來到炸裂街，把車停在街口上，大搖大擺地從街上走過去，還在街中間買了一盤餃子吃。因為錢太多，一盤餃子只要五元錢，他給了一百元。找他九十五元時，他把那九十五元當做小費給了餃子店的主人了。店主人就有些木呆著，不相信天下的洋人會有這習慣，花錢買物食，你對他笑了笑，他為這笑會給你更多更多的錢。

人們覺得洋人家家都是開了銀行的。

一直盯著看，直看到他走進蒸浴屋，才回頭把洋人到了炸裂的消息傳出去。把洋人花錢像開了銀行的奇觀說出去。便來了很多人。幾乎炸裂的村人都來了，靜靜地湧在「極樂天外天」的大門口，說笑著、議論著，等著洋人從那店裡走出來，看他的高鼻梁、藍眼睛、黃頭髮和滿胳膊都是絨絨的毛。可等著等著間，人們不再說笑了，不再議論啥兒了，壓抑開始在炸裂的街上浸潤和瀰漫。炸裂人漸漸想到了這個不知是美國還是歐洲的人，是去那店裡做了啥兒事。洗一次蒸浴澡，加上脫衣和穿衣，多也不過在炭蒸房裡待上半小時，可這個洋人卻走進店裡一個小時還沒走出來。兩個小時還沒走出來。三個小時還沒走出來。他來時是太陽當空的，秋暖在街上像蒸浴房裡剛剛打開時一樣舒展和暖和，可人們在那門口等著他，直到太陽沉西後，他還沒有從那門口走出來。

門是雙扇木框鑲了玻璃的門。玻璃上貼了「歡迎光臨、賓至如歸」八個字。可在那玻璃後，又有一幕門布拉開遮擋住，在外面看不到門裡發生了啥兒事。村人們只能猜測人到了那門裡發生啥兒事。洋人已經進去了三個多小時，這個史上第一個來到炸裂投資開礦的西洋人，他把可以議說不可目睹的事情帶到炸裂了。推到炸裂人的面前了。人們屏住呼吸，等待著他從那門裡走出來。可又不知道為何要等他走出來。不知道他出來時應該對他說些啥兒，做些什麼事。

時間像堵塞流不動的水，盤鰱窩聚在人們的喉間和在河邊剛剛成形的鎮街上，直到爽黃的陽光成為西去的暗紅時，那玻璃大門吱的響一下，人們的喉嚨一縮緊，心裡一哆嗦，看到那洋人神清氣爽的出來了。還是線條灰西裝，線條紅領帶，臉上燦著發亮的豬肝紅，頭髮吹洗後，蓬鬆整潔，由左向右一根根地倒過去。陽光落在那頭髮上，光亮會滑腳從他的頭上跌下倒在地上或牆上。而他的左胳膊彎，則套著一個秋天還穿著短裙、露著修腿，胸前乳峰如山樣挺拔裸透的姑娘來。他們走出來，門外的人群先是靜一陣，待認定那姑娘不是炸裂的村人後，就有人把準備好的土塊、雞蛋、蘋果和蒸熟後的金色紅薯朝洋人和那姑娘擲過去，從他們嘴裡炸出的「妓女！」「嫖客！」「畜生！」「不要臉！」的字眼也如飛砂走石樣。

那姑娘旋即又退回到了門裡去。

洋人意外地愣在那，哇哩哇啦地給炸裂人講著他們完全聽不懂的道理和法律，直到有一隻布滿灰塵的鞋子打在他臉上，他才無奈地從門口退回一步兒。這時候，朱穎從那屋裡出來了。朱穎奪門而出，一下站到洋人面前，擋住飛來的咒罵和飛物，張口說了一句讓所有人都啞然無語的話。

她說：「改革開放你們知道嗎？」

轎車上。

又說：「不想富裕了是不是？」

還說：「別忘了你們家姑娘姊妹給你們寄錢回來蓋的瓦房樓屋啊！」

一片沉默了。

朱穎就在這沉靜裡，親自陪著洋人從街的這頭走到街那頭，一直把洋人送到他停在村外的轎車上。

2

物事興盛是需要時日助陣的。人們漸漸就對街上的事情默認了。習以為常了。孔明亮當上鎮長的第一樁事，就是為娛樂業頒布了一條保護法，證明去那兒的人不僅都是合法的，而且還是擁戴改革開放的。事情也就大張旗鼓走在了台面上。生意旺起來。人們朝那後來街名索性就叫「天外天」的風流街上湧過去，就像集日從四面八方湧來的人們走進商場裡。沒有啥兒了不得。更何況在那半條街上經營的姑娘不僅不是炸裂人，而且也不是這個縣、這個市裡的人。她們多都來自四川、貴州和湖南，還有一些身材高䠷、性格豪爽的東北人。而炸裂的姑娘們，為著面子和日後出嫁那長遠，要麼是去南方掙這風流錢，要麼就回來幫著朱穎經營、管理街上店裡的事，成為「天外天」大街的領班和主管。

也有自己又獨開一家門店經營風流的，但終究因為設備、服務和工酬，都無法和朱穎的生意抗下去，就有的關閉，有的低檔維持著。可到了事情的下一年，天外天北段的十字路口上，程菁又開了一家名為「世外桃源」的風流店。店房是一家飯店改將過來的，裝修、改建、換門牌，經營的也都是那些蒸浴、洗澡、按摩和大同小異的事，可那兒的生意就是旺，白天晚上來自周邊工廠和山裡銀礦、鉬礦上的人，一齊一批的朝著那兒湧。

朱穎警惕著「世外桃源」了，也就擇了時機去找程菁。程菁那一天正在她的辦公室裡和一個外國的商客說啥兒，朱穎一來就看見那個外國人，正是他開店第一個到了店裡被鎮人打了的，就對他軟軟笑著說：「你來這邊了？以後還到那邊吧，每次只收你半價的錢，不滿意了不要錢。」外國人就驚喜地瞪著眼，有些不敢信，朱穎就又很認真地道：「你現在就去吧，今天姑娘隨你挑，一次帶走兩個、四個或八個，我都只收你一個姑娘的錢。」外國人就啊哈哈地笑一下，說了一句水煮石頭的生硬感激話，從程菁的辦公室裡出去了。到這時，朱穎也才看清程菁的辦公室，設在一樓收銀台的對面裡，隔著門玻能看見每一個走過的嫖客和她養的姑娘們。看見剛剛走來的幾個姑娘從門前走過去，臉形都是近著正圓形，身材微胖，胸脯飽滿，似乎都還不到十八歲，質樸如剛從秧上摘下的瓜，或如剛從樹上卸下的果。

「呦，都是新鮮柴禾妞，難怪你生意這麼好。」

這麼嘲笑著，又看辦公室的擺設和家具，也沒什麼了不得。針織沙發套，有些凌亂的辦公桌，桌前還是硬木黃椅子，就是桌側的一組大衣櫃，也都是新做新買的，櫃門上的白色裂紋都掛在櫃門上。朱穎有些瞧不起她的經營了，想到她生意好的原由了。「都是處女吧？」這樣問著時，就看見程菁擺在窗台上的兩盤花。那花有些讓她驚著了。讓她覺得有些己不如人，矮她一頭了。花是這個季節九月的秋野菊，可那野菊棵上卻盛開著四月才紅的牡丹花。牡丹花彤紅如日，大如人臉，有一股牡丹的濃美和菊棵的清冽野味從那窗台朝著屋裡飄散著。程菁就坐在那花旁，臉上蓄著這個行業誰比誰年輕就會旺生旺長的力度和美。朱穎站在她面前，隔著一張桌。她進來程菁既沒有站起迎一下，也沒有給她讓座和倒水，就連她把那外國嫖客撬走程菁都沒對她開口說句話。

程菁的自信和骨頭一樣硬，臉上的平靜像是一湖風吹不動的水。

「你搶了我的生意了。」朱穎說：「你其實去鎮上領個工資就行了，不該開這『桃花源』。」

程菁笑了笑：「鎮長讓我開辦的。」

「我讓他把你重新招回鎮裡去。我一句話他就把你招回了。」

「不會吧？」程菁重又笑著說：「他和我睡過了，他不會那麼聽你的。」

腳下莫名地軟一下，朱穎差一點倒下去。可她硬撐著，沒有讓程菁看出她心裡滾過了隆隆的轟鳴聲。沒有讓她看出來她差一點被她的話擊打垮下去。她用力站在那，努力在臉上掛著和她一樣嘲弄人的笑。

「睡了嗎？」朱穎說：「那我男人占了便宜了。」

「睡過好多次。」程菁道：「他說我比你好。還問我願不願意讓他和你離婚我好嫁給他。」

朱穎不再說話兒，把目光從程菁臉上移到花上去，看那有些青烏色的菊花葉，托著碩大的紅牡丹。幾朵牡丹花的花卉呈著粉黃色，而到了花卉的最心上，花心變成嫩粉嫩白透明著，讓人想起少女姑娘最為核心那部位。她在那菊棵牡丹花上看了看，又看見牡丹邊上的一盤剛長出的大蒜上，結了枸杞似的小紅果。窗下一盆早已過季的櫻桃小樹上，又結滿了刺紅刺紅的小辣椒，然後她把目光抬起來，盯著一直坐在那兒不動的程菁的臉，看程菁臉上得意的笑，就和那些花一樣。

——「想要了你都搬到你那邊。」

——「倒不用。」

朱穎把目光收回來：「天外天那邊全是這樣的。最奇的是，我院裡牆上的狗尾巴草，全都開出了小菊花，連蒿草的味道都是桂花那樣的香。你要有空了可以過去看一看。」

——「真的嗎？」

——「現在過去看看吧？我陪你。」

——「我怕鎮長一會要過來。他總是時不時地要到我這兒。」

也就結束了。從世外桃源的樓上走下來，穿過停了一片嫖客的小車、拖拉機和自行車的院落時，朱穎感到陽光是一種黑顏色，房屋、牆壁都如在水上漂著晃。大街上的人流和叫賣的吆喝聲，像伐倒的樹木朝她砸過來。她頭暈得很，程菁剛才給她說的那些話，蒙汗藥一樣灌在她的腦漿裡。

3

孔明亮覺得世界上最好的東西還是權勢、女人、床鋪和枕頭。他從程菁那兒累完身子回來抱著枕頭睡下時，想對著枕頭叫聲爹，或者對著枕頭叫縣長。夜如溫水樣泡著他，倒在這不冷不熱的秋夜裡，他覺得整個人都睡回到了一個巨大的子宮內，身上的筋骨疲勞一下舒展了。開會、剪綵，吃飯、念檔，到鎮委會的新址工地上。他一天不去那工地，工地上的工人和工頭，都把工地上的水泥、鋼筋往自己家裡偷。司機敢把整卡車的機磚拉到半途倒賣掉。買鐵釘的人，運到工地上的釘子沒有他家床下塞的多。他領著鎮上的員警去工地倉庫保管二狗家裡了，見二狗家裡如工地倉庫樣，繩子、袋子、木材和鐵管，還有施工用的大錘、釺子堆了一院子。孔明亮把二狗叫到面前給了他一耳光。

二狗捂著臉委委屈屈喚：「明亮，我是你哥呀！」

孔明亮又摑一耳光。

二狗就哭道：「你是鎮長我也是你哥呀！別忘了最早是我先替你在朱慶方的臉上吐痰的。」再朝他腰上踹一腳，就不再有那輩長哥短的叫喚了，只是睜著驚恐的眼，明明看清站在面前的人，是他們投票選的村長孔明亮，卻又秉性、神態都又不是著，不知道他哪兒有了變化了，不再是那個明亮了。直到孔明亮給跟來的鎮上員警遞個眼色兒，兩個員警把手銬嘩嘩套在二狗的手腕上，二狗才轟隆一下明白他不是村長了，他是鎮長了。

二狗突然朝明亮跪下來，哭著磕著頭，「鎮長——放了我吧，我再也不偷了！」

「鎮長——放了我吧，我再也不偷了！」

又給那員警遞個眼神兒，員警就又把保管二狗放開了。

一天間，鎮長這樣跑了炸裂幾十戶，上至工地施工隊的隊長家，下到施工隊專門搬磚和灰的小工家，凡是炸裂人，他們家家都偷有工地上的磚瓦、水泥、鋼筋和木材。進門後，凡是見了他都忙不迭兒喚叫鎮長的，一律寬大處理，沒收所偷財物，再朝那賊的臉上摑去兩耳光，也就萬事休罷了。問他說：「還偷嗎？」答說道：「不偷了。」又問說：「為啥不偷了？」「已經富裕了，要遵紀守法了，不能給鎮長和炸裂抹黑了。」原來賊是智人很會說話的。也就滿意地走出去，到另外一家裡。這就遇上心中不智的，見了明亮不喚鎮長，只叫兄弟、侄兒的。鎮長也就心有梗塞了，不說話，只遞眼神兒。員警就提著手銬上前嘩嘩把那賊人扣起來，又一腳把賊人踢跪在地上。賊人不知所措，求著鎮長喚：「明亮——我們都是炸裂人，別忘了你要給我叫伯啊！」員警的耳光便如雷陣雨樣落下去，劈劈剝剝響連天，邊打邊問他：「還偷嗎？鎮長磊落光明，一生最恨偷摸你不知道嗎？」直到那人靈醒過來，不再喚明亮，不再叫侄兒，把「鎮長」、「鎮長」掛在嘴唇上，保證說再也不偷了，再也不給炸裂和鎮長丟臉了。

也有不明事物的，你打他一耳光，他反倒睜大了眼：

「你敢打我呀？我是鎮長的叔。」

又打一耳光。

「明亮，你就這樣看著他們打我嗎？別忘了你當村長時，我們全家都投了你的票。」

鎮長不說話，只是看著他家從鎮上偷來的滿院滿屋的東西和他一家的老老少少們，臉上呈著不屑和青灰。後來那跟著的員警從鎮長臉上看下意思了，問老老少少說，你們都參與偷了吧？都一塊跪下來——他媽的，不跪就到監獄蹲上一年或半年。一家人就都慌忙在院裡跪下來，不叫鎮長的名字了，不稱自己是鎮長的叔伯嬸娘了，不說鎮長當村長時他們投票選舉的事，只叫著鎮長、鎮長你高抬貴手啊，我們以後再也不偷了。再也不給你和炸裂臉上抹黑了，鎮長就最後看看那，眨眨眼，員警也就放了那一家，大車小車把那家偷的東西全都沒收了。

鎮長為遞各種各樣的眼神兒，眼皮磨下了一層繭，累得吃飯時也想打瞌睡。走在大街上，瞌睡上來了，人會撞在路邊的電線桿兒上。財富就這樣聚集起來著。沒收來的東西堆積如山，在鎮外河那邊的荒野裡，蓋了鋪天蓋地的倉庫房，裝不下就碼在露天的路邊上，堆在山坡下。一個現代的鎮子，也就這樣築建起來了。昨天還是亂七八糟的腳手架，今天那兒就樓立架空了，工人們在那樓前清理垃圾，打掃衛生了。明明早晨才破土動工的一條路，黃昏就有柏油鋪上去，第二天就散發著新路的蒸油香，有汽車在那路上跑將起來了。

鎮子巍巍峨峨的立站起來了。以占有五百畝地的鎮委會和通往鎮外的兩條公路為標誌，當這些都建成通車後，炸裂的經濟、繁華和現代，便如氣球升在了天空裡。鎮長累得很，他要好好睡一覺。他幾乎有半月、一月沒有回到家裡睡覺了。回到家倒頭便睡，一口氣睡了三天三夜，七十二小時，除夜起縫眼喝了兩杯水，跑了三趟廁所外，有七十個小時他都在睡夢裡。醒來後是在一個下半夜，窗外月色奶白地從窗口透進來，有一股冷涼的秋意在屋子裡蕩著流動著。床裡結婚時的紅喜字，已經褪成灰色的紅，而且床頭牆角上，還有一個小蛛網，豆似的蜘蛛正在走著爬動著。他聽到蜘蛛在網上黏慢輕微的腳步聲，翻個身，揉揉眼，看見妻子朱穎坐在床邊上，看著他像看一個不相識的人，眼裡有著模糊怪異的光。

他說：「你沒睡？」

她說：「你醒了？」

他問她：「你這樣坐著看我多久了？我看你眼裡有一種想要殺了我的光。」

她就說：「滿天下的女人都沒有我愛你。」

「我把炸裂所有人偷的東西全都沒收了，」他笑著對她說：「現在誰見我都叫我鎮長、鎮長了，沒人再敢把我當做兄弟、侄兒、鄰居了。」

跟著笑了笑，朱穎又給他倒了一杯水。說你睡著時夢話不斷，嘴裡嘟嘟囔囔，不停地說我要當縣長，我要當市長。我要當縣長，我要當市長！然後他聽著愣一愣，笑一笑，看看牆上掛的表，看看窗口的月光和夜色，脫著衣服鑽進被窩裡。她等他喝完水，把自己身上最後的衣物也跟著脫下來，也把他身上最後的衣物脫下來，蛇著纏在他身邊，把床頭的燈光熄掉了。她在他身上忙了很多事情和細柔，直到手累和唇木，都不能喚起他對她身子的喜愛時，她就又拉亮電燈坐起來，盯著他鄭鄭重重問：

「你不喜我了？」

「累了呢。」

「不喜我可以去找找別的人，比如程菁和她的挑花源。當鎮長是很累人的一樁事。」

他就盯著她。

「你也該嘗嘗別的人，」她笑著對他說：「不能白白當鎮長。你要說話和法律樣，不能白當鎮長呢。你要和皇帝一模樣，有妻妾六院，宮女上千，不能白當鎮長呢。」她問他：「哪個皇帝不是三宮六院、女人萬千，讓人去死就必得去死呢？」

鎮長明亮望著她像讀著一本書。

「要在鎮上多建妓院和享樂區。像天外天和桃花源那樣的妓院不該就那麼一兩家。要建五六家、七八家，讓整個鎮子都是紅燈區。讓天下的姑娘都到炸裂來。他們都來了，有錢的商人也都跟來了，為了方便也都在炸裂投資了。那些外國人——外國人最喜到中國的紅燈區裡去，他們會因為這個都到炸裂辦工廠、開公司。等炸裂的街上有一天到處都是咖啡館、音樂廳和跳舞、喝酒的地方了，滿大街都是外國人和有錢人帶著姑娘走來走去時，炸裂就成中國的名鎮、名城了，你就是縣長、市長了，就是耙耬山脈的皇帝了。」

朱穎為他的丈夫鎮長規畫描繪著，像用舌尖在畫著一張畫。她邊說邊把落在臉上的頭髮捋到一邊去，臉上的紅色粉淡如春天到處都是豔紅豔紅的花。且她說著不斷在床上扭著身子比畫著，雙乳在半空的走動像兩隻歡跳在田曠野的兔，直到孔明亮盯著那兔眼裡放了光，後又突然把光收起來，赤裸著身子跪在她面前：

「我對不住你你也幫我嗎？」

「你是我男人我不幫你我還幫誰呢？」

說完了這兩句，他們都在床上笑起來。彼此光著身子擁抱著，哭哭笑笑，笑笑鬧鬧，各自的淚水都流到對方的肩頭上，把身子、被子和床鋪全都淚濕了。濕得如剛從水裡打撈出來樣。

第九章　自然篇

一、鳥雀

1

老大孔明光，決定要和他的媳婦離婚了。不為別的事，就為家裡的新保母。保母叫小翠，二十幾歲，人清秀如水，嘴上的甜潤，終日都若塗著了蜜。她是朱穎從城裡帶回到炸裂天外天的人。可沒人知道她是天外天的人。問你家是哪裡的？答說山內裡。問你多大了？答說你猜哪？問你父母身體還好嗎？她就哭起來，說父母早就不在了。因為父母不在她才出來做這保母的事。於是就都同情她，人就對她好。她的臉上就有了一個孤兒受人之好的笑。

總是掛著笑，像飄著彩色的雲，聲音柔嫩，低聲細語，說話做事，不吵不鬧，有人和沒人樣。說沒人你剛覺口渴了，她就把水端在你的面前了。你剛覺身子有了汗，她就把要換的衣服捧到你的面前了。

她是一道仙。

那個中年保母在明亮做了鎮長那天走了後，沒幾日，小翠就被朱穎派到孔家裡。如朱穎想的樣，沒有孔家人誰看見那個中年保母和孔東德多說幾句話，沒有誰看到她對孔東德有怎樣的不規和不矩。她就在孔家洗衣做飯，端茶倒水，侍奉孔家大半年，該茶是茶，該酒是酒，該退到屋裡就退到屋裡不出來。可在她走了沒幾日，朱穎就看見吃飯時公公莫名地把飯碗推到一邊去，罵說婆婆把飯燒鹹了。罵兒媳琴芳把衣服沒有洗乾淨。睡覺時不是說牙痛就是鬧發燒，請了醫，買了藥，又不真正看病和吃藥，翻來覆去就是鬧。

有一天，家裡只還有朱穎和公公時，公公對她哀求了一句話：

「你把保母還請回家裡吧。」

朱穎知道時候是到了，可以依著想的去做了。就把小翠從天外天領回家裡來，讓小翠穿了山裡人常穿的土布衣服和褲子，臉上洗得除了素潔沒有一點輕浮和脂粉。她站在孔東德面前叫了他爺爺和老人家，叫了婆婆奶奶和老人家，就開始捲起袖子掃地擦桌子，還跪在地上尋著孔東德掉落又滾丟的圓物兒。一切都和到了自己家裡樣。一切都如侍奉自己的爺奶樣，無拘束，無隔離。孔東德是要朱穎還把那中年保母找將回來的，可朱穎沒有讓那中年來。她說那中年回了人家家裡去，花怎樣的大價也請不來了呢，就只好請個年輕的。說也許，這小翠做飯沒有那個做的好，洗衣時手腳也沒那個更俐落，可她還是勤快的，說話還是潤耳的。

小翠就在孔家住下了。

三個月後，老大孔明光就決定要和他媳婦離婚，要和小翠結婚了。說出這話是在一天午飯後，懶散的日光在孔家院落泥黃著，麻雀在樹上像鴿子那樣咕咕地哭，門外走過去的腳步聲，如樹葉飄落一般悠悠和輕微。隨著炸裂氣吹樣的繁華和熱鬧，村裡已經又有人把房子朝著河邊大街上蓋，蓋好房子做生意，也作為商家的門面店房租出去。剛剛在山坡上新起的樓房和瓦房，立刻就人走屋空，冷清起來了，腳步聲也零落稀將起來了。明亮經常在鎮政府裡忙著不回來，吃住在那邊，似乎死都要死在他的鎮政府。高考落榜的明輝在鎮裡謀著事，專管鎮裡新增的戶口和出生，說每天炸裂鎮新增人口的統計和鎮表，簽字會累得他手腕疼，所以也就極是敬業地該吃飯了回，吃完飯了走。倒是大兒子明光經常在家裡，說學校今天因故不上課，明天因故放了幾天假。如此著，在這天泥黃的日光裡，孔東德坐在椅子上，小翠沒事給他捶背時，孔明光從他的屋裡出來了，手裡拿了課本，胳膊彎裡還夾了粉筆盒，原是要到學校給學生上課的，可他到院裡往這邊看了看。小翠也就說：「孔老師，你去上課啊？」他朝小翠點了頭，朝爹點了頭，然後就日日常常出門了。出門後，麻雀也和往常一樣飛，喜鵲也和往日一樣落在孔家的房脊上叫。都和往日無二的，沒有異樣故變的。可他只出去走了幾分鐘，就又從門外打轉回來了。再回來他的臉色成了鐵青色，還順手把大門關起來，立在院中央，豎直如一段木樁般，盯著爹和小翠臉上紅紅白白的驚怔和異樣。

「爹——我要給你說樁事。」孔明光從嘴裡憋出了這句話。

孔東德盯著大兒子。

「我要離婚了。」他很肯定地喚著對爹說：「離婚了我就和小翠結婚——我恨不得明天就和小翠結婚在一起！」

孔東德臉上成了慘白色。他僵在椅子上，挺了一下腰，回頭望望不再捶背而呆在半空的小翠的臉。小翠的臉像一片白雲被突然到來的冷涼封住了，嘴半張，眼呈球圓形，如同她什麼都還不知道，事情就轟轟隆隆炸到眼前了，讓她不知所措了。這時候，孔東德聽到院牆上的麻雀叫出了鴿子咕咕咕的聲音來，聽到頭頂樹上和房頂的喜鵲都發出烏鴉那樣「嘎——嘎——」的怪聲來。他不知道大兒子和小翠之間有了怎樣的事。不知道他的大兒媳說要回娘家住幾天，為何竟一走半月沒回來。他問他的大兒子：

「你媳婦琴芳哪天從娘家走回來？」

明光答：「她回來我敢殺了她！」

孔東德慘白的臉上滿是紅白色的汗。他看著大兒子那張扭扭繞繞的臉，用哆嗦的聲音對他喚：「你作孽呀你知不知道？」

「誰不讓我和小翠結婚我就殺了誰！」咬牙說著話，似乎孔明光真的可以殺誰樣，眼睛裡布滿紅血絲，朝父親的臉上狠狠看了看，又補充了一句說：「和小翠一結婚，我倆就從這家裡搬出去。我們單獨過。分開家你就不給一點家財一分錢，我也要和小翠在一起。要和小翠死死活活過上一輩子！」

然後，他走了。

腳步咚咚的，朝著門外走，還把大門猛地甩一下。牆上的麻雀和樹上的鴉，都跟著他走去的腳步飛。麻雀叫出了鴿子的聲音來，喜鵲叫出了烏鴉的聲音來。而看著他走後，孔東德猛地轉過身，一把抓住小翠的胳膊問：

「真的嗎？真的嗎？你是真的嗎？」

2

不幾日，明光的媳婦蔡琴芳又從娘家回來了。

發生的事情是，她從娘家一回來，到家裡就和孔明光在屋裡打起來，叮叮噹噹，稀哩嘩啦，砸東西的聲音響成雷陣雨。天是陰霾天。上午的天空是一種雲黑色，絲絲股股的烏雲在天上車馬轔轔地捲動著。孔明光媳婦在屋裡把臉盆扔在院子裡，把水瓶甩碎在了腳下邊，在她男人的臉上揪出了血。用他的粉筆在屋裡牆上畫了很多的烏龜和王八。然後又用火柴把他男人到學校教書的課本和學生的作業全都點著了。在那火光裡，蔡琴芳盯著他的男人問：

「你是烏龜嗎？」

「要文明。」

「你是王八嗎？」

「要文明！」

女人抓起一個燒水的電熱壺，朝孔明光的頭上砸去時，孔明光抱著頭朝著院裡跑。這時候，他看見父親正站在院中央探頭朝著他們的屋裡看。瞅了父親一眼睛，他朝父親面前狠狠吐了一口痰：「我知道是你把琴芳從娘家叫了回來的——你給我小心著！」這樣惡下一句話，他就朝大門外邊跑去了，還把雙扇大門對關著，在外面把門插起來，不讓女人追到大門外。可女人還是披頭散髮追到了大門口，把大門搖幾下，瘋了一樣從門口旋回院子裡，盯著一直站在那兒的公公說：「你家的兒子是豬、是狗、是王八！」

公公道:「你千萬不能和他離婚啊!」

她又罵:「豬狗不如王八都不如。」

公公道:「你把他抓在手裡邊，不要離婚你要啥兒我都給你啊。」

她就和他大兒子樣，在他面前吐了一口痰，回屋整理自己衣物細軟，準備再回自家娘家了。準備永遠離開孔家了。屋子裡滿地東西，她踹著進去時，把那些東西踩來踢去著，還彎腰把一個茶杯抓起甩在了對面牆壁上。然後，她從外屋走進裡屋去，從櫃箱抽出一個旅行包，開始收拾著自己的衣服朝著包裡裝。裝到一半時，有人影在屋裡晃一下，扭回身，看見公公跟進屋裡了。公公站在那，滿臉都是對她的勸解和挽留。

——「你走了，就隨了那畜生的心願了。」

她聽著。

——「你就偏不走。偏就和他不離婚。」

她聽著。

——「你知道炸裂早晚要變成縣城、變成城市嗎?你知道你兄弟明亮早晚要當縣長、市長嗎?你留在孔家早晚得是縣長、市長的嫂。可你一離婚，一離開炸裂鎮，回到你娘家，你就不是鎮上的人，以後也不會再是城裡、市裡的人，要一輩子都是農民，都是山裡人。」

她收拾行李的雙手慢慢停下來。眼前床鋪上的凌亂像一片被她揉亂弄落的花。天是陰霾天。雨前的潮味鋪在屋子裡，捲在半空中。在開亮的燈光裡，空氣像被照亮的絲一樣。她就那麼在床前僵一會，轉過身，盯著公公蒼邁卻還掛滿紅色的臉，看著他花白卻根根硬朗的髮，又看著她手上青紫的老人斑和勃跳起來滿手背的青筋和脈管，最後把想說啥兒的雙唇閉起來，等待著公公把話說下去。

公公說：「你偏不離開這個家，老大能拿你咋樣呢？」

公公說：「你忍氣吞聲對他好，為孔家生個娃兒他就收心了。你就在這家裡功高如山了。」

公公說：「你以後是縣長、市長的嫂，和皇帝的嫂子樣，我壓根想不來那時候你會過上咋樣的好日子。」

婆婆從門外進來了。從兒媳和她男人吵架到打架，婆婆一直都站在上屋的房檐下。她就那麼驚恐地站在上房門口兒，如一個不能走動的病弱人。這當兒，她悄悄走進來，沒說話，彎腰收拾起那屋裡一地的碎雜和凌亂。把一地的玻璃和瓷片，撿到簸箕裡，又倒到院裡牆角上，再回來接著撿那些碎物零雜時，蔡琴芳也從床邊走過來，擦著公公的身子說了句「聽你的」，就和婆婆一塊蹲下撿著了。

3

在村後借了二狗的房，明光和小翠從家裡搬將出去了，光天化日地夫妻在了一起兒。孔東德去找了孔明亮，說你只顧當你的鎮長不管家裡嗎？你那王八大哥把人臉都揭下裝進了褲襠裡。孔明亮就去找了大哥孔明光，在中學校門口的路邊上——孔明光已經從小學調到中學了——，弟兄兩個站在那，說了南不見北的一番話，彼此就分手忙著各自的事情去。

學校在山坡上的大緩地，慢慢走上去，迎春朝陽的幾排樓，圍牆和正在擴建的腳手架，還有朝氣如風、走路永遠都是跑著的學生們，那也就是炸裂中學了。他們弟兄就站在學校圍牆的一角上，日光斜斜地射過來，把他們的臉和身子都畫成深黃淺黑的花雜色。

「沒想到你這麼沒出息，」明亮瞟了一眼哥，嘲味很濃地輕聲說：「天外天大街上多少女孩你不找，偏要找保母。」

哥哥明光的臉上紅一下，一樣輕聲道：「和小翠在一起，我知道啥叫愛情了。」

明亮朝哥撇一下嘴：「你和小翠分手，我明天就把校長調走，宣布你來當校長。」

明光笑一笑：「我不喜當校長。現在我懂啥叫愛情了。」

明亮說：「屁愛情。愛情就是一堆屎。你好好和嫂子琴芳過，當完校長你當副鎮長和副縣長。」

「愛情就像牡丹棵上開菊花，」明光說：「除了牡丹和菊花知道為啥兒，別人誰都不知道。」

「中學有一天還會變成大學呢，不顧名譽你能當大學校長嗎？」

「我才不管中學、大學呢。」明光求著說：「現在我知道啥叫愛情了。你是我親兄弟，就該給我弄一張我和你嫂子的離婚證——你嫂子就是愛情的絆腳石。」

弟兄兩個也就分手了。鎮上的專車要把鎮長送到縣上去開會。明亮上車時，又對明光喚著說：「哥——你好好想一想！」

明光就對兄弟回話道：「我找到愛情啦——以前簡直白活啦！」

之後明光就和小翠從家裡搬走了，過春來花開的愛情日子了。原房是村裡二狗家裡的，家具、床鋪、鍋碗一應俱全著。二狗不當鎮上的包管後，繼續做賊過日子，除了偷火車，還偷周圍村莊的樹木和工廠，也和別人一樣愈來愈富著，在鎮上臨街蓋了可住可租的房，老房也就安閒著。明光和小翠搬去時，房才忙起來，二狗就對明光說了三句話：

第一句：「你是鎮長的哥，你就常住吧。」

第二句：「有一天你也會當官吧？會了我就把房子送你了。」

第三句：「有件事你得答應我——你得讓鎮長像以前那樣叫我哥。」

也就住下來。雙雙動手掃地、洗刷、擦抹，還在屋裡牆上貼了紅喜字，和新婚一模樣。偌大的院子裡，有幾棵漸漸長成的蘋果和梨樹，蘋果樹上開梨花，梨樹在七月結滿紅蘋果。大門關起來，他們像住在果園樣。蘋果花粉紅淡白在半空間，又結了滿樹的青梨子，核桃大小掛在枝葉間。明亮燒了飯，盛好端到小翠的面前去。飯桌就在果樹下，花香果甜的味道漫在飯桌上。先前都是小翠給孔家做飯和端飯。可現在，愛情讓天變顏色了，明光開始給小翠燒飯端飯了。小翠像公主一樣享受著。該到學校了，孔明光拖拖拉拉才走掉，還不到放學時，他就又提前從學校走回來。回來手裡不是提著菜，就是提著麵和米。小翠也不往哪兒去，至多就是在明光離開後，快步到天外天的姊妹們那兒去一會，和朱穎說幾句啥，就又立馬從街上趕回來。她回來手裡不是提了肉，就是提了一條魚，如上街為孔明光買魚買肉的樣。

有一次，明光提著一兜青菜從學校回來了。小翠提著二斤牛肉從街上回來了。他們在原來炸裂村的十字街口碰到一塊兒，都看了十字街上那墳地，又都笑一下，明光說：「天氣真好啊——聽說鎮上又發現特大銅礦了。」

小翠說：「不對吧？聽說山那邊又發現金礦了，以後炸裂買魚買肉就直接要用金子兌換了。」

然後間，他們都笑著，彼此望一會，在街上親了嘴，看街上空曠安靜，萬里無雲，人都到鎮上、工廠、礦山忙著事情了，後村的街道靜得像夜晚，除了風聲和日光，鳥雀和家禽，再也沒有別的走動與聲息，他們就在那十字街口上，頭枕著一個墳墓的腳，把菜和肉擱在一塊墓碑上，轟天轟地做了一場男女的事。完事後，他們穿好衣服起來拍拍身上的灰，看一條狗在那驚奇地望著他們倆，又朝那狗擲去幾塊石頭就往村後家裡走。路上拉著手，愛情在他們的手指間，像找不到家而沿路來回跑著的狗，使他們的手指都有了驚顫顫的感覺和跳動。回到二狗的家裡去，關上門，又看看果樹上飛的蜜蜂和蝶子，她就對他說：「我去做飯吧，我是保母你是讀書人。」

他就說：「書是狗屎啊，你是世界上所有讀書人的女皇和字典。」而後間，他從她手裡奪下青菜、牛肉和洗菜的盆，一邊洗著菜，一邊看她把自己的一件上衣脫下來。他去洗了肉，她又把一件襯衣脫下來。待他洗完菜肉要到灶房了，她的衣裙已經全部脫掉掛在了果樹上。紅的裙，紫的小內衫，如飄擺不止的兩面旗。黃色的薄毛衣，如一片盛開不敗的野菊花。就那樣，他每做一件事，她就在他面前脫下一件衣服來，掛在樹上或隨手放在凳子上，直到她把衣服全都脫光後，他也把所有的肉和青菜全都洗好切好了。他們一個站在灶房內，一個站在灶房外。初夏的濕暖像熱水樣池在院落裡。紅磚砌成的院牆上，如燒紅的火樣圍著她。遠處工廠裡的機器聲，咚咚咚的砸著傳過來。而在山腳下，一河兩岸大街上的繁華和吵鬧，嗡嗡嗡如低沉的弦音飄蕩著。他們就那麼野在這年月的音樂裡，癡癲鬼靈樣附在他們身子上。世界與他們除了性事沒有別的了。明光又聞到了她身上濃烈的粉香味，又一次看到她赤身裸體在日光下發著柔刺柔刺的光。她身上的光潔彷彿是被日光照透的雲，臉上桃花似的笑，宛若有燈光從水裡照出來。

她問他：「美嫩嗎？」

他就說：「我要離婚的。」

她笑笑：「我想嫁給你，你窮死醜死我都不在意。」

他便說：「我能掙下很多錢。我能讓全校每個學生每學期都多交很多學費來，那學費都是我們家的錢——錢多得讓你花不完。多得讓你沒地方藏。」

她肅肅收起臉上的笑。

——「抓緊離婚吧，我等不及了呢。」

——「今年我就離。」

——「等不及了呢。」

——「這個月就去離。」

——「等不及了呢。」

——「今天就去離。」

——「等不及了呢。」

——「飯後就去離。」

她默著想一會，點了一下頭，把頭上的盤髮鬆散開，讓她的烏髮瀑在肩頭上，然後開始從院裡擦著他的身子走進灶房去做飯。她裸體為他在做飯，在灶房走來走去，像一團閃來閃去的光。他們相遇時，他的手指碰在了她的胸前乳峰上。她把他的手拿到一邊去，又說了一句話：「快離吧，我等不及了呢。」繼續瞅他一眼後，裸著身子為他在做飯。炒了八個菜，燒了兩個湯。她把這些湯菜端到院子裡，又在院子裡鋪了一張新葦席。日光暖亮，讓那葦席發著光。她全裸仰躺在葦席上，柔嫩的皮膚在日光中呈著玉白色，人如瑪瑙雕刻的樣。然後間，她把席邊的幾個菜，小心地一盤一盤端起來，擺在她的胸脯上，乳峰間，小腹上，大腿上，讓他坐在她的身邊吃她為他做的裸體宴。還為他準備了一杯白烈酒，把筷子和酒慢慢遞到他手裡，然後重又對他說：

「快離吧，我等不及了呢！」

他拿著筷子的右手有些抖。想用左手撫摸她那被白色、藍色菜盤蓋著的玉身子，可發現他左邊整個的胳膊都哆嗦起來了。看著她從蘋果紅的臉上下落到雪白葦席上的烏頭髮，看著剛好在樹蔭下面那雙滾圓黑亮的眼，看著那從幾個菜盤的縫間挺拔起來的乳頭兒，還有比瓷盤更為細潤的肌膚和在腹間如一只看著他的眼樣的肚臍兒，把發乾的嘴唇舔一下，嚥了存儲在喉間的一口涎水後，將目光舉起來，瞅一眼頭頂的日色和院裡的光，用著火一樣乾裂的嗓音問：「我要現在就去離婚呢？」

「我每天都給你做一次裸體宴。」

啥兒也沒說，他把手裡的筷子放在她腹肚中央的一盤燒魚上，起身出門回家離婚了。走得捷快決然，到大門口還又回頭對她說：「你別動，拿不回來離婚證，我回來你就把你身上的菜盤、湯碗全都扣在我頭上！」

她就在那滿身的菜盤湯碗下，掙著目光望著他，朝他應著點了一下頭。

4

孔明亮正在鎮上的禮堂主持召開爭取早日鎮改縣的誓師會，因為事關重大，會議開了一天一夜沒結束，這時祕書把他從主席台上叫到了台子後。台後除了幕布、桌子和禮堂的燈具、椅子、電線和一些經常用的鑼鼓外，還有台前台後搬來搬去的領袖像，有人在那偷情做愛扔的衛生紙和女人用後隨手扔的月經帶。

他從台上走到幕後邊，看見哥哥孔明光，就站在那巨幅領袖像的像邊上，臉上是種蠟黃色，汗像雨樣掛在那臉上，不等他到哥哥面前，明光就朝他走過來，山不靠水道：

「明亮，你要我給你跪下嗎？」

孔明光就果然朝兄弟跪下來。「別忘了你當村長時，哥給你寫過演說稿。你要把村子改為鎮子時，所有的材料都是哥替你草起寫來的。哥給你寫過的東西有幾百、上千頁，現在哥只要你還給我一頁就行了。」明光一邊跪著說，且還跪著朝前走，嚇得明亮朝後退幾步，閃到一張桌子旁。桌角頂著了他的腰，使他一下從驚慌中醒過來，看一眼把他從台上叫下來的鎮祕書，待那祕書退到一邊後，他又上前一把拉著哥：

「有事起來說！」

明光把身子朝下墜：「我就要你還我一頁紙。」

「啥兒紙？」

「離婚證。」

「哥——你真的瘋癲了？」

「我有愛情了。」明光激動著：「我有愛情了，就要你還我這一頁紙。你如果現在給我弄不來這一頁紙，我們孔家就白白有了這鎮長和鎮子。我就白當了鎮長的兄長了，你要是明天當縣長，我也白白有了你這兄弟了。」

孔明亮站在那兒望著哥。

明光質問著：「你當鎮長幹啥呢？難道不是為了孔家嗎？」

孔明亮站在那兒望著哥。

「如果連這一頁紙都弄不來，那鎮改縣你當縣長還有啥意思？」

明亮望著哥。

「如果連這一頁紙都弄不來，我們孔家出個縣長、市長、皇上還有屁意義？」

孔明亮臉上有了一層青。他朝哥的面前吐了一口痰，用手一擦嘴，瞟了一眼跪在那兒仰頭說話的哥，朝身後遠處站著的鎮上祕書招一下手，朝祕書交代幾句話，開始領著哥哥從後台朝著禮堂的外邊走。台前的講話聲，通過擴音器嗡嗡傳到禮堂的角落和牆壁上。從牆上碰落的聲音像從岸上捲回來的水。他們兄弟就從這聲音中退出去，鎮長在前邊，哥哥在後邊，二人快步地穿過鎮大街。又穿過兩個小胡同，走得大汗淋漓，路上彼此沒有一句話，如沉默著要去殺死一個人。到家裡沒有找到嫂子蔡琴芳，知道她去鎮街買菜了。保母小翠和明光住到外邊後，她倚著公公在家做著保母的事。於是明亮就又領著哥，去菜市場上尋找蔡琴芳，還又讓別人跑步先到菜市場上找，就在鎮上橋頭碰到被人找回來的嫂子琴芳了。

鎮子已經繁鬧到連偏僻的橋頭都堆有擺攤設點做生意的人。賣電子手表和茶色墨鏡的，一家挨一家。那些愛著戲曲的，也在橋頭的水聲和風裡，拉著弦子唱著戲，唱的聽的都把日子的美好掛在嗓外弦外和耳朵外。鎮長領著哥，在橋頭碰到嫂子時，嫂子籃裡的青菜都還滴著水。那些賣菜的人，還追著要把滴水的青菜朝她籃裡塞，邊塞邊說道：「也要我家一把青菜吧，也算你收下了我家對鎮長的一點好——求你也吃我家一把青菜吧！」鎮長和哥就到橋頭了。他們在橋頭無數人的圍就裡，靜默著聽了鎮長說下那麼幾句話：

——「嫂子，離了吧。對孔家好你就離了吧。」

——「離婚有啥大不了，你把它當成一樁生意做，買你一樁離婚四萬塊錢夠不夠？」

——「八萬呢？」

——「十萬塊錢還做不成這樁生意嗎？」

嫂子不說話，木著盯著鎮長的臉，有緋紅和汗掛在她的額門上。時候已是午飯後，懸頂偏西的日色如一張燃火的紅布掛在她面前，光亮刺熱刺晃她的眼。圍看的，那些剛才都朝她籃裡塞著青菜魚肉的，明白鎮長話的意思了，都驚著大聲小聲地喚：「十萬！十萬！真的是十萬！」又在驚訝後，都替鎮長勸著蔡琴芳：「值了呢，這樁生意值了呢。——天外天的姑娘一輩子賣身也不如結婚再離婚。」都在驚著羨著勸。蔡琴芳在那勸聲裡，漸漸平靜著，認真地盯著鎮長不說話。到末了，鎮長著急了，又從口袋取出十張空白的紙，蹲下來鋪在膝蓋上，在空白紙上全都簽下自己的名，把那右下角簽名的白紙全都遞給嫂子說：「這下行了吧——以後你和你家有天大的事寫在這紙上，因為有我的簽名全都好辦了。」

蔡琴芳接過那一疊簽名白紙看了看，小心地捲好握在手裡邊，終於吐口說話了：

「我還有一樁事。」

鎮長道：「你說吧。」

「離婚後你還要叫我嫂。當了縣長、市長還要叫我嫂。讓嫂子出門還可以對人說——我兄弟明亮是鎮長、縣長或市長。」

鎮長答應了。

這一陣，哥哥孔明光，一直站在橋頭人群外的一個牆角裡，直到人群散開，媳婦走去，他才從那牆角走出來，和媳婦最後對看一眼睛，也換下媳婦在他面前吐的一口痰。而弟弟孔明亮，這時對哥說：「你去離婚吧。就是你是鎮長的哥，在鎮上也要依法做事——現在你可以去民政上領你的離婚證書了。」說完又取出一張紙條兒，在膝蓋上蹲著寫了兩行字，簽了「鎮長：孔明亮」幾個字，遞給哥後就忙著回禮堂裡主持召開爭取早日實現鎮改縣的誓師大會了。

孔明光真正把離婚證書拿到手裡已是日色西去時，一張手掌大的硬紅紙，蓋有鎮民政辦公室的章，就把他和結髮妻子從一根捆繩解開了。他也就理當要和保母小翠結婚了。鎮政府裡人來人往著，各個辦公室都在忙著開會打電話。鎮街上人來人往著，買的賣的，去的來的，生人和熟人，如霜秋之時黃的紅的樹葉般。有很多人和他點頭或說話，他都裝作沒有聽見或看見，只是急腳快步地朝著村後家裡走。小翠還裸在家裡樹下邊，他擔心樹蔭走開日光會照在她的身子上。也許她在等不到他回去時，會把她身上擺的盤盤碗碗挪下來，穿好衣服坐在院裡等著他。也許她不會，她會一直裸在樹下邊，等他把離婚證書拿回去，讓他接著吃她滿身的裸體宴，飯後他們就在那院裡有一場天崩地裂、神鬼怪叫的愛。再然後，他就可以隨時和她再去一次民政辦登記結婚了，世代永生在一起，過那情愛瘋癲的日子了。

鎮上和往日一模樣。可這鎮子上，除了他孔明光，沒有人知道在那一方院落內，有個玉白的姑娘正躺在一張新的葦席上，一絲不掛，渾身全裸，胸間乳邊，腹上腿上，擺著八個炒菜和兩小盆兒湯。那菜和那湯，都是她全裸著身子為他精心炒的和做的，蒸氣和香味，拌著她滿身甜美的肌膚味，在那院裡的樹下飄蕩和揮發。世界如傻癡一模樣，什麼都渾然不知著。只有他和她知道，男人和女人的許多祕密與快活。

只有他知道，小翠給男人帶來的快活是天下男人一輩子都不能經過不曾聽說過的。

到了鎮後的村裡時，村街上腳稀人少後，孔明光幾乎是跑著回到家裡的。推開門，他舉著離婚證，喚了一句「我倆可以結婚了！」之後猛地豎在門口很久沒有動一下。

她沒有躺著裸在樹下邊，也沒有穿好衣服坐在院裡等著他。

鋪了葦席的樹蔭下，樹蔭走到了邊旁去，日光滿地地灑在葦席上。原來擺在她身上的八個炒菜和兩盆兒湯，散著擺在席上和席下，正有烏鴉、麻雀、斑鳩、黃鸝們在那盆盤邊沿手腳忙亂地啄食著。黑的、灰的、黃的和紅的，各種鳥有十幾類，每類十幾隻，都在急著搶著啄食炒菜和湯碗。還有多年不見的兩隻野雞和野孔雀，也在那鳥群裡爭著和搶著。院裡像開一個鳥類大會樣，吃飽的在邊上咕咕叫著和跳著，再或飛到樹枝和院牆上，沒吃飽的正在拚命地搶著和啄著。牠們聽到門響後，有的驚恐地扭頭看看他，有的看也不看，自顧自地從一個吃淨的空盤跳到另一個空盤上。

心裡一驚冷，他大聲地「小翠！小翠！」叫了兩聲就從鳥群邊上朝著屋裡去。到屋裡發現小翠已經不在了。她的衣物行囊也都隨人走掉了。

從此以後，一連幾年，孔明光再也沒有找到小翠過，彷彿這世上從來沒有小翠過，沒有過他和她的故事樣。

二、雜樹

孔東德自小翠和明光從家裡搬走後，就很少說話了。人像被抽了筋骨般，疲弱無力，飯時連魚肉都嚼不出一絲味道來，只是想要發火時，力氣才會回到身子上。老伴每餐把飯菜都端到他面前，求著說：「你吃上一口吧？」回過身就又和大兒媳在灶房嘀咕道：「他還不如死了呢，死了世界也就太平了。」

小翠在時是最聽公公話音的，他想吃餃子，她就把餃子都包成元寶的樣。想吃魚丸了，就把魚丸做成玉石瑪瑙的樣。小翠有時還能把麵團兒包上肉餡兒，精心做成公章的物形煮煮給他吃，把麵片切成百元人民幣的樣，在那麵片上畫出刻出錢幣上的模糊圖案來。有一次，她在灶房忙半天，本是要把麵團都做成公章物形的，可那麵太軟，煮出來都成乳房了。

她把那一碗像公章又像乳房的麵團端給他，吃著時，他總是抬頭去看小翠的胸。小翠就站在那兒給他看，直到他把那碗章或乳的麵團吃完她才接過空碗走了去。

到後來，小翠就和老大明光好上了。

再後來，他們就從家裡搬走了。他再也見不到小翠了，剩下的日子就是厭食和發火。這一天，他突然對兒媳琴芳說，我想吃和公章一樣的麵團兒，可你要把麵和得軟一點，再給我炒上幾盤滴水嫩青菜。兒媳琴芳也就在灶房和了麵，上街去買滴水嫩青菜。可在琴芳剛剛離開家，有個村裡的男孩從外跑進來，往孔東德手裡塞了一樣東西就又跑走了。那時候，孔東德正在院裡坐著曬暖兒，迷迷糊糊要瞌睡，他接過那樣東西看一眼，瞌睡立刻就去了，人忽然精神得沒法說，有一股極有力道的血液直從腳下朝著他的頭上沖。從樹下忽地站起來，怔一會，他進屋脫下舊衣服，換了一身疊印齊整的新衣服，也就咚咚咚地朝著外面走。

老伴正在院裡淘洗磨麵的麥，扭過頭來問：「你去哪？」

他兀自莽撞地答：「我要去死了！」

老伴就怔著：「去哪死？」

他頭也沒有回：「我病全好啦，誰也別管我。」

手裡就捏著那小孩送來的一樣東西朝著門外走，腳下的力氣和他當年年輕時一樣壯實和力度，跨那大門檻，不是扶著門框過去的，幾乎是如孩娃樣一蹴而過的。老伴便驚著，直看著他從眼裡消失才又回過頭，說了句「死了才好呢！」便又開始淘洗自己的麥子了。

孔東德來到了村東的一片野荒林。野荒林斜擺在離鎮子、村落有半里路的山坡上。不遠處當年的鎮長胡大軍——現在他早是縣長了——為朱穎豎的那塊巨壁碑，又有幾分歪斜在林邊上。小翠正在那碑旁等著他。秋初時，樹還碧綠旺茂著，黑烏藍厚的葉上都蒙著一層土。有一些隨風旋來的塑膠袋兒掛在樹枝上，如滿樹滿空都是清明墓地上的白紙花。還有一些北方的鳥，在那林頭散漫地飛，飛累了就落在朱穎的碑上歇。小翠穿了她往日穿的和耙樓人不一樣的時尚服，直筒褲，緊身掐腰的翻領小上衣，脖子下露出玉似的一片三角地，又在那三角地上鑲掛了假的金玉鑽墜兒。她站在那兒等著孔東德朝她走過來，有一個很大很滿的旅行包，擱在那巨壁碑的座台上。像一個孫女輩的女娃等著爺爺輩的老人到來樣，也像一個久未見面的情人等著失散多年的情人重逢樣。她看見孔東德愈來愈近了，朝前迎著走幾步，站到了來路的中央間，朝前後左右看了看，鎮子在山下像畫在地上的盛世圖。山那邊——劉家溝和張家嶺，也都和鎮子連成一片了，樓群林立了。已經由沙土路變成水泥路的梁道上，正有著裝滿礦石的汽車轟隆隆地開過去。待那汽車過去後，孔東德就在她面前一閃站住了，臉是蒼黃的，可在那黃裡，有著隱隱伏伏快速流著的血，眼裡是模糊渾濁的光，可那光裡卻也有熱切抓人的東西在閃著跳動著。

她朝他笑了笑：「你來了？」

他看著不遠處她的旅行包：「你去哪？」

——「過來吧。」

朝四周又謹慎地看了看，孔東德就跟著她朝著林裡走。看著她提了那個旅行包，在前邊擺著空閒那隻手，像一隻孔雀銜了東西搧著翅膀飛一樣。他是站在那兒猶豫了一下的，可隨後還是跟著她進了樹林裡。原是莊稼地，村成繁華鎮子後，人都掙錢不種莊稼了。幾年間地就荒起來，成了荒草雜樹林。栽下的槐樹、桐樹、榆樹和楝樹，還有被風和鳥種在這兒那兒的杏樹、柿子樹，都已經長有碗粗胳膊粗。有一棵柿樹上早就結滿了桔子和柳丁，可桔子、柳丁又都有柿子在秋天的火紅色，圓圓的被風、蟲和鎮上的孩子摘走弄落後，只留有幾顆掛在高高的枝頭上，像柿樹舉在空中的桔橙紅燈籠。腳下攀來附去的野草們，本是永生伏地的抓地龍，竟也會長出蒿草似的莖莛來，舉在半空開出各種顏色的小碎花。他們就那麼一老一少、一前一後朝著雜林裡走，留在身後的壁碑和公路，像是幾百年前的物件落在山上和路邊。過去的汽車和喇叭聲，明明是刺耳清脆的音，聽來卻也如隔世一樣遙遠模糊著。就到了雜林中間的那棵結了桔橙的柿樹下，她把行李放在一蓬草叢上，笑著朝他轉過了身，一臉都是年輕挑逗的樣。

——「我被你家老大騙了呢。我自小無爹無娘，無爺無奶，我見你就把你當成我爹我爺了。」

——「我心裡喜的是你，可你家明光不讓我對你好。」

——「我被他騙了身子了，不能再把身子給你了。天下人都不會容我把身子給了你兒子，再把身子送給你。」

然後，她哭了。有一棵野花的豔紅在她的哭聲裡，轉眼就成了傷悲的灰烏色。淚在她臉上滾下來，落在地上砸在樹葉上。枝葉也哭了。樹枝樹幹都哭了。她哭著咬著下嘴唇，努力把那哭聲咽到肚裡去，直到肩膀不再哆嗦了，人可以從那傷悲中趔趄著身子走出來，她才拿手在臉上擦了一把淚，用舌尖舔了上唇和下唇，盯著發呆了的孔東德，輕聲說了震天響的話。

——「我不能把身子給你了，你就看看吧。」

風從樹林外面吹進來，朝西吹著又朝北面拐過去。說完她就開始解著自己的衣釦兒，抬起胳膊把上衣脫下來，又揚起胳膊把一個貼身的背心脫下來，只露著那火紅燙眼的乳罩兒。除了風，林裡無聲無息呢，可來自小翠身上的電閃雷鳴還是不停歇地從他身上擊過去。

把脫掉的衣服扔在草地上，掛在樹枝上，像一片各色的旗幟搖在林地裡。

景況如她稍早脫光給明光賞看一模樣，她在這兒也旋即脫光了。到最後卸下乳罩那一刻，山脈地震了。樹林在地震中晃了晃，剛平靜的她就又把身上最後那紗線透明的三角褲頭脫下來，林地和山脈就又不停地震動著，晃動起來了。在震裡晃裡她眼角流著淚，朝他笑了笑。這一笑，每一棵乾枯的樹木上，又都開滿了紅色、黃色的花。雜林裡那些因故死去的草，也都活過來，濃烈如春的草味植物味，暴雨樣襲在林地裡。各種的鳥雀都在林頭樹枝上飛著喚叫著。秋回夏天了，夏又回到了春，然後時間就滯在春季裡。直到她在那季節又開口說了話，季節才又回到它的季節裡。

——「我回老家了。我對不起你們孔家了。」她讓他看了她的光裸半分鐘，又說著把稀紗褲頭首先穿起來。

——「我知道我離開炸裂我會想你的，像想我爹、我爺樣，可我留在這兒害怕你家老大他會纏死我。」

又把掛在一棵樹枝上的紅色乳罩戴起來。

——「只要你大兒子能和他媳婦好好過，不來再纏我，我也許還會回到炸裂來，還到你家做保母，和以前一樣侍奉你……比以前還要好！」

把衣服全都穿起提起行李要走時，她最後對孔東德說了句：「我真想一輩子都在你身邊，每天給你做飯洗衣服，直到把你養老送終。最後你走了，我也從這個世上消失掉。」然後她就提著行李慢慢朝著林地外面走，走幾步還又回頭望了望，雖是臉上掛著笑，卻又在臉上掛了更多更多的淚。就那麼，她從他身邊走過去，迎著朱穎那塊巨壁碑，走出雜樹林，從那碑下朝著大路、朝著炸裂的外面世界去。

裝滿礦石的汽車從她身邊開過後，隨著那車她人就消失了。

三、河流

天外天的主店裡，白色的熾光燈發出黑亮的光。藍色的燈泡裡，發著紫紅色的光。而那掛在牆角檐邊綴在電線上一串串的小燈泡，隨意自由地，灰燈發著白的光，紅燈發著藍的光。過道裡，迎廳裡，客房裡，黑光、黃光、綠光混在一塊兒，牆上、地上、半空都在繽彩著。姑娘們接了一夜客人白天都睡著，到午時才有人揉著睡眼從床上爬起來，挺著胸，裸著身上各處的肉，從三樓晃到二樓來，又從二樓搖到三樓去。洗漱間的水聲響成瀑布的音。洗過臉又清了身上髒物的，開始在門口、床邊站著、坐著、抽著菸，舉著各樣的小鏡子，塗口紅、描眉眼，往腋下身上塗著刺鼻的香水和粉料。還相互比看誰身上的贅肉又多了，誰的腰瘦了，可胸脯卻又拔挺豐滿了。

這一天的近午時，人都收拾停當準備開始接那白天來客時，朱穎就在她們中間出現了。就都慌忙站起來，收拾著眉筆、口紅和方的、圓的化妝盒，都齊聲叫著娘或姊，就都看見綠燈的紅光在朱穎臉上閃，在她的那張不再十分朝氣的臉上描著喜的憂的不安的。

「有人接過七十來歲的客人嗎？」她瞟了那一群一片都是二十歲左右的姑娘們，看那些姑娘茫然不解地望著她，就又接著說：「他是我公公，今年七十歲，瘦長臉，頭髮花白色。我開設天外天，就是要讓他有一天到著店裡來。」聽見有姑娘在人群癡癡地笑，她找著那笑的瞪了一眼睛，待那笑聲止下來，所有的姑娘就都又把目光落到她們的娘姊、老闆臉上去，看見她的臉色是紅的黃的黑的和白的，各種顏色不斷變幻，人和假的樣。可她的聲音卻是真切的，冷暖有度，活活生生的。「這幾天他一定會來一次我們天外天。半月內他一定會來找你們中間的哪一個人。」說著又看看那一片肉光滑亮的姑娘們，停頓一會兒，她把聲音提高了：「都記住我的話，不論他來看上了誰，你們都用最好的功夫接待他。他是我公公，和親爹一樣兒。能怎樣讓他享受就怎樣讓他享受著。不能收他錢，一分都不收，讓他來享受後想著分文不收還要來。讓他成為店裡的回頭客。他下次來還點你們誰的名號開房間，我不是獎給你們接五次、十次客人的錢，是你們要多少都開口給姊娘說個數，只要讓他離不開你們還要來，要多少錢姊都給你們！」

姑娘們就都覺到物事重大似乎沒有聽明白，怎麼娘姊會讓如爹一樣的公公到這天外天裡來，還要讓公爹成為放不下的回頭客，便都停了呼吸看娘姊，就見那燈光不再變幻了，紅的發紅光，白的發白光。朱穎的臉又恢復到了日常裡。往日的潤紅中有了蒼白色，額門和眼角都有了深淺不一的皺，且眼下的眼袋也鮮明湧起來。

不描眉，不塗粉，素面使她在這一群粉狀的姑娘裡顯得蒼老而憔悴。沒有人知道她心裡裝著多少事，也沒人明白她心裡的祕密到底有多重，壓得她聲音都啞了。迎廳的粉香瀰漫著，從永遠關死的窗縫透進來的光，藉著窗簾的縫隙落在姑娘們的背上和朱穎的肩頭上。在所有姑娘都在靜裡聽著朱穎的講話時，人群中有個姑娘很鄭重地問：

「他七十來歲死在我們身上咋辦呢？」

人群中發出了一片紅哧哧的笑。

「你要能讓他死在你身上——」朱穎找到說話的姑娘那張臉，「你叫阿霞吧？阿霞你能讓他死在你身上，這輩子你想要怎樣的男人結婚姊都給你找，想在銀行存下多少錢，姊給你存。想要這天外天的生意了，姊全都讓給你。你來做老闆，姊回家洗衣做飯，踏踏實實給鎮長做媳婦。」

阿霞也很鄭重道：「我不想要這天外天，我要也想嫁給鎮長呢？」

心裡震一下，朱穎腳下又和從前那樣軟了一下子。她知道阿霞一定和鎮長有過事情了，可她不恨這阿霞，只是看看阿霞長的模樣兒，立刻就又站直了，臉上掛了很輕淡的笑：「好。」她收了笑容說，「只要你讓孔東德死在你身上，鎮長又願意娶了你，我就從孔家離婚退出來。」到這兒，會就開完了。她讓所有的姑娘都又回到自己的宿室去，該妝了妝，該飯了飯，準備迎那新一天的客人們。午時了，一般該有客人來嫖了。迎廳這，這時只還有朱穎和阿霞。朱穎看著阿霞高挑的身材和豐盈的胸，看見她臉上身上，到處都是水一樣柔嫩和清美，她不光知道阿霞一定和鎮長有過事，還大體知道他們在床上是怎樣的情景和姿態，知道鎮長一定和她說過啥兒許諾的話，她就朝阿霞面前靠一步，盯著她筆桿似的鼻挺梁，默一會用很小的聲音對她道：

——「姊就靠你了。」

——「只要他老人家到這店裡來。」

說完這兩句，她們分了手。這時候，朱穎還要到各個分店去開這同樣的會，欲走時，那些燈光又開始紅的發出黑的光，黃的發出綠的光，紫色的燈泡發出熾白的光。牆壁上，地面上，迎廳裡的櫃檯上，凡有燈光的地方，全都從牆上、窗櫺、磚縫和乾木頭上盛開著真的牡丹、菊花、芍藥和罌粟，紅的、白的、黃的和紫的，濃重的香味在那廳裡、過道和所有的房間漫流和堆淤。

四、動物

孔東德去看了老大孔明光，提了水果、青菜和米麵。小翠走了後，孔明光已經半月沒有走出過二狗家。也沒人見他出門買過油鹽和醬菜。不知道他是在二狗家怎樣度過的，白天不開門，夜裡不見燈。村鎮上沒人知道孔家發生了什麼事。小翠是提著她的行李消失了。蔡琴芳娘家來人把屬於她的衣服、物件都裝在車上拉走了。老伴每天都催孔東德說去看看兒子吧，看看兒子吧。當她催到整整一百次，他就提著東西穿街走來了。

推開院落門，看見兒子明光坐在院裡樹蔭下的一張葦席上，那葦席邊上還扔著一地的菜盤和盛湯的碗，菜梗都乾在盤邊碗沿上。有麻雀在那盤邊費力地啄著乾在邊上的菜梗和油漬。兒子明光坐在那兒如死了一模樣，頭髮蓬亂，鬍子漫長，雙眼陷下去，在他那精盡的臉上顯出兩眼窯洞來。

「你還活著呀？」孔東德在門口站下來。

兒子很費力地扭回頭，用滯白的目光看著爹。

然後孔東德就把提著的東西放在空著的葦席上，到灶房轉一轉，看見案板上生了一棵樹芽兒。朝鍋裡看一看，見半鍋菜湯水中游著幾條小魚兒。出來到上房兒子和小翠睡的屋裡看一看，見貼在牆上的大紅喜字，光陰半月也就褪色發白了，像那新婚的喜字貼在牆上已有幾年、十幾年。從窗口門口進來的風，把那喜字吹出悲苦吱吱的響。在他們用過的桌子上，擺著兒子到學校教書的課本和粉筆盒。課本的頁間生了一棵草。粉筆盒裡生有一窩小鳥兒，還有幾段粉筆頭上開出各色各樣的小花兒。也就在那屋子中間站著看，還看見屋頂和牆上都掛著小翠有淚的笑。要走時，孔東德在地上踢著一個小翠掉在那兒的髮卡兒，撿起來，見那髮卡在他手裡也慢慢開成了一朵花，也就小心地把花的髮卡裝在口袋裡，出來站在門口對著兒子道：

「去把琴芳接回來，你好好到學校教書過日子。」

明光和沒有聽見樣。

孔東德又朝他身邊走兩步：

「鎮子快成縣城了。縣是我們家的縣，你想在縣裡幹啥由我給你兄弟明亮說——只要你和琴芳好好過日子。」

明亮和沒有聽見樣。

「人不能在一棵樹上吊死呢。」孔東德搬過一張凳，坐在兒子正對面，開始勸導他許多人生活著的話，說了他媳婦琴芳許多的好。說了他弟弟明亮為鎮子的繁華窮力的繁忙和為了把炸裂變為一個獨立的縣，把鎮子變成縣城的跑上與跑下，勞碌和酸楚，最後對他說：

「我們一家都該替你兄弟明亮多想想，不能給他添麻亂。」

說：「你自己在這做飯吃，或者重新搬回家裡住。」

說：「好壞你說句話，不能如死了一樣不張口。」

問：「你不說話到底是死了還是活著呢？」

說：「活著就活著，真死了我就去請人為你打棺材。就請人到墳地為你挖墓了。」

孔明光仍是枯在那兒不說話。

黃昏就到了。西去的落日聲，從周邊的工廠和山礦聲響的縫隙間，擠著傳來血流不止的響，可隨後那流血的聲音就被隆隆轟轟的聲音淹沒了。被從前邊鎮上回到後邊村落的腳步聲、說話聲推到一邊了。院子裡的歸鳥都在房上、牆上、樹上望著他們父子倆，落下的羽毛，掉在地上把水泥砸裂了許多縫，還把一塊院牆下的石頭砸碎了。初秋的風，有些涼起來。兒子總是不說話，最多把冷白的目光抬起來，望望爹，或者看看關著的大門口，然後就又如死了一樣枯在那領葦席上。做爹的也就急起來，他從凳上猛地站起後，朝凳上狠狠踢一下，還又朝地上吐口痰：「這樣吧，」他毅毅然然道：「要死你現在就去死，要活你就跟著我回家，明天去把你媳婦琴芳從娘家接回來。」然後他就又盯著兒子看，想要從他嘴裡逼出一句話。可兒子孔明光，就那麼木呆在葦席邊，看著一地赤裸的碗和盤，如同小翠還那麼赤裸光光地躺在葦席上，冷白的死魚眼，空空茫茫著，如壓根沒有看見父親樣。壓根沒有聽到父親對他說的話。

父親更急了：「想死呀？那我成全你。」

孔東德又去屋裡走了一圈兒，出來手裡提了一根細而結實的灰麻繩。他把剛坐過的凳子搬到碗粗的梨樹下，站在凳子上，把那麻繩繫在最高最粗的樹枝上，又將麻繩繞出一個剛好可以把頭鑽進去的活扣兒，把自己的頭伸進那上吊的活扣看了看，看見活扣那邊的日光下，雲朵全部是正方、長方和圓的，完全是金條、金塊和銀元的物形和品相，還看見那雲的嫩白如年輕女人的臉，愣一下，又把頭從活扣那邊縮回來，再看日光下的雲，一切又都原樣兒。再次把頭伸進活扣裡邊看，又看到了那邊的金磚、金條雲，還有樹一樣的雲朵上結的元寶和女人、女娃們的臉，便回來很鄭重地對兒子明光說：

「你還是死了好，死了你啥兒都有了。」

從那凳子上走下來，又嘟囔重複地這樣說一句，走過去跟明光交代道：「爹連繩子都給你繫好了，凳子也擺在樹下了。梨樹上的香味和小翠煮的魚湯裡放了香菜樣，又濃又新鮮，你只要站在凳子上，把頭往那繩圈裡鑽一下，把腳下的凳子蹬到一邊去，你就過上真金白銀的日子了，就天天和小翠那樣的姑娘們混在一起了。」

孔東德說完朝著門口走，如同把該說的都說了，該做的也都做下了，到門口還又扭頭看看那上吊的繩圈兒，看看泛出死魚眼的大兒子，最後又小聲說了一句天大的話：

「知道吧？小翠不喜你。她喜我你知道不知道？她自小無父無母無爺奶，她把我當成了她的父母爺奶你知道不知道？」

明光又一次讓他的脖梗發出了石磨轉動的聲音來，慢慢回過頭，望著父親邊說邊走的身影兒，泛白的眼裡有了一種捉摸不定的光。

「她走前和我見面了，」父親繼續說：「她說是你要把她活活纏死她才走。說你要和琴芳好好過著她就重回到炸裂來。」

說完這些話，孔東德舒了一口氣，身子忽然輕鬆了，腳下力氣鼓鼓的，就從大門那兒出去了。和大兒子別著走掉了，可走後，他聽見身後有大兒子明光嗚嗚嗚的哭，回身看一下，看見兒子哭著身子抖得如快要死的動物樣。

五、昆蟲

第二天，孔東德在家吃飯時，吃著吃著他把碗摔了，把做飯的鍋也給摔碎了，把懸在牆上的掛鐘摘下來，狠狠摔在了地面上。緣由是他老伴對他說，大兒子睡了一夜，想明世事了，不去找小翠，也不去把琴芳接回來，他要從二狗家搬回家裡自己過，吃飯教書，當個好老師。孔東德就盯著老伴看了大半天，忽然問老伴：「他沒有上吊去死啊？」

老伴笑著說：「我今天得好好給兒子燒頓飯。」

孔東德就開始摔東摔西了。開始砸房砸牆了。砸著罵著，踢著摔著，看到了對面牆上的美人掛曆像，把掛曆從牆上扯下來，踩在腳下用力恨著擰，直到把那一年十二張的女人掛像全都踩成一團爛紙和飛灰，自己累得坐在屋子裡，才終於說了一句話：

「知道吧？我快要死掉了。」

老伴說：「去給你找找醫生吧。」

「去把朱穎給我叫回來。」

老伴就去炸裂的街上把兒媳朱穎叫了回來了。朱穎真正常去的地方是在離天外天還有一段距離的超市裡。那超市，是她學著城裡的超市開辦的，賣日用，賣衣物，賣油鹽醬醋和糧食。賣東西不用櫃檯子，需要啥兒人可以自己到那貨櫃裡邊挑選和翻揀，人就多得如沙子擠沙子，樹葉貼樹葉。婆婆從這人群擠著在超市的頂頭找到朱穎時，兒媳正在屋裡吹著電風扇，看著售貨會計給她送的帳目表，見到婆婆擦著汗站在她面前，就知道事情瓜熟蒂落了，水到渠成了。

這一天終於款款到來了。

婆婆說：「快回家看看吧，你公公要死了。」

朱穎把婆婆拉到電扇前，給她倒了一杯水。

「他如果真能死了倒也好，」婆婆喝著水，又釋然慢慢道：「他死了我就過著人的日子了。」

朱穎不急不慌的，又給婆婆端來半盆水，讓她洗了臉，落了汗，就和婆婆一道回家了。穿過炸裂的大街時，她看到天空朝西飄著的雲，變幻出殯葬隊伍的樣，浩浩蕩蕩，有聲有勢，還有無數觀看的人群圍著那隊伍。看見街上南來北往買賣的人，吆喝聲和說話聲，如同大戲一般在街面流動和漫蕩。還看到有人打架和圍觀，整條街都在喚著「打呀！打呀！連一點血都還沒有流出來！」然後著，她就領著婆婆從繁鬧走進了清寂裡，由鎮子大街進了炸裂村的老街巷，快步回到了家裡去。果然見到公婆住的上房屋，滿地都是摔碎的瓷碗和瓷盤，踩成灰土的紙，踢成泥的水果和醬菜。

朱穎站在門口看了看，見公爹坐在屋裡像一台青石雕刻般，瞟她一眼後，目光又硬著擱到對面牆壁上。那牆壁上正有一隻銅錢大小的黃斑幼蝶從門外飛進來，落在牆上歇腳歇翅兒。從門口過來的陽光照在蝴蝶身子上，使牠渾身都發出金色柔柔的光。

「有啥兒大不了的事，值得爹你大動肝火呢？」朱穎和常人一樣笑了笑，開始把地上的碎瓷碎片撿起來，把雜七雜八掃到牆角上，又將滾落在牆下的掛表拾起動動電池後，讓那鐘表重又滴答滴答走動著，「鐘是人命啊——鐘表不走了，人就沒命了。」她說著，把那鐘表掛在原來的牆釘上，扭身看到剛才的那隻金斑蝶，從對面牆上飛到公爹的臉上落下不動了。

朱穎說：「爹，你看你的臉。」

孔東德把那隻蝴蝶從他臉上捏下來。

朱穎說：「聽人說有人在市裡碰到小翠了。」

孔東德把那蝴蝶在手裡捏死了。

朱穎說：「我就看不出小翠有哪好，連餃子她都包不成。」

有淚從孔東德的臉上流出來，像乾涸的田野上，有了漫浸浸的細水拐拐流流的樣。到這兒，朱穎對一直木在門口的婆婆說：「放心吧，爹回轉過來了。你去菜市場上走一圈，明亮快當縣長了，菜市場上誰都想把最好最鮮的魚肉蝦蟹送給你。你挑好的收，回來我給爹好好燒頓飯。」然後婆婆提個菜籃出去了，家裡就只還有朱穎和公爹孔東德，只還有乾榆樹皮上開的花，院裡水泥地上長的草，還有落在門口看動靜熱鬧的麻雀和烏鴉，與剛才被碎屍的蝴蝶在地上細音嗚嗚地哭。靜如夜風般，吹得屋裡到處都是嘰嘰吱吱的響。這時候，孔東德臉上的淚，終於越過溝壑橫流豎流了，嘴唇和身子都哆嗦得想要從他身上掉下散開來。他望著站在門口的兒媳朱穎說：

「穎兒——我對不起你們朱家呀！」

朱穎站著不說話。

他猛地從凳上滑下跪在她面前：

「你把小翠重找回到這個家裡吧。」

朱穎站著不說話。

——「我不是人，我是畜生呀！」

他跪著，用膝蓋走到她面前，雙手扒著她的身子說：「我老了老了，每天每夜都想小翠想得睡不著，想得用手去抓床幫和牆壁，用手把我自己的身子揪得抓得到處都是青紫和瘀血，都想半夜起來撞死和上吊。」他哭著在臉上擦了一把淚，把衣袖擼起來，讓朱穎看他夜裡燥急睡不著時，在自己身上、胳膊上掐出一塊一塊的青紫來，然後放下衣服，又連連朝兒媳跪著磕了七、八個頭，用啞如劈柴的嗓子喚：「你把小翠還到我的身邊吧！你把小翠找回來還到我的身邊吧！」

到這兒，站在那兒一動不動的朱穎臉上有了暗淡淡的笑，笑著也有淚水流出來，很睥睨地看看孔東德，卻說了很孝很柔一句話：

「爹，你放心，我把小翠給你找回來。你聽我的話，我把比小翠還好的姑娘送給你。」

到了近午時，有人家灶房升起炊煙那一刻，朱穎把公爹扶到裡屋躺在床鋪上，自己到灶房，給公爹親手燒了江水青蒸魚，燒了王八大補湯，燉了驢肉、狗肉和鹿肉，還給爹端了幾杯鹿茸泡的酒，讓爹很從容地吃了飯，喝了酒，待飯後村街和鎮街上都人少稀靜時，院子裡有一群喜鵲落在樹上、房坡上，嘰嘰喳喳歡叫孔雀的聲音後，朱穎走到爹的床邊上，替他收了碗，收了菜盤子，很輕很輕道：

「走，我們去找小翠吧。」

孔東德就很感激地瞟瞟兒媳婦，下了床，換了一套新衣服，還在鏡子面前站著看了看，跟著朱穎從裡屋出來了。

婆婆在外面看見和她一道活了一輩子，生了四個兒子的那男人，不再敢相信他是自己的男人了。他的臉上忽然年輕了十歲二十歲，氣色如正盛的中年一模樣，紅光滿面，臉頰上的柔潤像是一個年輕人，炯炯的目光看誰看哪兒，都充滿著親切與和善，表情裡沒有絲毫的僵硬和滯呆，連原來雜花老枯的那頭髮，這會兒也閃著烏黑純淨的光。從屋裡走出來，孔東德看了呆在屋門口的老伴一會兒，取出這些年一直積存在他口袋裡的一個存摺塞到老伴手裡去——那存摺上有一個天文大數字。他沒有說出那個數字來，只對老伴很輕聲地道：

「我跟著朱穎去看看病。」

然後，他們就到了院落裡。院落裡的喜鵲突然沒有孔雀那尖嘎喜喜的叫聲了，麻雀在院落地上也不再蹦躂嘰喳了。乾榆樹皮上開的花，也都不知去了哪兒了。一切都回到肅穆的日常裡，連空氣也凝著不再走動、不再有夏末午時的汗味黃土味。他們就那麼，一前一後朝著門外走，到了大門口，朱穎又挽著公公的左胳膊，像女兒挽著老人樣，踏著村街上的靜寥朝鎮子的繁鬧裡邊去。婆婆從家裡追出來，目送著男人和兒媳，看著他們莊嚴地愈走愈遠時，她朝著他的背影喚：

「死去吧！死去吧！是真的去死嗎？」

那些都被驚著的村裡老街上的鄰居們，這時都過來極為謹慎地問：

「出了啥兒事？」

婆婆說：「天快塌了呢。」

「他年輕得讓人不敢認了呢。」

「天馬上就塌了，」婆婆又說道：「你們等著看，天馬上就塌了。」

然後，婆婆就望著他們走過一道街口兒，身子一拐消失了。

孔東德是跟在朱穎的身後穿過鎮街的。他從街上過去時，臉上柔潤緋紅，下著力氣左也不扭頭，右也不扭頭，誰和他說話他都如沒有聽見樣。到了天外天的大門口，他除了額門上有著莫名的一層慌汗外，其餘街上的人物景物和目光，問話和耳語，他都把它們關在腦外心外了。天外天的大門和他們見過的賓館大門樣，沒有啥兒的異樣和絕色。門裡大廳內，也和賓館大廳樣，有半月形的紅色長桌擺在那，有年輕的男女在那值班和迎客。他們見了朱穎都起身躬禮笑著叫了一聲總經理，朱穎問他們都上班了嗎？其中一個領班的，點了頭，朱穎就帶著公爹朝裡走去了。穿過那長長的走廊和燈光，聞到了潮濕甜膩的脂粉味。到了樓梯口，那味兒又濃得如麥熟時的麥香味。上樓梯朱穎去扶著公爹時，她感到他渾身抖得似乎想要癱下去，額門、臉頰和下巴上的汗，顆粒比花生粒兒還要大，每一粒落在樓梯上，都如石子落在鼓上咚的一聲響。

「馬上就見小翠了。」朱穎說：「爹，到這兒，你見了小翠想咋樣你就咋樣她，她會像你親女兒一樣孝順你。」然後就到了二樓上。到了半層樓大的一方空地上。地上鋪了紅地毯，靠牆一邊擺了一排布沙發，沙發對面像戲台樣起了一尺高的木藝台，木藝台上有戲幕一樣的大幕布。燈光是朦朧模糊的，神神祕祕的紅。朱穎把公爹扶著放在沙發的中間位置上，自己在公爹身邊坐下來。有年輕姑娘給他倒了一杯人參水，聽朱穎說了句開始吧，藝台上的幕布也就適時拉開了。音樂如從山崖跌下來的水。突然從半空射下來的探燈光，亮得像人一醒來，太陽就滾在你的床頭上。世界電閃雷鳴了。地震在腳下搖著沙發、牆壁和樓房，也像有機器在搖著他坐的椅子樣。所有的窗玻璃，都發出吱吱嘎嘎的叫。先是有六個姑娘一絲不掛地從幕的兩側走出來，擺著身子，晃著胸脯到藝台前邊站下來，讓孔東德很認真地看了看，朱穎扭過頭來問：「爹，你看上了哪一個？他們都比小翠好。」見爹愣著一臉蒼白色，一臉虛汗沒說話，就讓那六個退到藝台邊上去，又從幕後走出十個全裸的姑娘來，又一樣在台上慢扭慢扭走了一圈兒，展示了自己的臉型、身材、肌膚和私隱，朱穎又扭頭爬在孔東德的面前去：「這些呢？看上哪個了？」再退下又喚出十八個，直到那台上全部錯落站滿了一絲不掛的姑娘們，身上的亮白和電閃一模樣，撲過來的肉香如是洪水般，刺癢的誘笑讓人渾身又酥又軟頭暈得想要倒下去。

到這兒，音樂歇下了。更大更亮的燈光從頭頂瓢潑大雨澆下來。離很遠就能看見每個姑娘身上的毛孔和膚色的紅白與嫩亮。這藝台和選廳也就靜到深處裡。台上所有姑娘的目光都在看著孔東德。而孔東德卻臉色痛紅發光，把目光慌忙扭到一邊去。

朱穎問：「爹——你看上了哪一個？」

說：「哪個都比小翠好。」

又笑著：「要一個或兩個，三個或五個，都由你隨意挑選隨意叫。她們都是你的都是我們孔家的。」說著去看孔東德，就見他終於慢慢把目光扭回來，迅疾亮亮落在藝台那些玉裸上，像一個孩子有一天終可從一堆玩具中任挑任選般，臉上掛的喜如煮蛋染的紅，朱穎也就明白大功告成了，一場戲到了高潮、接近尾聲了。

第十章　深層變革

一、難途

1

在市裡研究是否要把炸裂升格獨立為縣時，明亮知道家裡的殤訊了，說父親孔東德有了心臟病，死在天外天的一個姑娘身子上。那時候，時值正夏，鎮長和縣長正在市裡的一家賓館內。賓館的豪華讓人駭然和意外。茶几是鑲銀的，椅子是鍍金的，腳下的地毯全是十六歲以下的少女剪髮織成的。地毯中間織有金髮黑髮的男女裸戲圖。走在那地毯上，有一股少女的髮味和肌膚的光潤滑在腳下邊。

賓館浩大，有那地毯的只有一套房，除了上邊的批文和條子，其他下級單位來租房，每住一晚間，都要提前三年來預定。一晚的房價是半斤黃金價。縣長胡大軍，原來是決然不同意最富的炸裂從縣裡剝離出去獨立成為縣，那樣胡縣長的縣就變小了。胡縣長也就變矮了。後來明亮訂了這套房，讓胡縣長星期天到這套房裡住了兩晚上，胡縣長也就態度鬆動了。又住了兩晚上，也就基本同意了。再住幾天後，胡縣長也就明確答應只要炸裂工廠再多些，人口再多些，利潤和稅收再高些，多到高到一定時候了，就把炸裂由鎮畫縣的報告和材料送到市裡去。現在到了那一定的時候裡，胡縣長和明亮用一輛專車把十三箱的資料、錄相、表格、資料正式拉著送到了市政府，讓市裡的領導都在傳看那些資料、表格和錄相。他們就在這賓館等著市裡的消息和態度。等到最為焦急時，明亮在房裡喝著水，把電視關掉打開，打開再關掉，反反覆覆到心煩意亂、頭髮脫落後，牆上掛的圓形鐘表突然掉下來，落在他床頭的枕頭上，心裡驚一下，慌忙過去撿起來，明亮的臉一下驚出了雨水似的汗。他就那麼在床前站一會，衝到對面胡縣長住的房裡去，對胡縣長脫口而出道：

「不好了——我爹死掉了！」

縣長正在那地毯上盤腿坐著看報紙，怔一下，驚驚慌慌問：

「你怎麼知道的？」

「掛鐘從牆上掉下來，沒有壞，可那時針、分針全都不走了。」

把報紙放下來，將身邊的一杯茶水端到桌子上，回過身，胡縣長看見明亮還愣在屋子裡，就訓他還不快打電話問問家景呢。明亮這才醒轉神兒，抓起縣長客廳的電話撥了號，問了幾句話，他就豎在電話機旁僵在那，先是臉上有著一層驚白色，後來那驚白就成了暗烏暗烏的紅，待那烏紅成為黑青後，他把電話放下了，面窗而立站在那，看見窗外的鳥雀依舊在樓下公園裡飛。掃地的依舊在樓下撿著落葉和紙屑。而自己那目光，卻是無論咋樣都聚不到了外邊的物景上。

「怎麼樣？」縣長問。

明亮想一會，臉上掛了黑烏的笑：「天大的事也沒有鎮改縣的事情大。」

「真死了？」

「為了鎮改縣，咋能不死人。」

「啥兒病？」

「胡縣長，」看著縣長的臉，明亮很輕很親地叫一下，停了一會兒，才又猶猶豫豫道：「等炸裂鎮改縣最終成功了，我想把炸裂全縣財政收入的百分之十送給你。」

縣長想了一會兒：「你不回家奔喪嗎？」

「天大的私事都沒有最小的公事大——死爹死娘也一樣。」明亮轉身望著窗外說：「我想回，可今天市裡就把那些材料全都看完了，市長要萬一找我談話我人不在場咋辦呢？」

縣長就給兩個茶杯都倒了半杯水，一個遞給孔明亮，一個自己端起來。兩個人在空中碰一下，縣長感慨道：「全縣的鄉長、鎮長都像你，縣裡就好了。全國的幹部都像你，國家就好了。」然後又接著笑一下，「就衝你為了工作，父親死了都不回，鎮改縣後你若不榮任當縣長，那就天理不容了。」

也就在碰杯之後都喝了一口水，彼此看了看，明亮也對縣長笑著說了一句話：

「我替你算過卦，卦先生說你很快就能當市長。」

縣長又笑笑：「安葬父親想要排場了，我可以去為你父親致悼詞。」

從縣長的屋裡回到自己的屋裡後，明亮心裡有些感謝父親恰好死在這時候。他站在那望望停止走動的圓掛鐘，拿起拍一拍，搖一搖，確信那掛鐘的表針死了不走了，就將那死表又掛回到了牆壁上。到無所事事時，在臥室站一會，又到客廳閒走幾圈兒。推開客廳的大窗戶，他看到市政府幾十層的樓房豎在眼前兒，像一根筷子插在一群沙盤裡。細心地去查數那樓層的高，知道那樓為六十八層時，他想到鎮改縣後他要在縣城的中心首先蓋一幢八十六層的樓，讓那樓房有一天縣改市了也不過時也不矮。然後他就在窗口想著那八十六層的樓，目光穿過樓群和樹林，看見幾里外那高樓的六十六層也有一扇窗戶推開了。市長的臉像一個蘋果那麼大，在那推開的窗裡笑著朝他招招手，讓他趕快和縣長一道趕過去。他也就慌忙向市長擺擺手，關上窗，去喚上縣長趕快往市長的辦公室裡走。

走出賓館，坐上計程車，過了三個社區，路上幾彎幾拐，到市政府後辦了許多登記手續，他和縣長才進了市長辦公室。市長果真在看炸裂送上來的許多統計和表格。市長是縣長當鎮長、明亮當村長時的老縣長，他見了他們一點不陌生，記憶猶如朝陽，美如鮮花，彼此敘了舊，喝了水，最後市長看了看明亮年輕興奮的臉，說我知道你為了工作，父親死了都不肯回家奔喪去，就衝你這一點，我個人原則上支持炸裂由鎮改為縣。

明亮有淚想要流出來。

市長看看胡縣長問：「想好將來誰調到炸裂去當縣長沒？」

明亮的心又一下縮緊了，扭頭看著胡縣長，哀求的目光和山脈上的晨霧一模樣。

可就在胡縣長要開口說話時，市長笑了笑：「我看誰都別去了。把明亮同志直接從鎮長提為縣長吧。」然後著，很釋然的看到胡縣長笑著點了頭，還喝了市長給他倒的水。在明亮想要從市長手裡接過杯子去給市長續水時，他看見市長身後牆上掛的方形鐘表的紅色秒針走得有氣無力，想要停下來。於是間，他手在半空僵住了。又看看縣長的臉，示意縣長看一下市長牆上的表。見縣長抬頭看了後，明明是看見那秒針每走一下都如爬台階，有時爬上還會掉下來，可縣長卻和沒有看見樣，臉上閃過一層隱隱的喜色後，還依舊和市長說著話。

縣長說：「深層改革這些年，縣裡情況都很好。」

市長說：「要抓住機遇，順應時代之潮流。」

縣長說：「無論怎樣改，我是跟定你市長了。你指哪，我就誓死改革到哪兒。」

市長就笑了：「我們都要跟著中央的政策走。我們都是中央方針政策的實踐者。」

接下來，兩個人就都笑了笑。而市長身後掛鐘的秒針也就在這時耗盡力氣徹底死著不走了。明亮盯著那停在由「七」向「八」爬著的紅秒針，臉色頓時白起來，汗從額門浸出一層兒，終於忍不住朝前走一步，插到市長和縣長的對話裡，小心地對市長輕聲說：

「市長，你牆上的掛鐘該換電池了。」

市長扭頭望了望，有些無所謂的回頭問縣長：「今天想喝什麼酒？」

縣長說：「最好的。」

這時記得，牆上的秒鐘不僅在「七」上停下來，而且還又如有人爬樹到了中途滑下樣，突然間，那懸掛的秒針閃一下，又倒退下滑到「六」字那兒了。明亮聽到了那秒針下滑時隕石下落樣的響，眼前一晃，腦裡一嗡，他就大喚著朝市長辦公室的外邊跑。

——「市長的鐘表不走了，快給市長換電池！」

——「市長的鐘表不走了，快來給市長換電池！」

他在市政府辦公大樓六十六層的走廊大喚著，聲音急切響亮，像從炸裂山坡上滾下的石頭要砸死路人般。聽到他喚叫的副市長和祕書長，還有那層樓所有的幹部和工作人員們，都從辦公室裡衝出來，僵著呆在走廊上望著他。之後市長知道了明亮這樣急呼狂喚的緣由後，很感歎地說了句：

「一輩子去哪找這忠好的下屬啊！」

2

從市長辦公室裡走出來，縣長和鎮長並著肩，到樓下縣長爬在鎮長的耳朵上，悄著聲音說：「孔明亮，真想操你媽！」

離開市政府的院子到市政府的門前大街上，縣長對身邊的鎮長用不高不低的聲音說：「孔明亮，你爹死了，你娘咋不抓緊死了呢？」

到賓館兩個人要回自己房間時，縣長大聲在賓館的走廊喚：「孔明亮——你和你們全家都死才好呢——別以為市長同意炸裂改縣炸裂就要獨立成縣了。別以為市長說讓你當縣長，你就當上縣長了。大事小事都別想繞過我這個縣長呢。現在你孔明亮還捏在我手裡呢。」

一路上，兩天間，明亮都不知道縣長為啥兒會那麼大動肝火，詛爹罵娘。為了弄清為啥兒，他給縣長倒開水，洗衣服，擠牙膏，擦皮鞋，還親自把縣長擦嘴的廢紙接在手裡扔到紙簍裡，可縣長最終都沒說他為啥兒會大動肝火、咒爹罵娘的事。直到他們從市裡回到縣城裡，接他們的專車穿過縣城的開發區、商業街、廣場、體育場，新建的殯儀館和縣醫院，大飯店和兒童娛樂城，明亮提著縣長的行李把縣長送回家，縣長才很含蓄地對他說：「回家埋你爹的時候想想吧。」

縣長家住在城中心的一個花園裡。他不讓明亮朝他家裡去送他，到花園門口就把明亮擋下來，「你爹在家躺了三天等你去埋哪，快回家忙你爹的後事吧。」明亮堅持要把縣長送回家裡去，就閃著沒有把行李給縣長。「你不告訴我你為啥生氣我就不離開。死都不離開！」他固執如鐵地說著跟在縣長身後邊，到縣長家獨棟樓的院門口，又接著悄聲死死說：「胡縣長，你不說你為啥兒生氣我死都不離開！」走進屋門時，他又壓著嗓子說：「你要把我當成你的下屬、你的兄弟、你的人馬了，你就告訴我你為啥那麼生我氣。」到了沒有禮堂大的縣長家的客廳裡，有一班人馬接過行李，忙著給縣長換鞋沏茶，開著空調，端來洗臉水讓縣長歇息放鬆時，他用更小的聲音求著縣長道：

——「你不說，我就給你跪下來。」

——「胡縣長，你以為我不敢跪下嗎？」

——「不光跪下來，我還敢活活跪死在你面前。」

在孔明亮真的做出準備下跪的姿勢時，縣長家客廳牆上的掛表的時針分針都到了十二點，那橢圓木雕的紅木鐘表裡，噹噹噹的連敲了十二下，聲音脆亮，如寺廟古剎的鐘聲木魚聲。孔明亮有些醒悟地尋著聲音望著那鐘表，臉上的表情如一層雲裡透出了一絲光。胡縣長脫掉皮鞋，換了拖鞋走過來，盯著明亮冷冷笑一下：「你放心，我家的鐘表再走百年都不會停下來。」明亮看看胡縣長，又回頭依然望著那鐘表，臉上原來僵凍的表情化解開來了。有一層發亮的懊悔僵在他的臉上了。他看著走來坐在鐘下沙發上的胡縣長，朝自己臉上輕輕摑了一耳光。

「我想明白了。」他對縣長說著，又用力摑了自己一耳光：「市長的鐘表沒電了，我不該提醒他快換電池讓鐘表不停歇地走。」說著一屁股坐在胡縣長對面椅子上，像把自己從哪兒扔了出去樣。「市長的鐘表不走了，市長就該生病住院了。市長一住院，病就難治了。市長有了不治之症，就該把市長的位置讓將出來了。」

說完這些話，孔明亮瞟著胡縣長，顯出萬千的懊悔和不該。「我就是豬腦子！」在地上輕輕跺了一下腳，他又接著說：「市長病死了，不就輪到你當市長了？你當市長炸裂由鎮改縣不就完全由你說了算?!」然後就啥兒也不再去說了，只是看著縣長感歎著，像把一匹敵人的死馬醫活後，那馬朝自己身上踢一腳，又奔向了馳殺自己的疆域裡。就那麼，和縣長相隔幾米地對坐相望著，等著縣長說一句寬解原諒自己的話。

可縣長沒有說。縣長像電影上的人物樣，喝著剛沏好的茶，把漂著的茶葉用杯蓋推到一邊去，吹了幾下熱茶欲喝時，又放下杯子用很輕的聲音說：

「你本來就是市長的人，對市長忠心也是應該的。」

明亮果真朝縣長跪下了：「胡縣長，打死我都是你的人。」

縣長問：「有啥證據嗎？」

明亮想了想，想了歲月久長一會兒：「這樣吧——胡縣長，我知道現在全國都在進行死亡大殯改，要求人死後，都要火化使用骨灰盒。而我們全縣自你建了殯儀館——我知道那火化爐和殯儀館，是縣長你們家的生意和工廠。可自建成後，還沒有一個死人是自願去那火化的——從我開始——那就從我們孔家開始，為了證明我是你的人，生死都站在你的旗下你的這一邊，我先把我父親運來火化掉——讓我父親成為全縣第一個自願火化火葬的人。」

縣長盯著孔明亮的臉。

「如果一個鎮長把他的父親送來火化了，」明亮說：「那火葬場的生意準就慢慢好起來。」

縣長盯著孔明亮的臉。牆上掛表的鈴聲又響了，像古廟古剎裡的鐘聲木魚聲，悠然遠遠，讓人聽了就大悟大開、很快明白了大千世界的萬千事情了。

二、陣痛

1

老三孔明耀，從一個省會的軍營趕回來為父親奔喪時，是從梁上下的車。站在梁道上，他被炸裂的變化嚇著了。以為自己下錯了車，回頭朝開走的汽車追著喚：「停一下！停一下！」可那車已經蕩著煙塵開走了。他就在那兒打量著，直到看見下邊路口早年為嫂子豎在那兒的巨壁碑，才明白眼前的繁華鎮子真的是炸裂。因為專注在部隊，他連自己都忘了多少年沒有回過家。那次回來是為了二哥選村長，這次回來二哥不僅是鎮長，還快是縣長了。他站在梁頂的一塊開闊處，望著鎮上的樓房、橋梁、街巷和河流兩岸的工廠及人流，正不知所措時，嫂子朱穎從老街走來接著他，臉上顯著悲傷也顯著幾分喜。時候是在黃昏間，西邊的落日中，雲彩都成了金塊、金條和發亮的銀元寶。可路邊的槐樹和榆樹，都為父親的死去開著黑色碩大的花。那些黑花在夕陽中，閃著悲戚明亮的光。朱穎朝明耀走過來，到他面前很有幾分哀痛地問他說：

「三弟——你回來了？」

明耀看著山下的炸裂鎮，驚了半天道：

「嫂——這是炸裂嗎？」

「爹是死於心臟病，」朱穎說：「死在一個姑娘身上了。」

明耀又抬頭看著路邊榆樹、槐樹上開的一朵一樹的黑花朵，盯著嫂子問：「二哥呢？」

「過幾天，你們四兄弟各有一份爹在死後的孝禮錢，少說每人能分幾十萬。我和你哥商量了，只要你不阻攔把爹送到火化場，我們那幾十萬塊就歸你。」

明耀就越發驚著了。他沒有想到嫂子說幾十萬元像說幾張紙。沒想到嫂子會開口就把幾十萬元送給他。於是間，跟在嫂子後面回村時，他懵頭懵腦問：「弟兄四個每人真有幾十萬？」

嫂子說：「你哥快當縣長了。爹一死，全縣的人都該藉機到孔家送禮了。」

這樣兒，明耀就有些盼著喪事、喜那喪事了。

過程裡，孔東德在炸裂停了七天屍，喪葬的後事辦得轟轟烈烈，名滿天下。單為使屍體保鮮用掉的冰塊就有十二噸。在炸裂的十字路口搭了巨大的靈棚和帳房會計屋。所有的人都知道鎮長的父親為救一個在炸裂村打工的女孩死掉了。有一輛運輸礦石的汽車從梁上開過去，那下班的女孩路過汽車輪子下，老人一把將她救出來，可老人卻在那驚嚇中，心臟停止跳動了。而老人死前說的最後一句話，還是要把他送到新建的火葬場，移風移俗去火化。而且老人死去後，兒子鎮長還在市裡為炸裂的繁榮忙得不知天黑和天明，這事蹟被當年辦有新聞故事加工廠的楊葆青——今天鎮上負責宣傳的幹部寫成文章後，整版正式地登在報紙上，播在電視上。滿天下的人就都被震撼感動了。送花圈的人多得如夏天水邊的蝴蝶蜻蜓樣。整個炸裂的商店、飯店、百貨樓和各種各樣的生意舖，全都關門三日，在門前路邊擺了大花圈。花圈引來的蝴蝶密密麻麻，又七日不散，把炸裂的大街小巷都飛滿落滿了。送禮弔孝的人，方圓上百里，那些開礦的、開工廠的，在炸裂做著各樣生意的，大至幾萬十幾萬的弔孝錢，小到遠村百姓送的雞蛋、枕巾、被面和毛毯，讓喪葬的會計在那兒登記帳目晝夜不闔眼。為了能給鎮長的父親送份弔孝禮，隊伍從炸裂的大街連續三天排到炸裂的山梁上。連那些在炸裂開礦開工廠的日本人、韓國人、美國人、歐洲人，都依著炸裂的鄉規民俗為這樁喜喪送了紅禮包。

依照時代文明把老人送至縣城火化後，又在棺材中裝了骨灰盒，埋在祖墳上，炸裂恢復了它的繁鬧和秩序。孔家也恢復到了多年不見的平靜裡。喪事之後依俗是要召開一個家庭會議的，因為明亮為公勞操，只是在出殯那天的追悼會上露了一下臉，之後就又不見了，忙著到縣上去和縣長見面了。朱穎也在出殯那天忙完不見了，連開家庭會議討論每個子女怎樣分得幾十萬元的孝禮錢，她都沒有回到家裡來。

這個家就這樣轟轟烈烈崩離了。

人走屋空的孔家上房裡，只還有老大孔明光、老三孔明耀和老四孔明輝。明耀除了臉上長了十幾顆的青春痘和穿在身上的軍裝外，就是人生的疲憊和空乏。他在軍隊的忙碌如耙耬山脈拉著空磨轉動的驢，一圈一圈不停腳地走，終是沒有米麵流出來。不能立功做軍官，也不能立功成英雄。他兩手空空，坐在這個家庭會議上，像一個百姓坐在一圈百姓中。母親坐在三個兒子的邊兒上，為他們燒了水，為他們圍著的桌上倒了花生和核桃。為了讓他們吃，還把花生剝開來，把籽兒放在一個空碗裡。把核桃砸開來，把核桃仁放在另一個空碗裡，等花生粒和核桃仁都在碗裡堆成一堆後，就端過去擺在兒子們面前桌子上。那桌上還有孔東德死後所有送禮的帳目和清單。帳目上留的錢剛好二百萬，四個兒子人均五十萬。還有幾庫人們送的各樣弔孝禮，四個兒子每人能分一倉庫。孔東德的遺像擺在屋裡的桌中間，那遺像和善親切，望著大家一直都在微笑著。屋裡安靜而溫和，也像孔東德遺像上的那張臉。有一隻蒼蠅在那遺像上落了落，拉下一粒屎，又飛來落在他們三兄弟圍的桌子上。這時候，老三明耀也就望望兩個兄弟說：

「分了吧。」

老大、老四望著老三不說話。

「二哥、二嫂的那份他們都說要給我。」說著明耀取出一張紙條兒，說二嫂把字據都寫在這兒了，說她怕我阻攔把爹送到火葬場，才一定要給我她家那份兒。接下來，喝了幾口水，明耀又說道：「話也倒過來，二哥要當村長時，我從部隊上帶著槍回來給他壯聲勢，沒有那次當上村長他怎麼當鎮長？不當鎮長他怎麼當縣長？」最後推理說，二哥的今天都是多虧他那次壯威幫的忙，把屬於他家的一份送給我，也是為了報答我。到最後，他把目光落到大哥明光的臉上去，笑著問他道：

「大哥，你的那份你要嗎？」

明光說：「家就這樣散了嗎？」

再把目光落到四弟明輝的臉上去，明耀問：「老四，你的你要嗎？」

「二嫂去哪兒了？」明輝小聲問著看看三哥孔明耀，又把目光扭到邊旁娘的那邊去，發現娘早就不再剝那花生、核桃了，坐在那兒朝著這邊木呆著，像不認識她的這些兒子們，臉上的茫然是一種蒼黃色，嘴唇是乾枯焦躁的灰黑色。「是要分家嗎？」她這樣問著她的兒子們，三個兒子都為這問話怔一會，明耀忽然臉上掛了醒過來的笑，把目光從娘的身上挪回來，看看大哥的臉，又看看小弟的臉，很大聲地說：

「就是啊，我們分家吧。天下哪有不分家的家。」

說完他望著大哥和兄弟，又把目光扭到娘的臉上去，看見娘哭了，又扭到爹的照片上，在一片死寂中，聽見爹在照片上大聲大聲嗅：

「別分家——我給你們跪下來！」

「別分家——我給你們跪下來！」

2

到了父親死後三七這一天，兒女們是都要到墳地燒紙上香的。可這天，日將西去時，明輝從鎮政府走出來，不想見人多說話，就繞過鎮街、村落和河道，及兩邊梁上那些工廠下班的人流們，到了後山梁的偏僻裡。遠處山礦的爆炸聲，在黃昏中又悶又響地傳過來，之後就是一片死寂了。落日被那爆炸炸成了一灘血淋淋的水。一包巨圓的漿紅被炸裂後流在天邊外。樹成紅的了，如一樹血的花。鳥的叫聲也紅了，歸巢的路上都是牠們的紅絨毛。有一隻野兔在那爆炸中，惶恐地朝著起塵的地方看了看，驚叫一聲——「天！」就朝莊稼地裡跑去了。被炸驚了的草籽剛好淺到餓鳥的肚裡去。被炸落的花草和嫩葉，到牛羊嘴裡躲著了。明輝就在那驚慌寂靜裡，朝著墳地裡走。路上碰到了紅的空氣，污的泉水，驚慌失措的飛蛾和口吐白沫的病螞蟻。還有在路上口乾舌燥到將要死去的一條無家可歸的狗。那狗隨在他身邊。他給牠餵了水，為牠找了吃的東西後，就到墳地了。狗就在梁上等著他。季節已經是仲秋，許多草和花棵都半是枯萎半是青黃著。孔家那一片幾十上百的墓堆上，都是灰白的茅草和蒿草。明輝很遠就看見了父親的墳——一堆新土和一片倒在地上的紙花圈。還看見父親在那花圈中坐著等著他，滿臉都是火化烤焦的枯黃和病容。「我疼啊——我疼啊！」明輝聽著從父親墳上隱隱傳來的喚，慢慢站下腳。可他最終沒有朝父親和那墳堆走過去。他心裡忽然有些莫名的害怕和擔憂。照理說，在這三七祭的日子裡，哥嫂們早該提著供品、鞭炮都到墳地的，把那些供品擺到墳前邊，燃上香，跪在墳前磕著頭，會哭的大聲哭起來，唱歌樣訴說著死者給生者留下的寂寞、思念和苦痛。不會哭的就都跪下磕著頭，對新墳黃土默念著心裡話。然後兄弟姊妹間，就開始彼此拉著、勸著那哭得最痛的人，說死的死去了，活著的還要長相守，要彼此照顧著活完這一生。到這兒，也許那哭的就不再哭下去，也許他或她會因為有人拉勸，哭得更為傷痛、更為撕心裂肺著。明輝是準備要到父親墳前好好哭上一場的。他有很多話要對父親說。要對父親說他們弟兄四個分家了，現在大哥正用那份分家的錢，在鎮上的開發區，買上一套新房子。三哥得了他的和二哥那一份，決計要用那筆錢做下一番大事業，和二哥一樣做個偉人了。至於二哥二嫂不要那份錢，把那份都給三哥用，他就不知道是為著啥兒了。

二哥忙，連父親入土都沒有時間趕回來。嫂子在還未最後把父親安葬完，她就和二哥一樣不在了。大哥、大嫂離婚了。二哥二嫂間，一定隔有天大的距離和事情，只是這事明輝不知道。明輝很想在三七祭的日子裡，跪在父親墳前和父親說說這些事。可大哥、二哥都沒有到墳上來給父親三七祭。三哥又帶著一筆鉅款回他的部隊了。以為藉著三七祭，可以在墳地見著大哥、二哥、二嫂的，可他們誰都沒有來。明輝知道孔家隨著父親的死，家道像一棟樓樣坍塌了。像一棵樹樣倒下了。多少年前家境貧到煮飯沒有鹽吃時，那家是完整直立的。現在三哥快當縣長了，大哥好像也被提升成了校長了。他想當上模範教師的，可二哥一個電話打到那，他就不僅是模範教師，而且還是校長了。三哥呢，也因為有錢而瘋瘋朝氣了，可這家，卻因此轟然倒塌了。連父親死後的三七祭，都沒人有空來這行禮燒香了。坐在離父親新墳有十幾米遠的空地上，寂靜間的落日中，發出很響的撕開布料的聲音來。夏天的悶熱和火燥，在他周圍繞著堆碼著。有幾隻七星瓢蟲在他面前的一株草上爬著走動著，身上的黑色星斑不見了，只還有彤紅的幾粒身子在走動，像在那草上滾落的幾粒血珠兒。明輝把目光從那幾粒血珠身上抬起來，朝著梁上的空曠喚：「——都不來了嗎？——都不來了嗎？」那條狗聽到明輝的喚聲後，朝左右看了看，朝墳間的草間慢慢走過來。

再也不指望哥嫂們會來這墳前了。他想到二哥和大哥在父親死後說的幾句話，心裡隱銳隱銳疼幾下。大哥說：「父親就是豬，竟會死在女人身子上。」

二哥朝著躺在棺材裡的父親看了看，朝那棺木踢幾腳：「火化吧。火化了就等於支持縣長的火化政策了。」

大哥說：「火化好，燒掉我心裡也乾淨。」

就把父親從炸裂運到了縣城新開的殯儀火化場。為了慶祝第一具屍體自願走入火葬場，那火葬場到處擺了鮮花，寫了標語，掛了大横幅，敲鑼打鼓和慶祝節日樣。之後就把父親的屍體推進火化爐，又把骨灰裝進骨灰盒，最後把骨灰盒裝進棺材埋掉了。一個耙耬山脈的鎮長，帶頭把父親火化的事蹟大塊文章地寫些在縣報、市級和省報的顯赫位置上。電台、電視輪番播著新聞像在鍋裡炒豆般，劈劈啪啪，天地震響，且還把父親的照片也登在報紙上，說他的一生，平凡而偉大，死前從車輪下救了到炸裂打工的人，死後又為那裡的改革開放、推進殯葬事業做了敢吃螃蟹的第一人。

看著那些報紙上的文章和照片，二哥笑笑把那報紙扔到一邊去。大哥看了看，在那報紙上啐了一口痰。接著那扔了報紙的地面上，有痰那地方，痰成種子生出一棵紅杏樹，杏樹上結滿了芒果和石榴。

有一股帶著冰寒的涼風從哪吹過來，原來在明輝面前趴著的瓢蟲都變成蜻蜓飛走了。天好像要下雨。明輝看著被雲層遮住的落日和擱在墳頭花圈中父親的臉，正被那隻孤狗一下一下舔潤著。父親被火化燒焦的臉上，在狗舔後有了潮潤和舒展，似乎他臉上、身上火化烤焦的疼痛緩了過來了。最後間，明輝朝父親的墳前走過去。在那墳上磕了三個頭，聽見父親對他說：

「回家吧，天快下雨了。」

他便在落雨中，從墳地默默回去了。

第十一章　新時代較量

一、較量

1

明亮在朱穎家裡找到朱穎時，他看到了那走南闖北的媳婦，像一個四門不出的農家女人樣，在家裡的院子內，屋裡正廳的桌子上，到處都擺了她父親朱慶方的遺像和供品。每張遺像前，又都燃著胳膊粗的三捆香。遺像的兩邊都貼著請人寫的紅對聯，上聯是：不是不報，時辰不到。下聯是：時辰一到，自然會報。屋內煙霧繚繞，喜氣洋洋，放著低沉歡快的音樂，像在朱家到處都流動著夏天的溪水和黃昏的風。從公公孔東德死的那天起，她就關著大門在做著這樁事，一會到這張酒桌給父親像前將燃盡的草香換一換，倒上三杯酒，鞠躬把酒灑在像前說：「該做的事情女兒都做了，你可以在那邊安心過著了。」又到下一個酒桌遺像前，換好香，倒上酒，把酒灑下來：「爹，孔東德這個東西死掉了，全村全鎮的人都知道他死在女人堆兒裡，死在一個小姐身子上。都背後朝他吐痰吐口水。他身上頭上的痰和口水和湖樣。」

七天間，朱穎幾乎沒有闔過眼，大門插鎖著，全村全鎮的人都不知道她到哪去了。不知她在家裡做著這樣一樁事。直到孔東德火化以後被埋掉，第七日的黃昏落到朱家院子內，朱穎在院裡的椅上打瞌睡，睜開眼時看到孔明亮站在她面前，臉上顯出不屑的睥睨和嘲笑，像看到一個孩子在做著一場遊戲樣。

她看看仍舊關著的大門問：「你怎麼進來的？」

孔明亮冷冷笑一笑：「這下你該滿意了。」

「鎮改縣已經成了嗎？」

「我來對你說，過些天我倆離婚吧。」明亮坐在她面前，朝滿院滿屋的遺像和供品瞅了瞅，把撲面而來的香煙朝邊上趕了趕，苦笑一下接著道：「你爹因為孔家被痰淹死了。我爹因為你們朱家死後還身上揹滿八輩子都洗不淨的痰——我們的恩怨緣分盡了呢，我們啥都不用再談了。」

說完這些話，黃昏到來了。滿院滿屋都是黃昏的悲傷和哀戚。有蚊子在院子上空飛。因為濃煙蚊子落不到院裡和人身上，那蚊子飛的嗡嗡聲，就只響在半空和院外的街道上。原來相鄰的炸裂村委會，現在那兒的地和房子被一家公司買了去，公司專做油生意，把花生和芝麻炸成油，在那新鮮的油裡兌著膠和水，兌著豬皮、牛皮和其他皮帶、膠鞋熬的湯，一斤芝麻變成三斤油，一斤花生能熬出三斤五兩油。生意好，原來的二層樓房變成了二十層。樓房的四圍都是茶色紅玻璃，落日一照那樓房像是一炷火炬般。在那火炬下，朱穎家不用開燈就一片光明、一片堂亮了。藉著那光亮，她看見了明亮手裡拿的一疊炸裂縣城的先期規畫圖，把身子朝他面前傾了傾，用很溫柔的聲音說：

「我該做的事情做完了。剩下的就是要好好的做你的女人了，要讓你順順利利當上縣長了。」

朱穎問：「想過沒？和我離了婚，你能當上縣長嗎？」

還又笑了一下道：「天下的男人都離不開天外天。沒有我的天外天，炸裂就別想改為縣，你就別指望三朝兩日當縣長。」

然後，天就黑下來，黑到一個世界都消失不見了。男人孔明亮，也一道影樣不見了。

2

到了孔東德三七祭的那天黃昏中，朱穎從家裡出來了，她憔悴瘦枯，猛然間頭上還有兩縷白頭髮，三十幾歲，人卻像了四十歲。原來臉上的滋潤和豔麗，轉眼幾乎消盡了。鎮街上，所有認識她的人，見了都驚著朝後退兩步，都張著說不出話的嘴，呆在路邊盯著她。她朝著人家笑，人家才會朝她點點頭。她問人家兩聲、三聲「吃飯沒？」或「生意開張了？」人家才會「啊、啊」兩聲應酬著，忙忙去做別的事情了。

她驚著大聲說：「不認識我了嗎？」

面前那人一臉僵笑答：「面熟。面熟可一時想不起了呢。」

她大聲：「我是鎮長的老婆，天外天的老闆你不知道嗎？」

那人就慌忙收起笑，躲著閃著走掉了。朱穎意識到了一件大事情——炸裂的人，連她都不再認識了。她先是迷惑，後是驚異地從繁鬧的街上風過去，邊走邊跑，邊跑邊走，老遠就看見天外天娛樂城那兒一世空靜，大門頂嵌在牆上的燈箱招牌不見了。門上有又寬又長的白紙封條貼出一個巨大的「×」。地面上到處都是碎玻璃、鏽鐵絲和扔的封門時用的膠水瓶。她跑步到那被封的門前釘在那，臉上頓時有一層汗珠炸出來。有汽車從她身後開過去。有買賣的人流在她眼前晃來晃去地飄。還有幾家飯店的洗菜淘米水，一如往日地從天外天對面牆下的下水道裡流。太陽西去很有一會了，到著鎮上趕集的人，多都開始扛著挑著往回走。在落日的門前釘呆一會兒，繞著樓屋到天外天的後門那兒去，朱穎看見原來守門掃院的老頭兒，正在把一院的桌椅朝著後院的牆角碼。

「怎麼啦？天外天出了啥事了?!」她撕著嗓子問，守門老人聽見轉過身，抱在懷裡的兩張木椅就落在地上面。

「你是朱穎嗎？你可回來了！」

老人疲弱的朝她走兩步，站在她面前，用蒼如樹皮的嗓音對她說，三天前鎮長親自帶著人，把天外天的生意給砸了。把所有的姑娘趕走了。還動手打了那些姑娘們的臉。砸完趕走姑娘後，鎮長站在他父親孔東德死的二樓說了一句話：

「爹——砸了天外天，從此朱穎就不是鎮長、縣長的老婆了。我孔明亮也算對你盡孝了。」

老人說，鎮長說完這句話，朝那選裸的藝台呸了幾口痰，朝那一排沙發一個一個全都踹一腳，讓人把那些坐過無數嫖客的沙發全部抬出去，砸了或燒了，鎮長就氣鼓鼓的離開走掉了。老人對朱穎說下這些時，他是跟在朱穎身後的。他們一前一後，從後門朝著天外天的客房、浴室、收銀台和選裸區裡走。朱穎在前邊，老人在後邊，說完後老人又追著朱穎問：

——「鎮長真的和你離婚了？」

——「你看你一說離婚人就瘦成這樣兒，讓人認不出，你是原來那個朱穎嗎？」

——「如果還沒離，就一定不要離。」老人最後交代說，「他三朝五日就當縣長了，只要不離婚，你就是明正言順的他老婆——縣長夫人呢，是縣裡說一不二的人。」就從一樓到了二樓裡，日光從被扯掉窗簾的窗戶突進來，歇在走廊、樓梯和開著、關著的房門上。幾天間，原來紅粉熱鬧的樓裡地面上，旺旺長了很多草。蜘網在牆角開懷大笑鋪成半領席，而供嫖客和小姐們事前事後洗浴的房間內，洗臉池的白瓷盆中有積水的全部生出了小魚和小蝦。沒積水的地方因為潮濕肥沃，荒草旺得和廢園樣。有的便池裡，還如盆景樣生出一棵樹，在窗口的光亮下，樹枝樹葉幾乎把窗戶都給罩住了。朱穎在這看一看，在那站一站。有隻蟋蟀爬到她的腳面上，咯咯咯地叫幾聲，又爬到她的褲腿上，用力一蹬跳到了別處去。在一間豪華的客房裡，那張碩大的圓形橡膠睡床上，原來是每天通電讓那橡膠水床冬暖夏涼的，有錢的闊嫖和小姐，躺在那起伏柔軟的水床上，人就像睡在了雲上樣。現在那水床沒人去睡了，電卻還插著，水床就完全結了冰，像一個巨大的黑色冰塊擺在屋子裡，人到門口就有股寒氣襲過來。因為冷，水龍頭也跟著結冰了。洗臉池上擺的香皂、洗髮膏，也都成了冰塊兒。朱穎在那門口站了站，身上打個寒冷哆嗦朝後退了退。老人進去用半塊磚冰凌似的肥皂敲敲那水床，就像用石頭敲在石頭上。

到了二樓的藝台廳，看到那木藝台全部被砸了。幕布被扯下來堆在藝台上。窗簾有的落著，有的垂掛著。藝台後供姑娘脫衣掛物的衣服架，全都如被砍倒的小樹般，橫七豎八地堆著架在地上和凳子上。靠牆邊如澡堂中的一人一格的衣物櫃，櫃門全都打開著，有很多小姐們的衣服、裙子和各色的褲頭與胸罩，不是堆在櫃裡就是落在櫃下地面上。不屑說，姑娘們是正在藝台上演著自己的裸身時，快當縣長的鎮長突然帶了員警闖了進來的，當時她們的驚叫和嫖客們的愕然，一定如羊群遇到狼群般，先是木呆，後是逃竄，滿地落的每個姑娘們裝她私隱的小袋子，就像南瓜樣結滿在台子後。從那小袋裡滾出的化妝盒，這裡一個、那裡一個，每個都開出了一朵幾朵的玫瑰花。可惜那花幾天間缺光少水，又都枯成了落瓣和黑腐。朱穎聞到了一股草和花瓣的腐爛味。她站在藝台中間的一地凌亂裡，看見不知從哪個私隱包裡露出的一個避孕套，那套裡生出幾個小蝌蚪，可因為缺水蝌蚪又死了，小屍體如幾粒落豆樣乾在套口上。望著那些死去的小生命，朱穎有淚流出來，不等淚落下，她很快就用手擦了一把臉，突然朝著面前狼藉的藝台上空喚：

——「我還是鎮長的老婆天外天的朱經理！」

——「我要你們記住我還是鎮長的老婆天外天的朱經理！」

這麼扯嗓喚了兩聲後，她在那台上轉過身，對著當初男客們選裸坐的方向更大聲地尖叫道：「炸裂變成縣，孔明亮當了縣長他也別想甩掉我。就是當了市長、皇帝他也是我朱穎的男人誰也別想從我手裡搶走他——」

瘋了般，朱穎在那台上扯著嗓子喚叫一遍後，又把身子轉過來，對著炸裂鎮街的方向喚。對著炸裂南邊鎮政府的方向喚。對著炸裂鎮外的工廠、礦山方向喚。她的喚聲先從尖利變為粗啞，又從高烈變至低暗後，嗓子和唇角被她的喚聲撕裂了，有血從她的嘴裡流出來。

最後一抹夕陽要走時，朱穎闖進了鎮政府的會議室。會議室在十八樓的最東端，推開窗子就能看到北京、上海、廣州那些大城市，能看見縣長、市長、省長的辦公桌和各不相同的辦公椅。這一天，鎮長正在會議室中鋪著審看鎮改縣的縣城規畫設計圖紙時，朱穎轟隆一下破門而入了。這大樓落成時，她曾多次進入鎮長的辦公室，還在鎮長的辦公桌和沙發上和他做過愛。可走進這第十八層的會議室，在她還是第一次。站在門內裡，冷著臉掃了一眼一家院落那麼大的會議室，看了會議室中間擺的三間房子長寬的會議桌，和那桌上鋪的一張桌子大的畫了高樓、公路、公園、廣場的城建圖，把目光逼到她男人鎮長明亮的臉上去，看見他好像人又長高了，也變富態了，穿了襯衣、西裝和縣長、市長的模樣樣。如果不是他臉上還依舊緊繃的毅硬和那嘴角的一顆痣，朱穎那一刻差點沒有把他認出來。好在他從窗口轉過身子時，嘴角的那顆黑痣動了動，使她在一瞬間的恍惚裡，認出他就是自己的男人孔明亮。認出他是還沒有當上縣長的鎮長了。她朝他盯著看了片刻後，忽然從會議桌的另一側，搶過一把椅子，搬過去墊在窗口下，跳上去躍到一扇開著能看見千里之外省長、市長辦公桌的窗戶上，雙手抓住窗戶兩邊的鋁框沿，朝外瞅一眼，又迅速把頭扭到裡邊來，看著驚慌失措的男人說：

「孔明亮——還想當你的縣長嗎？我只要從這跳下去，就是炸裂改成縣，這輩子你也當不了縣長啦！」

朱穎把目光盯著慌忙朝她走近的男人喚：

「你給我站在那，你再走一步我就跳下去——現在我要你給我說句話——你還和我離婚嗎？只要你說出一個離字來，我就從這跳下去。我跳下去你就從此成了殺人犯。別說當縣長，鎮長你也別想再當了！」

朱穎最後扯著嗓子喚：

「誰都不要走近我！誰再朝我多走一步我就從這十八層樓上跳下去——你們都站住——都站住不要動——孔明亮，我問你一句話：你還和我離婚嗎？」

——「現在不離當了縣長離不離？」

——「當了縣長也不離，那當了市長離不離？」

——「當了市長也不離，那當了省長離不離？」

——「大家都聽著——所有鎮政府的幹部你們全都聽見鎮長剛才說了啥兒話——現在我只還有一個要求啦——為啥你砸了、封了天外天，可世外桃源和我經營一樣的生意卻不封不砸呢——世外桃源的老闆程菁她是你什麼人？是你的姘頭、小妾還是婊子爛情人？你現在就給我說清她是你什麼人——說清楚我就自己走下去。說不清我就從這十八層樓上跳下去——我站在這兒正好能看見程菁開的婊子店。她成獨家生意了，從下午落日開始那些當官的、有錢的，還有那些雞巴和棒錘一樣大的洋人們，他們開著汽車都到世外桃源嫖小姐。——現在世外桃源的院子裡，人多得汽車都停不下。連院子外大街口都停滿了嫖客們的汽車和自行車。——她家的生意旺得如著了鬼火樣，連我家店裡的姑娘也都到世外桃源去做了！孔明亮，你是我的男人，是我幫你當了村長又幫你當鎮長。可你不幫我反毀了、砸了、封了我的店生意，讓那婊子姑娘家的生意那麼好——孔明亮——你給我聽清楚，你是我男人，你現在就派人去把世外桃源的生意封了砸了讓它和天外天的門上都有一模一樣的白紙大封條，讓程菁哭天抹淚沒有生意做！」

——「你去不去砸她家的生意啊?!」

——「我最後問你一句去砸還是不砸她那婊子店?!」

朱穎抓著窗欄嘶喚著，站在那兒手腳累了後，動動身子，換了一下用累的手和腳，瞟一眼擠滿了人的鎮政府的會議室，看到一片慌恐的面孔和冒著汗的臉，看見會議室裡擠不進來的鎮政府的幹部們和跟著她來看熱鬧的人。在那外面的走廊上，人頭攢動，山山海海，每個人都拉長脖子張大著嘴，因為踮腳圍觀，所有人的脖子變長了，褲子變短了，吊著褲腿露出他們赤紅一段腳脖兒。朱穎居高臨下，看了一眼所有的人，最後把目光收回來，落到最前一排孔明亮的身子上，見他沒有鎮長的威風了，一臉的虛汗和驚恐，尷尬像窗光一樣閃著僵在他臉上，沒有地方放的手，像要朝窗口伸過去，又怕一伸手，她從窗上跳下去，就只好伸著又朝回縮著，僵在半空裡。她知道她已經以妻子的名譽把他拿下了，就最後朝他、朝滿樓的眾人喚了三句話：

——「現在就派人去砸了程菁的桃花源！」

——「別說當縣長，你就是當了省長也必須要聽我的話！」

——「只要聽我的，從明天起，我就開始給你洗衣做飯，生子養家好好過日子！」

天便黑下來。

嘩的一聲漆黑下來了。

最後到來的黃昏的光，像一面窗簾落下樣，將世界融進了一片模糊裡。接下去，鎮上、工廠和遠處礦山的燈光全都亮起了。河灘上的鵝卵石，大街上的電線桿，鎮外田野上的荒草和莊稼地，全都發出白金色的光。黑夜似乎比白天還亮堂。朱穎從窗口被人扶著走下來，和男人一塊從鎮政府朝家裡走去時，大街上沒有不認識她的人，誰見了都迎上和她點頭說話兒，都說她比以前年輕了，皮膚也好了，三十來歲和二十幾歲樣。

二、勝利

1

如同巧算安排般，朱穎在生產那一天，正是炸裂由鎮擴改為縣，男人孔明亮從鎮長榮升為縣長那一天。那是下一年春天的三月十九日，整個世界都從冬眠中甦醒過來了。鎮改縣的慶祝大會在未來準備籌建的體育場，人多得光擠掉的鞋子有整整五卡車，被一家製鞋廠連夜從會場清理拉走後，在廠裡經過挑選、配對、再加工，重新運到各個城裡的鞋店賣出去，使炸裂縣某家製鞋廠的帳目存款又多了兩位數。那一天人們喝掉的汽水、礦泉水，累壞了幾家飲料廠的水龍頭。扔下的汽水瓶和泉水瓶，回收再用時，上百個撿垃圾的清潔工，用三天三夜的時間才把它們全部重又送回飲料廠。放的鞭炮救活了幾家將要倒閉的炸藥加工廠。貼的標語用完了幾家造紙廠的紙。之後炸裂縣就接連不斷、三朝五日都要大搞慶典了，一慶典縣裡的經濟、文化、政治就全都好起來。

朱穎生產是在剛剛由鎮醫院擴成的縣醫院。那一天縣醫院把所有的病人全都趕走後，把整個醫院清場留給縣長的夫人來生產。醫院的門口停了六輛大花車，各條走廊上都擺滿了鮮花和大花瓶。婦產科的門後、廁所都灑了法國香水和香料粉。為了檢查朱穎懷子的胎位正不正，此前醫院專門買了一台昂貴的檢查機，後來又花鉅資買了日本生產的腹腔透視機。接生是由醫院院長親自組織主持的，婦產科五十多歲的女主任，為了預防朱穎生產時出現的各種意外，提前準備了八種難產的方案，連血庫的血漿都準備好了的。可朱穎被攙到產床上時，剛躺下蓋著消毒產被和院長說了幾句話，孩子就砰的一響掉坐在了產床上。

院長問：「你覺得身體怎麼樣？」

朱穎說：「醫院裡的香味嗆鼻子。」

院長說：「你要做好鑽心痛的準備哦。」

朱穎臉上突然有了驚慌和不安，「我的肚子怎麼了？我的肚子怎麼了？」她大聲地喚著問著說：「它咋就和山一樣塌下了？咋就和山一樣塌下了？」

院長和婦產科主任慌忙爬在床上，撩開被子和朱穎穿的大裙子，看見她的宮門和城門一樣大開著，孩子從那門裡走出來，正屏聲靜氣地捲著落在一灘血漿羊水裡。

把順產的消息立馬送到剛剛摘掉鎮政府的牌子換成縣政府招牌的縣長辦公室，明亮為一天鎮改縣的慶賀勞累得剛剛坐在旋轉皮椅上，工作人員也才剛剛把縣長的茶水放在桌子上，醫院的院長就興沖沖地跑來了。他對縣長說：「夫人宮門開闊，生產順利，是男嬰，八斤八兩重。」說完這些話，縣長盯著院長的臉：「真是男孩嗎？」院長很認真地說：「真的是男孩，八斤八兩，多吉利的數字啊。」然後縣長面前桌上的鋼筆從筆尖開了一朵花。他面前的文件白紙上，也有了春天各色物樣的樹木和花草，連他對面的黃梨木沙發的扶手和背框上，都長出了春天的綠芽和枝葉。有一股完全是林地春天的植物的清香和鮮嫩，在他辦公室的開闊裡，漫天漫地地流蕩與飛散。望著那些花草和香味，孔明亮臉上漾蕩著很舒心的笑，他看著醫院院長那張滿心歡喜的臉，輕聲問他道：「你剛才說我老婆宮門很開嗎？」院長點點頭，也很輕聲地笑著說：「她很適合生孩子，縣長要想再生第二胎，我把她準生二胎的各種醫療證明弄好送過來。」然後縣長就從椅子上站起來和院長握了手，「你回去對我老婆說，孩子就叫勝利吧——鎮改縣終於成功了，勝利了，孩子就叫孔勝利。說我忙完縣上的事，就去看他們母子倆。」

院長就走了。

院長走後縣長把辦公室的主任叫進來，讓他立刻起草一份檔發下去。「他媽的，一個破院長不僅看了我老婆，還敢說她宮門很開闊——發份文件免了他的職！」辦公室主任很快就起草檔，列印出來，蓋上縣政府的公印和縣長的私人章，把醫院院長的職位免去了。把婦產科主任調到了醫院環衛科，專門負責清理醫院的各種垃圾和衛生。還在那檔上告知全縣人民，縣長家生產大喜，有了兒子叫孔勝利。

2

坐月子是每個女人的大假期。朱穎在這假期裡，衣來伸手，飯來張口，閒得像人來人往的縣城街邊沒有人去坐的路邊凳。男人明亮做了縣長了。她從醫院產房回到家，剛把睡著的兒子放到床鋪上，就有五、六個保母跟過來。她們有的是中年，有的是少婦，都是生過孩子有餵育經驗的。其中一個少婦還不到二十歲，上個月生過孩子，這個月就丟下自家的孩子來朱穎家裡爭做保母了。

朱穎是把兒子勝利放在床鋪上，哄著睡著時，聽到了大門口的敲門聲。從樓上走下來，到院裡看到樹上、院牆上的喜鵲多成黑團兒，叫聲稠密，如瀑布在那樓下跌宕著。她盯著那一團一團的喜鵲說：

「你們不怕把我兒子吵醒嗎？」

那些樹上、房上、院牆上的喜鵲都啞然無聲了。

又朝天空揚了一下胳膊說：「都走吧。」

那些喜鵲全都飛走了。為了不吵醒屋裡睡著的孩子，那撲楞楞的聲音變得沉鬱而綿軟，如空泛的樹葉落在土裡樣。待院裡安靜了，鳥雀無蹤無影了，朱穎心神暢快地來到大門口，看到那五、六個保母都提著行李站成一片兒，每個人手裡都拿著介紹信。她們有的是縣組織部介紹過來的，有的是縣工商局介紹過來的，有的是農牧局介紹過來的。而那年齡最小、剛剛生完孩子的，是當了宣傳部長的楊葆青專門派來的。

「我要一個保母就夠了。」朱穎望著她們說。

她們就都道：「那就把我留下吧。」

於是爭爭吵吵，在門口鬧了一陣，都擔心自己被組織派過來，沒有留在朱穎身邊做保母，沒有侍奉照顧縣長的兒子回去會被自家的領導——局長或部長，罵成一團肉漿的。就都說著自己的技能與特長，做保母的萬千合該與合適，似乎只有她才是侍奉朱穎、照顧縣長的兒子的最佳了。這樣吵了一陣鬧了一陣後，朱穎一一接過她們手裡的介紹信和推薦信，大致略略看一遍，說我兒子要吃人奶，不是牛奶和羊奶，我的奶不夠吃了你們誰有奶？

最後就選留下了那位二十歲剛生過孩子的，又留下一個最為年長最會做飯炒菜的。一個照顧兒子小勝利，一個照顧朱穎的吃飯和穿衣，讓朱穎成為母親成為一個閒人了。閒至第三天，她想起一樁事：孔明亮還沒回來看看他的兒子呢。閒至第五天，她一整天都在想著一句話：縣長再忙也該回來看看他的兒子呀！她給孔明亮打了電話去，接電話的是程菁。程菁在那邊聽到朱穎的聲音就把電話掛下了。她再把電話打過去，先是沒人接，後來有人接了，卻又是程菁斬釘冷冷的幾句話：

——「你身邊的保母不夠嗎？」

——「孔縣長是全縣人民的，不是你一個人的男人呢。」

——「以後有事你都給我說。我是他的辦公室程主任，孔縣長的任何事情都歸我來管！」

放下電話，朱穎像一陣風樣又一次朝縣政府的大樓捲過去。政府大院門前的哨兵攔她時，她仍然對那哨兵吼：「我是縣長的夫人朱穎你們知道不知道？」到開電梯的電梯員身邊又吼著：

「我是朱穎你知道不知道?!」到了縣長的辦公樓層裡，那些曾經見識過她的工作人員們，都出來站在門口朝她鞠著躬，只有程菁橫在走廊上，像一棵滿是枝葉的樹木攔在她面前。程菁原是沒有她高的，可她這時穿了乳青色的高跟鞋，和國家女幹部最常穿的小翻領的女西服，還套著一件雪白女襯衫，人就變得莊重了，再也不是原來炸裂鎮天外天大街上「世外桃源」的老闆了。她像國家幹部一樣迎著朱穎站在那，笑著對朱穎輕聲說：

「嫂子，您好。」

朱穎把一個耳光打在了她臉上。

程菁收了笑，仍是輕聲地：「你敢再打我一個耳光嗎？」

朱穎哼一下，又一個耳光摑上去。

程菁晃晃身子，努力沒有讓自己倒下去，用發抖哆嗦的聲音問：「你敢保證你家兒子他爹就是縣長嗎？你不擔心你兒子長著長著不像縣長卻像了別的人？」這樣問著話，笑又回到她臉上，像一朵花又開在田野上。她朝朱穎面前又逼著近一步，用手摸摸自己左臉上的耳光紅，像捂著不讓那血從她的臉上流出來，用更輕更輕的聲音說：

——「姓朱的，你走吧，你對我好我啥兒都不給縣長說。」

——「姓朱的，以後你不要再來這裡了，這裡是我的，你家是你的。對我好我會把縣長夫人的名分留給你。」

——「姓朱的，回去想想法，要讓兒子愈長愈像孔縣長，千萬別像別的人。」

朱穎就在那走廊上，在程菁面前呆站著，有汗從她的額門漫出來。從窗口透進來的那一天的光，在半空都是彎的扭著的。有一隻黃鸝鳥，渾身豔麗地從高空飛來落到半空的窗台上，朝走廊上的朱穎隔窗看了看，再要飛走時，黃的紅的羽毛全都脫下來，在窗台和半空舞著消失著。而那脫毛的黃鸝卻成一隻渾身光禿的家雀了，嘰喳嘰喳幾聲後，朝別的麻雀群裡飛走著。頭暈得連窗子、走廊和所有的人臉都在朱穎面前旋轉著，她擔心自己會立馬倒下去，趁還沒有昏倒之前又朝程菁看了看，當看到程菁的眼角光滑透亮得沒有一絲紋絡時，她心裡慌一下，忙去扶在走廊的牆壁上。就在她順著牆壁將要倒下時，她聽見她那已出生半月的兒子，在她家裡蹬著腿，瞪著大眼喚：

「娘——」

「娘——」

這喚聲韌長結實，支撐著沒有讓朱穎倒下去。和程菁告別時，她在走廊上用她向來嘶大的嗓門喚著說：「孔明亮這輩子都是我男人！炸裂這輩子都是我們孔家的！」然後就在程菁和所有人的目光中，轉身沿著她的來路回去了。

當她回到家，那兩個保母也不辭別去了。從此那個朱家院，就只剩她和兒子及她繁華過後的蕭瑟了。

第十二章　國防事宜

一、英雄事

1

從炸裂回到軍營，孔明耀見到連長說了那樣幾句話：「軍功能賣嗎？我買一個行不行？」

——「連長，你給開個價，我真的想買個三等功。」

——「我當這麼多年兵，這麼努力都沒立過功，現在無論多少錢，我買一個三等的，買個二等的，我要把這當做禮物回家送給一個人。」

那時候，整個軍營都遺落在晚飯後的黃昏裡，大操場上各連隊的佇列如左右移動的城牆般。操場邊上的樹，都在風中唱著一、二、三、四歌。每天、每年都只有在訓練中才被操持在手的長槍和短槍，一如訂婚而未結婚的年輕人，某種急切讓它渾身都憋出了油。就在這個時節上，孔明耀提著行囊回了軍營裡，因為心情好得要炸開，從內心流出的暢快河水樣，滔滔不絕能蕩起一輪船。他沒想到他會有這麼多的錢，沒想到他在離開炸裂準備返回軍營的前一天，在自家門前隨便站一站，有個高瘦苗秀的姑娘從他面前過去時，朝他笑一下，他面前腳下的地上就長出一枝綠藤蔓。他正盯著那藤蔓發呆時，那高䠷姑娘卻又返身走回來，站在他面前，臉上平靜著，用很小的聲音說：「你長得像我哥，我哥長得和你一模樣。」然後他就心慌意亂地盯著那個姑娘看，看見那姑娘的眉毛有一節指頭長，一根根又黑又亮，月狀彎彎兩排兒，懸飄在她明秀誘人的眼簾上，嘴角上的笑，如晨時太陽的一束光。他從沒有這麼近地和一個姑娘待在一塊過，從來在軍營都沒有聞到過姑娘身上那種香味兒，說是肉香又是香水味，說是香水又明明是從那姑娘胸前發散出的乳香味，笑著和他說話時，臉上也如盛夏炸裂開的一蓬花。

——「你能陪我到炸裂的街上走走嗎？」

——「你要真是個當兵的，就請我到飯店吃頓飯。」

——「有種你就陪我到前邊賓館開間房，我們單獨坐坐說會兒話。」

直到回到軍營明耀都還不敢相信那天黃昏之前發生的一樁一檔的事。不敢相信他真的做過那一樁一檔的事。汗像一桶水樣從他頭上臉上澆下來，腳下的藤蔓就在這時開花了，每一枝葉上都有紅花黃花和紫花。花香味濃烈刺鼻，把他香醉到渾身無力，雙腳發軟，差點倒在那蓬花面前。他就跟著那個姑娘走，把那一蓬藤花留在身後邊。可跟著走到街角時，他當兵前就廢在街角的石碾上，跟著又開出一碾盤的山茶花；到了一家飯店的門口上，飯店門前的一對石獅子，忽然成為一對迎賓的花籃擺在門口兩側旁。花籃裡插滿了玫瑰、金菊、芙蓉和火紅火紅的鳳凰花，如同在飯店兩側燃著騰起的兩團火。最後到了一家並不怎麼豪華起眼的賓館裡，拿著鑰匙開門時，明明那門是塗著黃色的漆，漆片下裂，有一層一捲的黃漆陳片翹起著，然在鑰匙插進鎖孔的一瞬間，那門成為嫩紅新漆了，漆香味和她身上的香味混合著，一潭湖水般把他漫天漫地淹進去，差一點把他嗆息淹死在那潭湖水裡。他已經記不得他們待的賓館房號是多少，記不得賓館的房間有啥兒擺設和裝飾，只記得門一開，那張雪白闊大的床鋪上撒下的各種絲綢花朵花瓣兒，飛來打在他眼上，如同一大灘火液澆在他面前。綢花緞瓣有二寸那麼厚，人躺上去若不是身子陷在了那蓬軟床上，一定會從那絲綢花上滑下來。

在那綢花緞瓣的床鋪上，他和她有了那檔兒事。

她教著他有了那檔兒事。

他們完事後，床上所有絲綢花瓣都沾在他浸滿汗水的身子上，在他用床單遮著身子去他的皮膚上摘那花瓣時，她已經站在床下把她的衣服、裙子穿好了。在他忽然還想再有一次那樁事情時，她取出一張她的二寸小照塞在他手裡，又說：「你長得像我哥，我從小就想把我的身子給我哥。可我不能給我哥，現在我把我的身子給你就等於給我哥哥了。」

然後她再說：「你想娶我嗎？想娶我你就從部隊退伍吧。記住我叫葛粉香——一股粉紅的香味飄天上——我對你實話說了吧，整個炸裂的姑娘們，一個世界的姑娘們，凡是你這一生聽過見過的，都沒有我粉香的皮膚好，都沒有我粉香的身材好，都沒有我粉香臉盤長得好。想娶我你就退伍吧。我三年五年、一生一世都在炸裂等著你，都在這個世上等著你，因為你長得像我哥，我自小就想嫁給我哥哥。」

再然後，她就從那開滿綢花緞瓣的屋裡消失了，說她還有別的急事不能不走了，不能陪他了。說想我了你就看看那照片，再想我了你就從部隊立馬退伍吧。不等他穿好衣服繫好釦，她就從那間賓館的房裡一閃而失了，像一道美虹風吹雲散樣，使他在那一瞬間，不知道到底發生了啥兒事，那從天而降的愛，端在手裡的水泡一模樣，一眨眼，水泡就破了，手心只還有一滴水絲水漬了，直到他看著她走後，重又關上門，他把手裡的照片捧到眼前看，那照片如火樣把他燙一下，落在床上他才看清楚，那照片是她的一張全裸照，人像一柱粉色玉肉樣坐在一張床鋪上，兩腿間的隱私那兒盛開著一朵奇大奇大的玫瑰花。

第二天，他返回部隊了。

第三天，黃昏之前趕回軍營裡，他被一種興奮的空泛脅迫著，人像被神魔左右樣，想到她突然給他帶來的渾身的刺甜都有一種欲望要從身上擠出來。想到他已經有了一百萬元的錢，都想朝誰的臉上灑泡尿，再用那錢去把他臉上擦一擦。

在走進軍營的那一刻，他站在門口朝前後左右不自覺地笑了笑，為了證實這幾天發生在身上的事情全是確真的，他伸手去口袋摸了摸那張包在一張潔白紙中的小照片，然後才提著行李、挺著胸膛朝那有兩個哨兵的軍營大門裡走。過門時哨兵給他敬了一個禮，他不僅還了禮，還抓出一把糖塞進了哨兵口袋內，且還在那一把糖裡夾了一張一百元的人民幣。那哨兵從口袋取糖時，摸出了那張百元的票，驚慌愕然地望著他，他對哨兵說：「我是百萬富翁你信嗎？那一百塊錢你下哨了到街上隨便吃頓飯。」說著慌忙走掉了，生怕哨兵追來把錢重又還給他。路上碰到兩個同連的兵，他一樣給人家每人抓了一把糖，每把糖中都有一張不是五十元、就是一百元疊成糖塊物形的錢幣混在那糖裡。他就這樣一路分發著夾有糖錢的糖塊回到了連隊裡，且每次塞給戰友糖錢後，都慌忙再離開，生怕人家發現那錢還給他。當事後果真有兵發現了，那士兵拿著那錢去找他：「老班長，這是你給的糖裡混的錢。」他就很鄭重地推著人家的手：「瞧不起我是嗎？對你說——我是百萬富翁你信嗎？」如果那士兵怔一怔，笑一笑，收起那錢走掉了，也就萬事皆休，雙雙喜喜了。如果那兵執意要把那錢還給他，他就接過那錢幣，當場撕個粉碎，兩眼瞪著那士兵惱怒道：「你以為我是巴結賄賂你？你不想想你配嗎？你當了幾年兵？我當了幾年兵？別人喚我老班長時，你還在馬路邊上見到當兵的都叫叔叔哪！」

喋喋不休地說著教訓著，可他的一隻手總是要不斷地伸進口袋摸摸那張二寸小照片，似乎只要那照片在，他就敢這樣說，沒了那照片，他就沒有說這話的底氣了。就這麼，至黃昏夕陽撲開時，全連沒有進行黃昏訓的兵——炊事員、衛生員、飼養員和下哨回來的，都擁到他的宿舍朝他敬禮喚他老班長，喚他孔排長，都圍著他的床鋪坐下來，問他家裡還好嗎？父親的喪事辦得順利紅火嗎？說你父親到底什麼病，七十來歲雖然是喜喪，可現在活到八十、九十歲的並不稀奇啊。然後太陽落山了，黃昏訓的士兵都從大操場上回到了連隊裡。軍號聲和開班務會的哨子聲，猶如槍林彈雨合奏而起的音樂樣。大家都從明耀身邊離開了。全連人都知道當過代理排長的老班長，探了一次家，身上錢多得如軍營楊樹上的葉。就都驚異著，啞然著，相信的從嘴裡噴出一個字：「操！」不信的想了天長地久後，就連連搖著頭：「怎麼會？怎麼會的呢？」

連隊熄過夜燈後，連長派人來找了孔明耀。以前都是大事小事孔明耀要主動到連長屋裡去彙報，可這次，孔明耀直到連長第三次派通訊員來請他，他才大咧咧走進連部去。連長的宿舍在連部那排房的東，裡邊無非是床鋪、桌子、椅子、洗臉盆、洗臉架、塑膠水桶和掛在床裡牆上的槍，貼在對面牆上的中國地圖及世界地圖等。孔明耀來前在門前喚了「報告！」後，朝連長端端敬了禮。

連長說：「你休假回來該到我這銷假呢。」

明耀笑了笑。

連長說：「難道你不想進步了？敢違犯紀律了？」

明耀笑了笑。

連長說：「記住，你想提幹的報告還捏在我手裡，我都還沒有報上去。」

孔明耀臉上依然掛著笑，他坐在連長的椅子上，連長坐在自己的床邊上。然後，他就對連長說了那三句話：

——「連長，軍功能賣嗎？我買一個行不行？」

——「連長，你給開個價，我真的想買個三等功。」

——「我當這麼多年兵，這麼努力都沒立過功，現在無論多少錢，我買個三等的，買個二等的，我要把這當成禮物回家送給一個人。」

這樣說著時，孔明耀還是在手裡捏著那張二寸小彩照，像捏著一團滾燙的火，有汗從他手心冒出來，他擔心把那照片汗濕掉，乘連長不備又把那照片裝進了口袋裡，然後他就從連長屋裡離開了，走得堅決毅然，腳步聲如錘子落在砧上樣。而連長，是拉開屋門要出來送他的。可當屋門半開時，他愣在門口上，卻想到要不要叫軍醫到連隊給這個老兵看看病？他怎麼一奔喪探家就有了精神病？

就這麼，嘩的一下，孔明耀堅定退伍了。

他決定不再在軍隊進步提幹是在很普通的一夜裡。那一夜，他在黑夜的床上睡不著，因為有精液從腿間溢出來，也就取出粉香的照片看了一會兒，便嘩的一聲坐起來，義無反顧地決定退伍了。

就這麼決定退伍了。

2

明耀在決定年底離開軍隊後，連隊總是發生怪奇的事。每週選一週標兵，孔明耀全票當選了。每月選一個月模範，孔明輝又幾乎全票當選了。射擊比賽時，每人發十彈，最多滿環為一百環，可孔明耀打的靶上有二十五個彈孔二百四十環。從地方郵局每天都有表揚孔明耀的信件寄過來，說他不是在街上幫助了別人買東西，就是在醫院幫助病人墊資交付人家忘帶或不夠交的住院費。連隊那些家住貧困山區的兵，家裡頻頻收到兒子給家裡匯的錢，可那些兵們又都說沒有給家裡寄過錢，便都知道是老班長孔明耀幫助他們寄錢了。為了感謝就買了豬頭肉、花生米、啤酒和白酒，逮住週末把明耀和十幾個同鄉邀到營房的小樹林，在地上鋪下報紙，吃著或喝著。到了酒至興處，那兵們舉起半杯酒，伸到孔明耀的臉前去：

「老班長，什麼都不說——喝！」

幾個酒瓶在空中響一下，酒就消失了。

又喝到高興處，再有幾個多半瓶酒的瓶子舉到半空砰砰啪啪響一陣，那酒瓶全都硬在半空中，如把榴彈舉在手裡宣誓樣：「說吧，老班長，有什麼事情需要我們做？」孔明耀就說沒啥大事情，都回去把你們立功的獎章和嘉獎證書拿過來。把那些證書和獎章都掛在貼在我身上，讓我好好照幾張相。便都回去拿著了。不多久，孔明耀胸前就別了十個三等功，四個二等功的鍍金黃證章，手裡捧著一捆書似的紅色嘉獎證，一直從垂著的雙手頂到下巴頦，站在樹林邊的閱兵台子上，用相機拍了很多相。接下來，戰友們問他還想做什麼？他說他們幾個是紅軍，你們幾個是藍軍，都聽我指揮，我們進行一次紅藍對抗大演習。

於是間，大家又都喝了半瓶酒。把一大堆的啤酒、白酒瓶子收到林子裡，出來分開站在閱兵台下兩側上，由孔明耀站在台中央，手持各色小彩旗，舉紅旗時台下的紅軍向前衝，舉藍旗時台下的藍軍向後撤，舉黃旗時雙方軍隊都匍匐臥倒，隱蔽在草叢和樹林裡。當紅旗藍旗在他胸前交叉時，兩軍對壘，開始搏殺和格鬥。你給我一拳，我給你一個掃堂腿；摔倒的咬牙重又爬起來，流血的抓起一把土，堵在臉上、手上和胳膊的血口上，就又開始拚死地格鬥和廝殺，直到明耀最後站在閱兵台的最前沿，把一面黃旗高高舉起來，雙方軍隊才又各自鳴鑼息鼓，歇將息兵，大家又都回到樹林中的一堆酒瓶前，擦著臉上的血，拍著身上的土，這個說：「孔班長，在戰術上你的指揮比連長還專業。」那個說：「老班長，你這輩子不當英雄，不做軍官和將軍，狗日的真是太虧了，太埋沒你的才華了。」就都那麼表揚表達著，喝了剩下的一些酒，連隊的集合號聲響起來，大家都慌忙站起準備要跑回連隊時，看見孔明耀還依然坐在一片樹蔭下，像沒有聽到集合的號聲樣。

大家又都站下看著他。

「班長，我們聽你的，你說回就回，你說不回就不回。」

「要是不回連隊批評呢？」明耀問。

「隨便批。」大家說。

「要是都給大家記過處分呢？」

「隨便記。」大家說。

「要是都把你們開除軍籍呢？」

「隨便開！」大家說。

孔明耀從地上爬起來，從樹上折下一些樹枝，把那一堆一山的空酒瓶子蓋起來，將十幾人以最快的速度，按個頭高矮整好一列隊形後，喚了立正！——稍息！——向左轉！和跑步走！然後他就帶著隊伍朝連隊相反的方向跑去了。

朝市裡護城河最僻靜處那段總是有人跳河自殺的橋頭跑去了。

3

那一天，明耀和他的隊伍大汗淋漓地從軍營跑到市護城河靠北的河橋上。那兒城建沒落，老橋的欄杆早已衰逝在過去久遠的年月裡。老城牆一段坍塌，一段完整，整個的城牆都如已經脫落過半的牙床樣。從城牆磚縫生出的草，有幾天落雨就會把城牆蓋起來。城下河裡的水，歲月悠悠，水深幾米，河裡的水草旺得如城內煙囪裡的煙。這兒地古人稀，市裡人很少來到這一處，也就成了整個省會自殺者的最好選處了。也因此，沒有人把寫字樓和居民樓蓋到這邊來，越發地成了死人和救人的上佳場地著。

午時兩點多，明耀帶著隊伍跑到這兒後，還未及落腳和擦汗，大家就看見一個少女站在橋頭上，披頭散髮，一臉哀戚，似乎正在猶豫著是生還是死。就在這當兒，明耀他們趕到了。那少女撲通一跳，落進河水，戰士們喚著：「班長——快！班長——快！」明耀就開始解釦子，脫鞋子，便又有戰友提醒他：「來不及了呢——再脫就來不及了呢！」於是間，孔明耀幾乎是跑著步子把鞋從空中踢下來，沿著那少女跳下的方向，縱身一躍，在陽光中滑出一道美極的弧線，如魚一樣鑽進了河水裡。

接下來，又有幾個戰友也魚躍著跳進了河水裡。

不一刻，少女被救了出來了。

她是因為失戀而尋求短見的。當圍觀的人群愈來愈多，那少女的父母、男友，都趕過來感謝孔明耀和他的戰友時，他們只和那些人說了一些很日常的辭話也就離開了。連他們的姓名都沒有留給自殺者和她的親人們。

到了天寒期，這一年的老兵退伍工作將要開始時，從省會湧進軍營成百上千的人，他們敲鑼打鼓，舉著紅旗，每個人手裡都拿著一副寫在紅紙上的感謝信和表揚書，在軍營的門口喚著「向孔明耀同志學習！」「向孔明耀同志致敬！」的紅口號，把拳頭一遍一遍地擎在空中揮著高呼著。原來間，幾個月的工夫中，孔明耀作為無名英雄救了十七個人，平均每月救四個，每週救一個，最多的是在那古河石橋上，一個月就救了七個落水者。他們有的是失戀尋短見，有的是生意虧垮想以死亡還債者，還有一個是母親帶著兒子在那河邊玩耍，她的手一碰，用力大了些，不慎把她的兒子碰進了河水裡，她剛懊悔不迭地喚了一聲救人啊——孔明耀就從天而降跳進水裡把那兒童救將出來了。還有三個要臥軌自殺的人，火車開來他們就趴在軌道上，待那叮噹叮噹的火車愈來愈近時，孔明耀剛好路過那，奮不顧身地把他們從鐵軌上搶出來，使那些年輕的生命獲得新生了，為國家繁榮發展運輸著的火車也按時抵達到了改革建設的目的地。

救人從不留下姓名，而人民最終會把他的名字銘刻在自己的心目中——在整個城市都在為那位不斷救人而不留姓名的英雄苦苦尋找時，終於在他要救一個因交不起學費而跳河自殺的女大學生時，他縱身一躍，軍人證從口袋掉出來，落在了河邊草地上——人們最終知道了他叫孔明耀，軍齡和他的人生路道一樣長，是省會東郊步兵營的志願兵，就都自發結集在一個週末裡，成百上千的市民、百姓和獲得第二次新生的被救者，就都湧到軍營門前為他請功了，向這座偉大的軍營通報偉大的英雄之喜了。

喜訊在轉眼之間就把整個軍營塞滿著。連長、營長和團長，匆匆到軍營門前接了那些數百封的表揚信和報捷信，用巨大的兩個紙箱把那些表揚信和賀禮抬進連隊裡。那當晚，在市民百姓為無名英雄孔明耀請功的聲浪略微平息下來後，省長把電話打到軍營裡，說要在一個月救出七個落水者的橋頭為孔明耀塑一尊縱身一躍的大銅像，號召全民學習英雄的行為，也以此銅像為警醒，召喚人們不要跳水去自殺。你跳水時剛好河邊有英雄，可如果沒有英雄在那河邊怎麼辦？省長的電話沒講完，將軍的電話就從他作戰室的實戰地形圖前打到了孔明耀所在師的師長辦公室。

「英雄啊！」將軍在電話那頭感歎著。「如果是戰爭年代，孔明耀一定會在比我還年輕的時候就成為將軍的。」

師長把電話打到了團長的辦公室：「號召全團向孔明耀同志學習，把給他記一等功的報告趕快給我送上來！」

團長坐車直接奔到孔明耀的軍營裡，把他的營長、連長叫到一塊兒，將茶杯甩在磚地上：「這麼了不起的人物，在你們眼皮下邊你們都沒發現，那要是敵人鑽進軍營你們能夠發現嗎？」

就在那一晚，連長又把孔明耀叫到了連部自己的房間裡。時候是在熄燈後，興奮了一整天的戰士都上床剛睡覺，孔明耀為各種問候、應酬說話都說到雙唇發木時，連長到四排把他叫走了。

跟在連長身後走進連長宿舍裡，孔明耀看到那宿舍和他幾個月前來時不再一樣了。牆上掛的地圖，一看他進來，那地圖發出一陣剪紙樣吱吱嚓嚓的響，有很多紙屑紙片從那地圖紙上落下來，轉眼那地圖就成了炸裂和耙耬人家為招來富裕的剪紙慶賀圖。那掛著連隊各種訓練統計的表格冊，也成了他見過的團部、師部準備下發的一打打的嘉獎喜報冊。床上疊的被，不再像方的砲樓和城牆古磚了，而像一塊不算大的花園地，種著開著各樣的花草和小樹，有一個全裸美極的姑娘笑著立在那花草間，朝明亮招著手，還低低喃喃說著啥兒話。

明耀就立在那屋中央。

「事情鬧大了，」連長在他身邊說，「可能會給你記個特等功，並直接把你從志願兵轉成軍官了。」

明耀臉上有了笑。

「有種預言應驗了——只要你想幹，過些日子說不定你就是我連長的上級了。」連長有些尷尬地說。

明耀一把拉過椅子坐下來，讓連長給他泡了一杯水，他喝著讓連長別總是站在那，連長也才找個地方坐下來。這一夜，他給連長說了很多話，每說一句連長都點頭。他們從晚上十點說到凌晨四點多，最後要走時，他把手裡捏的那張二寸小照片給連長看了看。看著那照片，連長屋裡的桌腿、椅腿、臉盆架和手槍盒，全都長出了藤蔓開了花，一間屋子如沒有章法的花房樣，堆起來的香味壓得連長半天沒有呼吸出一口氣。

二、英雄歸

明耀接授了上級給他的特等功證章授功後，退伍回家了。

臘月寒冬，軍營裡皚皚白雪，可所有軍營裡的樹，牆壁和訓練場的軍械設施上，那一天都盛開著紅的花朵、黃的花朵和紫褐色的各種花。路兩邊插著的旗，在冰天雪地裡散發著柔美溫暖的光，使那兒走過的每一個士兵都如走在春天樣。將軍要親自到軍營給明耀掛授那閃著光亮的有軍旗、五星和國徽共同組成的軍功章，還要為此組織閱兵式，宣讀來自京城號召全軍向孔明耀學習的文件和通知。也就因此讓冬天的軍營火熱繁鬧了。閱兵時孔明耀和將軍並肩站在閱兵台，一塊塊方陣從他面前走過去，像一片又一片的火焰從他面前燒過去。從那方陣中，傳出的口號聲，雷樣震落了所有營院的樹枝和房坡上的雪，嚇得所有鳥雀的羽毛紛紛掉下來。可在閱兵後，將軍和明耀單獨談話時，孔明耀讓將軍失望了。

將軍說：「你為我們軍隊爭了光，現在有什麼想法嗎？」

明耀想一會：「我想退伍回家了。」

將軍有些驚愕地看著他：「這是什麼話。組織上已經決定給你提幹了。」

明耀看著將軍的臉，像要從將軍的臉上辨出那話的真假般。可當他辨出並確認將軍說的不是戲言時，他朝將軍笑一笑：「我真的想要回家了。我想要回家掙錢去，我發現錢能辦成世上所有的事。」將軍有些意外、遺憾地看著這個名聲大噪、卻又不夠聰明的下屬，來回踱了幾趟步，停下來在他面前說：

「你以為我會只給你提幹讓你當個排長嗎？」

將軍望著他：「給你個副連呢？」

將軍過一會兒又忽然這樣說：「算了，你就直接當個連長吧。」

到最後的最後時，將軍非常直切地問：「難道你還想直接當營長？那就當個營長吧。」

而孔明亮這時依然對將軍重複了那樣兩句話：「我要退伍回家了，我發現錢能辦成世上所有的事。」

在成百上千的挽留和無奈中，明耀毅然決然退伍了。離開軍營走那天，軍營所有的軍官、士兵和市裡的老百姓，都來為他送行和告別，列隊立在道路兩邊的人，長有十餘里，大家舉著塑膠的花朵和組織下發與百姓自發購買的小彩旗，歡呼聲和鼓掌聲，彷彿是國家領袖與外國元首到了這市裡般。直到他被人簇擁著走上火車，再把頭從那車窗探出來，望著那為他歡呼的人群和彩雲飄動的花海，到火車準時在汽笛聲中毫不留情地離開人們的歡呼時，孔明耀才安靜地坐下想：花這麼一點錢，竟能辦出這麼大的事。那若是花掉百萬、上千萬能辦出怎樣的事情呢？

三、英雄淚

回到炸裂那一天，歡迎的熱鬧過去後，意外讓明耀知道自己離開軍隊是錯了一樁大事情。年輕的炸裂城和年輕的縣長孔明亮，在一片忙碌的繁華中，給明耀很多比軍營的歡送更是隆重的歡迎和意外。雖然炸裂的歡迎，沒有軍隊歡送他時那麼多的榮耀和鮮花，掌聲和彩旗，可縣裡的報紙、電視、廣播都把他轉業歸來的消息作為頭題報導了。電視台還從他下了火車始，直到他被簇擁著走進家門和母親擁抱做了現場直播和報導。所有縣長的下屬都知道縣長的弟弟從軍隊回來了，都要安排請他吃飯和請他到自己的局裡、部委去工作，每個局長和部長，都是那樣鑿鑿鏘鏘的話：工作任你挑，想當副局長（副部長）了你就說一聲，就是想幹正職了我可以把局長（部長）的位置讓出來。縣長的祕書替縣長給他弟弟安排的縣城各單位的宴請單，長達十五頁，如果明耀一日三餐都在外邊吃，每餐滿足一個單位的吃請願，他需要半年零五天。

明耀是傍晚回的家。一到家，縣長二哥就給他打了電話說，歡迎歸來，可縣裡工作太忙，他只能在晚上才能回來給他見面聊談兄弟間的事。二嫂傳話來，說她正守著兒子坐月子，不能從家裡出門來，但請三弟有空了一定到她家裡去坐坐。明耀是在藉口去二嫂家裡坐坐去了炸裂大街上，他提了一兜立功的證章做禮品，去了粉香給他說的她工作的那地方，可到了那兒他才發現那兒不是粉香說的什麼文化有限公司分公司，而是正在建築的一幢樓的大工地，腳手架的鋼管森林一樣舉在半空裡。他問人家原來那兒的文化公司搬到哪去了？工地上的人說那兒從來沒啥兒文化公司或有限分公司，也就是有幾家洗腳屋和理髮店，有幾十上百隻野雞和小姐。他想把總是捏在手中被汗浸濕的粉香的照片給人看，可又因為那照片是張全裸照，不能拿出來，捏在手裡就像捏著一伸手就要流走的一泡兒水，於是就問那臨街經營的，聽沒聽說有個叫粉香的人？長得什麼樣，愛穿怎樣的裙子和上衣。那兒的人說沒有見過和聽說過這個叫粉香的人，說你說的這人該不會是先前娛樂城的野雞小姐吧？那裡的小姐都愛給自己取名叫粉香、小紅或甜甜。

人家就用異樣的目光盯著明耀看，像明耀是個被抓了現行的嫖客樣。

也就從炸裂的主街重又悵然地回到炸裂老街去，不信自己會找不到粉香那姑娘，可人說的「野雞、小姐」那話卻又總是轟隆鳴響在耳朵旁，喉嚨裡總有一根、幾根刺鯁著，待到了他和粉香相遇、硬地上長藤蔓野花那地方，他把左手再拿到面前看，才發現粉香的二寸裸照在他手裡被他捏揉成了一團兒，汗把那照片果真化成了一泡兒泥漿水，他的手一伸，那團帶彩的水就從他的手縫流走了，只留下一些顏色染在他的手掌上。

就在這一刻，他隱隱覺得他錯了一樁事——他把一場夢當成真的發生了。是那叫粉香的姑娘讓他做了一個夢，可他錯以為事情千真萬確了。晚飯間，他咬著嘴唇回到家，母親親自到灶房為他燒了他在外面吃不到的家鄉菜：雪裡蕻炒肉和小雞燉蘑菇，還有冬天開花的大棚韭菜炒雞蛋和涼拌冬黃瓜。一家人圍著飯桌吃著看著電視時，又有一樁意外不顧一切地降在他的身上了，像有一包巨毒物品從哪飛來打在了他臉上，落在他面前，那巨毒的惡味一下就進了他的口裡、胃裡、心肺裡——電視畫面上突然切斷歌舞，出來了一個穿著黑裝、胸戴白花的播音員，她以淒傷的聲音說，凌晨時分中國駐南斯拉夫大使館被美軍的B-2轟炸機突然轟炸了，有四枚無彈頭鑽地穿甲彈從七層樓的頂層穿入大使館的樓，有三枚爆炸，一枚啞然，當場炸死中國外交人員三個，負傷二十餘人。播音員說美軍之所以如此無禮，是因為中國在道義上支持了南斯拉夫反抗美軍和北約對巴爾幹的入侵和分裂，她聲音低沉沙啞，一腔一喉都是憤慨和哀傷。先聽她說到大使館被炸時，孔明耀夾菜的筷子僵在了盤邊上。再聽說大使館人員三死二十餘傷時，他把嘴裡嚼著的雞肉吐在了桌子上。到最後播音員說「是可忍，孰不可忍！」的譴責評論時，孔明耀忽地從桌前站起來，對母親和他的兄弟說：

「戰爭爆發了，我該回到軍營了！」

大哥明光望望他，又望望電視機，指著電視畫屏說：「快看，快看，這是我們學校的學生在跳舞。」

四弟明輝朝電視望過去，他看見有兩頭黃牛正在山脈上的田地犁著地，因為太陽火熱，那老牛累得吐著舌頭，有黏液從牠嘴裡流出來，而那犁和滿頭白髮的牛把式，扶著犁柄，擦著汗水，肩頭上曬起的薄皮像蟬翼一樣在飄著和掛著。「也不讓牛停下喝些水，」明輝抱怨地說著把目光收回來，又自言自語道：「該跟二哥說一聲，給那農民下發一台拖拉機。」然後就和大哥一道，看見三哥明耀在慌忙地整著他的行李，脫掉身上的便衣，換著他提回來的軍裝了。他動作捷快，三下五下把軍裝穿在身子上，把軍鞋擺在面前蹬進去，彎腰繫了鞋帶，戴上軍帽，端菜進來的母親問他說：「明耀，吃飯時候你去哪？」

「要打大仗了，」明耀很認真地對著母親和兄弟們道：「我當兵多少年，等的就是這一天。」

一家人就都盯著他。看著他穿好衣服，把武裝帶繫在腰際間，又朝脫掉的灰色便裝和一雙黑亮的尖頭皮鞋上踢一腳，正準備提著行李出門時，擺在沙發頭的電話突然響起來，鈴聲如槍，他丟下行李跑過去抓起電話，聽了兩句，就對著耳機吼：「你他媽的是啥兒鳥局長，現在國家危難臨頭，要打大仗了，你還在討論明天吃啥兒，想喝啥兒酒！」他吼著，又聽那耳機裡說了一句啥兒後，說話的聲音變低了，可語氣更狠了：「我孔明耀現在不聽你解釋，等戰爭結束後，只要我不死——我如果不設法把你這在後方吃喝玩樂的局長撤下來，我這輩子不僅不姓孔，還會開槍自殺在縣城的廣場上。」說著扣了電話，重新提起行囊，就半跑半走地從飯桌的角上衝到院子裡。

母親在他後邊追著喚：「明耀——你剛回來你去哪?!」

大哥追上來，一把抓著他的胳膊，奪下他的行李，擋在他的面前喚著問：「你已經轉業了你不知道嗎？」

還又提醒他：「你的軍裝上連領章、帽徽都沒有，你看不出來是不是？」說話間，抓起他的一隻手，放在他那已經荒空一片的衣領上。

孔明耀的手，一下僵在了衣領上，人就呆在了院落裡。這時候，他終於知道他徹底錯了一椿什麼事，死死咬著嘴唇如咬住了一個叫粉香的人的手指頭。從西邊飄過來的一抹夕陽裡，有染色的長髮如紅紗一樣在他眼前擺動著，而那時從門外回來準備入窩的老母雞，帶著牠的兒女們，一路走來，一路都是咕咕咕的唱，一群的碎步和舞蹈一模樣。當那群雞從他面前快要過去時，他忽然彎腰抓起一隻，甩在地上，看著那隻小雞在他面前哆嗦幾下，一聲未叫就死了。而前面領著兒女隊伍的老母雞，依舊不慌不忙地朝著雞窩，哼著小曲入窩時，他蹲在地上哀哀嚎地哭起來：

「國家危難——我咋就在這個時候退伍呢？」

——「我咋就在這個國家危難時候離開軍隊呢？」

淚從他捂著臉的手縫流出來，像崖上的泉水從山的縫裡擠出來，不一會，就在地上濕了半領席似的一大片，讓他的牛皮厚底軍用戰靴全都泡在了他的淚水裡。就是這一晚，一家人看著電視，各自看到自己的節目了。當明耀看到美國軍方和那叫克林頓的鳥總統，都對中國駐南斯拉夫使館被炸謊稱為因衛星資料出現錯誤而誤炸，並說戰爭中發生一些錯誤也是必然那話時，明耀不再去想那夢裡遇到的名叫粉香的姑娘了。他從睡下的床上重又爬起來，穿好衣服，繫好鞋子，從炸裂的老街走到縣城新建的廣場上，看著這座新起的北方城廓，在空寂的夜裡，燈火通明，大街上有幾個匆匆走著的行客和耙耬山脈的農民們。他們趁著夜靜，用牛車、馬車和人拉的板車，拉著城建的紅磚、石頭和各樣的建築材料，穿過廣場，朝四面八方都是建築工地的哪個地方走過去。有牛有馬在廣場或大街上拉屎了，他們停下車來，把那屎便用腳推著鏟到準備好的一個便袋裡，保持著廣場的潔淨和神聖。

明耀站在廣場一角上，望著那些過往的牛車、馬車和開著拖拉機的農民們，看一會他朝一個在地上用手抓著馬糞的農民走過去，到他面前站一會，看那趕著馬車，往城裡運磚的是個年輕人，年齡和他差不多，穿了又髒又爛的黑棉襖，頭上戴著露出棉絮的皮絨帽，他便問人家：「這磚往哪運？」

那人抬頭望著他的臉，露出模糊傲然的笑：「說不定這縣城還會變成大城市，要用的機磚一個山脈的黏土都不夠燒。」

明耀說：「要打仗你去當兵嗎？」

那人說：「日子比以前好得多，我家也蓋瓦房了。」

站在燈光下，看著那山似的一車磚，和那吐著滿鼻熱氣的馬，最後明耀把目光落在那人有些得意的怪臉上：

——「你知道中國駐南斯拉夫大使館被美國炸了嗎？」

——「運一車磚就等於種了一月地，」那人笑著說：「國家富了，真的不是以前那個國家了。」

——「要招你當兵你去嗎？」

——「我小學沒畢業，只能幹這出力討苦的活。」

明耀讓那小學沒有畢業的人，趕著馬車走去了。馬車走遠後，他又橫在路中央，攔著一輛拉了滿車木材的拖拉機。拖拉機在夜空煙筒裡吐的不是煙，而是轟轟烈烈冒著一團火。他站在路中央，先是雙胳膊平直揚起來，同時做了一個軍人的敬禮姿勢後，那拖拉機就急煞車在他的面前了。他也就聽到司機從駕駛樓裡探出頭，噴著滿嘴牛屎馬糞的罵：

「我日你娘你找死啊！」

明耀從車前轉到駕駛室的這邊來：

「你知道中國駐南斯拉夫大使館被美國炸了嗎？」

司機把駕駛室門推開一條縫：

「精神病院就在城邊上，你要去我可以把你拉過去。」

又攔著一輛趕著牛車的中年人，他看見那中年把式頭上戴的是一頂軍用棉帽子，攔下來很親切地說：「我叫孔明耀，在部隊立過特等功，今天剛退伍。看樣子你和我一樣也是退伍軍人吧？今天的電視看沒有？知道中國和美國快要打仗了嗎？」問那中年人：「我要給你錢你肯跟著我當兵嗎？國家有難、匹夫有責，這話你在軍隊沒有聽說過？」最後看那牛車把式從車邊走過來，牽著兩頭黃牛的籠鼻套，用奇怪的目光掃著他，從他身邊繞過去，朝不遠處要蓋的商業中心走去了。

天將亮起來，星星稀落而孤寒。藍成黑冰的深色天空下，巨大的水泥廣場上，正有夜霜下落著。把手伸出去，能接到一線線的霜絲在指尖和手心團繞著。不一會，那手上就握有一把霜水了。從路邊來到廣場的最中心，那中心不是一般廣場的英雄紀念碑，也不是開國偉人或聖人的紀念像，而是新建的高有十五米的孔明亮的銅像落在有八層台階的底座上。可那銅像的底座上，並沒有刻著「孔明亮」的名，而是在花崗岩的底座中心刻著「開拓者」三個蒼勁的字。在那像和字下邊，明耀抬頭望了望被燈光照亮、又被霜絲罩著的二哥的臉，臉上掛著憂傷說：

「二哥，要打大仗了，可這兒的人還一無所知哪！」

也就坐在那銅像下，望著廣場和廣場四邊正在興建的商業中心、會議中心和世貿大樓，明耀終於因為懊悔啥兒嚎啕大哭起來了。哭聲大得和黃河沖過壺口的瀑布樣。

第十三章　後軍工時代

一、軍性與女性

第二天的凌晨時候，月還懸頂，而日卻東亮，在日月同輝的一刻間，炸裂城裡鋪滿月白光亮那一瞬，明耀從廣場站起來，朝空曠的廣場和天空望了望。這時候，他的眼中布滿血絲，臉上的悔色顯出一種決計的剛硬來，彷彿這一夜在廣場的悔悟讓他想明白了啥兒事。到了準備離開時，晨起的人們都在廣場邊上跑步和咳著吐痰時，他看見嫂子朱穎獨自朝他這邊走來了，看見他彷彿開門時又找到了丟掉的鑰匙般，嫂子的臉上滿是紅潤和興奮。

朱穎讓他想到了粉香那苗瘦豐潤的身子了，有一股莫名的恨怨從他心裡升起來。他就站在廣場上，等著嫂子到了近前時，盯著嫂子看，發現嫂子雖然一早洗了臉，臉上也有紅粉妝，可到底還是有些人老了，眼角紋如這季節的枯枝結在她臉上，連當年發著柔亮的紅額也沒有先前光色了，只是再細看她的眼和眼的深處裡，倒還有著當年的辣燎和滾燙，有著望念在那眼裡似永不熄歇的火燒和火燎。他們就站在廣場靠東的一個花池旁，彼此默著看一會，他說：「嫂子，你去哪？」她說：「嫂子找你腳都跑腫了。」然後朱穎低頭看看腳，又朝前後左右看了看，見四下無人後，目光落在明耀的臉上默一會，忽然開口說了他很多話。

她說：「嫂子沒猜錯，你是為那叫粉香的姑娘才退伍回來的。」

她說：「粉香已經不在這鎮上了，除了我，沒人知道粉香現在在哪兒，你若想見粉香了，想要粉香了，你以後多聽嫂子的話。」

她說著臉上掛了幾分得意的笑，抬頭朝著頭頂看了看，就見剛露紅的日光在廣場退到了哪兒去，正頭頂的月牙倒越發透亮玉潤了，讓整個廣場都成了青白色，彷彿時光又回到了夜晚間，還隱隱可以聽到從哪傳來的雞鳴聲。

——「你回來和嫂子一塊幹，嫂子可以給你很多錢，可以讓粉香回來每天侍奉你。」

——「現在嫂子有一樁事情要求你——你可以把你二哥身邊的程菁從他身邊弄走嗎？你讓這婊子和你哥分開，把你哥還給我，我不光把粉香還給你，還可以給你五十萬元或者八十萬。」

——「一百萬元呢？你在部隊當了那麼多年兵，立過大功有那麼多的軍功章，嫂子再給你一百萬，你找人去把程菁卸條胳膊腿，或者毀個容，把半瓶硫酸倒到她臉上。」

——「如果你覺得這樣不安全，嫂子還有一個最好的法子，就是你或者別的人，把她約出來，弄到賓館野地把她強姦掉。你或者別的人，誰強姦她一次，我給他十萬塊，強姦十次就是一百萬。」

說到這兒，朱穎又把話題頓下來，再一次朝前後左右看了看，她看見大白天月光明亮，廣場兩邊馬路上，開過去的汽車全都開著遠光燈，而那些晨起鍛練的人，都在抬頭看著天空間，看著那該落不落的牙月在說著啥兒話。把目光落到三弟明耀的身上去，朱穎看到他還穿在身上的軍衣和軍褲，帶著夜潮有層厚綠色，而他也和別人一樣仰抬頭望著異相的天空時，是上下牙齒咬著下唇的，直把他的下唇咬出了牙痕和雪白，把他的下巴憋成了蘿蔔青。

——「炸裂真的有個姑娘叫粉香嗎？」他盯著嫂子問：「你咋和那粉香熟悉呢？」

——「說實話，粉香是個婊子、野雞對不對？」

——「對你說，那粉香想要勾引我，說我長得像她哥，可我不理她。壓根我就不理她。天下女人他媽的，沒有誰能勾引我孔明耀，就像沒有誰能讓這廣場突然塌下一個坑。粉香把我叫到一家賓館想要脫衣服，我一耳光打在她臉上，她就哭著從我身邊走掉了。」

說著明耀朝廣場看了看，朝四周看了看，又朝天空看了看。

「天有異相了，」他很肯定地輕聲低沉道，「炸裂要有大事情。中國要有大事情。那什麼事都比粉香和程菁們的事情大，大得就像海和小河溝，山和一片碎磚瓦。」

「我不是為那叫粉香的姑娘回來的，」把目光再次擱到二嫂朱穎的臉上去，他的語氣變得更加生硬、更加肯定了：「我是為了炸裂退伍回來的，為了炸裂和國家的未來退伍回來的。」

——「大使館都被美國炸掉了，如果這時候我還想著你和粉香和程菁們那兒女情長的事，我就白白當了這麼多年兵。」明耀說著又瞅瞅天空那月色，他看見月色在他的目光和言語中，漸次退回去，如濕了的綢布被一寸一尺地抽走樣。抽走的地方就有日光透出來，金紅亮亮壓在月光上，蓋了月光像紅布遮了青白布，且那紅布又厚又亮，刺眼的光芒一落到月色的青白上，那青白淡淡的月色便顯出了疏暗和壓力，如同一張白紙被火一照就跟著燃了樣。「行！」明耀接著很肯定地說：「聽你的，把那個程菁毀容或毀條胳膊腿，那二嫂，我不要你一分錢，我只要你從哪給我弄來一把槍。」

——「給我一把槍，我斷掉程菁一條胳膊腿，給我兩把我斷她兩條胳膊腿。給我三把我不光讓她從二哥身邊消失掉，還天衣無縫讓二哥丁點兒不知道；讓二哥乖乖地回到你身邊，還是你的男人、你的丈夫，整個炸裂整個縣，都是你和二哥的。」

——「你能給我弄把真槍嗎？」

——「大使館被炸了，死了三個中國外交官，負傷二十多個人，你能讓美國朝中國認錯認罪嗎？」

——「能在炸裂給我建支軍隊嗎？」

連連問著嫂子朱穎時，明耀的目光逼著嫂子的臉，如兩束燙火燒在朱穎的臉上和身上。到這時，月光退盡了，月亮在天空徹底消失了，遠處來往上班的人流、車流都披著冬日的光亮朝炸裂城市的四面八方流動著。轟鳴嘩嘩的噪音如水樣漫在廣場上。看嫂子不說話，看著自己像看著一個認錯人的人，明耀就迎著日光走掉了，朝廣場外邊走去了。走了很遠後，他聽見嫂子在他身後扯著嗓門，一句因為他沒有在意而讓他日後終生懊悔的話。

「明耀——」嫂子喚著說：「你我和你二哥我們仨，如果能捆到一塊我們能做成天大的事，能把炸裂縣變成炸裂市，能把小城市變成一個大城市，到了那時候，你們孔家才算大功告成，功德圓滿，名垂青史你相信不相信?!」

喚完了這句話，朱穎盯著走遠的明耀看。而明耀，只是在日光中扭回身子看著廣場中的二嫂子，像看著一個婦道人家樣，抬眼看一會，又扭回身子走掉了。

二、後軍工時代(一)

明亮和明耀那次見面是在明耀和朱穎在廣場見面的兩天後。因為忙，沒有時間回家，明亮就讓弟弟到了自己的辦公室。辦公室除了大一些，其餘和任何領導的辦公室都無差別和二樣。幾間房，上百平方米，靠牆的沙發和被修剪絕美的盆景、芙蓉花和橡皮樹——又被人稱為元寶樹，還有滿牆的地圖、滿桌的檔和一面牆都是頂天立地的大書架。書架上全部是根據學者的書單訂購的書。中國書有《二十四史》、《資治通鑒》和《諸子百家》文白對照的全譯本，整整兩書架一千多本書，還有《紅樓夢》、《三國演義》四大名著的精裝和古本線裝書。外國書有《物種起源》、《基督教的本質》、《西方的沒落》、《新科學》和《烏托邦》、《理想國》、《太陽城》等曠世大名典。明耀到辦公室裡面時，哥哥明亮正在會議室裡主持一個努力把炸裂縣改為炸裂市的準備會。明耀一個人在辦公室裡走著看著，站在書架前，忽然覺得自己多年在部隊上的拚拚打打，疏於省親，到現在，似乎有些想不起哥哥長得怎麼樣，名字叫什麼。他為想不起哥哥的長相有些吃驚著，站在那一大排書前呆了很大一會兒，猛然間，從那一面牆的新書中抽出一本被看久了的《肉蒲團》，把那本書洗牌樣匆匆翻一遍，又想到了那個叫粉香的苗秀豐潤的身子時，同時也模模糊糊想起了二哥的名字和長相來。

就那麼看著《肉蒲團》，和二哥用紅筆在那書中畫過的段落和字句，驚見那紅線畫過的，都是性事的場面和方法，也跟著有些慌張和訝異，想要把那書一下扔掉或撕掉，可又想接著把那紅線畫的全都讀下去，結果急急快快又把那書塞回到了書架上。平靜下來後，他就有些瞧不起二哥了，有些為自己的未來滿身力氣了。

好在在這一刻的慌亂和平靜中，他又完完全全想起二哥的模樣了，跟著門響，回身去看從門外進來的二哥時，果真想起的長相和二哥一模樣。只是二哥早先是穿鄉村的土布衫，後來當了村長穿制服，之後二哥從村長到鎮長，從鎮長到縣長——領帶著炸裂由村改為鎮，由鎮改為縣，把一個耙耬山脈的自然小村變成繁鬧的縣城後，二哥就穿不繫領帶的名牌西裝了。這中間，明耀只是在部隊把自己有列兵變成了上等兵，把自己只有一對崽兒似的連嘉獎和團嘉獎，一下肥大成了由京城通報表彰的全軍特等功。說到底，二哥還是有他的了不得，自己也有自己的了不得。所以二哥推門進來在他背後叫了一聲「明耀」時，他只回頭看看二哥的臉，就嘩地確認想起二哥的長相了。他為想對了二哥的長相笑了笑，轉眼又把那笑收起來，露出一臉的怨恨和神祕。

——「二哥，昨天美國他媽的炸掉了我們大使館，你知道不知道這事情？」

明亮盯著明耀問：「你喝什麼茶？」

「地方有檔傳達沒？」明耀接著說，「克林頓他媽的不光不道歉，還說戰爭中出現誤炸也是正常的事。」

「這有半斤好龍井，」明亮道：「是三十萬塊錢一斤的。」

「戰爭快要爆發了，」明耀扯過一把椅子坐下來，由失望跨到絕望裡：「可我偏在這個時候回家了。」

明亮朝門口那兒擺了一下手，門口明明沒有人，他卻一落手，就從門口走來一個水靈到如露水一樣的姑娘來。她端來了兩杯泡好的茶，玻璃杯中的每一針茶葉都豎在水裡綠成芽春色。明耀有些吃驚地盯著那突然出現又消失的姑娘和那芽尖茶葉水，末了又把目光落到二哥的臉上去，發現二哥的頭上夾有白色了，額門上也明顯有了幾道紋。於是間，他有些同情地看著二哥的白頭髮。「你比你實際年齡顯大了，」明耀看了一會說：「媽說你已經忙得整整有一年沒有回過家，她想你也得到你辦公室裡來看你。」

孔明亮就在臉上露出一絲慘澹的笑。

——「說吧，三弟，回到炸裂你想幹啥兒？」

——「炸裂縣就是咱們孔家的，想從政還是想經商？」

——「在部隊沒提幹，想從政哥只要說一聲，在一個小時內，你就變成國家幹部了。」

——「大哥是呆子，四弟聰明伶俐，可他看到麻雀毛落在他面前，他都要替麻雀感到身子疼。我們孔家就靠你我了。」

——「我以為這樣好：哥從政，你經商，三年五年炸裂由縣改為市，哥當市長時，你也要有五十億、八十億或者一百、上千億的資產在手裡。」

——「山裡有金礦、煤礦和銅礦。煤在中國是大事情，二哥設法把縣裡最大的煤礦弄到你名下？」

——「想想這年月，有了錢，啥兒事情辦不成？你在部隊沒提幹，可你有錢想當團長都可能。」

離開二哥的辦公室出來時，明耀的臉變成一輪太陽了，芒光四射了，連牆角縫的模糊裡，都能看清塵星灰粒的大小和形狀。最後從明亮面前過去那一刻，他扭了一下頭，藉著從紗窗過來那柔亮的光，看見了二哥對他的訝然和驚異，像一片凍土面對天空的電閃雷鳴樣。他喝了那杯三十萬元一斤的茶葉水，似乎除了清幽的淡香和一股退不去的植物味，也沒有啥兒了不得。可二哥明亮說，他們每人喝的那杯綠茶水，等於每人喝掉了二千八百元。說這兩千八百元，就是耙耬人的兩頭牛或一部手扶拖拉機。當說到他們喝的茶葉每一根都等於一條牛腿、兩隻羊腿、四隻豬腿時，明耀先是驚了一會兒，最後臉上掛著得意淡淡的笑：

「二哥，我們腐敗了。」

明亮也跟著笑了笑，啥兒也沒說。

然後間，弟兄兩個就從辦公室裡走出來。出來明耀才看到辦公室門外的走廊上，站著二哥的六個祕書和四個服務員，他們有的手裡端著泡好的茶，有的拿了檔和報紙，都在等著縣長隨時的召喚和應允。一排兒站在門口上，他們看到明耀都朝明耀笑著點頭說著問候的話。看見縣長又都把腰身弓起來，讓腰彎成九十度，上身和地面平行著，而頭又都朝上抬起來，讓縣長能看見他們燦然笑著的臉。從他們面前過去時，明耀想到了師長、團長從一排排的佇列面前過去的樣。想起他因為立功站在將軍身邊同將軍一道閱兵的雄壯和威武，有一種失落後東山重起的野心再次在他心裡萌動著，血脈在身上脹著直朝頭上湧。從那一排祕書和服務員面前到大樓中間的電梯口，二哥輕聲對他說了兩句話：

——「你的心野了，你讓二哥驚著了。」

——「就是你二哥現在是省長，你說的二哥怕也做不到。」

電梯員幫著他按了電梯的下行鍵。電梯門開時，明耀望著送他到電梯口的二哥那張顯老卻充滿活力的臉。「二哥，過些日子你就知道我為啥這樣了。就知道我做的事情多麼重要了。」然後，弟兄兩個彼此招招再見的手，望一眼，電梯門關了。

從縣政府的辦公大樓走出來，明耀站在樓下花壇邊的路中央，回身望望新蓋起的八十六層高的政府樓，像豎在天空的一桿巨型方柱樣。往那樓裡進出的人，都很匆忙地從他面前走過去。他從那人流的中央走到路邊人稀處，以他在部隊學習的爆破常識估算著，要炸掉這樣一棟樓，最少需要三噸半的巨烈炸藥和一千六百二十個銅雷管。從一層的樓基打砲眼，一米一個，大約需要八千個六十公分深的砲眼兒。可如果有美國炸掉中國使館那樣的無頭穿鑽彈，倒是不需要幾枚就夠了。算完後，他雙手沾著兩把空汗從樓下朝著政府的門外走，大門口站在哨台上的兩個武警門衛朝他看了看，沒有朝他敬禮，他就站在那門衛面前問：「你們為啥不朝我敬禮呢？」那門衛懵頭懵腦地望著他，想說啥兒時，他又說了句，「過不了多久你們見我就要敬禮了！」然後就獨自匆匆地走進了街上的人流中。

三、後軍工時代(二)

1

終於把粉香和一些女人的影子從頭腦趕盡殺絕了，把精力一絲不留地集中到了掙錢上。炸裂礦業總公司的辦公大樓設在炸裂城東開發區，十六層大樓門前的招牌上，所有的字都是純金鑲鍍的，為了防備有人把那金子從招牌上摳去或刮掉，明耀花重金雇訓了一個排的優秀退伍軍人們，輪班在那門口站哨和守立。每班六個人，一邊三個和各國首都的廣場與總統府門前的士兵一樣筆直地站在兩邊上，每每明耀從那門口進或出，六個哨兵同時立正和敬禮，腳磕腳的聲音像木棒砸在木棒上，響亮齊整，宛若世人熟悉的天安門廣場的國旗手們的立正和敬禮。這些哨兵兩個小時一換崗，自第一天上崗的第一班，就惹來了城裡所有的目光和驚喜。百姓們湧到這兒來，圍觀鼓掌，從早上八點到晚間黃昏後，大街上都人山人海，潮來潮去，自此天下人就都知道炸裂礦業總公司的成立了。知道總公司門口哨兵的升旗、換崗是炸裂城的一大景觀了。

知道總公司的總經理，是縣長的弟弟明耀了。知道孔明耀原是部隊特等功的英雄，現在是炸裂最有錢的老闆了。

有多少錢？從縣城流過去的河裡有多少水，孔明耀就有多少錢。耙耬山脈的地下有多少金銀、銅鐵、錫鉑和煤炭，明耀就有多少錢。可無論多少錢，明耀都不會忘記每天早上六點十分，太陽從東邊出來時，他換上軍裝，舉著國旗，從辦公大樓的東側整步走出來，帶著一排哨兵，親自到大樓前的廣場上，把紅旗緩緩升至四層樓的半空裡，然後看著那上哨的士兵，正步走到公司門前立正、敬禮、換崗後，他再帶著這十二個下崗的哨兵回到辦公大樓的東側去。

哨兵們回到宿舍後，他從電梯進了自己的辦公室。一整天關於開採、挖掘、出售、合同、出帳與入帳的各種日雜事物也就開始了。

可時候到了八月一日這一天，全城的人都在準備正常的上班工作時，礦業公司的大樓上，突然從八點鐘的各個窗口裡，都伸出了大喇叭和各種各樣的銅號和軍號，先是響出洪亮震耳的軍歌音樂後，繼而響出嘹亮無比的國歌演奏聲。接下來，明耀在前，身著軍裝，正步從公司的大門走出去，身後一米處是三個舉著軍旗的年輕人，再後是橫豎都有十八人組成的方塊隊。這個方隊一律吹著銅號，演奏著軍歌和國歌，再後相隔三米處，又一同樣隊形的方陣裡，人人都舉著紅旗，旗杆又一律是純金鑲鍍色的二米杆，再三米又是一個銅號音樂陣，一個純金旗杆紅旗陣。就這麼一個方陣、一個方陣的隊伍著，從礦業總公司的門前朝西正步走，到了一棟蓋了幾年不知何故沒有蓋起的樓前停下來，吹一陣，又集體朝那垮塌的腳手架和到處都是鋼筋水泥爛樓的正面吹了軍歌和國歌，再帶著十二個方陣隊伍繞著那爛樓走一圈，那些腳手架也就不見了，露在天空鏽蝕的鋼筋也都沒有了，幾年沒有竣工的爛樓在不到半個小時的工夫裡，不僅竣工完成，而且還都裝修成了城裡最時新的義大利的瓷片磚。

遊行的隊伍從這竣工的樓前繼續向西走。升起的太陽在他們的後背上，像每個方陣都頂著一塊巨大的能源玻璃板。汗把明耀所有的衣服全都濕透了。落在大道上的水珠如同一場雷陣雨。那些上班的人流們，騎車的、開車的，還有步行和搭乘公共汽車的，先是見了隊伍都給他們讓著路，後來就都又跟著隊伍遊行和觀看，再後來就都自動組成大致相仿的方陣遊行著。音樂如滔滔不絕的河水樣，軍樂聲在整個炸裂的半個城裡響著飄散著。有一座剛剛開工的立交橋，挖下的地坑二十餘米深，排水的工人不斷在那裝著抽水機，可當遊行的隊伍到來後，在那立交橋的坑座前面吹奏一會兒，並整體朝施工的工地敬了禮，那立交橋的橋墩便直立在了路中央，隊伍又繞著橋墩走一圈，立交橋便直立橫跨在了半空裡。

終於在中午十二點正到了廣場上，那時隊伍已經大到無法說清的人數和隊形。除了明耀原有的方陣還依舊齊整外，後邊的隊伍如同盛大散亂的集會般，路經必須拆除的一片舊房子，隊伍齊呼一陣口號也就拆除了。經過一片要蓋的居民樓，隊伍在那工地上音樂、口號和歡呼一陣後，樓就蓋了起來了。有一條正在修的路，隊伍從那碎磚亂瓦上走過去，身後就成了寬展簇新的柏油路。

廣場的建設是整個炸裂建設的標誌和中心，三百畝地的水泥廣場早就鋪就在了天底下，可四邊的人民大會堂、世貿大廈和國際會議中心卻遲遲不能直立在天空下。於是間，明耀就最終來到廣場上，讓隊伍在「開拓者」紀念碑前休整一會後，大家擦了汗、喝了水，補充了餅乾和牛奶，開始重新站起整理隊伍後，他把準備好的有國徽、軍旗、五星的特等功證章掛在胸前左上方，下邊又依次掛了一排排的二等、三等功的軍功章，直到他穿的軍裝掛不下，再回頭看著所有方陣中的人，胸前都別滿了各種各樣功勳證章和榮譽章。整個方陣的各種榮譽紀念章，像金礦庫裡的黃金在日光下面展擺樣。孔明耀朝那一片片的證章望一下，眼被光亮刺痛揉了很大一會兒，待目光適應了那黃金榮譽後，他高舉拳頭，對著隊伍大聲地喚：

——「炸裂有我們做不成的事情嗎？」

所有的人就都揮著拳頭高呼著口號回答他的話：

——「天大地大，沒有炸裂人的決心大！」

明耀揮著拳頭喚：

——「我們要把炸裂城建成什麼樣的城？」

所有的人用拳頭捶著自己的胸脯回答道：

「建成和北京、上海、東京、紐約一樣大的城！」

明耀一下跳到「開拓者」紀念碑底座的最上邊，把嗓子嘶得和城門一樣寬：

「同胞們，兄弟們——為了炸裂，為了人民，為了改革開放，為了祖國的現代化建設，為了把中國建設成真正超越日本、美國、歐洲的社會主義超大強國，請大家放棄所有的私念，跟著我的步伐——前進！——前進！——前進！」

明耀連喚那三聲前進時，一次比一次把拳頭舉得高些更高些，一次比一次喚得有力量。當拳頭第三次舉向高空那一刻，他感到因為拳頭離太陽過近，太陽在他拳上的熾熱使他的拳背有了焦疼感。大喚著的嗓子裡，也因為皮肉的扯拉有了裂流的血。他聞到了一股血腥味。看到了所有的人跟著他高呼時，握緊的拳頭上，都掙裂開了血縫兒，喚著的嗓子也都因高呼口號變得血紅喑啞了。於是著，他從紀念碑上跳下來，最後叫了一聲：「同胞們——跟著我——正步——走！」

他開始邁著在軍隊訓練無數的正步，揮拳在胸，抬腳膝高，腳底與地面平行，一步一間隙地朝著正前方，讓胸前的各種軍功章同腳步一塊響出有節奏的金屬叮噹聲，到正在施工的炸裂人民大會堂，繞著腳手架，正步走三圈，那能容納五萬人的大會堂就嘰嘰咣咣樹立起來了。繞著剛蓋了一半的世貿大廈走三圈，並讓隊伍默立，目光逼視，炸裂城最高的雙子星座樓，就直立起來了。最後他領著隊伍和城裡幾乎所有跟在身後的群眾們，到廣場另一側的國際會議中心前，讓人群分散開來，把工地團團包圍後，他自己站到正在建築的國際會議中心的一個大吊車的臂頂上，舉著雙拳，用流血的嗓子對著一個電池喇叭喚：

「偉大的炸裂！偉大的建築！」

他又喚：

「向北京和上海看齊！向東京和紐約看齊！」

就都跟著喚：

「偉大的炸裂！偉大的建築！」

「向北京和上海看齊！向東京和紐約看齊！」

那座地標性的蛋圓形建築就在高呼中聳立起來了。

銀灰色的鋼架和清茶色的玻璃在落日中發出吱吱呀呀的響聲後，在人們驚異、喜悅的目光裡，太陽西去，把一個崛起在北方山脈中的城市，染上了豔麗的紅色，然後太陽就有些精疲力竭，緩緩地沉沒下去了。一個城市就威威武武有了現代規模了，縣長也就同意把耙耬所有的礦藏交給弟弟明耀和他的公司開採了。

2

曾經在越南戰場上待過六年的美國總裁，最後決定把他世界最大的汽車基地落戶到距炸裂縣城六十公里外的耙耬地界上，最終起效的不僅是孔明亮和中國吃喝玩樂那東西。而是明耀建城的方式、速度把他震下了，是縣長把炸裂人的尊嚴賄賂出去了。孔縣長把最優惠的政策和最漂亮的姑娘給了美國人。從北京請來的大廚，連炒菜的味精都是從中南海的廚房帶來的，可這一行幾十人的美國佬，他們在美味和姑娘們的同床後，還是決定要把汽車城落戶到沿海的地方去。

談判是在縣政府的會議廳，棕紅色的巨形橢圓談判桌，總讓人想到那美國總裁脫了衣服的大肚子。陷在桌子中心剛好露出桌面的花花草草和那六十幾歲的老兵總裁身上的毛一樣。孔明亮率領著十幾個副縣長、工業局長和專門高價請來的美女翻譯坐在一邊上，美國企業家們一行十幾人坐在另一邊。昨晚陪那美國佬睡了通宵的兩個姑娘在邊上穿著旗袍給他們沖著咖啡，也沏著中國茶。那兩個姑娘去給老兵總裁續水時，還有意衝他笑了笑，一夜未睡的紅眼絲、青眼絲都被她們的化妝蓋住了。但那美國人，一通宵在姑娘們身上的勞累，總不能被咖啡沖乾淨。他們打著哈欠，也銜著姑娘笑了笑，總裁還爽朗大聲地說：「東方姑娘美得和花一樣，西方女人粗得和草一樣。」可再接下來，他的話讓縣長失望得想要給他們跪下來。「中國姑娘再好也沒有我當年在越南遇到的姑娘好。她讓我終生難忘，可我找不到當年越戰中和姑娘睡的那種感覺了。」美國人望著大家，很傷感地說：「很遺憾，我不能把我的汽車城落戶在炸裂了。」

明亮就在和總裁對面兩米的桌這邊，看見美國人黑紅的臉膛上，爬滿了熱帶叢林的紅螞蟻、花瓢蟲和推著屎球滾動的越南屎殼郎，可他腆起庫房似的大肚裡，卻堆滿了全世界都喜歡的美鈔和金條。「那我今晚不是給你兩個中國姑娘，而是給你四個越南姑娘陪你呢？」明亮問：「為了讓你們美國人過上東方的天堂生活，我再專門給你們建個越南式的歡樂賭城呢？」

——「凡是你們工程師以上的技術人員，在越南城招姑娘一律免費，賭博輸掉多少錢，炸裂政府全都會買單。」

——「我下個檔，讓所有的炸裂人，見了你們美國人都點頭哈腰行不行？」

「走！」明亮最後說：「我現在就讓你回到四十年前的越南去。」說話間，他寫了一張條子，讓人立刻送出去。過一會，就帶著那多半在越南打過仗的美國企業老兵朝著縣政府的外邊走。過了幾條馬路，到了一道新大街，整個縣城的牆壁上，因為縣長的紙條而都被塗上了南方森林綠，畫滿了越南的河流和棕櫚樹。來往走動的耙耬男人們，全都穿了四十年前越南人穿的粗布白褂子，肥腿大褲子。女人們又一律穿著土織布裙衣和布衫，頭上戴著竹編尖頂的遮陽帽，揹著竹簍走動著。在路邊賣菜的、賣肉的，賣法式麵包的，也都搭了越南、雲南街頭的鋪棚子。整個的一條大街上，和四十年前越南城市的街景一模樣。就連蹬著三輪車和推著獨輪車的人，也都是越南式的三輪高輪車和木輪獨輪車。從那些美國人的驚愕中，迎面走來了幾十個全都穿著越南村服、又說又笑的粑耬姑娘們，她們司空見怪了混在越南的美國人。在那一片美國老兵的木呆裡，望望他們也就過去了，如同見了鄰居般。

「這中間有你當年在越南遇到的姑娘嗎？」明亮問那總裁老兵道。

又有十幾個越南姑娘走過來，美國人又站在路邊盯著那些姑娘們找著和看著。

當第七撥越南姑娘走過去，第八撥走來的還是第一撥過去的越南姑娘時，他們剛好到了城郊的一個村落裡。那村落完全是一場美越戰爭剛剛結束的悲劇和風光。被美軍飛機炸倒的房屋，正在燃燒的牛棚，橫在稻田邊上還能呼吸的死屍和坐在房倒屋塌的院子裡的老婦。那老婦衣衫襤褸，頭髮枯白，看見走來的美國人，目光中充滿著驚恐和不安，牙齒哆嗦出很響的聲音來。那些美國老兵企業家，到這戰後的村頭站住不走了。最前邊的大肚子，臉上有了猶豫和回憶。從天空傳來的美軍直升機起飛還是降落的轟鳴旋轉聲，把他的目光從那老婦的院落引到了東邊去。那兒是一條堆滿鵝卵石的越南河，人工設造的熱帶叢林中，還有從戰爭中活下來的蛇在畫布的椰子樹上爬動著。河水的流淌聲，因為寂靜響得如遙遠不息的槍聲般。

美國人來到這河邊站住了。

孤獨的鷹從火烤似的天空掠過去。

當他們在熾熱的天空下，個個口乾舌燥，想要在那白嘩嘩的河邊蹲下喝水時，一個好奇的越南男孩從一座冒煙的房屋跑出來，隨即一聲轟隆的巨響，那個少年天真的孩子，踩在了地雷上。有條兒童的膠胳膊，精妙準確的飛過來，落在了正彎腰掬水的美國人的面前去。

一片河水迅速成了血紅色。那在河邊喝水的美國人，臉上驚出了一層汗，慌忙從河邊退回到了人群裡。

接下來，他們從河邊逆水而行，縣長孔明亮像越南戰爭中為美國兵引路的一個越南農民樣，一會河東、一會河西，一會鑽過一片用塑膠泡沫、鐵絲、顏料組成的綠叢林，一會又回到河面只有繩索沒有木板的吊橋上，最後在橋頭縣長站住了。他們眼前出現了一座越南小鎮子。那鎮上有美國的軍營，也有越南人的餐廳和咖啡屋，還有專供從戰場上下來的美國兵娛樂的歌廳和妓院。妓院邊上就是啤酒屋和那時美國軍人最愛的輪盤生死賭。有很多穿著美國軍服的炸裂男人們，在越南的街上走來走去，東瞅瞅，西看看，眼裡滿是尋找渴望的光。有幾個被炸裂從廣西找來的形似越南姑娘的廣西女，皮膚淺黃，鼻梁塌陷，可高出的額門和深陷的眼窩裡，卻散射著招人喜愛的媚眼和狐光。她們穿戴薄透，坐在妓院的門口又說又笑，及至看到那些真的美國人到了街頭時，她們向他們笑著招著手，就這時，有一個十六、七歲的越南少女，從那一堆妓女中間擠了出來了，他盯著那群美國人中的大肚子，怯怯地站在他面前，有些挑逗，又有些羞澀地望著他，這時有兩個年長的妓女跟在少女的後邊走過來。她們說：

「長官，打仗辛苦了，到我們這兒娛樂娛樂吧。」

她們摸著那小巧少女的頭和肩：

「她還不到十七歲，你們從美國來到東方，我們東方人是最講究新鮮的——最講究處女開苞的第一夜。」

她們把那不到十七歲的廣西少女推到高大的美國人的肚皮下：

「戰爭殘酷，生死未卜，今天你享受了這姑娘，明天到了戰場上，就是死了也少了遺憾呢。」

美國人就這樣跟著那些姑娘分散著，彼此走進了寫著「怡紅院」的院落去。那個羞怯年幼的少女，領著大肚朝妓院最裡的一間房裡走。他們進屋、關門，推開越南式的小窗戶，打開掛在牆上的越式搖頭電風扇，如此過了半個小時後，整個越南小鎮上槍聲大作了。待那些美國老兵從各個屋裡衝出來，越南的游擊隊和美國軍營裡的軍人正在鎮街上開槍交戰，雙方射擊。有幾具死去的美國士兵的死屍，被越南游擊隊掛在街頭的柳樹上。待游擊隊從小鎮中心撤走後，美國軍隊從軍營衝出來，對小鎮進行了清洗和搜索，打死個越南人像殺死一隻雞。結果到黃昏降臨時，整條街上都是堆著越南人的死屍和殘肢，血像河水樣追著美國企業老兵的腳步流。他們從妓院門口退到啤酒屋，可從妓院門前流來的血，又追著他們到了啤酒屋的房檐下。從啤酒屋內裡流出來的被美國人砍頭斷肢、帶著泡沫的越南人的紅血漿，一直在後邊追著他們的腳後跟。他們從啤酒屋又退到一家法式麵包店，可那從啤酒屋、妓院和麵包店流出來的血，又追著他們，使他們退到小鎮街頭的一片廣場上。然在那廣場上，左邊右邊，前邊後邊，又到處都是從鎮裡清理出來的被美軍殺死的越南人的屍體與殘肢，老的少的，男男女女，屍橫遍野，有頭戴鋼盔的美軍士兵正逼著越南的男人拖著各種各樣的死屍在廣場整齊地擺放和疊砌，準備掩埋和焚燒。地上的爛肉血跡如下過雨的水和泥。為了逃離這些死屍和血跡，那些美國人從小鎮後邊繞到了長滿竹子的一座山坡上，剛要坐下喘息和回憶一下剛才到底都發生了啥兒事，就看到成百上千的越南人，從竹林裡邊跑出來，到他們面前跪下來，不約而同地大喚著：

「你們殺了我們那麼多的人，你們到我們這兒投資吧！到我們這兒投資吧！」

隨後不知從哪出來了一批又一批的越南男人和女人，老人和孩子，他們一片片地跪下來，哭著求著喚：「四十年前的恩怨過去了，你們把汽車城、電子城的基地就落戶到我們這兒吧。只有投資在這兒，那些死去的越南人們才不會記恨你們的燒殺和侵略。」

他們喚：「為了良知就讓你們的錢在這兒扎根吧。」

他們許諾著：「你們在這兒開工廠、辦企業，我們會把最好的法式麵包烤給你們吃，會把最好的越南咖啡燒給你們喝。」

他們磕著頭：「讓你們投資在這兒，不光是為了我們，也是為了你們美國呀。我們每家都有被你們美軍殺死的人，每家屋裡的桌子上，神像下死者的牌位上，都寫著被你們殺死的我們的祖先和兄弟姊妹們的名。如果你們在這兒投資了，幫助我們富裕了，這些罪孽你們也就在上帝面前還清了。如果你們到別的地方投資了，你們的良心將終生不安，死後靈魂都升不到天堂去。」

最後就在落日的夕陽中，雲集來了數千數千的炸裂人，全都穿著越南服裝，抬著被美軍炸死和射擊槍殺的死屍，抱著在戰爭中死去的兒童，齊齊整整跪下來，向那些美國企業家們大聲地勸導哭求道：

「為了你們的良知，你們就在我們這兒投資吧！」

「為了你們的公義與上帝，讓你們的錢就在我們這兒扎根吧！」

天就黑下來。

當天夜裡美國企業的老兵們，就給炸裂簽下了上百億美元的投資合同書。就決定為了他們民族的內心的良知，要把美國的汽車製造城，電子產品總公司和千奇百怪的一些製造業，都落戶到炸裂城裡和四圍邊地裡。

3

明耀的辦公室布置得勝過一個將軍的作戰室。有整整大半層樓的門道被他封住了，只留中間一門出入著，這就是他的浩瀚辦公室。在這塊浩瀚的室內裡，進門靠裡是一個全銅製作的直徑兩米的地球儀，地球儀邊上擺了兩個平均都有十平米的全球沙盤圖。東邊的沙盤是東半球，西邊的沙盤是西半球。在東半球的沙盤上，中國是由日紅色突出出來的，日本是用喪黑色突兀出來的，其餘如韓國、朝鮮、越南、泰國、柬埔寨，則根據它的國家性質、軍事實力、富裕程度、可重視程度表示著不同的顏色和基調。凡社會主義國家的，基色都為朝陽紅。凡資本主義國家的，基色都為喪葬黑。但在社會主義中，朝鮮的紅色含著黃，顯得淺薄和透著孩子氣，越南的紅色為淡紅，紅裡還有柴灰禾，顯著紅的貧窮和寡淡。而在那西半球，歐洲的俄羅斯是一種紅黑混合的雜交色，法國、英國和德國，雖然色調都為喪黑色，但在那黑色中，因為法國和中國的關係溫文爾雅，明耀就把沙盤上的黑色法國塗成了亮黑色，彷彿這個國家有著一層火光和法力。新德國是由東德、西德合併的，資本主義的肌體裡有了社會主義的血，明耀就把漆黑的德國顏色調成有別俄羅斯的黑紅色。英國自把香港交還中國後，明亮總能從報紙、電視上聽到英國人在中國背後說些中國的風涼話，也就把英國的黑色中，又加了一層孝白色，使整個英國的沙盤都如一個黑白分明的葬禮隊伍樣。

在拉美，古巴和委內瑞拉是紅色，其餘的都是冬灰或秋黃。在中東和非洲，反美的都是淺紅、淡紅或粉紅，親美的都是黑色、灰色或者黑白和灰白。世界是以中國紅和美國黑大致在沙盤上分色調配的。明耀每天都在根據這些國家的變化在沙盤上修改著各國的顏色和基調。在他的辦公區域裡，沙盤地圖上除了定期用雞毛撣子來拂塵掃灰的衛生人員外，其餘別人誰都不得走進去。他在這樓屋裡裝了電視，訂了與軍事、國家、政治相關的各種報紙和雜誌，使自己每天都在這屋裡看報紙、翻雜誌、聽新聞，捕捉分辨著中國在國際關係中的各種資訊與聯絡，以此修正著每個國家沙盤上的顏色和那個國家的沙盤邊界線，在那些國家的國土上，不斷地插著各種紅旗、黑旗和小白旗。

這一年，明耀很少想起過煙雲一般女人的事，他自春天的四月一日起，把自己關在了軍事沙盤室，除了飯時有人敲門把茶飯送到沙盤室的門口上，除了二嫂連續兩天過來敲不開門時往屋裡塞了兩封信，別的誰都不能、也不曾接近過沙盤室。四月一日與中國的南斯拉夫大使館被炸那天一模樣，黑暗沉重，天象如日蝕還又布滿烏雲雨。這一天美國的EP-3偵察飛機和中國的殲-8II飛機在南海上空相撞了。中國的飛機攔腰折斷，墜毀在了大海上，那叫王偉的飛行員，跳傘以後失蹤亡烈了。而美國的飛機只有一些擦傷，還未經允許就落在了中國南部的米蘭軍用機場上。聽到這樁消息時，明耀正在沙盤的西半球上猶豫著，是否該在義大利的沙盤上再插一個小白旗，因為他們的總理在競選時，為了選票竟把中國扯進去，說中國在上世紀的社會主義建設高潮中，為了積肥曾把餓屍者的死體埋在草中土中作為糧食增產的農家肥。明耀決然不相信歷史會像腐爛的書紙樣埋著這種事。他對義大利好奇而陌生，正不知該給這個惡毒攻擊中國的國家的沙盤上插兩面白旗、還是三面白旗以示懲戒和處罰時，他身後牆上掛的亞洲區的中國地圖突然嘩嘩嘩啦響起來，有風勁吹樣，而鄰國越南、日本、朝鮮、韓國、印度的地圖則一絲不動著。

他知道有事情砰然發生了。

打開電視機，轟隆一下看到了中美飛機在南海上空相撞那新聞後，猛地從沙發上彈起來，呆僵片刻，就把沙盤作戰室的屋門關起來，除了送飯的，再也不允許任何人敲門進來了。沒人知道他在那沙盤屋裡做什麼。更沒人知道他在那屋裡想啥兒。就是他每天訂的十幾份必送、必讀的軍事報紙也只能從門縫塞進去。到了第七天，到了第八天，二嫂兩天三次來敲來喚他的門，最後敲喚不開就從門縫塞了兩封一模樣的信，信上都是殷殷寫著這樣幾句話：

明耀，我的三弟：

自你回到炸裂後，我每天每夜都在想，只有你、我和你二哥三個人捆在一塊兒，我們才能做成大事情，才能做成比天比地都大的事情來。而能把我們三個捆在一塊的，只有你明耀。只有你明耀可以說動你二哥，趕走他身邊那些妖七鬼八的人……

沒人知道這封信明耀看沒有，看後他有怎樣的態度和變化，或者他壓根就沒看這兩封信。把第二封信塞進去後二嫂又返身站在沙盤室的門口上，隔著門大聲地喚了幾句話。

——「明耀，你看看那信開開門，讓二嫂和你說上幾句話！」

——「你開門嫂子只和你說上兩句話！」

——「三弟啊，不開門你看看那信行不行?!」

這時候，明耀從他的門裡回了句話。回了一句讓門外所有的人都聽後驚顫死寂的話。「都他媽的給我滾——在國難當頭國家又萬般無奈時，誰敢再來煩我就別怪我對他（她）不客氣！——都他媽給我滾！」在這句回喚後，那門外的走廊上，就再也沒了腳步聲和說話聲。二嫂便在那驚顫的寂靜中，瞪著眼嘟囔了一句話：「我仁至義盡了，對你們孔家仁至義盡了。」然後待一會，默默轉身走掉了。可在走去時，她的眼中含著兩滴水晶似的淚。

在接下來的日子裡，那走廊和整整一層樓，都靜得和墓室一模樣，可到了第十天，有人悄悄把一份來自縣上的文件從門縫塞進去，這房墓地才有了響動和轉機。那份檔是美國的汽車業最終決定到炸裂落戶後，第一批美國老兵的企業高層從美國帶著巨額資金來到炸裂住下的第二天，由縣長簽署下發的——所有的炸裂人，在路上見到在炸裂投資、旅遊的外國人，都必須首先點頭說「你好！」，必須彎腰九十度向他們鞠躬並閃到路邊上，讓他們走在路中央，以體現禮儀之邦的國度之文明。那檔從門縫進去不到三分鐘，明耀就嘩的一下把總是鎖死的屋門從裡邊闊圓打開了。門外所有的人，就看見把自己在全球沙盤屋裡關了十天的總經理孔明耀，眼窩深陷如兩眼枯井般，而嫂子塞進去的那兩封信，被扔在窗台上，像扔掉兩個抽完菸的紙菸盒，而剛剛塞進去的縣裡的那文件，卻被他嘩嘩撕碎後，像雪花一樣落在西半球的沙盤旁，就連美國的國土和太平洋，都飄著那份文件的紙屑和他開口破罵的唾沫雨。

他是手裡提著衣服大步離開沙盤屋子的。他走後有人小心地進去收拾滿地扔的碗筷、盤子和茶杯時，看到西半球的美國沙盤實圖上，原來漆黑的沙盤色，被明耀全部又用雪白的孝色畫漆塗著了。偌大的美國的山脈、沙漠、平原和城市，紐約、華盛頓、舊金山和西雅圖，還有俄亥俄和邁阿密，所有的地方都是中國式的死亡孝白色。而那些孝白上，美國的每個城市，每片土地、每一畝的林地上，都寫著中國棺材上才有的「祭」字和「奠」字。

公司那些來自四面八方當過兵的人——曾經給少將當過公務員，給中將、上將站過崗的退伍兵，他們依著職責把沙盤屋裡的盤子、筷子和發酸的食物、紙屑收拾後，知道將要有重大事件發生了，回去就把他們鎖在箱裡的軍裝、軍帽、鞋子和武裝帶全部清理出來，放在了桌上、床頭準備著。

明耀衝向縣政府的辦公大樓時，電梯門慢開了一步，他就朝電梯猛踹了三腳。走廊上內開的一扇窗戶碰了他一下，他把那扇窗戶的玻璃給砸了。直到衝進縣長的辦公室，看見哥哥孔明亮正在和幾個人研究今後讓美國的投資商人怎樣在炸裂快活和掙錢，讓他們像魚餌樣引來所有歐洲、亞洲富國的鉅賈都到炸裂投資的事，他衝進去把會議桌朝上掀一下，沒有掀翻就抓起桌上大家喝茶的杯子全都摔到地上去。杯子裡的水和泡熟的茶葉們，汪汪洋洋在地面上。那些四處炸落在水裡的瓷片如孤立在海中的島一樣。「你竟可以在這時候下檔讓炸裂人見了外國人都要低頭和哈腰、讓路和鞠躬。」明耀吼叫著：「你這是叛徒、漢奸、奴相你知道不知道?!」

明耀又一腳把沒有摔碎的一個茶杯蓋子踢飛起來砸在對面牆壁上：「中國飛機被入侵的美國飛機撞斷了，飛行員落在海裡淹死了，上邊對此除了口頭抗議而萬般無奈時你們還在這兒研究讓美國老兵們在炸裂如何高興和掙錢——孔明亮——你要不是我親哥，我現在就把你從這樓上推到這樓下活活摔成泥漿和柿餅！」

明耀一把衝到哥哥的辦公桌前，抓住他的胸衣想要把他提起來：「你現在就派人把那份檔收回來，不收回文件我馬上帶著人馬來炸掉縣政府，炸掉你的辦公室！」

當明亮一把將弟弟明耀從自己面前推開時，還又朝弟弟的臉上摑了一耳光：「經濟是國家第一大事你懂不懂？」他朝著弟弟吼：「告訴你，我說一句話——一份檔發下去，你的礦企總公司就會垮掉就有人去沒收你所有的財產封你所有的帳！」

明亮氣得坐在自己的椅子上：「想和你哥哥比試比試嗎？看看是你哥能把你搞垮還是你能把你哥從縣長的位置上拉下來？」

「別忘了！」明亮拍了一下桌子吼：「沒有你哥的今天，你孔明耀在炸裂啥兒都不是！」

當所有的人都識趣地從縣長和他弟弟的爭吵中退出去，屋子裡只還有他們弟兄的憤怒和對峙時，縣長朝他弟弟冷笑笑：「把心思用在掙錢上，你那幾個錢能幹啥兒事？能買一個航母嗎？能買顆原子彈放在炸裂，想朝美國發射就朝美國發射嗎？你哥以一個縣長的名譽告訴你，炸裂窮得很。炸裂真的富了，你哥能坐到省長的位置上。中國窮得很，中國真的富了，中國能把美國總統的位置買下來。」

「回去吧，」明亮彈彈飛濺到自己身上的水珠和茶葉：「你該好好談個對象結個婚，連女人都不想，你這輩子能愛啥兒能做成啥兒大事情？」

從哥哥的辦公室裡出來前，明耀用鼻子朝哥哥哼一下：「你不收回你讓炸裂人在美國人和所有外國人面前點頭哈腰的檔是不是？」明耀直強地問著宣布說：「那我就去替你收回了——我和那些到炸裂投資的美國人不說一句話，就能讓他們從炸裂滾回老家去！」說完這些後，明耀從縣政府的辦公大樓退將出去了。平南的日光照進走廊裡，呈著金色把快步回走的明耀照得通體發亮，如一柱急射出去的砲彈般。他的臉是銅黃色。因為銅黃卻越發在日光中閃著彈色光亮了。本來是因為，不知道該怎樣應對美國軍機撞斷中國飛機的事，才要衝進縣政府大發邪火的。可現在，和哥的一頓爭吵和對罵，他突然成竹在胸了，知道該怎樣應對美國的這樁入侵撞機了。從縣政府的大院退出來，他幾乎是跑將出來的，到了大街上，他不顧一切地沿著人行道朝著公司跑，忘了他來時是坐著轎車到的縣政府，忘了司機和車都還在停車場上等著他。

四十分鐘後，明耀跑步回到礦企總公司樓後的空地上——那兒是並行躺就的三個籃球場——他的人馬——軍隊——民兵——那些從軍隊退伍回來又被他高薪招回來的人，都已如他料想的樣，在那兒緊急集合等著了。人馬們在部隊是士兵、班長、排長、連長和營長，他們到了炸裂最有錢的礦企總公司，經歷著半軍營、半地方的特殊生活和工作，隨時等待著有大事發生時明耀的召喚和招募，現在美國軍機把中國飛機撞斷在了南海上，美國的飛機還不經允許就降落在了中國領土上，他們知道他們必有事情要做了。他們為等這要做的事情整整等到第十天，終於等到明耀從他的沙盤室裡走出來，又從縣政府的大樓跑回來。

縣城的大街上，還一如往日的車水馬龍著，買菜賣菜的，還在搞著價。工廠公司裡，也都還在日常地上班和下班。但在礦企總公司的高樓後，用磚牆高高圍起的院落裡，有三個加強營的民兵都穿著軍裝集合起來了。他們以連為單位，筆直齊整的站滿了三個籃球場，被任命為營長、連長的那些人，有的原在軍隊就是連排長，有的是後來被明耀重新任命為各級軍官的。他們被負責軍事訓練的一個副團長緊急集合後，由他做了令人沸騰的動員和報告，還組織所有的人，看了被重新剪輯起來的這十天內所有有關中美軍機相撞的新聞和畫面，最後明耀就從縣政府那兒急匆匆的趕回了。原來在部隊是營長的副團長，看見明耀朝操場這邊大汗淋漓著，他挺胸提拳，跑步上前，立正敬禮後，向明耀大聲報告說，軍隊全部集合完畢，正在等候命令！然後明耀在操場一角擦了一把汗，把一手窩的汗珠摔在地面上，穩下來，長長吸了一口氣，朝他的兵力和兵團看一眼，沉默一會兒，等呼吸平穩後，才節奏慢慢地朝部隊正前的一個木台走上去。那木台有一間房子大，五個台階一米高，不用時就拖到球場一邊用帆布遮起來，需要時就拖出來鋪上紅地毯。

現在那木台被抬到了三個籃球場的正中間，鋪上去的地毯在正午的日光裡，發著火焰騰騰的光。明耀拾級而上，走上那台子時，有一股滾燙的血流從那台子上湧進他的脈管裡，又湍急湍急朝著他的頭上湧。及至他剛從那台上站定半轉身，台下千餘（準）士兵同時立正挺胸，向他致軍禮——他們立定挺胸時，帶起的風聲和敬禮時手起手落的刷刷聲，像一道一道的閃電樣從明耀的眼前劃過去。這就讓明耀的渾身血噴血流了，從頭至腳都燃燒起來了。他朝台下的人馬看一眼，運足了氣力對著台下大喚道：

「同志們好！」

台下的軍馬千人一嗓吼：「首——長——好！」

明耀喚：「同志們辛苦啦！」

台下的人齊聲大嗓地吼：「為人民服務！」

明耀問：「大家知道最近發生了什麼事情嗎？」

台下的人振臂高呼著：「打倒美帝國主義，讓美國人從炸裂滾回去！」

明耀就對台下的軍隊大聲動員道，養兵千日，用兵一時。但用兵一時，不是向美國人開槍開砲和宣戰，而是以我之窮，治他之富；以我之弱，治他之強；以我之智，治他之愚；以我炸裂的一域之聲威，治他全美的傲慢和狂然。就在這外面一切如常的平靜裡，明耀陰陽頓挫地講了三十分鐘話，如同給他的兵團上了一堂軍事戰略課，最後讓部隊解散回去等命令，而把正連以上的幹部（經理）召集到他的沙盤作戰室，又開了一個軍事戰略會，最後在會上統一了三點關於最近一段時間的戰略與原則：

一、等待時機，嚴守機密；

二、以柔克剛，出奇制勝；

三、不達目的，誓不甘休。

兩天後，縣長去市裡開會時，讓美國和美國人感到愕然的事情發生了。到炸裂投資汽車城的那些美國老兵企業家，他們都住在城郊河邊的仿歐別墅區。一條寬有二百米的人工湖河從那別墅區裡灘過去，把兩岸的空氣洗得比城裡潤白著。北方的榆樹上，都開著南方的木棉花。槐樹花兒大又紅，和香港深圳才有的鳳凰樹花樣。原來本是當地的蒿草、茅草和狗尾巴，眼下在四月的仲春裡，都長成了越南盛夏的荊叢灌木林。別墅區裡栽的柿樹、蘋果樹，都已經結出了芒果和椰子。就在這果林的空地上，中心花園裡，四月十日還是花開果香的樣，可到了四月十一日，那些第一批入住進來的美國佬，亂完通宵的夜生活，來日十點以後醒來時，推開窗子看見花園廣場的空地上，豎起了一座用白色的帳布搭起的兩層樓房似的帳布屋。從那帳布屋的頂中間，有一管帶著鐵鏽的煙囪伸進半空裡，而那帳屋正對著美國佬住的別墅群的正面屋頂上，寫著英文字母CREMATORIUM（火葬場）的一行字，就在這殯儀館的大字下，停了分別寫著美國總統克林頓、老婆希拉蕊、女兒切爾西和國防部長鮑威爾和他老婆阿爾瑪•鮑威爾及國會參議院、眾議院院長和那架EP-3偵察機的機長和飛行員的十二具真人屍體群。那些屍體上都蓋著生白布，白布上用英文寫著他們每個人的名。在這屍群後，是全部穿了軍裝的明耀的人馬站立著。他們一臉肅靜，齊齊整整以方塊隊形威武在花園裡，把那些花草踩在腳下邊。美國佬們不知道他們是啥兒時候出現在花園的，也不知道他們是在昨夜的幾點建起了那個簡易殯儀館，並在殯儀館裡豎起了真的焚屍樓。當第一個美國佬發現窗下的異景時，有一個年輕的軍人把掛在殯儀館門前的美國國旗扯下了。第二個美國佬驚奇的推開門窗時，又有個士兵把那國旗焚燒了。當所有的美國佬都推開門窗跑出來站到殯儀館的門前時，明耀身著師長服，腳穿黑皮鞋，腰上紮著鮮紅的牛皮武裝帶，從一片軍人的正前走出來，朝跑出門來的美國佬們望了望，朝他們敬了禮，然後一招手，有兩個軍人抬著一具死屍的擔架走來了。

幾十個美國人全都驚著目光站在殯儀館的正對面。明耀把那蓋著死屍的白布在那群美國人前慢慢揭開來，白布下邊露出的是一具被整容化裝過的真屍體，那屍體高大紅黃，穿著西裝，短髮濃眉，臉龐和克林頓長得一模樣，就是從脖子下流出來的紅領帶，也是克林頓最愛繫的那一款。所有的美國人，這時都呆若木雞了，站在最前的美國老兵企業家，最初看到克林頓的屍體那一刻，他的雙胳膊在空中頓一下，驚得朝後退一步，身子晃了晃，似乎想要倒下去，可又被身邊的兩個美國同行扶著了。之後他的臉上顯出了一層僵硬奇怪的笑，及至把克林頓的屍體抬到一邊去，又把他夫人希拉蕊的屍體抬過來；把希拉蕊的屍體抬過去，把他女兒切爾西的屍體抬過來，直到最後把開那架EP-3偵察機駕駛員的屍體抬過來，都是慢慢地掀起生白布，如脫去一件衣服樣，讓美國佬們看到那被整過容的每一個人——死屍都和充演的美國真人一模樣。到這兒，焚屍火化開始了。殯儀館裡的工作人員，接通電源往焚屍爐的油道澆上一桶油，把始終排在死屍之首的克林頓的屍體從擔架上抬到焚屍車上去，接著讓那站成一排的美國人，都又最後看了一眼克林頓，就緩緩把那屍體推進了殯儀館。殯儀館的大門被全部打開來，像一道庫門那樣敞開著。焚屍爐的屍道口，正對著呆在門外的美國人。身穿白色工作服的兩個焚屍員，一個在明耀的目光中，按下了爐口邊的電鈕後，焚爐的火道轟的一響，電爐中噴起的柴油火，一下塞滿了爐的胸膛和火場。熱浪從那爐口湧出來，推了一下爐外和殯儀館門口所有的人。接下來，另一個焚屍員不慌不忙把克林頓的屍體推進了爐灶內，把那一寸厚的焚爐鐵門關上了。

殯儀館的上空有一團一團的日光雲，它們在晴天移動著，使殯儀館周圍的軍隊、人馬和門前的美國佬，一會站在雲彩下，有一陣一陣的涼風吹過來，又一會站在午時的暖陽裡，從火化爐中過來的熱浪帶著油味和烤骨燒肉的焦燎味，拂過來停歇一會吹過去。

焚燒美國總統克林頓、夫人希拉蕊、國務卿鮑威爾和駕機員等十二具真屍的消息，像冰雹樣砸在炸裂城的各個角落裡，不一刻的工夫間，從城裡湧來的市民和郊區捲來的農民們，就把別墅區團團圍住了。為了不使現場和儀式混亂和意外，明耀的人馬手拉手把殯儀館圍出一道人牆來，那些來圍觀看熱鬧的人，大聲吵鬧著，看不見就爬到公園的假山上，攀上各種各樣的花木、果樹和專供外國人居住的別墅房頂上。

有人在組織著喚口號，「打倒美帝國主義！」「讓美國佬從炸裂滾出去！」的高呼聲，先是凌亂陣陣，後來很快就整齊畫一了，如成千上萬的百姓都成了軍人樣。可就在這口號喚到高潮時，又突然靜下來，只留下一片屏住的呼吸和張望。三十分鐘過去後，焚屍爐的開關又被按下了。柴油的噴口閉了嘴，熊熊的火焰突然熄下來。克林頓的屍體已經焚完將要出爐了。有一個穿著白大褂的軍人從旁邊抱出了一個大理石的骨灰盒。骨灰盒的蓋子上，寫著中文、英文克林頓的名，還鑲著一張克林頓的標準像。那個士兵把骨灰盒打開給美國商人們看了看，讓他們見證了那骨灰盒的材質和工藝的上好與精美，然後到焚爐後邊的屍粉口，兩個焚屍員一個在口下端一個木箱子，另一個用鐵絲掃帚和焚屍專用小鐵鏟，去那爐裡鏟著掃著剛剛焚完的克林頓的屍，掃完後又把木箱從爐後端到殯儀館的門外邊，當著美國人的面，把那些屍灰倒到克林頓的骨灰盒裡去。

有兩根沒有燒透的克林頓的大腿骨和後脊柱，因為太長裝不進骨灰盒，焚屍員看看站在邊上的明耀問：「咋辦呢？」

「砸！」明耀回頭說。

焚屍員就拿起準備好的小鐵錘，在克林頓的大腿骨和脊柱骨上砰砰砰地砸起來。飛起來的骨頭碴兒全都落到了美國人的臉上和身上，且焚屍員還一邊砸著一邊罵：「我讓你轟炸我們大使館！」「我讓你們飛機撞飛機！」直到把那些大骨頭砸成細末粉，連土帶碴地從地上捧起丟到骨灰盒裡去。

接下來開始焚燒克林頓的夫人希拉蕊的屍體了。開始焚燒她女兒切爾西的屍體了，直到焚燒最後那具撞機駕駛員的屍體前，程式都是一樣的，讓美國人看屍、告別、入爐、關門和點火，最後是屍粉入盒和砸骨頭。但到了焚燒駕駛員的屍體時，剛一點著火，焚屍員就出來向明耀報告說：「柴油不夠了。」「那就用電燒。」在焚屍爐中如果油嘴不再噴油，屍肉就只能用電爐烤焦和燃燒，人骨也只能用高溫爐盤烤成灰。可這具駕機員的屍，沒人知道焚屍員是怎樣燒烤的，肉都成灰了，可所有的骨頭都還完整地焦黃黑白著。那些頭骨、腰骨、腿骨、趾骨和胳膊，如一堆沒有燒完的柴棒樣，從爐裡剷出來，倒在那些美國老兵商人的面前一堆兒。所有明耀的人馬排成隊，大家戴著手套，每個士兵輪流都到那骨頭面前用力砸一錘，說上一句話，然後走去讓後邊的士兵走上來，撿起一塊頭骨或者腰脊骨，放在一塊磚石上，拿起鐵錘穩準狠地砸下去，嘴裡又說一句很解恨的話：

「我看你以後還撞中國飛機嗎？」

又一錘。

「和平與好戰，選擇都由你！」

再一錘。

「世界是你們美國的，也是我們中國的。」

還一錘。

「在戰爭與和平的立場上，我們中國是最愛和平的！」

終於就把那駕機員渾身的骨頭砸成豆豆粒粒了，一碴不剩地裝進骨灰盒。太陽正南了很久一會兒，觀看最後碎骨那一幕時，樹上、房上的人群都在喚：「讓我也砸美國一錘子！」「讓我也砸美國一錘子！」而把那最後的第十二個骨灰盒裝好抱起放在邊上時，山山海海的炸裂人的喚聲又一次息下來，人群在等著下一步的莊嚴和舉措。就在這片刻的安靜中，突然從殯儀館那兒傳出了中國的國歌聲，莊嚴得如太陽升起樣。在這聲音裡，有十二個都是一米八零高的士兵從殯儀館的一側正步走出來，他們到那骨灰盒前收步、立正，每人抱起一個骨灰盒，又正步走到那一片美國人的面前去。這時候，中國的國歌剛好播完停下來，又響起美國的國歌來。那歌聲平常得和落日一模樣，可那些美國人，在聽到他們的國歌時，臉上都有了生硬和肅靜，有了等待和驚奇。就在這驚奇的等待中，第一個中國士兵把克林頓的骨灰手捧黃金樣遞給他們了。第二個士兵把希拉蕊的骨灰遞給他們了。所有的士兵都把自己抱著的骨灰盒遞給了面前的美國人。那些美國人，很機械的接了骨灰盒，臉上不是顯著怪笑就是僵硬著不知道發生了啥兒的蒼黃色。他們呆在那，抱著他們總統一家人和國務卿鮑威爾及其他美國政客和軍人的骨灰盒，聽著孔明耀在他們面前宣讀的題為〈傲慢必定死亡〉的聲明信，告知他們中國是渴望和平的，但不是任人欺負的；炸裂人是追求民主富裕的，但不是任人欺汙欺騙的；來炸裂經商是要公平、公義、禮貌的，如果對炸裂人失去禮貌和禮儀，這些焚屍和骨灰，就是你們的結局和你們掙到的黃金、美鈔和人民幣。

到這兒，明耀帶著他的人馬返回了。

他料定這些美國佬端著他們總統一家人的骨灰回到別墅的第一樁事，就是撤資返回買機票。離開那些如看了一場演出般的美國佬，明耀一招手，人馬就去拆卸殯儀館的建築了。又招了一下手，軍隊人馬就又集合成原來的隊形，依次離開了炸裂的經濟開發區。

所有的軍人、市民、農民在那落日中，和美國人分手告別時，都是舉著拳頭大喚道：「我們勝利啦——你們滾回老家吧！」「我們把你們總統一家滅掉啦——你們滾回到你們美國吧！」然後別墅區那裡就一片安靜著。除了那些被踩倒的花和草，樹上掛的炸裂人忘在那兒的圍巾、鞋子和在別墅的房坡上扔的擦鼻紙，還有殯儀館舊址上扔的沒有撿淨的克林頓、希拉蕊或者鮑威爾再或參議院、眾議院院長的腿骨頭，別的都是寧靜潔淨的。自別墅群裡流過來的河水和那邊上的一個人工湖，水面清淨泛藍，有水氣漫在天底下。而從天空飛過的鳥群們，由南向北飛來時是歸來的大雁陣，到炸裂的上空後，變成了一群哨鴿不再北去了，落在炸裂安家了。草地上的螞蚱、螞蜂也都變成眉眼蝶和娜巴環蛺蝶。世界美好起來了。美國人就那麼抱著骨灰站在花園中心的路道上，他們不知道該把那些骨灰送回美國還是安放到哪兒。說到底，畢竟是骨灰。正在彼此嘰嘰喳喳商量時，從市裡驅車趕回的縣長孔明亮，車還沒有停下來，他就下車到了美國投資商們的面前了。

——「我如果不把這些鬧事的人繩之以法，我這個縣長就辭職！」

——「你們可以相信炸裂有刁民，但不能懷疑炸裂有最好、最讓你們賺錢的投資環境和商機。」

——「把這些骨灰都給我。我不光要處理這些鬧事的刁民們，還要追查處理那些死了人就把屍體賣給鬧事者的炸裂山裡人。」

——「我說的你們信不信？不信我可以讓所有的炸裂人都來給你們美國人跪下道歉做檢討。」

從殯儀館舊址的中心花園，到美國投資商的別墅裡，從別墅再到別墅會館的會議室，孔明亮每說一句話，就有一種正開的花草枯萎蔫下來。路邊的竹子在他向美國人的道歉聲中乾葉了。會館門口的兩盆迎客松，在他的咒罵聲中花盆破裂了，盆裡的土和樹，落在地上迅速土乾根枯了。直到他和那些所有的美國人，都坐在會館的沙發上，服務員把紅酒、啤酒、咖啡倒好端過來，美國人端起紅酒、啤酒或咖啡，喝了又長長舒了一口氣，對他說我們的投資遍布全世界——我們考察過的國家占全世界國家的四分之一還要多，但沒有一個國家和民族，能做出像炸裂人這麼幽默的事。說我們在中國到過北京、上海、廣州、深圳和海南，沒有一個地方比炸裂更為民主和自由，允許人們這樣的集會和遊行，允許他們焚燒我們總統一家人的屍。他們說，到炸裂投資不僅是他們的智慧和機緣，更是上帝送給他們的一份大禮物。說不僅他們要到炸裂投資和經商，還要動員歐洲和世界上所有的兄弟國家都到中國的炸裂來。

他們說完這樣的話，臨時擺在會議桌上的十二個骨灰盒，像十二個音箱一樣響出了一陣震耳欲聾的鼓掌聲。

第十四章　輿地沿革㈡

1

當美國、日本的汽車製造商決定落戶到耙耬山脈時，新加坡的建築業，韓國的電子產品和手工小商品，還有澳大利亞的礦採業，法國的服裝和生活服務業，德國的公路、鐵路、橋梁交通總公司，義大利的服裝、皮包加工廠，西班牙的體育商品製造商和來自非洲肯亞的黑木工藝雕刻業，巴西的烤肉、咖啡和橄欖油，都紛紛地湧到了中國炸裂這個內陸城。這個城市分為東城區、西城區、老城區和高新開發區。由這四個區域組成的半山城，一夜間和其他城市連接的高速公路修通了。原來每半個小時一趟的火車道軌上，現在每三分鐘就會有一陣叮叮咣咣火車的聲響傳過來。原來二十幾里外的火車站，擴建成了同時可以停靠十八對列車，供上萬人同時進出的旅客樞紐站。而正南五十公里外的一片川地上，又專門建了南來北往，進進出出的大型火車貨運場。而城裡所有工廠和製造業的污水和有毒物，依著高人的規畫，都又通過數百米乃至上千米的井，排到了不知流到哪兒的地下河。

炸裂城每天都在擴建著，地面上有如無數拉鏈般，隨時都在拉開或闔上，扒扒挖挖，挖挖扒扒，使這一個城市從來都沒有走下過開膛破肚的手術台。城街上的中心區，專門有一條街道是供外國商人、遊人消遣、洽談、調情和扯蛋使用的。模仿歐洲小鎮建下了咖啡屋、啤酒廳、大排檔和各種中國各地的旅遊商品小商店，還有專供外國人洗腳按摩的腳屋、髮廊和捶背間。從泰國湧進來的人妖表演和印度最早進入中國的拋餅店，阿拉巴人的茶藝坊，誰都不知道他們是哪一天走進炸裂開店營業的。各種各樣的異國音樂每天都在那條街上嗡嗡啦啦播放著。他們在那條街上說英語、法語、德語和奇奇怪怪的各種語言，也在那說中文和耙耬的方言和土語。

外國佬們總是有花不完的錢。似乎他們活著的目的就是喝咖啡、喝啤酒、聽音樂和在男女調情的間隙裡，在各種各樣的合同上簽簽字，往各種各樣的世界銀行裡轉帳和匯款，然後回到炸裂的河邊別墅睡一覺，第二天重新回到這條街上來。炸裂人不知道炸裂發生了啥兒事，只是覺得炸裂忽然不是先前的那個炸裂了。剛蓋了幾年的新樓被扒掉蓋了更新更高的樓。昨天還有人唱歌、跳舞的廣場上，忽然被繩子圍起來，說要把地面的水泥地磚全拆掉，換成從澳大利亞進口的花崗岩。城市中有序的忙亂像賭盤上不停旋轉的彩輪般，人們漸漸覺得原來那個自己的炸裂不見了，炸裂成了別人——外國人的炸裂了。直到國家說炸裂的發展是中國北方發展的範例兒，從北京來的超大的人物考察炸裂時，親自敬了縣長三杯酒，說要盡快把炸裂規畫升格為炸裂市，要把縣長孔明亮升為一個市長時，孔家人和炸裂人，都已經沒有先前的驚喜了，就像那是料定早晚間的事。

倒是那被命名為「孔街」的專供外國人喝咖啡、喝啤酒、聽音樂和調情、商洽的那條街，聽說炸裂要改為市，每家外國的商店和每個外國人，都在門口掛了紅燈籠，上街時手裡都舉著小紅旗，讓一街兩岸的牆上、路面和人行道、下水道及牆角的磚縫裡，都開出了玫瑰、山茶和所有國內外的紅花、黃花和紫花，使一個世界都是被奇花異草捧起來的笑聲、碰杯聲。

炸裂市就這樣和夢一樣成立了，如夢如花一樣放開著。只是在炸裂宣布由縣改市那一天，全城都為炸裂的繁華慶賀時，朱穎把自己鎖在家裡喝悶酒、抽悶菸。她開始抽菸三年間，把縣改為市，把孔縣長變成孔市長，先是一驚，後是震怒，最後就獨自在自家院落裡，待夜深人靜時，對著天空嘶著她的血嗓喚：

「孔明亮——你會後悔的！」

「孔明亮——我會讓你後悔的！」

她沒料到縣改市會有這麼快，會順利到如汽車下坡滑行樣，稍一加油就會飛起來。

那一夜她獨自喝酒喝到半醉時，去床上盯著睡熟的兒子看，盯著盯著朝自己兒子的臉上輕輕抽了一耳光，罵著說：「都是你個小畜生，害得你爸不回這個家裡了，大事小事不和我說、不和我再商量了！」然後待兒子在熟睡中驚醒過來，伸胳膊蹬腿，哭到地動山搖時，她又把兒子抱在懷裡，呆呆坐在院落裡，直到月落星稀，兒子重又睡熟後，她臉上心中的震怒緩平了，人變得安靜一些了，也才有些無力無奈地喃喃著「我會讓你後悔的！我會讓你後悔的！」抱著兒子回到房裡去。讓兒子重又睡熟後，她便連夜朝她一年前籌建的炸裂女子職業技校奔去了，召開緊急會議要提前招生培訓特技女生了，準備和男人再有一搏了。

第十五章　文化、文物與舊史

一、現實文化史

明輝不知怎麼就當了鎮民政辦的主任了。不知怎麼就當了縣民政科的科長了。又不知怎麼就當上市民政局的局長了。當上局長那一天，千百千百的耙耬人，要把戶籍從農民改為炸裂市的居民時，隊伍從市中心的民政局，一直排隊到市外郊區間，他們拿著原為農民的戶口本，提著感謝和送禮的土特產，如花生、核桃、木耳、香菇等，臉上都掛著感激的笑，等待著那些辦公人員把他們的農民戶口收起來，再發給他們一個城市的居民戶口本和印有自己照片的身分證。「我們這就成了城裡人？」那些拿到新的戶口本的人，從民政局的大院走出來，看著那棕紅色的小本子，相互問著又相互回答著：「我們從此就他媽的不是農民了。」他們說笑著，把本子舉在空中給那些排隊還沒有領到市民戶口的農民們看，隨後就拐進街邊的飯店大吃大喝了。

為慶賀，喝得酩酊大醉了。

還有一下從農民變為城裡人的人，一激動，心臟病也就突發了，人未到醫院就死了。整整有半月，民政局都在忙著為縣改市後把成千上萬的農民戶口轉為市民戶口的事，為了防止因為喜慶突發心臟病和腦溢血，醫院的救護車就停在民政局的大院裡。如此還是因為過度興奮死了十七個人，急救過來一百二十八個人。他們就這麼，換個戶口就是市民了。就把提來感激的物品放在辦理戶口者的辦公桌邊或者交到那些負責填表、審批、蓋章人員的手裡邊。

「怎麼能不收禮？」農民們說，「我們成了城裡人，這是天大一樁事。」

「收不收？」農民們說，「你們不收我們把這些禮品摔在腳地上！」

只好就收了。

桌邊、門後、屋裡、院裡，到處堆得都是農民們為變更戶口送的土特產。菸和酒得用幾個搬運工人不停地從民政大院拉著朝民政局的倉庫裡送。有的想藉機把計畫生育超生的孩子戶口報上來，就在那菸酒的盒裡塞了很多錢。有的想把遠在深山的親戚戶口遷到炸裂市裡來，把戒指、項鏈、墜子直朝管戶口的口袋裡塞，說給你一把花生吃，給你一把葵花子你回家剝一剝，那珍物就被塞進那人口袋了。

明輝的辦公室，在民政局大院最中間，因為必須先有他的簽字你才可以領表、填表、審批、交錢和報批，最後再有他的簽字你才可以領到炸裂市的戶口和身分證，因此那屋裡堆得禮品就到了房梁上。最後禮品把他和所有工作人員的辦公桌都從屋裡擠到了院子裡，騰出那些辦公室去做禮品屋，結果還是放不下，就把那些禮品又堆到民政局的大院內，堆得香菸頂到了院裡一棵樹枝上，菸味把那棵老榆樹的枝葉熏黃了，使那榆樹有了菸癮後，很多年每天都必須剝一包香菸撒在樹下邊。不撒香菸榆葉就會焉焉捲捲死了去。院那邊和榆樹相對的是棵柿子樹，收的酒都堆在柿樹下，因為那個季節正是柿子飄紅時，那一年樹上生長的柿子全都有一股酒香味，連吃三個柿子人會醉倒在樹下邊。到了榆樹下不能再堆香菸、柿樹下不能再放各種紅酒、白酒時，明輝就不再辦公而是站在民政大院的門口上，親自把門不讓那些送禮的人走進院裡辦戶口。他站在一張高凳上，一眼望出去，看見那為辦戶口送禮的隊伍長有幾公里，彎彎曲曲繞到廣場邊，尾又擺到郊區外。

為了阻止這些送禮的人，明輝去三哥明耀那兒叫來八個年輕的士兵守在門口上，見凡是手裡提了東西的，一律不准走進民政大院內，最後事情才算消停弱下來，才沒有人再提著禮物朝那院落裡走。戶口就這麼一家一家辦，炸裂市的人口就這麼雪球一般滾大著。到了一月後，差不多依著政策那些該轉為城裡戶口的，都已經算了城裡人，這時候全城都在傳說市長孔明亮的小弟孔明輝，患有一種精神病，你給他送禮，他會把禮品扔到門外邊。把錢塞到他手裡，他會抓起那錢擲在你身上。

人都愕然了。

都知道明輝患了精神病。

有人想看看他是真的有病還是假的有病時，就在上班的時間裡，在民政局大院門口等著他，看著他走著來上班，迎著他叫了聲：「孔局長！」

他不悅地立下來：「請你別叫我局長好不好？」

是局長，卻不讓人稱他是局長，而讓人直呼他的名字孔明輝，人們就知道他真的有病了，且病得相當重。只好朝他笑笑點著頭，慌忙退走了。到了下班時，民政局的副局長們都在辦公室裡看著他步行下班走了很遠後，才敢各自從辦公室裡出來坐上自己的專車下班回家去。路上追上他，也要把車繞個彎兒躲過去。躲著那些每天都在路邊看明輝步行上下班的人群們——市長的弟弟，每天步行上班下班成了炸裂的一道景。每天八點上班前的七點半，六點下班前的五點半，市民們都會擁到局的大門口，分站在路兩邊，看這個局長有車不坐，偏要步行上下班。

有一天，看明輝步行上班的人多了，十字路口堵了車，剛好市長坐車從那過。「咋回事？」市長明亮問。司機把頭伸到窗外探探收回來：「老百姓在看明輝局長有車不坐步行上班哪。」司機笑著說：「市長，每天來這看孔局長步行上班的，比到廣場看升旗的人還多。」市長又想起當年弟兄四個半夜出門走夢那一夜，自己碰到了一枚公章後，也就成了今天的樣，明耀碰到了軍車和大砲，也就成就了今天那威武，而這最小的四弟弟，出門碰到了一隻溫順的貓，也就成了這扶不直的軟弱樣。朝車窗外邊遠望著，市長明亮沒有再說啥兒話，隔著車窗看見弟弟從十字路口對面走來了，人瘦小，也文弱，手裡提個全市幹部統一下發的黑皮包，從人群的目光中走過去，果真如一隻溫順的病貓從人群的腳下過去樣，小碎步，不說話，有人在遠處喚他「孔局長！孔局長！」，他朝那喚的人們擺擺手，便從那遠遠看他的人群中間走掉了。那些看的人，就很遺憾地說：

「真的有病了，」

「真的有了神經病。」

市長那一天望著弟弟嘆了一口氣，車從人群邊上過去了。

到了黃昏下班時，太陽柔軟地照在炸裂市。民政大院裡的榆樹、柿樹和兩架葡萄樹，因為都有了菸癮、酒癮和糖癮，哪天不在樹下餵它們一些菸、酒、糖，第二天樹葉們就會捲著落下一層兒。民政局的幹部和工作人員下班後，明輝在沒人時剝了一包香菸餵在那棵榆樹下，又把一些酒糟朝柿樹和葡萄架下倒著埋著時，市精神病院的院長走來了。他穿了白大褂，到了民政大院裡，左看看，右看看，站在明輝面前很久不說話，兩手在胸前相互扭著和搓著，像要借明輝一樣東西又一直說不出口。

「你有事？」明輝把幾顆小糖埋在葡萄架下的樹坑裡，還用腳在坑上踩踩土。

「市長讓我接你到我們醫院住幾天，徹底檢查一遍兒。」

明輝怔在那兒不說話，手裡拿了一把花糖紙。他用力把那些糖紙捏幾下，也就被院長把他接到精神病院檢查了。

二、文化變遷史

1

娘病了，明輝有三天沒上班，在家陪著娘。也不是啥兒破天大病兒，發高燒，睡時愛說昏迷話：「我到那邊了，我到那邊了。」「那邊要比這邊好，那邊要比這邊好！」可當發燒從娘的身上退去後，病好了娘從屋裡走出來，人便轟地瘦下一整圈。房子還是老房子，院子還是老院子，樹也還是那榆樹和泡桐樹，春天發芽，夏天旺綠，秋天紛紛落著葉。就連樹身上爬的螞蟻和蟲兒，都還是往日往年那些隻。往上爬時氣喘吁吁著，往下爬時一路跳著和笑著。門後牆角蛛網上的大蜘蛛，也還是多少年前這個家裡落敗時候的那隻歷史老蜘蛛。

「一定別搬家，」明亮曾經令硬說：「我就是當了皇帝你們也別搬，讓全國人到這家裡看一看，就知道我的聖潔和我們孔家的聖潔了。」

就不搬。

常住著。

炸裂村演變成了城市後，這房子就文物一樣臥在老城區。那原來還是炸裂村時街上的樹，都被釘上了樹種名稱和編號。原來廢在村胡同的一磐石碾子，人們早就忘記了，現在它又被發現和挖掘，寫進了市裡的文物志，用玻璃房子把它罩將保護起來了。原來村十字路口和路邊的墳，都被遷到後山梁的空地上——那裡是為這個城市建設獻出生命的烈士墓。市長的父親孔東德，被遷埋在那陵園上方的最中心，墳前的墓碑上，刻著八個字：城市建設的先驅者。朱穎的父親朱慶方，這個和孔東德是著冤家的人，今天和他的親家並排躺在烈士陵園裡，腳前的墓碑上，也寫著意義昂昂的五個字——先驅者之墓。

據傳說，原來炸裂還是村時所在鄉、縣的老鄉長和老縣長，現在已經是另外一個省的市長和副省長，可他們都要求死後也希望能埋在炸裂這個陵院裡。在他們的墓碑上，也都刻著如下幾個字：這個城市的先驅者！而市長孔明亮，則讓當年在炸裂村辦有新聞故事加工廠的楊葆青——而今已是市委宣傳部的楊部長，親筆給老縣長回了一封信，上寫有一天你百歲仙逝了，我會在這城市的廣場給你塑下一尊像，刻寫出「城市之父」四個字。而給也是市長的胡大軍——那個老鄉長，寫了這樣言簡意賅幾句話：

歡迎你死亡的到來，那將是我和炸裂不勝榮幸的一樁事，如果你能早日進入炸裂的陵院中，整個炸裂的人民都會為你而驕傲！

無論如何說，炸裂是這個國家的偉大城市了。

炸裂原來的一切都是現實、歷史和後人的記憶了。

炸裂的老街和新的炸裂市，也因為現實與歷史，成為兩個世界了。

東城、西城和開發區，沿河散開落座著，比鱗的高樓如各種方形樹木的彩樹林，罩在樓上的玻璃每天讓市裡的氣溫比郊野高出好幾度。而這老城區，和這個城市一樣名稱的炸裂街，除了那些到這個城市遊覽的人，已經很少有人光顧了。就連從這街上發跡出門的市長孔明亮和市裡最有錢的明耀弟兄倆，也很少再回到家裡和街上走一走。他們似乎已經忘了他們是這炸裂街的人，不到過年或母親生日那一天，一般都不再到這老宅院裡來。都忙極，事業鼎盛氾濫著。大哥明光自和老婆離婚後，又沒有將保母小翠娶到手，日後就在學校買了房，日夜住在學校了，也忘記有家了。家裡只有母親永遠守著老宅院，給明輝燒飯和洗衣，使他上班了自這家裡、街上走出去，下班了從市裡走回到這老街和家裡，直到有一天哥哥讓精神病院的院長接他去看病，繼而母親發了三天燒，他侍奉床前盡下點孝，待母親病好從屋裡走出來，像一具活的死屍到正屋桌前站立住，盯著男人的照片看了歲歲月月後，轉身對明輝說了那樣幾句話：

「我今年多大了？」娘問道，「我該去找你爹和他待在一塊了。」

「我不想再活了，」娘看著明輝說，「我這三天都看見、夢見你爹在那邊對我招著手。」

時候是在三天後的晨早間，初夏的日光曬在院落裡，山下邊城裡的樓光水波瀲瀲閃動著。娘睡了一覺後，自己穿好衣服死屍一樣從屋裡晃出來。保母正在老灶房裡給娘熱著奶。這時候，明輝起床要去上班做他局長的事，洗漱將畢間，就發現娘在這三天很家常的病好後，人不再是三天前的那個活人了，死色在她臉上罩了很厚一層兒。不知道她在這三天病裡經歷了怎樣的事，忽然成了死過又活來的人，皮膚枯乾，滿臉皺黃，站在那兒如灰紙、黃紙剪的一個老冥人。她就那麼冥在男人的照片前，拿袖子去孔東德的鏡框上邊擦著灰，自語喃喃地：「我這就去找你！我這就找你！」像孔東德在鏡子那邊等她等到急切和跺腳。

明輝聽了這話在娘的身後僵住了。

「我要去死了。」娘聽到動靜轉過身，望著明輝說：「你爹在那邊跺著雙腳叫我呢。」

「那我每天都在家裡陪你吧。」明輝想了一會說：「反正我不想再去上班了。」

娘盯著明輝半天沒說話，可她的眼睛亮了亮。

「我陪你一輩子，」明輝又說道，「我一天都不想再去局裡上班了。」

娘聽著，臉上的死黃潤有微紅了，又像一個活人了。接下來，照進屋裡的陽光亮得和鏡子樣。本來門後的牆角千百年來都沒有光亮的，這會兒，日光七折八彎著，也照到那兒了。牆角的老蜘蛛，一時適應不了日光的照，先在光亮裡怔著呆一會，後來適應那光了，就在那蛛網上歡歡欣欣舞起來，把成為舞台的蛛網掀得一閃一跳著。從門外進來的老母雞，到那蛛網下臥了一會兒，走後在那地上留下一窩五個帶著血絲的孔雀蛋。

明輝就這麼決定不再上班了，不再當他的局長了。去找大哥商量不再做那局長的事，大哥只說了一句話：「這事得跟你二哥說。」去給二哥說不再上班，不再做那局長的事，先給二哥辦公室的主任程菁預約三次後，才見到二哥說了幾句話。二哥就大動肝火了：「你這個窩囊廢，你是全市最年輕的局長你不知道嗎？」

二哥說：「娘還能活幾天？有錢有保母，把她侍奉成國母我們就盡了大孝了。」

去找三哥商量不再做那局長的事，倒是很快就見到三哥了。三哥在炸裂市外數十里遠的一條隱祕山谷中，蓋了很多簡易軍用房，在那招募了很多很多的退伍軍人和民兵，每月給他們發著薪資搞訓練。那些人身著軍裝，在一塊巨大的專門修建的水泥訓練場上舉行每月一次的閱兵式。訓練場東邊的閱兵台，是依著山勢修建的，閱兵場正在葫蘆狀的谷肚間，谷肚那邊是營房，這邊就是訓練場。八月的烈日像關在葫蘆肚裡燒著的火，從訓練場上流出來的士兵們的汗，匯在一條溝渠裡，汩汩急急地朝著谷口外面流過去。三哥明耀穿了一套將軍服，站在閱兵台上的一柄遮陽傘下邊，望著從他面前正步過去的方隊敬著禮。雄壯的軍樂聲，像蒸氣一般鼓蕩著方塊隊的腳步和胸脯。因為明輝到來了，三哥提前結束了那次例行的閱兵和訓練。明輝就站在閱兵台的邊角上，看著一個團、一個團的軍隊從他身邊撤回營房去，口號聲把他腳下閱兵台的台基震得微微顫動著抖。齊整的腳步聲，像市裡每天都響個不停的挖掘機掘著砸在地面上。待那部隊都從三哥的眼下撤去後，三哥走來朝弟弟笑一下，弟兄倆就站在閱兵台的角上說下這番話：

明輝說：「我不想當那局長了。」

明耀望著從他面前最後走過去的一個連：「喂——三連長，以後在谷口都派上六哨位，沒有我的命令誰也不能進這訓練谷！」

明輝說：「我想每天在家陪著娘，可二哥不同意。」

明耀盯看小弟明輝一會兒，用鼻子哼一下：「二哥早晚一天得聽我的話。」

「你這麼忙，」明輝望著三哥的臉，「我走吧，就不在你這兒吃飯了。」

明耀拍拍明輝的肩：「等三哥成功了，你想當軍長了當軍長，想當司令了當司令。」

從三哥的訓練谷裡走出來，明輝站在空曠的山脈上，看見身後的嶺嶺與梁梁，都在日光裡發著黃燦燦的光，而那看不見隱藏在訓練谷的三哥的軍營裡，正有一股隆隆的聲音傳過來。然而面前模糊的炸裂市，城裡的樓光泛在天空中，像一片發亮的煙霧浸在天底下。站在這聲音和樓光間，明輝猛地意識到，二哥和三哥中間有件事情將要發生了，且那事情大得和地震、火山爆發樣。想到那事情的大，明輝腳下一軟癱，蹲著坐在了山脈上，像一隻螞蟻癱在了象的腳下般，有淚從他的眼角流將出來了。

2

明輝去找嫂子朱穎談說不做局長的事。在一個新興市裡做局長，有多少人為此大賄都願意把老婆和女兒賄出去。可明輝，說不當決就不當了。天大一樁事，不能和哥們說談時，他想起嫂子朱穎來。想起他有很久沒見嫂子了。上次見還是侄兒生日時，他給侄兒買了能變成房子的樹，能變成糧食的花草棵，能孕生真的鳥雀飛向天空的塑膠彩蛋兒。在那個嫂子精心做的一桌飯菜邊，他一邊和侄兒玩耍著，一邊算著二哥自當了縣長、市長有幾年沒回家。當算清從市政府回到老城炸裂街，步行也就四十分鐘路，坐車也就十幾分鐘時，明輝有些愕然了，驚異在一個城市裡，二哥幾年間竟沒有回家看過一次嫂子和侄兒。

「我去喚他回來吧？」明輝問嫂子。

「他會回來的，」嫂子笑笑說：「等他再回來，他不光會朝我跪下來，我不理他還會死在我面前。」說著嫂子朝門外那兒看了看，又收回目光落在小弟明輝的臉上去：「這一天不會太遠了，嫂子會讓你看到這一天。」

明輝不太明白嫂子在說啥，但他沒有從嫂子的話裡聽出多少抱怨多少恨，反倒聽出了一些深明大義的城府來，這就讓明輝覺出嫂子的絕世不凡了。覺出嫂子那掛在臉上的笑，深奧神祕、不可捉摸，又無可從那笑裡挑剔出一些啥。原先嫂子和二哥一道拚天下，一塊讓炸裂富起來。一塊讓炸裂這個落果似的小野村，變為管著幾個自然村的村委會，變成鄉鎮變成縣。到今天，又變成一個新興蓬勃的炸裂市。可嫂子懷孕了。嫂子為二哥生了孩子後，說不出門也就很少見她出門了。說守在家裡育養侄兒就恆心育養了。說到底，嫂子是風火過的人，是懷孕這個城市的女人呢，經過的世事和見過的大世面，比市長二哥一點都不差。明輝去和嫂子商量不做局長的事，也去看日漸長大的小侄兒。他又到市百貨大廈給侄兒買了許多小玩具。買了蘋果樹上結的梨和柿子樹結的棗，還有一棵外國的棕色巧克力樹，只要讓那樹在日光下面曬一會，巧克力豆就會結在枝葉上，你盡可以去那樹上摘那巧克力的果子吃。買了塑膠的馬匹、馬廄和草場，你讓馬匹在那草場走一走，馬的肚子就大了，草場的綠草就少了。當吃飽的白馬回到馬廄臥下來，過一會它就會生出小馬駒。再過一會兒，馬駒長大了，又要吃草又要生出新的馬駒來。幾天後，你家就變成牧場、農場了。你就成了農場主。

明輝提著這些玩具朝著嫂子家裡走。

到原來是村委會、後來是企業大樓、現在是幼稚園的門前時，看見很多家長正朝那大門裡邊送孩子。他在那門口站了站，沒有看見嫂子和侄兒，就往嫂子家裡走去了。幼稚園是二哥為了讓侄兒進園方便，特意下文把企業大樓一夜拆掉，請丹麥人設計建下的幼稚園。幼稚園所有的房屋牆壁和牆頂，都是歡快的色彩和圖案，像丹麥的一個小城樣。明輝從那小城前邊走過去，看見所有落在上邊的鴿子也都是紅黃相間的彩色鴿。真鴿子也和假的樣。假的也和真的樣。可他對這些真假都習以為常了，並不覺得奇怪和異樣，只是看看就朝嫂子家裡去。嫂子當年蓋的炸裂最堂皇的三層樓，現在和市裡那些現代建築與仿歐別墅比起來，顯得陳腐而老氣。可在那僅有二十來年歷史的大門口，門樓的左上方，釘著一個黃銅牌，牌上寫著「市重點文物」一行字。有這字，樓和院子就顯著高貴了，不同凡俗了。炸裂老街是新市炸裂的老城街，所有的牆磚樹木都是歷史和文物。而在這文物中，孔家的老房和嫂子家的樓，則是珍物中的物，高貴中的貴，是多少年後名人的故居和博物館。所以嫂子就一直住在這老街上，一如娘蹲守著孔家老宅樣，嫂子在守著由她營經蓋起的朱家樓。

按了門鈴兒。

又按了門鈴兒。

終於出來一個開門的人。門一閃，面前站著一個十七、八歲的姑娘來，穿著又薄又透的紗上衣，短裙短到大腿的根部間，那玉白的大腿和周正的臉盤、挑逗的五官、還有精心描畫過的眉眼和口紅，讓明輝驚一下，朝後退半步，以為自己走錯了門。可那個滿是風流韻氣的女孩兒，見了明輝也朝後退了小半步，繼而才朝他笑了笑。

「你找誰？」她問他。

「進來吧。」她又說。

他進去她在他身後關了門，像主人一樣領著明輝朝嫂子的樓屋客廳走。到那兒，才看見嫂子站在客廳正中央，面前坐了一排和那姑娘的穿戴、妝畫都一樣的姑娘群。她們看見明輝全都驚奇地望著他，所有的目光都是勾的和誘的，都是熱燙如火的，像終於等來了一個如意男人樣，像要用目光把他吞掉和燒著樣。明輝站在屋門口，額門上被姑娘們盯出了一層汗，手裡提的東西朝下滑一下，他慌忙又抓住那一兜兜的玩具袋繩兒，讓目光去找侄兒在哪兒。

「去了幼稚園。」嫂子接了明輝提的東西後，又對那些姑娘們說：「這是我兄弟——你們先到樓上去。」

那些姑娘們就都把目光從明輝臉上不捨不捨地收回去，笑著嘀咕著，朝樓上跑走了。腳步在樓梯上如敲著響的鼓。有個姑娘的紅色高跟鞋，走著走著從腳上掉下來，還有百元、百元的票子從那鞋裡落出來。她回身撿錢撿鞋時，從那一群姑娘嘴裡、臉上、渾身爆出來的笑，瀑布樣沿著樓梯一級一級朝下跌，直到嫂子朝那些姑娘們瞪了一眼睛，她們才都收笑不見了。不見了，嫂子才又回過頭來說：「進來呀——她們都是我女子技校的學生們。」

明輝從一陣懵懂中醒過來，走進嫂家的正客廳。客廳的沙發上，還落著很厚的那群姑娘的粉香和肉香，還有誰掉在沙發縫的紅髮卡，充真冒假的玻璃鑽墜兒。嫂子指著沙發說：「你坐呀。」明輝沒有坐那沙發去，他拉過一張椅子坐在了沙發邊，然後把目光從沙發上抬起來，看見牆上掛了幾張二哥的相。相下嫂子都用紅筆寫著五個字：「死是我的人！！！」那五個字後的三個「！！！」，和一束明輝在三哥那兒見過的榴彈樣。再看身邊的牆壁上，也掛有幾張二哥的相，相下也都寫著大意相似的字：「你和炸裂都會是我的」，字後一樣都是三個「！！！」。接著把目光挪到客廳裡、飯廳裡、灶房間、洗手間、酒櫃、碗櫃上。所有屋裡的牆上和角落，還有通往樓上的樓梯裡牆上。凡是二嫂常要做事或路過的地方和家具上，全都貼著二哥小時、大時、結婚、工作和當市長後在各種會議上講話、剪綵、握手時的彩照、黑白照，照片下都是那些大意相似的仇愛和字後的三個「！！！」。早時的照片都是重新洗將出來的。當了市長後的照片是從報紙和畫報上剪裁下來的，景象如是市長的人生攝影展。明輝看完那些照片又從椅上站起來，他不太知道嫂子為啥要把二哥的照片貼得無處不在著，目光從這兒移到那兒去，又從那兒挪到這邊來，最後落到面前的嫂子臉上時，嫂子笑著對他說：

「不把他貼出來，我怕我忘了你哥長得啥樣兒。」

嫂子眼角潤紅著，眼裡有種酸酸毅硬的光：

「他那麼忙，一年一年不回家。」

嫂子最後擦了淚，又很自信地笑了笑：

「他快該回來了。快該回來找我了——他想把炸裂這中型城市建成中國的大城市，和省一樣大，比省還要大，建成和北京、上海、天津、廣州一樣比省大的直轄市，要京城各方各面的頭腦都同意，他不給北京那些人物送禮嗎？送啥兒？他最終會明白，送啥都不如送這女子技校的學生們。」嫂子說著抬頭朝樓上看了看，又收回目光臉上掛著笑：「我已經給你二哥挑選了二百個學生備下來，計畫挑選三百或者五百個，等你哥需要了，他就該回來求我了，求我把這三百、五百個最漂亮的學生姑娘都給他，讓他送到北京去。到那時，你二哥就該回來求我了，我不答應他就不能把炸裂升為超大直轄市，那時他就該跪著拿頭撞牆求我了。」

嫂子笑著說著喝了水，還遞給明輝一個柿子樹上結的梨。明輝沒有吃。接梨時他看見嫂子眼角上又有了很深一層紋，原來鮮嫩的皮膚轉眼之間蒼老了，好像幾年間老了十幾歲。好像中年人。好像不是嫂，而是經過無數世事的炸裂市的市長或一個女省長，對啥事都因為歲月、坎坷而胸有成竹著，把握在先著。明輝又一次用目光掃了滿屋滿牆那些二哥的照，抬頭瞟一眼嫂子為二哥準備在樓上的那些姑娘們。

「又要把炸裂升成大城市？」明輝問：「啥時候變成大城市？」最後把拿在手裡的柿樹上的梨子放在桌子上。

「二哥真瘋了。」明輝想。

「我不當局長了。」明輝說著站起來，好像要走樣。本來是和嫂子說談不當局長的事，可現在，聽說二哥要把炸裂市升為中國的超大市，他倒忽然決就了，也就不用和二嫂說談啥兒了，彷彿是因為二哥要把炸裂升為超大城市，他才決計不當那全市最年輕的局長樣。門外有陽光進來照在嫂子的臉上和肩上。嫂子的臉成了蒙著一層淡灰的鏡，藏不住的光亮照著明輝，照著這屋裡的擺設和家具。明輝提來的一兜玩具裡，那塑膠製品的操場和馬廄，在他們面前鋪展成了綠草茵茵的牧馬場。寬闊的草原漫無邊際地在他面前伸延著。伸到山腳下。伸到看不到邊的天地間。世界上只有他和嫂子兩個人。他們就那麼立在那寬展無邊裡。嫂子望著他，像望著她的親弟、她的兒子樣。

——「你真的不當局長了？」嫂子很吃驚地問。

——「你和你哥說談沒？」嫂子又追問。

——「你該想想你還小時的那一夜，炸裂村人都從家裡出來看自己首先碰到的啥。我是首先碰到你二哥，才要一輩子死嫁你二哥的。你二哥是拾到一枚印章後，才要一輩子當村長、鎮長、縣長、市長和省長。你那一夜是真的碰到了一隻貓？碰到貓也不該這麼柔寡沒主見，把天大的事情不當一樁事。」

——「真的最先碰到的是隻貓？」

——「你好好想一想，也許不是貓，而是別的啥。」

從二嫂家裡出來時，上了樓的那些姑娘們，都在窗口擠著向院裡的明輝拋眉和招手。明輝朝樓上看一下，又慌忙把頭扭到一邊去。嫂子出門來送他，站在院裡朝牆角的一棵楝樹那兒瞅了瞅，那兒因為有烏鴉把一粒瓜籽種在了那樹下，就有秧子趴在樹枝上，結了很多的絲瓜、黃瓜、苦果和西葫蘆。還有一顆西瓜大得和人頭樣。他們就在那樹下吊著的一片果瓜旁，嫂子最後囑託說，好好想想那一夜碰到啥兒了，想起來就能知道你這輩子該做啥兒不該做啥和該不該辭這局長了。院子裡有很濃一股瓜果味，還有山野上的樹木花草味和炸裂城街上蕩過來的汽車聲和汽油味。在這味道和聲音裡，嫂子最後對明輝說：「抽空陪嫂子到墳地哭哭吧，我們有幾年沒到墳上去哭啦。」

3

明輝從嫂子家裡出來後，太陽還在老街東口的正上方。街中央的那棵樹，去時樹影落在那家牆上的裂縫邊，回時樹影還在那條裂縫邊。他在嫂子家說了很多話，坐了春夏秋冬的時光和季節，可老街上的太陽沒有動。時間滯死了。在那滯時滯日裡，從山坡上的老街望下去，炸裂市上班的人流決口的水樣朝著東西南北湧。倒是老街這兒靜得很，年輕人都去市裡上班了。在老街租房的，也都踩著時點上班了，只留下房子、文物和停著不走的日光和樹影。明輝來到這樹下，望著牆上的裂縫和不動的影，又有一隻貓從那樹下跑走了。

貓跑過院牆不見了。

心裡轟地掀一下，明輝站住腳，再次想起多少年前的那一夜，月光水然，全村做了父母的男人、女人同做了一個夢，都讓兒女從家裡走出來，看看兒女們會碰到啥兒或者撿到啥。他跟著三個哥哥從家裡走出來，在十字路口分了手。大哥向東，二哥向西，三哥朝南，他就提著馬燈朝著正北走。路上看見了牆和樹，看見了月光和一隻貓。那貓「嗷」一聲，從一棵柳樹下朝南跑過去，翻過一堵牆，朝人家家裡跑走了。那時候，他就像現在站在那棵柳樹下，把月光從貓去的方向收回來，知道自己該要返身回去和哥們碰頭了，要告訴哥們他首先碰到了一隻花狸貓。可欲轉身時，又看見貓逃的柳樹下，扔著一本塵灰破爛的書，撿起來，在燈光下翻了翻，是一本被人家翻看了成千上萬遍的黃曆書，線裝著，書頁上沾滿了唾沫翻頁的垢痕油亮著黑。還有一股從書頁中抖出來的潮腐味。那書那年月，家家都有的，書上印著六十年一個輪回的陽曆、陰曆對照表。印著二十四節氣的時間和氣象。還在每隔幾頁的空白處，印著算命八卦的方法和說解。

明輝翻了一下那書把它扔掉了。扔到了老柳樹的樹洞裡。他首先碰到的是一隻貓，不是那本黃曆萬年書。他一直以為自己的綿善和弱軟，都是因著那一夜首先碰到了一隻貓。如果碰到一隻狗，他就可以跟著二哥做忠臣良將了。如果碰到一隻虎，他就是三哥那樣的角色了。如果碰到一頭牛，他就可以在炸裂市畫出一塊地來耕種養殖了。可他碰到的是一隻柔弱的貓，因此就只能守家照顧娘，讓三個哥哥在外分頭闖天下，鬧事業。然現在，明輝望著那隻跑去的貓，怔一會，忽然朝前快步地走過去。先前的十字街上現在有了紅綠燈，那埋過幾十個炸裂人的地方成了圓盤的綠地和一尊「開拓者」的石雕坐落處。他到那淡淡腳，朝北拐過去，一路上不停地看著路兩邊的樓房和老房子，終於在被當做文物用木欄圍將起來的老碾旁，找到了那棵文物編號為「99」的老柳樹。現在那棵柳樹變成柏樹了，可樹身還是那樣兒，兩人圍的粗，在兩米高處突然歪著脖子朝一邊倒過去。柏樹枝身曲黑旺，在半腰上有籃似的一個黑洞兒。明輝看見這碾石旁變成柏樹的柳樹時，幾乎是跑著朝那樹洞衝過去。他爬在樹洞上，搶著把胳膊伸進樹洞裡，摸一把，抓一下，就拿到他扔掉多年的那本黃曆了。書已經在那樹洞裡潮污和腐爛，有一層浮毛茸落在書頁上。還有很多樹油浸入書紙裡，把那書頁養成了紅油色。明輝拿著那書輕輕抖一下，有幾片書紙落下來。他慌忙把那紙片撿起來，小心地對好放回到原頁上，隨手掀一下，正好掀到這年、這月的這一天，看到陽曆、陰曆對照表的空白處，曾有人用毛筆寫著四個小楷字：

失而復得。

「失而復得」那四個字，讓他心裡暖得像冬天遇到了一堆火。神祕地朝前後左右看了看，除了有輛汽車從他身邊開過去，別的什麼動靜都沒有，於是他試著從黃曆書上找到他從學校退學回來的那一天，有小楷毛筆寫了兩個字：「落榜」。找到他去鎮上工作那一天，寫著一個毛筆字：「誤」。掀到他當科長的那一天：「大誤」。掀到他被哥哥任命為全市最年輕的局長那一天，仍是一個字：「辭」。

明輝驚著了。

草紙腐油的曆書在他手裡微細細地抖。原來他年少那夜出門最先碰到的不是貓，而是這本黃曆書。原來那貓從他面前蹭地跑過去，就是為了提醒他路邊樹下有著這本書。——過去了多少年，他一直以為那一夜他首先碰到了貓，竟把書給扔進樹洞裡。秋陽溫暖，大地和熙，源自柳樹的老柏在他頭頂如是一把傘。現在這書又回到了他手裡。明輝站在樹蔭下，從打開的地方匆匆翻了一下那本黃曆書，發現他過去的人生和大事，樁樁件件都寫在那書裡。有一種驚歎和懊悔，從他心裡泛上來，變成不知所措的喜悅像水樣泡著他。他就在那水似的樹蔭裡，涼爽溫暖一會兒，孩子般，把那書往他深懷揣藏起來後，左右看看，急忙匆匆地回家了。

腳步蕩在老街上，如飄在古道河裡的一條船。

三、心史記

1

明輝要去把大嫂從娘家接回來，讓她和大哥破鏡重圓過日子。這是那黃曆書上明明寫著的事。有了那冊黃曆書，他就再也不用遇事慌張沒有著落了。原來他的過去和將來，都已經有人用蠅頭小楷早就寫在了那本黃曆上。可惜這麼多年把黃曆扔在樹洞裡，潮濕油浸，幾乎每頁曆紙都沾著黏死在了一起兒，把一家人的命運黏結成了黑的死團死塊了。那每隔幾頁都有的幾個或一片蠅頭小楷字，也都被潮濕浸成一片墨漬死謎了。這些天，明輝徹底丟下那本不屬他的局長的事，在家鑽在屋裡，設法把那六十年一個輪回的甲子的黃曆一頁頁地復原和揭開，去那書上找著他的過去和未來。為了弄懂那本黃曆書，他開始著迷於中國的天象學、節氣學和卦卜說。他買了很多書。用那些書中的解說去補充那黃曆上的斷章和一片片墨團死結的字。先是把那本書放在太陽下面曬，放在細風的口上吹，當這些方法都無法打開沾在一起的黃曆書頁時，他在半夜的院裡擺下小方桌，把曆書放在方桌上，自己守在夜裡坐在小桌旁，借那夜霧均勻浸在曆書紙頁上，潤一頁，揭開一頁來，潤兩頁，揭開兩頁來。夜裡揭開白天再去識辨那墨跡黑團的字。一頁一頁著，到了初冬時，他把那黏連的黃曆揭開三分之一了，從曆書上四月初春的一片模糊裡，找到了兩個可以認出來的字：「接——嫂——」

他就決定去把大嫂接回來。

先去見了大哥孔明光。孔明光不知道為啥兒人就是了炸裂市新成立的師範學院的副院長。他不想當院長，他只想當個天天和學生說話的好老師。可因為他想當個好老師，上邊說這是至上境界了，就讓他當了院長了。學院要從不斷脹大的市裡朝著東區遷，新蓋的教研樓、圖書館和學生宿舍等，一片工程攤在東區路邊的空地上。建築隊和往工地上運灰運磚的大卡車，把工地弄得塵土飛揚，到處都是紅磚鏽鐵和水泥板。明光是院長，負責這些事，就在工地旁逮著一個司機罵，罵他開車太快，不僅把一車的玻璃顛碎了，而且還撞斷了一棵小松樹。「玻璃不知道疼，可樹它知道疼痛的你不明白嗎？」大哥對那頭上流血的司機吼，「你看沒看見樹都流了血汁水，白花花的樹茬就是它的斷的骨嗎？」司機擦著頭上的血，蹲在地上和孩子樣。這時候，明輝出現了。明輝遠遠地走過來，遙遠就叫了一聲「哥」，又叫了一聲「哥」。當大哥明光從那叫聲中轉身過來時，明輝看見大哥的兩鬢髮白了。人完全是個中老年，純藍的制服上，有很多工地上的土和教室的白色粉筆末。大哥回過身來望著明輝那一刻，冬日把他的雙眼照得瞇起來。在那新建校區的工地旁，明輝和大哥說了一番話，像風和雲說了一番語。他說大哥你咋就頭髮都白了？大哥笑一笑：「我現在是教授，你沒聽說嗎？」明輝說你這幾年都在學校不回家，你該抽空回家看一看。大哥說：「二弟一直要讓我當師院院長哪，可我只想當教授。」大哥說著又摸了摸那被撞斷的小松樹，讓司機一手護著頭上的紅血口，一手握著方向盤，拉著一車碎玻璃，朝工地倉庫開去了。

當工地旁的路邊只有他們兄弟兩個時，工地上起了風，初冬的寒冷從西北朝著東南捲，剛才還黃在天空的太陽又縮將回去了。在那冷寒裡，明輝對大哥說了他撿到曆書的事。說了曆書讓他去嫂子娘家把嫂子接回來的事。他說著，大哥一邊聽著一邊彎腰從地上抓起一把土，糊在胳膊粗的松樹斷茬上，又從草地拔了一把乾蒿草，像紗布繃帶纏在樹茬上，直到那斷樹在冬寒中得了暖，發了芽，被撞傷的松樹瘡口在暖草裡泛出淺綠色，芽頭在暖裡露出芽身子，大哥才把目光收回來，很認真的盯著弟弟聽著他的話。

——「哥，你不能單身一輩子。」

——「嫂子回來可以給你煮飯洗衣服，可以給你說話熬藥，收拾家務，說不定還能生個一男半女，讓全炸裂人都羨慕你們一家人。」

「我和娘都想你。」明輝繼續說：「你一定得抽空回家看看娘。」

明輝說：「就這麼定了吧，曆書上說讓我去把嫂子接回來，我就去把嫂子接回來。」

大哥一直聽著望著明輝的臉，不說話，想著啥兒事。可現在，他把目光從四弟的臉上移開時，看見剛才隱躲在雲後的太陽出來了。整個炸裂市的東城區，高樓、煙囪和剛剛修起的立交橋，都在校區工地的周圍敞亮著。才將從斷茬處發出的松樹芽，在那冬暖黃爽裡，像透明的玻璃樹一樣，有日光在那枝上閃著亮。

「你說把你嫂子接回來，我就能專心做我的學問了？」明光看著四弟問。

「我想寫本書，」明光笑著說：「書一出版，我就是學校最有學問的教授了。」

和大哥分手時，明輝忽然眼角有了淚。他沒想到大哥是這樣，一直以為大哥在學校不回家，是因為和大嫂離了婚，又不知那叫小翠的姑娘去了哪，才恩義相絕地一直住在學校裡，才每天都和粉筆、黑板、學生、寂寥在一起。可現在，大哥並不在教室和黑板旁。大哥以院長的名譽守在工地上，不僅心疼那一卡車碎了的白玻璃，還更心疼那被撞斷的小松樹。和大哥分手時，雖然是冬天，從那斷茬的松樹上發的嫩芽也有筷子高低了，翠綠的松針一根根由嫩黃變成了壯綠色，有了結實的烏黑染在松針上。有烏黑就可以抗著冬寒了。在那一樹烏黑的松針面前分手時，大哥很開心地對明輝笑著說：「管工地，我可以貪汙很多錢，可我一分都不要。為人師表，我就想當個頂級教師和教授了。」

大哥問：「你不在我這吃午飯？」

大哥說：「也許你大嫂早就改嫁了。」

大哥又囑託：「你替我去看看你的大嫂吧。」

明輝就從大哥那兒離開了，把工地、東城和炸裂市留在身後邊，回頭看時像望著一片騰起的煙。

2

大嫂娘家是耙耬山脈的山內人，為了把山裡的銅、鐵、錫、鉑的礦石運出去，山梁上的公路拓寬到了並排可行四輛大卡車。公路也全是用碎石、水泥和鋼筋混就的。工畢通車那一天，市長明亮去剪綵，他從一個托盤裡接來一把大剪子，把那公路上橫結的紅花綢緞從中剪斷時，從那綢緞中奔瀉而出的金條、金珠、玉翠和瑪瑙的胸佩、耳墜砸在公路上。自公路滾到路邊草地的耳環、手鐲有幾十、上百個。從剪綵現場響起官員和市民的掌聲和雷雨一模樣。在那掌聲中，有人去搶丟落在地上、路邊的金條、翡翠和項鏈時，因為混亂還踩死了一個人。那一天，從電視上看到了這一景，明輝把電話打給市政府的程菁祕書長，經了同意他在電話上和二哥通了話。

「真的把人踩死了。」他對二哥說。

二哥想了一會答：「第一期公路工程一共二百三十二公里。」

明輝驚叫著：「人命呀，二哥！」

「第二期公路工程馬上就開始。」二哥說：「三年內我要讓炸裂市所轄的農村村村通公路，家家有汽車，讓我的人民過得超過美國人和歐洲人。」

明輝又和二哥說了一些家務把電話放下了。現在他就走在剪綵落滿寶石玉翠的嶺梁公路上。冬天的乾冷在梁道鋪天蓋地著。路兩邊的樹，都在冷裡哭哭喚喚地叫，風在樹上颳著奔襲著。明輝是可以坐車去大嫂娘家的，只要拿起電話隨便打到那，說我是孔市長的弟弟孔明輝，就會有幾輛轎車開到老街上。可那黃曆書上說，要讓他行走萬里才可明天下，他也就走在這條路上了。有很多空的卡車從他身邊開過去，朝著山內裡。又有很多裝滿礦石的重車從山裡開出來，朝著山外裡，朝著炸裂的十幾家冶煉化工廠。他走在路沿上，看見從公路上騰起的灰塵把一棵樹像墳墓一樣埋著了。看見從空中飛起的鳥，因為咳嗽從空中掉下來。還看見路邊哪個村莊的小麥地，因為飛起的灰塵把小麥苗都從地面又嗆回到了田地裡。看那麥苗躲著汽車、礦石、塵灰像捉迷藏一樣時隱時現時，明輝在那田邊站了很久一會兒，直到西去的太陽如一塊火石朝著湖水落去時，他才又慌忙沿路朝著山裡走。

公路走盡了，像一匹舒展的布匹到了盡頭般。

黃土馬路走盡了，像一捲土布到了盡頭般。

一條小路走盡了，像一根繩子突然散斷沒有續著樣。在落日的餘暉中，田野、村莊和溝壑，都安靜舒適地躺在山脈裡。來自山野的奇靜中，因著靜，明輝聽到了自己耳朵裡有細極一股嘰嘰的響。他路上問過幾個人，還走錯了兩次路，才終於趕在第三天天黑之前到了大嫂的娘家村。才看見那叫張王莊的村落散落在一道坡面上，有草房也有瓦房的舊村莊，和多少年前的炸裂老村一模樣。嫂子家是住在村頭的第二戶，明輝到了嫂子家的門口時，大嫂正在門口給他偏癱的父親餵著飯。夕陽在嫂子的臉上落成淺黃色，她頭上一根根的白頭髮，如同枯乾的草和絲。明輝是問了第一戶人家才來到了嫂家門口的，當他看到嫂子時，他想到忽然變老的大哥了。想到變老的大哥他腳步慢下來，直到最後站在大嫂的身後邊，才很小聲地問：

「你是大嫂嗎？」

他驚道：「大嫂，你咋就成了這樣兒?!」

大嫂直起身子扭過身，看見明輝時，手裡的飯碗「哐！」地落下來，碗裡的雞蛋麵湯灑在她的褲子上。望著小弟明輝的臉，大嫂張張嘴，想要說啥兒，沒有說出來，淚水嘩的一下湧著掛在了眼眶上，手僵在半空嗦嗦嘩嘩地抖。就在這草房門樓前的大門口，明輝和大嫂對望了很久一會兒，直到大嫂終於從嘴裡喚出「明輝」兩個字，朝明輝面前急走兩步又猛地立下來，問他說你咋就找到這兒了？咋就找到這兒了？又說我們有幾年沒有見面了？有幾年沒有見面了！還說兄弟你還好，沒有啥大變，還是那麼一臉孩子氣，這才想起給明輝讓座兒。想起把明輝朝著家裡迎。想起讓家人趕快收拾屋子，擦抹凳子和桌子，趕快給明輝倒水洗臉和燒飯。

問明輝：

——「你想吃啥兒飯？」

——「先喝一碗雞蛋水？」

——「從炸裂到這張王莊，從日出坐車到日落下車還要再走大半天，你步行在路上要走多少天？」

嫂子一家全都忙將起來了。左右鄰居都忙將起來了。全村都跟著忙將起來了。村人都把家裡的雞蛋、核桃、花生朝著嫂子家裡送，期望明輝可以嘗嘗他們家的美食和山珍。還有人抱來一隻老母雞，問明輝喜歡吃雞嗎？喜歡就立馬殺了燉雞湯。有人用衣襟兜來黑木耳，望著大嫂，求她用那木耳給明輝燉一碗黑耳白糖湯。

就都圍著明輝問：

——「你真的是市長的弟弟嗎？」

——「是市長的弟弟咋會步行走到我們村？」

嫂子在村裡是最有臉面根基和殷實日子的人。雖然離了婚，可終歸是嫁過一個鎮長、縣長的哥。現在那鎮長、縣長早就是著市長了。原有的男人也是大學的院長了，且市長、院長兩個弟，一個在市裡豪富著，一個文弱良善，正就來到了張王莊，要接嫂子回到婆家去，和大哥鏡圓過日子。明輝說了想要接大嫂回去和大哥重婚照顧大哥後，滿院子的村人都劈啪靜下來，盯著明輝問真的嗎？真的嗎?!然後就有人拉著大嫂的胳膊道，你苦熬出頭了，苦熬出頭了！說從此市長又要叫你嫂子了，連那些處長、局長、廳長們，見了你也要叫嫂叫姊了。說我們張王莊，終於出了一個市長的嫂。便都拉著嫂的胳膊嫂的衣，還圍就明輝一圈兒，說難怪前天村頭有成百上千隻喜鵲旋著叫了一整天，昨天有兩隻孔雀、兩隻鳳凰飛來落在大嫂家的院牆上，衝著大嫂開屏展翅，像日出東方樣。

太陽在村人們的驚喜乍乍中，慢慢落山了。

大嫂在落日中蹲著嗚嗚地哭，哭一會她突然衝到院子裡，抱著癱在椅子上的爹，說熬到頭了熬到頭兒了，你的病又有救治了又有救治了。到這時，明輝才知道大嫂同意離婚，是二哥當鎮長時在十張白紙上簽了十個自己的名，要大嫂想要蓋房了，就在那白紙上寫下要求就會有磚瓦送過來；想要種塊好地了，填一張白紙就會有幹部把好地的承包地契送到家。在村裡和誰家有糾結官司了，在那白紙上寫下景況和冤屈，就會贏了官司和名譽。那簽了二哥名字的十張紙，能助大嫂做下十樁大事情。可大嫂回到家，當爹聽說她和大哥離了婚，老人默著沒說話，來日起床時，卻因腦血癱在床上了，從此就開始問醫求藥了，開始填寫那白紙，讓大夫來到家；填寫那白紙，讓醫院把最好的藥物用給爹。把那填寫好的白紙當做藥引放在中藥砂鍋內，熬好中藥讓爹喝下去，求著爹就是偏癱也要活下來，別輕易離開這世界。

有一次，爹出門倒在了山粱上，不省人事和死了一模樣，大嫂請人急急在一張白紙上寫了一行字，令山裡醫院的醫生火速趕過來。那些醫生們就都汗淋淋趕過來，把爹從死的邊緣拖救回來了。又一次，爹在家倒在院落裡，從口吐白沫，到末了白沫不吐後，鼻子下連一游氣息都沒有。嫂子知道這次爹是生命終盡了，明瞭醫生趕來也救不及，就把那簽了二哥名字的白紙揉成一團塞到爹嘴裡，在邊上哭著喚：爹——爹——我家兄弟孔明亮，他不是鎮長了，他是縣長啊！他是縣長啊！也就又把死去的爹救活過來了。到現在，大嫂手裡只還有一張簽了二哥名字的紙，天大的事情她都不敢讓那張簽了字的白紙離開手，最多是到關鍵的節眼上，把那簽字的白紙拿出來，晃一晃，給人看一看，對人家說我兄弟明亮他是市長了，不信你們看看這是不是他給我簽的字?!當爹又病重病危時，她就把那簽字的白紙拿出來，對那些醫生說：「你們不信市長是我的兄弟嗎？」那些新老醫生就對爹盡心盡力了。當爹在最冷的寒冬因了天寒，頭腦供血細弱滯止，人變得昏迷不醒時，嫂子就跪在爹的床前舉著那簽字的紙，哭著喚著說：「他是市長了！他是市長了！」然後屋裡漸漸暖和著，爹的供血就足了，爹便清醒得和沒有疾病樣。

太陽在西山將盡那一刻，山脈間的靜，如綢紅拂在地上飄落著。張王莊的莊稼地，所有的麥苗都綠著，把麥葉朝向大嫂家的方向伸扭著。冬天的枯樹枝，扭過頭來朝向嫂家招著手，而門口地面的那些花和草，又有一些綠色淺在草棵上。爹聽說女兒到了中年又要和孔家重婚回到婆家時，不說話，舉起那隻多年都因偏癱沒有抬起過的手，在女兒的頭上、臉上摸索著，滴在手上、腕上和胳膊上的淚，全都和花一樣開瓣兒，散著一股初春的清香味。

到晚間，全村男女都湧到嫂子家，問明輝說你真的是接你嫂子回到炸裂市裡和你大哥重婚嗎？

明輝點了頭。

「你二哥市長同意嗎？」

「二哥讓我照顧家，」明輝對人們鄭重道，「不用說二哥就會同意的。」

接下來，有人在大嫂家門口點了鞭炮放起來。有人就回家取來笙簫吹起來。鑼鼓聲、鞭炮聲，在院裡和門口，在門口和村裡，南湧北蕩，走東串西，熱鬧得和過年一模樣。人們把嫂子圍起來，把明輝舉起來，感激他來把嫂子接回家裡去。慶賀嫂子又成了孔家人，成了市長也得稱叫的嫂。就都乞求嫂子說，你又到孔家了，再次成為了市長的嫂，留著那一張市長當鎮長時簽了字的白紙沒用了，不如取來寫一行字，冬天酷冷，又乾冷無雪，大旱在即，就在那紙上寫上「下雪吧！下雪吧！」讓上天給村裡的田地落場雪。嫂子就回到屋裡去床頭的箱底處，取出一個信封來。從那信封中拿出那最後一張有些發黃的簽字紙，在那紙上寫了「下雪吧！下雪吧！」的六個字。然後村人就簇擁著明輝和大嫂，借著月色來到村頭上，跪著把那有明亮簽字的白紙擎在天空中，齊聲大喚道：「下雪吧，下雪吧！是市長讓你下雪哪，是市長讓你下雪哪！」都喚道：「瑞雪兆豐年，市長讓你下雪哪！瑞雪兆豐年，是市長讓你下雪哪！」天空便有了潮污和雪花，在月光中像月光的絮花朝著村頭田野落。待村頭地裡有一層毛白後，人們都跪著不起來，又由嫂子親手劃了火柴，點了明亮簽字的紙，把那火光和灰燼都高高舉到半空裡，雪便由小變大了。飄飄鵝毛一夜間，村落、田野和整個耙耬山脈的山內裡，大雪下有一尺厚，所有的小麥、樹木與枯草，都有了冬眠的濕潤和暖和，不愁來年的豐景在望了。

到來日，明輝和嫂子，就拔著深雪回了炸裂市。大哥和大嫂就破鏡重圓了，過上平靜、安穩的日子了。

四、文化與文物

炸裂也下了一場雪。

雪住後，整個城市都在雪光中張揚顯擺著。遠處的高樓和立交橋，在雪天如用雪磚碼砌起來的建築物。近處的街道上，那些樹木和路標，都被白雪裹著包圍著。把大嫂從她娘家接回來，送到大哥的住屋裡，和嫂子一塊收拾了大哥屋裡的髒亂後，明輝從大哥的住處走回來。

雪夜的月光薄透如明紗般。到老城街的十字路口上，明輝從地上撿起一片月光在手裡，那月光的輕重果真如一片紗窗樣，可卻滑涼得如一片濕綢在手上。把那月光重又放回到原地兒，他就拔著深雪回家了。娘已經在上房熟睡得如老貓團在火爐旁。明輝推開院落門，聽見娘在夢裡說：「回來了？大哥和你大嫂好了吧？」明輝隔著窗戶、屋牆朝娘點了頭，娘就在床上翻個身，越發睡進了深沉裡。諸事妥當，明輝進了廂房自己的屋，想要倒頭睡下時，想起藏在枕頭下的萬年書，有一頁從黏連中潤開一半來，在那半頁上的一片墨跡間，除了「二哥」兩個字被他認出外，其餘二哥將要如何的預兆都還在那沒有揭開的陳澤老墨間。那老墨像一片乾死的池塘泥，那些蠅頭小楷的橫豎和撇捺，都如池塘泥中的水草柳枝般。他已經盯著那半池乾死的池塘和草棵看了上千遍，不能從那死去的水草棵中認出它們當年的蔥綠來，也就無法知道二哥人生的啥兒事。無法知道萬年書要讓他去替二哥做些啥兒事。

躺在床鋪上，想著萬年書上關於二哥那半頁的泥塘和模糊，明輝心裡激靈了一下子，忽然從床上坐起來，從枕頭上取出那本沒有封皮、封底的萬年書，掀到已經潤揭一半的寫有二哥字樣的那頁上，看著那油印的曆書日期，正是二哥的生日——三月三那頁半個巴掌大的死墨團，他想起剛將在老城街上撿起的薄紗玻璃似的月光了。想起這已經不知用過多少年的草紙萬年書，因為歲月和樹洞的油潮，讓所有的書紙沾在了一塊兒。把那曆書拿到太陽下邊曬，那些書頁反而會更加乾死在一起。拿到潮霧的夜裡翻開書頁潤，潤幾夜才能揭開半頁一片來。大哥大嫂的那一頁，他是潤了三個深夜才揭了開來的。二哥這一頁，他潤了半月十五個霧夜才揭開一個角，因為霧潤太久後，那些墨字又全都泥塘在一起。可現在，明輝猛地靈醒該怎樣去揭謎二哥那些墨字了——在太陽下邊它會乾死在一起，在霧夜紙可潤開來，可墨汁又要溶在一塊兒。而這雪夜的潤潮，正能溶開沾在一起的紙。冬天酷冷的月，也正有太陽般吸潮的光，好把那紙上的潮濕吸開來，使那模糊腐死的字，顯出泥塘當年那布滿枝條水草的模樣兒。

明輝悟了這一點，一下從床上跳下來，跑出屋門看看雪夜的月，正還在老街的上空明亮著，也就很快回屋搬出一張桌子來，擺在院落的正中央。把那萬年書捧著走出來，供在桌中間，接著到院子兩堵牆間漏落的月光裡，小心的從地上揭起最亮的一塊月光片，慢慢著，把那月光搬到院中央的桌子上，豎著放在萬年書的一邊兒，又到那兩堵牆下去揭第二塊月光時，他發現被他揭走月光的那塊地上成了一團漆黑了，而且那台玻似的一塊黑，讓整個牆下的明亮都暗著淡然了。在牆角站了站，明輝回過身，開了院落門，到門外老街的空地上，又搬回第二塊月光來。到老街的十字路口上，搬回第三塊月光來。到老城街的郊外去，搬回第四、第五塊月光來。

回到家，先把月光放在地上靠在桌腿上，把大門鎖起來，再回來把那些大小不一、形狀不一的月光一塊一塊搬起來，撐著豎在小桌上，砌成比桌面小的方框院，最後搬起那最大最方的月光棚在月院方框頂，就在這雪月夜裡給萬年書蓋起來一座方形月光房。明輝靜靜守在那房邊，看著那掀開的萬年書，在房裡躺著安靜著。雪夜的潮氣在溶潤著萬年書上關於二哥的這頁和下一頁三月初四那頁的舊曆紙，而乾冷酷亮的月光房的牆壁和房頂，又都在吸著從黏連頁上散出的潮潤和墨氣。月亮從炸裂城的正頂移向西偏了，上半夜它是上弦月，下半夜又變成了下弦月。當它像輪子樣轉成下弦時，明輝看見二哥的這頁曆紙和下一頁的黏連又鬆開一個角縫兒。他小心地把面前的月光搬下一塊來，將雙手伸進月光房，慢慢揭起三月三的這一頁，一絲一絲朝上提，便就把這一頁曆紙完全揭開了，和三月初四分著了。

便看見那原來一片墨漬泥塘的模糊中，有了模糊淡淡的清晰來。終於在那一片漬跡裡，借著月光辨認出了「朱穎」兩個字。「朱」字是山青水秀清楚的，「穎」字的左邊是模糊，可右邊的「頁」字清楚得如秋風中落下的一片葉。這就不費心思讓明輝定斷那是「穎」字了。當認出那一片墨跡中顯出「朱穎」兩個字來時，明輝的手在月光房中僵下來，知道了萬年書要讓他在二哥和二嫂之間做些啥兒了。像一個謎被他在這一瞬間破了解數樣，心一喜，雙手跟著哆嗦時，差一點撞碎那座月光築建起來的月光房。

第十六章　新家族人物

一、朱穎

雪後第二天，明輝要去面見二哥明亮前，先到了嫂子朱穎家。嫂子家院裡堆了一大堆掃積起來的雪，雪堆上二嫂用手指畫了二哥的像，還在那像的肚子上寫了一個字：「死！」而在她家的屋裡和屋外、樓上和樓下、牆角和樓面，依然是到處貼著二哥的照片和剪報，依然在那照片下邊寫著「死是我的人！」的那類字樣兒。可在這些字樣上，二嫂又都用粗重的紅筆用力畫了槍斃人的布告上才有的紅「X」兒。屋裡尺尺寸寸的牆壁上，已經沒有一塊潔處了，除了先前貼的二哥的舊照外，現在又到處貼了他每天在國家和省市日報上登的講話和與別人的握手照。「我的人！」和那紅「X」兒，像是過年大街上大喜大賀的鞭炮紙。明輝就盯著那些紅「X」看，知道二嫂已經恨哥恨瘋了，恨成仇家了，越發覺得自己該去找找二哥了。

站在二嫂家客廳東張西望著，明輝沒有再像上次那樣見到二嫂為二哥要把炸裂變為超大城市或省會準備的學生姑娘們。他和二嫂一東一西站在客廳裡，輕輕淡淡對嫂說：

——「我要去找二哥。」

——「二哥有幾年沒有回家了？」

二嫂想了一會咬著下嘴唇，慢條斯理道：「不用去找他，他的事業快要敗落了。一敗落他就又該跪著求著回到這家了，回到我的面前了。可這次，他就是真的死在我面前，我也不會像當年那麼輕易放了他，輕易就幫他。」

嫂子說著冷冷笑了笑。可在那笑後的孤絕裡，嫂子眼角還是有了淚。她不等那淚流出來，很快又用手擦了去，然後讓明輝坐在沙發上，自己從哪取出一個精緻的小木盒。打開來，裡邊是個大的牛皮紙的信封袋。二嫂咬著牙，從那袋中取出被紙包著的一打兒子勝利從出生、滿月、百日、週歲，到幼稚園讀書、玩耍的各種照片來。而包那照片的紙，正是二哥當了市長後，簽署的為了炸裂市的發展和建設，為了二哥的前程和事業，不經他的允許，嫂子朱穎決然不得擅自到市政府去找二哥的幾份檔和通知。那幾份文件的下發日期，最早的是二哥當了市長三天後，最晚的也就上個月。明輝看了那些侄兒的照片後，又一份一份去看那文件，發現那文件一份比一份措詞嚴厲和冷硬。在最後的一份檔上，末尾還有這樣幾句話：「再到市政府胡鬧擾亂市長和政府之工作，你將接到一份離婚證或者精神病人永久入院通知書。」

明輝把那些檔一字一句看了看，臉上充滿了愕然和驚異。冬日的陽光從門口照進來，照著他像一層酷冰結在他身上，使他渾身冷得很，很想抱著嫂子暖一會身，很想到哪兒的一盆爐火旁，把整個身子撲在爐火上。

——「嫂子，上個月你又去找了二哥了？」

——「你一連幾次去找他他都沒見你？」

——「他是人還是冷血畜生啊？」

嫂子咬著嘴唇從明輝手裡把那文件一份一份收回去，重又照原樣疊起來，把侄兒最大的一張照片遞到明輝面前苦笑一下子。

——「也許你能見到他，你們畢竟是親兄弟。」

——「見他了只替我問他一句話，讓他看看這照片，問他兒子長得到底像他還是不像他。」

——「像？還是不像？就給我這一句就夠了。」

明輝從二嫂家屋裡出來後，炸裂市的上空終於有了透明的日光和暖亮。原來濃稠在天空的灰霧和黑雲，被一場大雪蓋在了地面和角落。天空被洗了，新得讓人受不了。嫂子出門來送明輝時，被那清新嗆住在院裡咳了好幾下。他們一前一後走，到大門口那棵早幾年變成梨樹的蘋果樹下都又站下來，都盯著那梨樹不說話。都看著那棵梨樹的蘋果樹，現在好像不再是梨樹了，梨樹的樹皮是棗紅色，且樹皮有著網網岔岔的皺，可現在，這棵樹皮光滑明亮，完全青綠著，像要變成核桃樹。也許一開春，它就成了核桃樹。見所有的樹枝不再是梨樹枝樣雞爪曲，而是條狀條狀青直著，明輝扭回頭來對著嫂子道：

「梨是離，核桃是團圓。這次我去找二哥，你肯定也要和二哥要破鏡重圓了。」

嫂子淡笑一下子，讓她臉上的紅光青成冰白色。「他不會回頭了。嫂子已經決計讓你二哥垮敗了，他這次就是死了，我也不再幫他了。」然後她拿手在明輝的頭上摸了摸，猶豫一會說：「孔家只有你是一個好人、正經人。嫂子最信你，你想知道你二哥會敗在哪兒嗎？」

明輝怔在那兒望著嫂子，不知嫂子說的是啥兒。望一會，嫂子又拉起明輝的手，轉身往回走，快步穿過院落和客廳，回到二樓上，從腰間摸出了一把鑰匙來，極神祕地打開一間屋，進去嘩嘩把窗簾拉開來，讓光線傾著倒進房間裡，又一把將愣在門口的明輝拽進去，明輝就在那屋裡僵著驚著了。

那屋子正朝南，二十幾平方，沒有一樣家具和多餘，而四面雪白的牆壁上，又都一個挨一個的貼著、掛著無數姑娘們的赤裸照，有的頭髮披肩，有的挽在肩頭上。所有的照片都彩色，都是全身正面的，都是被放大到一尺二吋大，都有姓名、編號寫在照片的右下角。有幾個姑娘還帶著乳罩穿著紗線薄透的三角短褲兒，而那更多的，則是一絲一線都沒有，只是在雙腿的陰處遮著一朵牡丹、玫瑰或者月季花。照片是橫豎成行排開的，所有那些姑娘的眉眼、微笑、雙乳和腿花也都上下左右整齊排列著。滿牆都是誘笑勾人的臉和眼。歡快的笑如開在冰天雪地的花。個個突兀挺拔的乳房和遮在陰處的牡丹、玫瑰和月季，讓明輝身上和臉上的汗密密麻麻流淌著。

——「你會罵你嫂子恨你嫂子嗎？」嫂子有些怪笑地問他說：「這些都是女子技校的特等生，她們會讓你二哥敗了回來跪著求我的；會讓全世界的男人都變成畜生、變成豬和狗，會讓全世界都是我的都是女人的。」

——「原來都是為炸裂將來變成超大城市準備的。」嫂子停一會，重又接著把話說得快起來：「不要多久炸裂就該成為北京、上海那樣的城市了，被批改為那樣的城市時，我以為你二哥一定會回來求我要這些姑娘當做禮物送到北京去，可現在，你二哥不會回來求我了。他有你三哥幫著了。他不用她們不求我，他就要敗在她們手裡了。」

——「二嫂最信你，求你不要和你二哥說這些。」二嫂頓住咬會牙，默著讓自己臉上醞釀出一層黃淡淡的笑：「可四弟，你對二嫂好，二嫂沒啥報答你，這些姑娘你看上哪個了，嫂子就給你叫哪個。」又指著一個編號為一九四九的水秀姑娘問：「這個行不行？這是我給省長準備的。」指著一九四九邊上一個精靈發光的姑娘道：「這個呢？這個是我給北京的某個部長準備的。」見了明輝的目光並沒有落在一九四九和那個姑娘的身上和臉上，嫂子最後對明輝笑了笑，收起笑後鄭重著：「不要了好。不要了你就讓嫂子知道世界上還是有著好人的，讓嫂子知道活著還是有意思。」

從那個屋裡掙著身子退出來，冬天的寒涼砰砰砰的讓明輝清醒著。他想也許嫂子要瘋了，他必須依著萬年書上的引導和暗意，立刻把二哥召叫到嫂子身邊去。只有二哥回到二嫂身邊才能癒下二嫂的病。二哥不回到嫂子身邊來，這孔家、二哥家，也就從此真要垮敗了，像日出雪化一樣完結了。

二、孔明亮

炸裂才將改市時，原來政府的門口只有兩個哨兵站立著。可眼下，有六個警哨站在哨位上，他們警服齊整，手裡的警棍閃著血褐色的光。原來政府的大門也就三、五丈的寬，兩側是兩根石砌方柱子。可現在，市政府的大門寬有三十丈，中間裝著輪滑自動門。自動門又全部關起來，只等有車過去時，才會滑開來。來回進出的人，都在一側的人行口。那些進出的公職們，都持有市政府的出入通行證。沒有證件的，一律要到邊上警務室裡去登記。

明輝去找二哥要進大門時，因著新奇朝那大門多看了三幾眼，六個哨兵就都同時把目光掃過來。他又朝大門走近一步後，有四個哨兵朝他圍過來，同時用冷峻的聲音問：

——「幹什麼?!」

——「找你二哥，誰是你二哥？」

——「你想讓市長做你哥，可整個炸裂的市民都還想讓市長去做大家乾爹哪！」

哨兵們說著架著他的胳膊把他押到了警務室。警務室裡有個三十幾歲的魁梧警官漢，他用目光把明輝按在凳子上，又把在大門口哨兵說過的話重說一遍，這時候，明輝取出一張自己和二哥的合影照片給他看了看。又取出一張弟兄四個的合影給他看了看。最後取出一張多年前全家的合影給他看了看。看到第三張，那警官明明是個魁偉高大的漢，到末了，卻變得軟軟塌塌，枯黃瘦小，寬大的警服穿在他身上，像一套筒裝套在一枝木架上。

離開傳達室的小屋時，是警官親自去給明輝開的門，走出傳達室，他還扶住明輝下了那台階，一直把他送到市政府的大樓內。明輝就拿著他和二哥的合影照，過了一道門，又過了一道門，終於到了大樓最裡的廳門口，有兩個警哨士兵不僅沒有攔著他，且還攏腿磕腳朝他敬了禮。那猛然併攏的腿腳聲，把明輝嚇得愣在門前邊。愣怔著，他看見做了市政府祕書長的程菁朝他笑著迎過來，像冬天的一盆炭火朝他倒了過來樣。

她胖了，原來的蛋臉成了正圓形，笑著時，那一盆炭火又像一個巨大的蛋黃在空中懸著移動著：「我們有幾年不見了？你還能記得市長是你二哥呀？」收了笑，她的問話就冷了，「這麼多年你們家就沒人來看過市長吧。」

跟著她坐電梯，穿走廊，到了一處廳內還要繼續坐電梯。一路上她都在說市長每天每夜為炸裂人民的忙，為炸裂百姓的操勞和嘔心，說有一次北京來人檢查炸裂市升格為中國超大城市的基礎建設時，為了準備那檢查，孔市長整整三個月沒有睡過覺，人疲得如一根稻草般，當把北京的來人一送走，市長一晃就被一股風吹著飄在了半空裡。還對明輝說：「那時候你或你們家，誰能來看看市長就好了。市長就不會對家那麼冷淡了。」說著就到了市政府祕書長的辦公室，程菁一推門，身子一側進去了。

沒想到程菁的辦公室也那麼空豪和奢華，有五間房子大，單寫字台就占半間屋子方正著，桌上擺的文件夾，分為紅黃綠三種顏色、等級碼在桌子上，又有三部紅黑藍的電話擺在辦公桌的另一側。其餘的，就是所有辦公室都有的沙發、電視、報架和飲水機，還有蔥綠到黑的盆景和花草。明輝站在門口看著那辦公室，臉上的驚訝如硬在臉上的一層玻璃光。「你不辭掉民政局長，現在也有這麼大的辦公室。」程菁笑著說：「後悔嗎？還想回來工作嗎？」

放在茶几上的茶都放冷了，明輝沒有端起喝一口。水倒進去時，幾尾綠色的舌尖茶，跟著開水在杯裡旋轉著。可現在，開水早不冒煙了，水都冷著了，那水和茶葉還在杯裡旋轉著，速度一點都沒慢下來。「我沒啥兒事，就是要來看看我二哥。」明輝第一次這樣說著時，太陽光在窗口是螢火色。第二次這樣說著時，太陽是種火紅色。第三次這樣說著時，就近著紅黃相間的黃昏顏色了。不知怎麼著，黃昏就來了，屋子裡的溫暖中，有了一層看不見的冷。程菁臉上原來那火炭似的光亮沒有了，蛋黃似的笑，也成了暮青色，坐在明輝的正對面，日出日落她都是那樣一句話：

「有啥事，你只管跟我說，市長是全市人民的人，不是你們孔家哪個人的人，他忙得連喘息的工夫都沒有。」

明輝無論春冬秋夏都是那麼一句話：

「沒啥事，我就是想見見二哥說說閒話兒。」

到末了，天將黑下時，程菁去辦公室的一間套房打了一個電話走出來，有幾分釋然地笑著說：「市長到東城去開一個領導班子調整會，天黑以前回不來，想等了他同意你到他的辦公室裡慢慢等。」

就到了二哥市長明亮的辦公室。並不遠，和程菁的辦公室同一層，相隔三個會議室的距離著，只是哥哥明亮這邊門口有兩個穿便衣的魁偉安保守在那，而隔壁一間裡，又是隨叫隨到的一個祕書室。安保和祕書都是歸那程菁管著的，他們見了程菁都殷殷笑著說了稱頌的話：「祕書長好！」程菁只是朝他們懶懶點個頭，就把明輝領進了市長的辦公室。在這兒，程菁和明輝又說了三句話，就躲著閃著走掉了，像閃開一個痲瘋病人樣。

——「耐心等著吧。」

——「喝水了自己倒。」

——「別翻你哥那東西。他的辦公室裡從來是誰都不讓進來獨自待著的。」

程菁走時把門關上了。落日像紅紗繡在浩大辦公室的窗玻上。這是明輝第一次走進成了市長二哥的辦公室。他在辦公室裡沒有看到有啥兒讓人驚異意外的擺設和物品，闊寬的紅色辦公桌——三哥明耀那兒也有的；兩盤四季開花的植物樹——三哥的辦公室裡比他這兒還多兩盆，其餘的沙發、報紙、電話、檔、飲水機、書架和書架上學問如海的大厚書。還有什麼呢？還有紅木書架對面外國客人來訪時送的各種精巧的工藝禮品展示櫃，再就是二哥窗上掛的窗簾不太一樣著。那窗簾厚得很。重得很。裡外都是上好的料布和滾邊。還有在那外國禮品展示櫃的邊旁上，有著一間房，鑰匙就插在鎖孔沒有拿下來。

明輝在那屋裡轉著看一會，開門進了那房裡。

那房是市長的辦公休息房。程菁說不要亂翻市長的屋子和東西，大約也就是不讓走進這間房。可明輝猶豫一會還是進了這間房。他是市長的親弟弟，他進房裡時，就像一個人遲疑一下開門進了一個朋友的房裡樣。床鋪、壁紙、枱燈、塗白的房頂和堆著報紙、檔的辦公桌，還有地上的深色毛地毯。明輝不知道那地毯全是由十六歲的少女秀髮經過處理織成的，燈一開，閃著一層柔亮的肌膚光。他覺得地上有些滑，想鋪那地毯還不如鋪上浴室的浴巾在地上。他打開浴室看了看，除了白潔柔美的浴盆和鑲了金邊的便池外，還有鍍金水龍頭以及純金的肥皂盒，別的沒有讓他驚著的。衛生間裡的燈光是純白色，各種零碎的洗漱用具又都全是純金製成的，每一樣都重到讓他幾乎拿不動，這讓他有些暈眼和走錯地方的感覺了。又一次想到程菁說的不要亂翻亂動市長的東西那話了。可想要從那些純色金黃中收回目光時，他又看見便池旁的鍍金垃圾簍裡扔著男女事後的髒東西，讓他的胃裡嘩一聲，有東西要翻著吐到嘴外邊，猛地想要朝外退回時，又看到門外掛浴巾的地方還有一個門，門口掛著一個方木牌，牌上寫著「任何人不得入內」一行字。且在那字後邊，和二嫂在二哥那些照片下寫著「死是我的人」那類字上一模樣，都是打著三個「！！！」。他知道程菁說的不要亂翻亂動是啥兒意思了，就站在那衛生間，望著那個門，想要退回去，反倒又不自覺地朝前走了走，不自覺的把手握在了那個不知是鍍金還是純金的門把上。他沒有想到二哥會一邊在門口掛著「任何人不得入內！！！」的明權杖，又一邊連這道祕門都不鎖，就像一家銀行的祕室從來沒人進出後，門就懶得再鎖了。

猶豫著，明輝把那道祕門推開了。

想著開關就在手邊的牆壁上，果然就在手邊的牆壁上。

燈亮了。

一片熾白的燈光下，明輝先是模糊不解地隨意望在那，後來就真的解著驚著了。這是幾間封了窗子的大房子，如同庫房樣，四面的白色牆壁下，全都擺著用最稀貴的珍木黃花梨做的貨物架。那每個貨架都值幾十萬元或者上百萬。可那貨架上，擺的都是天下最不值錢的物。明輝走進那庫房，站在屋中間，望著那些如宮殿百寶箱樣的貨物架，看著一格一格分開的架框兒，見架櫃架框上有大大小小、呈各種幾何圖形的櫃架口，每一個區域的櫃框裡，都擺著來自不同賓館最常見的牙膏、牙刷、拖鞋、毛巾、浴衣和一次性的剃鬚刀或者吹風機。而且那每樣的賤物下，又都寫著一個日期和一個賓館名。在另一個展示區域裡，展擺著的是來自各級、各地會議室中的筆筒、筆架、釘書機、鉛筆刀和各種鋼筆以及圓珠筆。這來自天南海北會議室的物品下，又都寫著日期和那會議室的單位名。在下一個區域裡，擺的多是西方宴會酒桌上的刀、叉和韓國的錫筷、日本的銅色筷，偶而還有很一般的盆子和碟子。在第四個區域中，展擺的是稍稍有些值錢的物，比如從哪來的一個模樣怪怪的電話機和幾個手槍式的純銅打火機，還有寫著「人民大會堂」和「中南海」字樣的喝水杯。而在最後一個框區內，明輝目光轉著落將上去時，一下覺得他找到二哥了，找到二哥的那份溫暖血親了。靠裡最暗的物框上，擺的是幾塊墨煤、焦炭和很劣質的菸與酒，還有只有城郊農民才穿的西裝、衣裙和鞋帽。

明輝流水浸潤樣，漸著明白了二哥還是當年在炸裂村領著人們偷偷摸摸的那個孔明亮。他當鎮長時，曾經領人暴打過那些改不掉偷盜惡習的炸裂人，可是他，也從來沒有改掉過。當縣長、當市長，他在明光處決然不再偷搶了，可順手拿一樣東西的習慣卻從沒有改掉過。那些物品框上標有日期的來自賓館的拖鞋或來自飛機上的禦冷巾，還有來自某些北京大領導家裡或會客廳的裝著三寸長火柴的火柴盒，都在說明著二哥當村長時候偷，當鎮長時候偷，當了縣長、市長還依舊到哪都順手偷著捎回一件東西來。只不過他不再偷那貴重東西了，只是順手捎下一件小玩藝，就像許多人吃飯後順手捎走那桌上的牙籤和餐巾紙。二哥不僅捎回那些東西來，還都規規整整展擺在這個祕室裡。在這祕室裡，明輝找到從前的二哥了。心裡暖溢暖溢想要退將出去時，他聽到了二哥走回來的腳步聲。

明輝迎著二哥的腳步聲，沒有關燈就從那祕室走出來，穿過衛生間，回到了二哥辦公室靠東的外國禮品展示櫃旁，看見很遠的辦公室的門口上，站著比二哥還要高的一個年輕人，西裝俊朗，平頭烏髮，臉上白得連一星血色都沒有，胳膊彎裡夾著的公事包，顏色黑到假的間。可那臉上柔燦的笑，卻是千真萬確的。

「我是孔市長的劉祕書。孔市長為了炸裂市升為超大市，又要連夜去北京彙報了。市長登機前，讓我回來問問你，家裡有啥事讓你這麼急？」

明輝怔怔地立在門口上，默了一會答：「家裡沒有丁點兒事，可我就想見見他。」有個很柔很飄的笑，如黃葉一樣掛在門口那張方臉上，世界就又極度冷寒空落了，所有的溫暖都蕩然無存了。明輝看見他的二哥又從他的眼前飄走了，像一股細風從一道門縫一吹就不見去哪了。

三、孔明耀

因為心裡冷，大街上的地都凍裂了，市中心廣場的大理石磚塊全都凍成了粉末兒，連路上跑的許多汽車油，都跑著跑著油箱成了冰坨兒，那汽車就趴在了馬路上，司機除了在油箱邊上往手上哈著熱氣、跺著雙腳，嘴裡不停歇地罵：「他媽的，他媽的！」再就不能把汽車發動起來了。

經受不起這冷寒，明輝決定去見見三哥孔明耀。

見三哥明耀和見二哥正反著，簡單得如隨手開門關門般。到礦業總公司的大樓下，對警衛人員說了句我是孔明耀的四弟孔明輝，那警衛就慌忙把電話打到辦公大樓了。接下明輝剛到大樓內，三哥就在一樓廳內等著他。無論是老城街的老城區，還是東城、西城和開發區，整個炸裂都被冬雪冰結著。明輝從外面跺腳取暖走進來，看見三哥明耀繫著武裝帶，站在廳內的一盆羅漢竹子前。明明因為冷，那竹子都葉落枯盡了，可在這一會，三哥朝那枯竹看了看，順手把解下的武裝帶放在那盆竹子旁，那竹子便發出吱吱暖暖的聲音來，在吱吱聲中泛出了一絲一絲綠顏色。三哥又順手去那竹上摸一下，就有許多竹芽在那竹節上邊吐了出來了。

明輝走過去，看著那竹芽，也看著三哥的臉，要說啥兒時，三哥倒問他：

「外邊很冷吧？」

「上邊暖和些。」三哥說著把明輝帶到了他八樓的沙盤室。那兒除牆上掛的世界地圖和美國、英國、法國、德國的地圖外，在半間房大的美國地圖邊，又加掛了和美國地圖一樣大的阿富汗和伊拉克的大地圖。在他辦公室靠東的屋中央，除了美國、日本、台灣的沙盤外，還又多出了沒有完成的阿富汗和伊拉克的沙盤國家地理圖——有工匠正在用膠木、泥土塑製著伊拉克的沙盤國，看見明輝和明耀，工匠的泥手僵在了半空間。明耀也就招了一下手，讓那工匠繼續著他製作一個國家的事，這邊他和弟弟一塊坐下來，讓人進來倒了水，看明輝身上暖和了，不再冷得哆嗦了，就問明輝來到這兒有啥事。

明輝說了他昨兒一天沒能見上三哥後，嘆口長氣感嘆道：

「都不像是兄弟了。」

明耀看著明輝的臉，認真想了一會兒：

「美國可能要向伊拉克動手了。」

明輝道：「娘像有病樣，每天每時念叨你。」

明耀說：「我壓根沒想到世界會這麼亂，根子都在美國上。」

明輝道：「倒是大哥大嫂現在和好了。」

明耀又沉默一會問：「你是想讓我把二哥從市長的位置上拿下嗎？是想讓他回家跟二嫂過日子？」

明輝不知道該說啥，就那麼望著三哥明耀的臉。

明耀最後看明輝始終不說話，也就輕聲斷然說：「兄弟，你走吧，現在拿下二哥太早了。還不到對二哥動武的時候呢——家裡的事你先忍讓著，等東歐那邊的亂局眉目清楚了，三哥把世界收拾太平了，二哥不回家，三哥可以把他押著扭回去，可以組織弟兄們好好坐下吃頓飯，說說家務事。」然後三哥就從凳上站起來，要送明輝出門離開的樣。明輝也就站起身，把沒有喝完水的茶杯朝桌裡推了推，睜著驚恐不安的眼，看著三哥又過去交代那製作沙盤國的匠人把巴格達的城市再放大一倍做出來，最好把每條街巷都清清楚楚建在沙盤上，然後就過來送著明輝下樓了。

四、娘

娘死了。

一暖笑著離開了這脈冷世界。

天它自己都想不到，這年冬天會這麼冷。明輝從三哥那兒離開後，是跑著回家的，匆匆到家關上院落門，第一眼看到院裡的老榆樹，水桶粗的樹身被凍裂開幾道一指寬的縫，露出白花花的木茬兒。看見忘在院裡窗台上的一個吃飯碗，被凍碎成碗片落在窗台和院落間。從外面走進裡間屋，看見掛在床裡的碗口大圓表，時針分針凍得不走了，紅色的秒針被凍得落下來，像一根針刺扎在被子上。

明輝呆住了。

站在門口愣一會，他轉身就朝上房的裡屋跑過去。「娘——娘——」他邊跑邊叫，聲音如被人劈裂開的竹子樣。不等他衝出自己的屋，那聲音就把上房的屋門推開了。及至他到了上房屋門口——「你沒事吧娘——你沒事吧娘！」這連續的急叫聲，就把娘睡的裡屋門簾撩開了。待他一下跳過屋門檻，衝進娘睡的屋中間，看見娘還依然那樣仰躺在床鋪上，臉色不再是他離開前的紅潤和光亮，而是有些青紫和灰白。娘側身面朝裡，雙眼微睜微閉著，好像她從牆上看見了啥。也好像，穿過那牆壁，正有外面世界的寒冷襲在她臉上。

——「娘今夜要走了，你要對娘說實話——你大哥和大嫂和好了，你二哥和你二嫂見面和好沒？」

——「你三哥成家沒？他媳婦是咱炸裂老街上的嗎？」

——「你已經是老街年齡大的了，不結婚過日子，是娘丟不下的事。」

「明輝啊，」娘最後用微細的聲音叫著他：「你就告訴娘這些，說完娘就該走了，該找你父親了。」

明輝不知道自己為啥在轉眼間變得那麼鎮定和淡然，像娘的死他早就知道樣。聽完了娘的話，他慢慢朝前走幾步，站在屋中央，像豎在娘的床前的一炷香。

「大嫂懷孕了，一男一女是龍鳳胎。」

「二哥把二嫂接到了市府園他的家裡去住了，每天二哥去上班，二嫂做飯和接送侄兒去上學。」

「三哥結婚了，嫂子是咱炸裂人，在學校教書呢——就教著侄兒小勝利。」

「我也訂婚了，就是冬前你坐在門口見的那姑娘，人漂亮，又賢淑，上班在醫院，準備今年就結婚。」

說完這些話，娘在床上翻個身，面對明輝，臉上又微微露出燦然的笑，然後那笑持續了幾秒鐘，她就把眼睛久久遠遠閉上了。

安葬母親時，二哥剛好從北京簽字下文讓炸裂市的天氣好起來，於是天便暖和了，太陽在頭頂暖得讓人想把棉衣脫下來。終於接通二哥的電話後，在電話上通知二哥說娘死了，二哥在電話那頭說，炸裂成為超大城市快要批准了。問他你回來奔喪嗎？二哥說先說到這兒吧，最重要的彙報馬上就開始。去找三哥通知母親的死訊時，三哥不在礦業總公司，而是在他設在耙耬深處山脈間的軍營裡。那一天，三哥正穿著軍服在給他的軍隊開著春暖訓練動員會，說日本首相又參拜靖國神社了，又有右翼登上了我國領土釣魚島。台灣的民進黨，也已經祕密立憲準備台獨了。而美國用最先進殘暴的現代裝備推翻了阿富汗和伊拉克的現政權，現在借了無數中國的錢，又讓人民幣升值逼得中國人都想從北京的樓上跳下來。德國原來是說好要賣給中國武器的，現在翻臉不賣了。連鄰邊細小得如一根草似的越南也在南沙中國的島上開採石油了。菲律賓的印刷廠，把中國的島嶼畫在了他們的版圖上，新的地圖就要開機印刷了。那去通知三哥明耀回來奔喪的，回來對孔家說了一句話：

「自古英雄沒有忠孝兩全的。」

和大哥、大嫂一道給笑著的母親穿了衣，入了棺，不驚動任何老街人，就把母親埋在祖墳裡。那場少見的大冬雪，在陽坡的朝陽裡，已經融化淨盡，而背陽的陰坡間，還白雪皚皚，有寒氣從那飄散著。遠處炸裂的高樓在這只能看到一片頂尖兒，如只能望見峽谷林地的一片林梢樣，而背後哪家礦山開採場，隆隆的機器聲和砲聲卻總是不間斷地響過來。

將母親埋在原來父親的舊墳裡，明輝和明光，兄弟兩個都累了，坐在那墳前歇一會，望著城市的樓頂、礦採的煙塵和對面山坡上的雪，聽著山那邊火車開過的聲響和飛機場降落的轟鳴聲，大哥明光對四弟明輝說：「我們回去吧，該吃午飯了。中午我們吃餃子。」

他們就都站起來，扛著鐵鍬準備走，到這時，大哥又朝四弟明輝身邊靠一步，笑著輕聲道：「你大嫂懷孕了，是個男孩兒。」

第十七章　輿地大沿革(一)

一、直轄市(一)

市長孔明亮這天早上不是舒展睡醒的，是被奇靜鬧醒的。他不想睜開眼，就閉著眼用手指在黃梨木床頭敲了敲。門外的聽到了市長用指關節在床頭的三聲敲，就出門用竹竿把臥室窗前晨叫的麻雀趕走了，且還領來幾個年輕人，只要有麻雀、烏鴉朝這一排房的窗前、樹上飛，便都舉著紅綢包的竹竿在那空中趕。可後來，靜了一會兒，市長還是聽有吵雜在他的耳朵眼裡嗡嚶嚶地飛，就又加重聲音在床頭敲了五六下。

工作人員著急了，調來了在市府大院執勤的三個勤務班，十幾米一個小夥子，都舉著一柄長竹竿，把那一排房子團團圍起來，不讓所有的鳥雀從這排房的上空飛過去。市府園裡的花草從冬眠中醒過來，無論是擺在石子甬路兩邊的花，還是在市長臥房前後種的草坪和栽的各種花果樹，綠色都濃到有汁液將要湧出來。在玻璃花房養的牡丹率先知時開花了，美如成熟少女和少婦的臉，太陽一出來，就擺在市府園裡市長起床上班要經路過的路邊上。這天早晨花工們在路邊擺花時，被舉著竹竿的小夥暗示一下指指腳，花工們看到趕鳥的都是脫掉鞋子光著腳，也慌忙脫掉鞋子光腳走路了。往地上擺花時，怕弄出聲響來，就都把搬花的手指墊在盆底和地面間，然後再慢慢抽出手指頭。

偌大空曠的市府園，像前古的花園寂在離市政府幾里路的東邊上。沒有人，只有高大的仿古圍牆和空蕩空蕩的別墅、樓房和廚師、花工、電工及勤務。這些人散在院落裡，像草籽落在荒野上。他們總是輕手輕腳地走著路，小聲細細地說著話，彼此見著了，忙三忙四點個頭。尤其在市長明亮要睡時，工作人員在他房前是都要脫鞋走路的。貼身的人，進到屋裡去，要換上從日本進口的厚底無聲軟拖鞋。靜不是為了睡或鬧，都是為了市長養成的習性兒。在他建在名為市府園中間靠後那排青磚瓦屋裡，過道七通八拐，房間環環連扣，在那片房子中，設有大的會議堂，小的會議室和大餐廳、小餐廳、茶室、咖啡室，還有連明亮都沒有去過的服務人員工作舍。在他的臥室內，有事了他不打電話，也不按電鈴。他用手指敲敲桌子或床頭，服務人員就知道他有什麼事情了。就是他想讓哪個姑娘去他屋裡睡一夜，也是用手指去敲黃梨床頭的，無非那敲裡帶出一些不同的情愛肉聲就行了。工作人員也就心神明洞了。事業讓明亮在整天的忙亂中更加喜了靜。早晨間，除了太陽出來的照曬聲，其餘本就沒有絲毫的人聲和響動，就連工作人員舉著竹竿、脫掉鞋子趕鳥也是屏住呼吸的。可卻在這靜裡，明亮還是覺得有聲音，最後潑煩著想要大敲床頭時，他猛然想起那聲音聒噪不是來自市府園裡了，而是來自他腦裡的奇靜和他獨居市府園的寂。於是著，要大敲床頭的手指僵住了。

昨夜裡，從北京來的第九個把炸裂升為大都市的調研組的人，給市長飯後說了一樁事。說本月內北京就會最後討論炸裂市是否升格為如同北京、上海、廣州、天津一樣的超級直轄市。說現在影響炸裂升為大都市的不是人口、經濟和發展的速度與規模，而是你孔市長能否讓定奪炸裂成為直轄市的專家和國家領導人在討論這個問題時，覺得話題有興趣，因為城市升格這類問題都是在討論國家人事權力之後才輪到討論的。那時候，不是該吃中飯就是該吃晚飯了，討論的人對問題已經沒有興趣了，這時所有的問題都如請人吃飯樣，不光廚師的廚藝要能燒出天食美胃的菜，還要你在飯桌上擺出怎樣罕見招人的酒，才能讓討論的人在到了飯點時，還甘願坐在會議室。他們在說這話時，是在市府園餐廳的會客室，天食美味結束後，只還有調研組的人物們和市政府的幾個要人留在餐廳旁的會客廳，大家每人面前擺了一個木盆子，每個盆子裡都倒了七、八瓶的茅台酒，用酒泡著腳，屋裡飄蕩滿了茅台酒的醬香味，有那些千裡挑一的姑娘給他們按摩著。當給調研組長按摩至恰到妙處時，他朝身邊的市長看了看，神祕地笑笑說了這番話，然後兩隻六十歲的腳，在茅台酒裡對搓著，說我從來沒有用酒泡過腳，這用酒泡腳讓我的腳趾都有些酥麻了。

市長那時望著人物的白髮和那張連皺摺也都發光的臉，想了一會兒，似問似論地說了三句話：

「北京沒人在乎女人和錢吧？」

又說道：「城市高速發展的速度不會沒人在意吧？」

再又說：「如果我能在一週之內在炸裂建出一百公里的地鐵線和擴建出一個亞洲最大的飛機場，不會沒人不在意這樁事情吧？」

說到第三句話兒時，調研組所有人物的眼睛都大了，如一排燈籠閃在明亮眼前邊。「你真的能在一週七天內，建出一百公里的地鐵線？真的七天就能建成一個亞洲最大的飛機場？」組長在酒裡泡著對搓的腳，僵在了醬香型的酒液裡，反反覆覆問著這兩句話，直到他們準備離開酒桶上飛機，問著這樣的話，望著明亮的眼睛都沒眨一下。把人物們送上飛機後，孔明亮回來就睡了。整整和他們廝守相陪了十八天，連吃飯的筷子都是明亮親手拿起遞到每個人物的手裡去。他累了。陪這第九調研組的十八天，他像當年當村長時親自帶著炸裂村人上下火車卸貨樣。可今天不是當年了。人到中年了。調理、休養、安靜，在他重要得如人要活著的水和空氣樣。明明睡得透熟到連說過啥兒、做過啥兒都已記不得，可卻睡熟時，他的腦裡又都還嗡嗡啦啦響著一樁事。響著人物們連連反問他的那句話：「你真能一週內在炸裂建出四通八達的地鐵嗎？」他朝人物們明明幾次很肯定地點了頭，人物們卻還要那樣問：「你真的一週內能在炸裂建出一個亞洲最大的飛機場？」末了事情就似乎確定在了這個節眼上，只要孔明亮能一週內在炸裂完成上百公里的地鐵線和亞洲第一大的飛機場，炸裂升格為中國超大的直轄市，也就十拿九穩了，也就必然必然著。孔明亮懶在他空大的床鋪上，睜開眼，看見昨夜陪他的那個女子一個紅寶石髮卡還落在枕頭邊。他把那髮卡拿起來放在床頭櫃角上，略略回憶了昨夜陪他睡的那個姑娘的樣，覺得腦裡嗡嗡的聲音小了些，又扭頭望了望乳白掛畫的牆壁和天花板，從床上坐起來，抓起床頭的衣服穿著下床了。

他突然抓住腦裡嗡嗡啦啦響的那個東西了——他必須今天去和三弟明耀見一面。那在一週內建好地鐵線和飛機場的事，是需要三弟明耀出面幫著的。需要明耀動用他的千軍萬馬的。下床穿鞋時，明亮輕輕咳一下，有人就把一雙從日本藝拖作坊訂製購來的絨拖擺在了臥室屋門口兒。到門口又順手在門框上敲一下，又有人把牙膏在洗漱間裡擠好了，把印著炸裂未來大都會樣貌的一次性毛巾擺在了龍頭邊。當洗浴室中的龍頭嘩嘩響出了流水聲，小餐廳就開始給明亮往桌上擺著各樣齊全的早飲早點了。

匆匆地喝了幾口奶，吃了他最愛吃的鹹菜和生煎蛋，明亮沒有敲桌子，也沒和任何人多說一句話。這時候，工作人員就知道市長是要飯後獨自在園裡走一走。於是就都朝各自該退的地方退回去，讓市長在安靜中獨自隨意地走。避退不及的，站在路邊、過道邊，笑著彎下腰，輕聲說句「市長好」，讓市長從自己面前走過去。太陽已經很高了，在市府園偏東的半空懸置著，如懸著金水剛剛凝固的一枚球，金亮的邊上還有一層毛邊兒。沿著市府園葡萄架搭起的長廊由北向南時，明亮看見有許多葡萄棵上越冬的乾枝都還枯白著。五月的綠色在那乾枝上，只是剛要破枝還未掛出的一包芽綠色。他走到葡萄長廊的中間去，朝外看了看，知道有工作人員就在他的身邊或身後，只要他輕輕咳一下，或者站住轉個身，朝那邊瞅一下，工作人員就會立刻出現在他面前：「孔市長，你有什麼事？」他們像在他周圍等著問他這句等了上千年，終於等到的興奮黃燦燦在每一張笑臉上。這些都是和他自幼從炸裂村一道打拚過來的程菁安排的。程菁是市政府的祕書長，照應他全部的生活、工作和講話，也包括他興致所至時，怎樣和一個女子見面，和程菁舊情復發一會兒。他知道，程菁就在這市府園裡的哪一棟別墅裡，只要說一聲，三幾分鐘她就會站到他面前。可他不想見程菁，也不想見任何一個人。他想獨自走一會，想獨自想一會見了兄弟明耀怎樣商計一週內在炸裂建起地鐵和機場的事。

獨自就走著。

太陽從半綠的葡萄架上透過來，又圓又大的光環在長廊一個套一個，像奧運會的標誌樣。

從邊上草坪地裡的松樹下，跑來一隻松鼠站在一棵葡萄樹腰上，看著市長眼裡有種笑吟吟的光。這松鼠是去年他讓工作人員從山上抓來養著的，數百隻，經常出現在路邊和樹上。一年前他在院裡散步時，隨口說這園裡有些松鼠該多好，這園裡不久就有松鼠了。去年夏，有個月夜他在院裡走著沒有聽到蟋蟀的叫，「怎麼會沒有蟋蟀呢？」這一問，政府就動員全市市民到山野捉了十萬隻蟋蟀養在園裡了。現在這松鼠跑到市長面前如像有事兒，眼裡的光亮清白無辜，有些哀求著。明亮朝牠走過去，牠不跑，反而朝明亮走來站在長廊邊座上。邊座都是松木板，塗了紅漆很有宮園的味，像是北京的頤和園。可北京那園裡人多得如螞蟻搬家要到廟會去，而這和頤和園大小差不太多的市府園，這時就只有明亮、松鼠和長廊。到松鼠面前明亮站住了。那松鼠朝他輕聲嘰嘰叫幾下，明亮就在松鼠面前蹲下來，松鼠便又朝他搖頭晃腦嘰嘰叫了叫。

明亮知道松鼠找他的意思了。站起身，把目光投到外面草地和一片樹林裡。他朝那兒招招手，看除了陽光和風多了些，沒有別的動靜後，就對著長廊外草坪間的一片樹林在心裡念念說：「還有松鼠嗎？都出來和牠玩，牠有些寂寞了。」就看見有幾隻松鼠在那林裡探著頭，目光裡的不安如寒夜裡的星。他也就對那探頭的幾隻松鼠不再客氣了，大聲道：「我是孔市長，叫你們都過來你們聽見沒？」也就在他的吼叫裡，一塊跑出來幾十隻的灰松鼠。長廊椅座上的松鼠看見松鼠群，朝明亮搖搖尾巴跳著跑進了松鼠群。

看著那重又跑走的一群松鼠們，明亮心裡喜一下。市府園的靜，如落在水裡的倒影打死都發不出一絲聲息和響音，只還那群松鼠在草地、林裡跑著戲著的腳步聲，還有從市裡傳來的似有似無的汽車聲和頭頂雲的流動聲。站在那靜裡，他忽然很想如孩子樣隨地撒泡尿。也就自嘲地笑一下，左右看了看，站在長廊凳子上，人如懸在半空般，很自在地取出他的器物朝著天空撒了一泡尿。

撒了一泡市長的尿。

尿很短。他有些後悔早上被人侍奉著去了衛生間。他很想讓他的尿如當村長、鎮長時，都是金黃色，可是自當了市長後，醫生把他調理得一點毛病都沒有，連尿水都是清白淡淡的。他望著自己那清白色的一股尿，從空中弧一下，落在草地裡，有隻蟋蟀被他的尿水沖將出來了，在日光下的草葉上，抖著身子甩著翅膀上的水。

明亮望著那隻老蟋蟀，忽然繃著臉，大孩子似的對那蟋蟀說：「讓牠們都出來。」那蟋蟀看看他，從一棵草上跳下了。「讓所有的昆蟲、鳥雀都出來——」明亮又大喚：「春天到了你們都給我鑽出來——都給我鑽出來！」

——「我是孔市長，你們都給我鑽出來！」

——「我是孔市長，你們都給我鑽出來！」

很快的，從長廊的拐角、假山的背後，一片竹林的中間和不遠處，他的五進四合院的平房裡，一下站出來了幾十個祕書、花工、電工、水工及保安和工作人員們。大家驚恐地望著站在半空的孔市長，沒有人明白發生了啥兒事。不知道這時是該朝市長跑過去，還是弄明白市長要幹啥兒後，再決定自己該去還是不該去，於是就都僵在原地裡，臉上布滿了不安和慌恐。這時的太陽已經近著頂，發著黃亮透明的光。五月的溫暖有些和初夏樣，周邊樓屋的牆壁都是慵懶縮縮的，像一團蹲在陽處曬暖的懶漢般，直至聽到了市長憤怒吼吼的叫，才顯出了驚異和興奮，覺得這市府園裡終於有了喚聲了。有了人氣了。有喜鵲從很遠的地方飛過來，落在樹上嘎嘎地叫著如同召喚般，不一刻，園裡的麻雀也都不知從哪鑽出來，落在草地和樹枝上，嘰嘰喳喳歡叫著。松鼠們也都又從林地深處跑將出來了，在市長面前樹上樹下躥動著，蓬開的尾巴比牠的身子還要粗。蟋蟀也被市長的暴怒和春暖召喚回來了，成千上萬隻，在草坪的草尖上站著和臥著，有幾隻伸開翅膀咯咯地叫了叫，跟著就有數百、數千隻蟋蟀同時叫起來。整個市府園的大院內，都充滿了蟋蟀、鳥雀的歡叫聲。看不見蟈蟈在哪兒，可牠的歌聲卻夾在蟋蟀的叫聲中，如一群合唱中時高時低的領唱般。

蝴蝶也在那春日的叫聲裡，飛舞起落了。

那些祕書和工作人員都又退下了。市長明亮站在市府園的一塊景觀石頭上，望著眼前的一切有些感動了。他臉上有了笑，可淚卻止不住地橫流豎掛著淌。這炸裂是他的。世界是他的。連昆蟲鳥雀都聽他市長的。笑著含著淚，又朝著周圍連連擺了幾下手，讓所有鑽出來的祕書、保安和工作人員都退回到找不到的地方去，無論他喚說啥兒都不能走出來，之後就從那景觀石上跳下去，看了看圍著他市長飛舞轉動的鳥雀昆蟲們，他又像孩子樣坐在草地上，看著爬在他腳上、腿上咯咯唱著的幾隻黑亮大蟋蟀，看看在他面前一棵車輪菊上的咯咕咕、咯咕咕對唱著的一對青色大蟈蟈，還有一直都在他周圍飛著叫著的黃鶯鳥，草馨和花香如溫水樣浸泡著他的鼻息和身子，使他這時感到從未有過的輕鬆和舒坦。他知道不僅這兩千畝地的市府大園是他的，市政府和整個炸裂也是他的了。「我是市長你們知道嗎？」望著站在他皮鞋頂上亮翅咯咯的蟋蟀悄聲問，「炸裂快成為超大都市直轄市了你們聽說沒？」問著話，看見草尖上的那幾隻蟋蟀、蟈蟈和樹枝與長廊上的喜鵲都忽然停了嗓，用喜悅的目光盯著他，他便很慢很柔地晃晃腳，讓鞋上、腿上的蟋蟀、蟈蟈全都搬個家，然後從草地上站起來，把身上的衣服拉了拉，又咳了一下清清嗓，對面前的各類昆蟲們說：

「你們都退下，我要安靜一會兒。」

對麻雀、喜鵲和灰白鴿子們喚：

「你們都走吧，我要安靜一會兒。」

對面前的松鼠和從哪跑到園裡的刺蝟和獾狐們大聲道：「躲開吧，我要在這園裡試著建出地鐵和機場建設的工程指揮部，親自指揮機場、地鐵在一週內建起來，十天後就有世界上最大型的飛機起落在炸裂機場上，讓國家領導人坐第一架大型航班到炸裂，再坐地鐵到為他們專門建的賓館內。」市長對著天空和大地喚：「該躲的蟲雀野獸都走吧，過一會這院裡就要轟轟隆隆了！」在明亮的喚聲裡，市府園裡又立刻靜下來，回到原初靜寂的模樣裡。大群的麻雀、喜鵲飛走了，只還有笨呆的落在這兒或那兒。松鼠、蟋蟀、蟈蟈們，也都不知哪去了，留下絲絲股股的清涼在明亮的腦裡和耳朵眼裡細細嗡鳴著。靜是鋪天蓋地的。空曠也是鋪天蓋地的。園裡除了他，沒有一個人，移至頭頂的太陽從黃亮變成了炭紅色，有汗在明亮的額頭和後背上，這讓他的心裡越發充滿了舒適和溫暖，像疲冷的身子慢慢浸入溫水樣。

站在空寥無人的草坪間，市長又瞅一眼四下奇靜的樓屋和房舍，朝遠處的一片水塘走過去。那兒離紅色長廊三百米的遠，人工草坪沒有鋪到那兒去，是一片為著野趣不加修飾的低塘和草荒，幾十畝大的橢圓塘裡積存的雨水有三尺那麼深。新的蘆葦半人多高了，有水鳥、野魚和花蛇在那塘子裡。住在這府園，可他只在初成時節來過這塘邊，那時工人們正要把這坑塘填平種上草，是他說了句留著吧，野塘也就留下了。有了一片野的風光了。現在市長想在這兒蓋他的機場、地鐵建設指揮部，想讓如蟲來雀至樣從塘裡立刻拔地而起一棟樓。樓的樣子是他在京城見過的圓蛋形，青白色，如巨型的鵝蛋一模樣。那樓裡的裝潢他也想好了，和他見過的一棟京城的部委辦公大樓一模樣，室內全是乳白牆面紙，但那紙上都發著青玉色的光。在心裡計設著，明亮在塘邊選了一塊平硬的地方站下來，面對日光，朝空野的塘葦中間看了看，看好大樓的最終地址後，慢慢閉上眼，深深吸了一口氣，嘴裡默念著：

「我是炸裂市的孔市長，我要在這兒建起一棟樓！」

默念著：「現在就要建，我是市長說了算！」

又問道：「難道還要我下一份文件嗎？我親自站在這兒不行嗎？你們就認不出我是市長嗎？」

說著問著把眼睛閉得更緊些，等待著腳下慢慢有些微搖微晃的動，接著會有一股大風或火山噴發那樣嘯嘯鬧鬧劇烈的響，水草和泥漿滿天飛，然後睜開眼，面前就有一棟蛋形高樓兀自立在地面上。

市長在等著這一刻。

他已經在心理準備好地動山搖和一場颶風到來後，把他掀翻在地上，撞在那兒，頭破血流，衣服扯爛，站起來時滿臉滿身都是黃土和泥巴。只要在這一瞬間，空塘裡能崛起一棟樓，他就不用去找弟弟明耀談那建設機場、地鐵的事。他就可以自己把炸裂的機場、地鐵建起來。

「炸裂是我的。我是一手把炸裂帶大的孔市長，我不能在一週內建起機場和地鐵，誰還會有這能力呢？」在心裡這樣自問著，等待著地動山搖的到來時，明亮緊閉的雙眼前面出現了一片飛舞凝動的金星兒，腳下也有了微搖微搖的晃。他以為山崩地裂和風呼海嘯該來了。他該被龍捲風捲倒吹跑了，本能地咬了咬牙，用腳趾在地上抓得更緊些，彎腰前傾抗著那颶風，可他等待著，等待著，卻發現腳下不再搖晃了，眼前的金星似乎也少了。

有一種不祥的預感來到明亮的心頭煩亂著。

他有些擔心地慢慢睜開眼，事情和他料想的一模樣，世界上啥兒事情都沒發生。市府園還是原來的市府園。眼前的葦塘也還是原初那葦塘，半人高的葦棵綠在水面上，有蜻蜓在葦棵的頂上飛，而水蜉們在暗紅暗黑的水裡箭來箭去著。連腳下原來的一蓬草，都還是原初的樣兒開著小黃花。明亮覺得頭上有些暈，心裡落空的那感覺，像有人在他胸口猛地打了一拳樣，腸胃心肺都在裡邊掛著空搖空晃了。他盯著葦塘中的一簇葦棵輕輕說：

「我是孔市長，我要立馬在這建起一棟樓房你們聽到沒？」

他又把聲音提高一倍兒：「我是炸裂市的孔市長，我說的話你們沒有聽見嗎?!」

最後他徹底把聲音放大到一個市府園的各牆各角都能聽到的喚：「老子是孔市長，你們到底聽到我的話沒有?!」

再最後，明亮望著他的喚話從水面蕩過去，把幾隻水鳥都從葦塘嚇飛後，沉默一會兒，咬咬自己的下嘴唇，臉上掛了蒼白色，還有淚從眼角流下來，便像老人、孩子樣，壓著哭腔那樣問：「你們不想讓炸裂成為北京、上海那樣的城市嗎？」

「你們不想讓炸裂成為中國的直轄市了嗎？」

而躲在各個樹後、牆角、長廊拐彎處的那些祕書和保安們，這時全都鑽出來，遠遠地望著市長站在那，不知道該朝市長走去還是不該去，每個人的臉上都是濃烈烈的惘然和不安。

二、大宏圖

明亮去找了弟弟孔明耀。

離開市府園和炸裂時，有一種悲涼在他心裡漫浸著。他沒有帶祕書，只帶了祕書長程菁上了豪華越野車。程菁見了市長孔明亮，在他臉上望了一下說：「孔市長，你昨夜沒有睡好吧。」明亮回她說：「你和我去一下。」然後開門上車，他坐在車後邊，讓程菁坐在車駕邊。車子駛出市區前，是有急令電話通知下去的，說市長要用一下人民路，那條路便就戒嚴了，說要用一下公德路，那路上便無車輛行人了，讓一切車輛和市民繞道了。半閉了眼，市長明亮靠在後座上，讓車像船蕩在海裡樣，快速地漂著從城裡出來了，直到離開已經有一千萬人口的炸裂後，明亮和程菁在車上問問答答只有兩句話。

程菁問：「去哪兒？」

明亮道：「炸裂升格為直轄市到了關鍵時候了。」

「你臉色黃得和紙一樣，」程菁笑著道：「你不是那個年紀了，不該那麼貪夜了。」

明亮看著程菁後頸上不覺間的環皺紋，拿手去她的脖上、肩上摸了摸，待程菁臉上閃著紅光轉過頭來時，明亮卻問她：

「你說離開孔明耀，我一週內能建起亞洲最大的機場和最少一百公里的地鐵嗎？」

「能。」有一股暗色的失落漂在程菁的臉上後，她冷冷冰冰說：「那要看炸裂成了超大城市時，你安排我去幹啥兒，能不能讓我當上副市長。」然後間，車就離開炸裂市，到了往西去的山脈間——原來計畫在那兒修建機場的那脈山嶺上，世界在那兒驟然變得浩瀚了，落在山下向遠處蕩去的炸裂城，像畫在山脈外的一幅實色畫，灰的白的凌亂秩序著。原來在火車上卸貨的鐵軌不知哪去了。前年在這還可以看到的炸裂老城也都不見了，只有一叢叢新紅的高樓落在遠處的這兒和那兒。車走了一程後，讓司機把車停在山嶺的水泥道面上，孔明亮從車上走下來，到道邊的荒野草地站在那，樣子是要躲開車子和程菁小便去，可他到了一面荒坡間，朝身後瞅了瞅，又朝遠處走過去，直到一面緩平的坡地上，站在長滿蒿草、白草和酸棗棵的一面野荒裡，放眼了前後左右的空曠後，面對一條平直遠伸的山脊背，取出一疊蓋了各種紅印的檔、批示拿在手裡邊，遞給曠野看看後，他閉著眼睛說：

「能先建出一條跑道嗎？我是孔市長，我把機場建設的檔和資金來源的批文全都帶來了。」求著說：「出現一條跑道吧，我是孔市長，我真的不想去求那孔明耀。」

閉著眼，等一會，聽到了風吹著手裡那疊文件的沙啦聲。可除了這種碎細聲音外，身前身後和腳下，再也沒有別的聲音了。像墳地靜是一堆一堆的。終於也就再次睜開眼，看看面前的荒草、石頭和伸蕩到遠處的山脊背，很想為自己是市長的無能哭一場，又覺得傷悲沒有到那兒，也就有些委屈地把檔收起來，裝進黑皮公文袋，轉身要走時，看見程菁站在身後邊，如是看見聽見了他剛才所有做的和說的，便有股暗火升上來，以為一切的不成都是因為她在身後邊。可正要為她大動肝火時，程菁卻把額前的一綹頭髮撩一下，輕聲硬氣說了風涼風韻的話。

——「你有三個月沒有碰我了。」

——「沒有碰我你就欠著我。」

——「欠我身子了，就得拿別的還給我。」

——「我別無他求，炸裂成為直轄市，你得讓我當上副市長。最不景氣也把我調到外省弄個副省長。」

回到豪車上，仍是一前一後坐，如吵架的夫妻那樣冷淡著，彼此不說話，讓車子箭在通往西山脈的公路上，像一下子要把車子開進西沉的太陽裡。待路兩邊的樹林和莊稼地、村莊和小城鎮，還有連市長明亮都說不清為何要建在山裡的企業、工業園，都退到車後消失時，巨大的荒涼在車前鋪開了。這兒離炸裂大約百餘公里遠，雜樹林在路的兩邊把公路擠窄掩著了。路像繞在山野林地的一根無頭無尾的布帶兒。五月的日暖在山裡成了黃爽爽的冷。程菁搖下玻璃望著外邊問：「這是哪？」明亮對司機交代說：「沿路朝前走，翻過前邊那座山。」然後驚奇和神祕就在車裡堆著了，壓得越野車盤路爬山時，不得不慢到如老人喘著走路般。可也終於盤到了山頂上。終於讓越野車從林叢掙出來，停在山頂的一片草地停車場。

另外一番天地出現了。

誰都不可料，到了山這邊，會有巨大一片草原攤在山腳下。因著落日的滿照都是藍綠和暗紅，那海面似的草原上，正有著明耀的海軍在草原的海面演習著。站在山頂朝著山下的草原海面望，被編成各種船隊、艦隊的海軍在草原水面上動著凝固著，進攻防守著。隆隆攻擊的砲聲和煙霧，俱和詩畫樣。因為遠，望著山下草原上大大小小的船，像看見了海裡大大小小浮在水面上的魚。士兵們在那船上的吶喊聲，如波浪一樣捲過來。成千上萬的人，兩個師或者三個師，都穿著海軍服，平頂軍帽後的白飄帶，在汪洋的草海像飛翔著的白色鳥。

程菁從車上下來驚著了。

「明耀要做大事了。」明亮沒有把目光從海上收回來，自言自語著，又像是回答程菁驚著的問。他站在夕陽下的山上朝山下的草海凝望著，臉上的訝異是種缺血的黃，可也還有興奮和笑在那黃的訝異裡。把司機留在車子邊，帶著程菁朝山的下面走，就看見路兩邊列隊歡迎的軍隊了。一個營，或者兩個營，分站在山野的路兩邊。所有士兵的海軍服，都是新的筆挺的，在白光中閃著海水面的光。鼓掌的聲音先凌亂，後節奏，末了整齊得如被刀切過的聲音樣。明亮在前邊，程菁在後邊。舉在半空的大紅橫幅上的字：「熱烈歡迎市長到我軍檢閱和視察！」哐哐噹噹醒目在空空寥寥的半天裡。當明亮看清那橫幅上的大字時，有位五十幾歲的海軍軍官——他是明耀當兵時的老連長——從橫幅下面抱拳跑過來，到明亮面前幾米後，突然立定、敬禮，用撕裂喉嚨的嗓音報告道：

「報告孔市長，炸裂海軍基地全體官兵正在進行越海登陸作戰大演習。參加演習人數，兩個海軍師和一個海上導彈團——報告人——第二海軍師師長高旗義！——請指示！」

明亮在那突來的報告聲中怔了怔，豎在那兒聽完了高師長一字一頓的報告後，本想學著朝師長還個禮，說幾句陰陽頓挫的話，可結果，卻只是抬起右手在腰間僵了僵，說了句委實無力的話：

「帶我去找明耀吧。」

師長卻仍然用極有力度的嗓音喚著答：

「司令在艦上等著哪！」

聽到師長說「司令」兩個字，明亮的心裡冷疼一下子，再次朝山下的海面和無數模糊的船隻和軍隊望了望，沒有說話兒，跟著師長朝夾隊歡迎的海軍走去了。到了海軍士兵面前時，從那掌聲中，爆出的「首長好！」「首長好！」的口號如禮砲一樣炸在半空裡。太陽已經近著西沉了，紅光噴在天空間。空曠中的熱烈如冬日山野盛開出的山茶花。明亮是知道聽到士兵連連齊喚「首長好！」時，他該回話大喚「同志們好——你們辛苦啦！」這時歡迎的隊伍會共同高呼「為人民服務——首長辛苦啦！」就在這種彼此機械高呼的問候中，歡迎儀式才算進入了高潮期。可是這一會，聽說明耀被稱為司令時，他在回喚中叫不出「同志們好——你們辛苦啦！」那樣有力興奮的回答來，就只好帶著程菁左右看看點著頭，從那夾隊歡迎的士兵隊伍中，急急地走將出去了。

離開歡迎的隊伍後，他回頭看了看，見身後的程菁祕書長，臉上興奮出一層汗，紅得會有顏色掉下來。而身後的高師長，則和程菁並著肩，指著山下的海軍和軍艦們，口吐白沫地說著話，嘴裡不斷有「美國」、「英國」、「奧巴馬」和「日本首相」那樣的詞語濺過來。而在正前邊，沿著被黃沙鋪就的一條下坡土道上，汽車拖了什麼貨物過去的輪痕一條挨一條。就在那坡道拐彎處，稍往路邊站一站，能看見彎道的坡下草原大海的岸附近，有巨大的一艘艦艇出現在海面上。明耀和他的參謀軍官們，正在那艦艇船頭的甲板上，圍著桌子沙盤研究什麼事，又不斷抬頭指指草原海裡成百上千隻的大船和小船，還有遠處有些模糊組成的幾個倒「人」字的艦隊們。就在這快要到了海邊的山腰上，太陽在西邊把光亮返照到東邊來，有風在草原無邊無際蕩動著，那遼遼闊闊的草原竟真如浩浩瀚瀚的大海了。草面上捲蕩著草原的波濤和浪花。有一種葉如楊柳正青背白的只有炸裂的山間才會有的針葉草，在那風中不斷把葉背一片片地翻過來，葉背上的白，和海面打起落下、落下打起的浪花一模樣。

明亮被這片瀚海和軍演驚嚇著，他料定明耀要在炸裂做下大事情，心裡的不安油然升上來，臉上有層霧似的迷惘掠過去。立在路的拐彎處，看看三步一崗、五步一哨的士兵們，等著身後的師長和程菁走上來，問師長說這兒原屬炸裂的遠郊縣，他曾經來視察過，可沒看見和聽說山裡有這草原呀。師長對明亮笑了笑，說司令三年前就發現這邊山脈間有百公里寬的平原了。三年前就在這平原種草、養草了，就把這平原種養成了草原海，也就每年在這裡訓練海軍了。

「能行嗎？」明亮問。

「有把握戰勝太平洋上的日本海軍了。」師長說著捏了一下拳，「我們的目標是打敗美國的航母艦隊，隨時登陸到美國西海岸。」然後指了指最遠處一排幾十艘的大船說：「孔市長你往遠處看，那最遠最遠的，時隱時現在水面上巨大的棒槌或者漂在水面像保齡球的船，那是最新研製出的核潛艇，每一艘可以沉入海底潛行八個月，他們只要往美國航母上碰一下，那航母就在海面上消失了，煙消雲散了。」說著往前走，路上的哨兵不斷向師長和市長、程菁敬著禮。哨兵敬禮時，明亮只是朝那士兵點點頭，而師長卻是要朝每個哨兵還禮的。就這樣邊說邊走在下山的路道上，一直近著海面和海岸，終於從海上飛蕩過來了草原濃烈的清氣和青草在一天日照中的暖甜味。

「聞到海味沒？」師長笑著問程菁。

程菁朝師長點了頭，又冷丁問一句：

「沒有女兵啊？」

師長笑一笑：「已經有招兵計畫了。」

就到了山下岸邊上，看見莽莽草原在五月的旺景和草原上到處盛開的紅花、白花和黃花。還有在海軍演習中無家可歸的鳥如海燕飛在天空上。而被明耀作為指揮部的那艘大艦船，鋼鐵的船身上，全是新塗的海洋漆，蕩著擱在離山腳岸邊有三千米遠的海洋草原間。這三千米的草原陸地是不能有人行走的。有人行走就視為落水溺死而斃命。他們到這岸邊時，師長和指揮船上的明耀通了無線報話器，之後等一會，就從那大船邊來了船型的草原摩托如快速小艇樣，把他們接到指揮船上了。

被人扶著從那高有五層樓房的大船前邊拉著舷梯登上大船時，明亮才真正被那船的闊大驚得呆在了船邊上，腦子空白了很久一會兒，才看見那兩個籃球場大的船頭甲板上，用白色的帳布罩出了十間房大的陰涼處，帳布下是擺滿一片桌子的東半球和西半球的實景沙盤圖，沙盤圖上插滿了二寸高的紅旗和白旗，還有一張張泛著綠色、標滿了紅白箭頭和船隻的海洋圖。因為明亮和程菁到來了，沙盤邊那些軍容整潔、年壯年少的海軍軍官們，集體朝市長敬了禮，看看站在沙盤中間的司令孔明耀，明耀朝他們點頭後，他們就都拿著指揮尺和望遠鏡，退到指揮船的指揮艙了。

船上只還有明亮、明耀弟兄和程菁祕書長，直到這時明耀才脫掉他雪白合身的海軍將軍服，順手搭在沙盤上的美國海岸上，親手去給哥哥和程菁各倒一杯水，放在沙盤邊的白色塑膠圓桌上，拉過來三把同樣顏色的白椅圍桌放下來，很遺憾地對哥哥明亮說：

「你要上午來，就能看到我們是怎麼幹掉日本艦隊讓他們海軍投降的。」

又扭頭到程菁這邊看了看，最後很鄭重也很擔憂地說：「後天是潛艇群圍戰美國航母群，勝敗就此一舉了。」然後再把目光擱到遠處夕陽下的大船小艦上，因為對未來戰爭還沒有決定的把握性，明耀的臉上有著黃色的愁容和憂心，尤其在那落日中，他臉上的擔憂含著病色和死色，如大病一場後，還未真正見好就從病榻下來的人。原來那臉上的剛毅和對什麼都充滿自信的內力現在幾乎沒有了，人也累到精疲力竭著，眼裡有厚極一層紅血絲。

「你瘦了。」程菁望著明耀說。

「大戰在即，總是失眠。」明耀笑一下，把兩杯水推到程菁和哥面前：「聽說超大城市快要批下了？」

明亮朝弟弟點了一下頭。

「批下來你就是部級幹部了，」明耀說，「比省長、省委書記還要大。」

臉上閃過一層喜悅的光，明亮看看弟弟，又看看大海和海上的軍演沒說話。有廝殺的聲音和隆隆的砲聲從很遠的海面傳過來。十幾公里外，從一個海島的那邊升起了很多煙霧和火光。

這時候，明耀也把目光扭過來。

——「想到把炸裂變成一個國家嗎？」

驚一下，明亮瞟著弟弟明耀沒說話。

——「想到有一天你到京城徹底領導這個國家嗎？」

明耀問著這個話，有點逼視地看著哥。

震一下，明亮張張嘴，盯著弟弟仍然沒敢說出一句來。

明耀笑一笑，把目光從二哥臉上挪到海面望著大海和他的船艦群：「真的沒想過？」

這樣問著時，他的聲音像夢囈一樣從很遠的地方飄過來。

明亮把原來抿著的嘴唇咬住了，眼睛裡是一種制止談說的光。弟兄兩個也就彼此盯著又看看，同時笑一笑，把緊張的空氣緩下來，明耀又把目光落到程菁臉上去，看見程菁的臉是一層蒼白色，有層受了啥兒驚嚇的薄汗掛在那臉上，也就對她笑笑道：

「你也該上了。想當副市長還是副省長？」

「問你哥。」程菁把目光從明耀身上移到明亮的臉上去，「只要他能記住那些沒有功勞也有苦勞的人。」

到這兒，就都忽然靜下來。黃昏前的寥寂在草原的海面上，如落日塌陷在海洋中。蕩動不止的夕陽裡，漂浮著不定的海濤青和黃昏紅。有空曠的擔憂從海面生出來，像恐懼樣爬到船面上，爬到甲板上，爬到他們三個人的臉上去。他們就那麼在海面寧靜的船頭甲板上，彼此望了望，又都把目光落到遠處的海裡邊，都望著那些如飛鳥凝在空中的大船和小船，還有那船上正按軍演計畫你攻我打的海軍官兵們，誰也不說話，讓靜和靜中的砲聲、煙火從遠處蕩起來，直到最後落日在西邊要沉入海底時，把草原上的海面全都燃成一片焰騰騰的火，明亮才把目光收回來，咳一下，再次落到弟弟臉上去。

——「明耀，哥要找你幫個忙。」

——「這個忙除了你，天下沒人幫得上。」

——「必須一週內在炸裂建起亞洲第一，及至世界第一第二的超大飛機場。必須一週內在炸裂的地下建起一百公里長的地鐵線，不然炸裂就別想在中國成為大都市，別想成為北京、上海、紐約、東京那樣的超級直轄市。」

這樣說著時，明亮的目光一直擱在弟弟的臉上沒有動。他在看著明耀是會拒絕他，還是會借故推諉他。他已經把如何解釋必須一週內建起這些的理由全部想好了，只要明耀張口問，他就和盤條理地說出來，讓他沒有拒絕的理由和推卸的可能來。

可是明亮想錯了。弟弟明耀連一點想要推卸的意思都沒有。他一直認真的聽著哥哥的話，看著哥哥苦苦求他的臉，直到明亮說完住了嘴，明耀朝海面上演習結束、收兵靠岸的船隻遠遠瞟一眼，才用很輕、很疑懷的語氣問明亮：

——「你是我親哥，對我說實話，你真的把炸裂變為直轄市後沒有再變為一個國家的想法嗎？」

明耀又一次淡笑一下後：

——「我不僅可以一週內在炸裂建起世界上最大最大的飛機場和一、二百公里的地鐵線，還可以再給你建二百至五百棟五十到八十層的高樓來。」

落日中，把目光朝海面和有序靠岸的船隻及船上的軍隊看了一陣兒，最後明耀才說出自己的條件來：

——「想要把這些建起來，你得給我弄來真的五千條血淋淋的斷腿和一萬個血淋淋的手指頭。」

——「不斷掉這麼多人的腿，不折這麼多的手指頭，不死成千上百的人，你覺得這些工程能突擊出來嗎？」

——「把這些建起來，我的部隊就人困馬乏了，會失去很多作戰力。孔市長，我沒有別的要求說，我只希望你在慶祝炸裂升為直轄市放假慶賀的三天裡——那時你肯定會給全市市民放假三天吧——在那三天裡，你把你的人民借給我。我只借你的人民用三天。三天後，我把你的人民全部還給你，一個都不少。」

在久恆漫漫的沉默裡，天便暗下來。最後的一抹落日從草原的海面收去後，明亮和明耀在甲板上用杯水做酒在空中碰一下，太陽徹底沉入了西海面，像是因為他們那麼一碰杯，太陽沉下了，夜晚到來了。

三、直轄市(二)

在炸裂城郊建成的超大飛機場，幾乎是三朝兩日間的事。炸裂在不知不覺中，郊外幾十公里的山脈上就有了可供世界上最大飛機起降的跑道了。有人看到了那寬緩的耙樓山脈處，有了葦席、竹席和帆布高高紮搭起來的圍牆圈，把整整幾面山坡圍將起來著，看見有很多軍隊坐著卡車朝那圍起來的山地開進去，以為是開礦或演練，並不知道明耀要帶著人馬在那山上建機場。

可機場卻在幾天之間建將起來了。

面對山野上的雜草和荊棘，只要士兵們在那荊地扔下幾個、幾十個帶血的手指頭——那手指頭上還有新鮮血漬兒——由隊伍從那草荊和血漬手指上走過去，腳步就把荊棘、野草踏平了，讓它們消失不見了。先依著圖紙將第一條跑道用白色石灰畫在山坡上，把高出道面的山包用士兵圍起來，所有士兵的槍裡都押上了子彈瞄準那山包，做好準備開槍的掃射後，把一百、二百個血指、腳趾和斷腿埋在那山包上，那山包就軟軟塌陷了，像大氣包中放完了氣，和跑道路面保持水準了。長在坡野、崖邊的樹，派上軍事素質最好的士兵到那樹下邊，在樹根的下邊根據樹的大小埋下或多或少的血指頭，把槍上的刺刀拔出來，對準那樹隨著「殺！」、「殺！」的口令把刺刀捅過去，那樹就紛紛落葉倒下了。當山上的沙石黃土有了跑道物形時，將軍隊以營、團為單位，組成龐大的方塊隊，都穿軍用牛皮鞋，在嘹亮的軍歌聲中，方塊隊踩著鋪了滿地帶血的腿骨和肋骨，以最為有力的正步刷刷走過去，在山地和天空間響出「啪——啪——啪！」正步走的腳音後，那跑道上就有了一尺五寸厚、被鋼筋網紮的混凝土鋪就的飛機跑道了，而那些士兵們，就有滿鞋滿腳滿身的血跡了。

一個師的兵力就這麼在撒滿帶血趾骨的山野荷槍實彈地端著、走著、瞄準著，用掉兩千個帶血的大小指（趾）骨肉，幾條跑道就出現在了勘探設計好的山坡上。然後把一個最大的山頭圍起來，將高砲、機槍和一些重型火砲架在山頭的周邊兒，再用掉兩千五百段血骨胳膊腿，讓血骨在那地上鋪一層，那山頭在部隊準備開火時，就移至溝壑了，把那山脈間填出了巨大一塊平地來。再把那所有的部隊調過來，手拉手圍著那數百畝的平地僵持著，地面沒有動靜時，再在那地上追加三到五千個血骨頭，讓血水在那地上四處流，如那兒是夕陽下的一面湖，然後士兵們全都端槍瞄準，推彈上膛，機場候機室的地基就在地裂地響的晃動中，慢慢出現在了那塊平地上。把部隊換個隊形圍著地基伏在地面上，把一些從未露過面的最精尖的武器拉過來，在那地基面前把精尖武器的遮蔽外衣一層一層脫下去，每露出精尖武器的一部分，就讓那武器上流出一股血水來，那候機室牆壁的高度就上長一層樓的高。直到精尖武器全部裸在天空下，血也流滿山野、紅遍世界，黑洞洞的砲口一管管地瞄準候機室的工地和所有配套設施的基建工程不到一小時，整個機場的建設就初具規模了。

因為機場不宜有高空建築豎起來，那兒最高的樓房也不過五、六層。就是被一個連圍起來端槍瞄了一個半小時才建築完畢的信號塔，不過也才八層樓屋高。飛機場的建設從午時部隊開進去，到第二天黃昏就規模大成了，真正緩慢細碎的，是整個飛機場設施的裝飾和機儀配備的安裝和測試，這需要軍隊最為平靜的威懾和用心。在整個機場的基礎建設中，明耀都沒有在工地出現過，他只是和他的參謀部在一個山頂的帆布帳屋裡，看著飛機場的建設圖紙，指揮著一團幹什麼，二團幹什麼，三團怎樣把精尖武器一點點地揭開露出來，在哪個地方丟下多少血骨頭，而不是突兀地把武器拉到工地上，像莽漢一樣猛然豎在那。

但基建完成後，明耀在工地上走了一圈兒，接著就讓這支部隊在飛機升降指揮樓的前邊擦武器，讓那支部隊到跑道中央坐下來，拿著當天發下來的《國家日報》和《國家現代科技報》坐在那兒學習和朗誦，還讓一些工程技術兵們在機場儀器配備樓內討論來自美國、日本、德國、英國的技術資訊和情報。部隊完全從全副武裝的臨戰狀態放鬆下來後，把拆開擦淨的各類武器重新上油裝配起來時，機場的各種機器、儀器也跟著裝配起來了。把收起的武器穿好衣服遮掩後，第五千個帶血的手指頭和一萬個血淋淋的斷腿趾骨用完了，整個機場的裝飾工程也就完工了，可以交付使用了。當把讀報、學習、朗誦、唱歌的聲音從候機室前響到跑道、響滿山野後，所有機場的電訊工程也就安裝起來了。

需要在機場的各處塗漆刷出各種顏色時，明耀讓部隊把慶功時必用的以紅旗為主的各種彩旗在空中擺了擺，機場所需的各種漆色就有了。

需要有一條高速公路從機場通往市內和環城的高速連接起來時，明耀派了數輛坦克車，並肩從機場朝著城裡開，一路從坦克車上朝下灑些血水兒，之後那高速公路也就如飄帶一樣飄在了坦克車的後面。

前後五天的時間內，機場和地鐵也就修好了。當炸裂有了世界上最大的飛機場，有了地下四通八達的地鐵線，並又憑空多出一百多棟數十層的高樓後，炸裂就沒有理由不成為中國的超級都市了。成為中國的超級大都市，也就是了朝日間的事。

第十八章　輿地大沿革㈡

一、沿革前奏

朱穎一生都沒有這段時日忙，彷彿她畢生的努力都是為了這幾天的事。她已經連續三天沒有回過家，沒有離開過她的女子職業保母技校了。技校在西城區的城鄉結合部，脫開村莊也脫開城市的繁煩與熱鬧，在一片楊柳圍就掩隱的正中間。而被楊柳圍隱的院子裡，每幢樓下、每排房前的馬尾松和尖塔柏，一年四季都開著火紅的玫瑰和鳳凰花，像一年四季都是雲霞燒在校區裡，而從那遠處的路道、田野往這看，除了柳枝、楊葉和時隱時現的圍牆外，還有就是從三弟明耀那兒派來的端端站在門口的保安們，和寫著大字「炸裂技校」的校招牌。而那總是被麵包車和小型客車拉著進出的學生們，沒有人知道她們在這兒技校學了啥，是誰在講課，都講了什麼課。但她們進來時，都是十六歲到二十歲的女孩兒，周身和頭腦空白潔淨，如是一張雪白的紙，可她們在這兒待夠三個月或者五個月，多也不過半年或一年，她們就不再空白了，口袋就有喜人的存摺和銀行的金卡、銀卡了，頭腦裡就有世事萬物了，就成了各大城市極受歡迎的保母了。

保母們已經從這兒畢業到有十三期，攏共一千五百六十八名女學生，她們分別被那叫小琴和阿霞的大姊帶到京城、上海、廣州和許多海濱的美景城市裡，點豆種瓜般，分布在各個行業和選就的那些家庭裡，然後阿霞和小琴，就在她們做了經理、總經理的公司裡，每天通電話，登計花名冊和詛咒那些沒有找到好的人家和有用男人的姑娘們。登記那些有了工作的保母房東的職業、級別、收入和他們的關係網，再把這些房東和他們的關係蛛網一樣聯起來，登記造冊，寫好寄回到炸裂朱穎手裡去。

下個月，京城那兒就要有上千的經濟專家、城建大師、國家未來發展委員會的重要人物們，來討論評定和投票決定炸裂是否應該升格為國家的超級大都市。孔明亮和他全市所有有用的幹部們，都已經住到了京城賓館裡，像他的市政府搬到了京城辦公樣，日日夜夜都在修著做著讓炸裂通往為大都市的路道和橋梁。

朱穎已經三天三夜滴食不進，枕床不沾，把自己關在保母技校的三間辦公室，親自整理勾連和盤算那些和保母有染的男人們，他們哪些在京城、哪些在京外、哪些保母家裡的男主人，是國家機關或公司裡的要人和有錢人，哪些是領導的祕書或司機。那些被年輕保母侍奉和拿下的男人、老人和孩子們，都是怎樣的身世和背景，地位和經歷，凡是有用和可能有用的，朱穎都把他們的名字、電話和照片，重新歸類分級，有用的放到桌子上，沒用的就都隨手扔到桌下邊。桌上那些再次被歸類分級的，每個人根據她們睡拿的男人的工作和地位，都在那些名下畫上一朵花、兩朵花，如果哪個被保母侍奉的男人直接是廳長、司長或是部長的父母再或岳父母，她就在那個保母的名下畫上四朵花或者五朵花，最後再依照表冊中花的多少把每個保母們的名字分門別類排在、抄在另外的登記表格上。

那叫粉香的姑娘在一邊和祕書一樣兒，依照朱穎在名冊上畫的花朵和數量，把五朵花的姑娘登記在一起，四朵花的姑娘登記在一起。當她抄著登記著，感到手腕瘦脹了，就嗅到這辦公樓屋裡，有來自登記冊的淡淡一股梅香和桂花香；當手腕的瘦脹成為紅腫了，那梅香、桂香不僅變得濃烈和刺鼻，而且眼前的屋裡和地下，到處都還有了紅的花片和花瓣。她停下手來去看地上的花瓣和花片，卻看見幾天幾夜沒有闔眼的朱穎爬在那滿是表冊和照片的桌上睡著了，從那張桌上飛來的鼻息像流過來的水。她沿著那鼻息看了一會兒，又看見朱穎額上、臉上的一縷黑髮在慢慢變白著，先是一根幾根的白，後來那一縷頭髮就全是銀白了，且似乎還又從銀白轉為枯乾著，如一股白麻掛在她的額頭上，一下把她從中年變成了老年的樣。

粉香一下從桌前站起來，手裡的筆落在地上，砸在滿地的花瓣上。

「朱姊，」她猛地喚一下，「你趕快醒醒啊！」

——「你真的老了醜了孔市長還會回到你的身邊嗎？他不回到你身邊，你答應我們的這個、那個還能兌現嗎？」粉香先是輕緩、後是焦急，到末了她準備去搖朱穎熟睡的頭臉時，朱穎卻慢慢睜開了眼，抬頭望著粉香和那滿屋、滿桌的登記冊，揉揉眼睛笑一笑，把額前的一縷白髮撩到耳後去，望著燈光下的粉香問：

——「我倆幾天沒有睡覺了？」

——「你知道我們單在京城有五朵花的保母有多少嗎？」

——「粉香啊，孔明亮快要敗落了，快要回來跪著求我了。」

說著她從桌前站起來，想要喝口水，想要再和站在她面前的粉香再說幾句啥，可把目光落在粉香的身上、臉上時，她的嘴角僵一下，滿臉的微笑不見了，有一種驚異回到了她的眼前和身上。她看見粉香跟著她的這些年，替她在這管著這職技學校的人進出和財務，帳目及所有的開支和培訓，年齡應是三十歲，可她臉上卻連一絲一線的紋皺都沒有。連一星雜雀黑星都沒有。仍然是那少女的白嫩和豐潤，腰還那麼細，胸臀也還那麼挺，讓人一眼就看出，她衣下的雙乳不僅筆直挺拔著，絲毫沒有鬆塌下垮的樣，且因為那乳仰，她連兜套乳房的胸罩都沒戴。

朱穎問：「天，你是咋樣保養的？」

粉香說：「你真有把握讓市長垮下嗎？」

——「我的妹，你能告訴姊我怎樣才能和你一樣不老嗎？告訴我了我願意把我資產的一半送給你。」

——「把資產的三分之二都給你。」

——「這個月或者下個月，我們大功告成了，孔明亮要來死在我的面前了。日後炸裂明裡是他孔家的，暗裡就是我們朱家、是我朱穎的。那時候，粉香你想要啥兒呢？」

——「要啥兒姊都會給你。只要你對姊說你是咋樣讓臉上沒皺、雙乳上仰的，有啥條件姊都答應你。可現在，你一定得告訴姊，女人咋樣才能年老不衰，才能讓乳房到五十、六十歲、七老八十歲，也是仰著挺著的，臉上是沒有皺紋、頭上沒有白髮的。」

然後朱穎過去給粉香倒了一杯水，端去時腳下踢著那些沒有用的保母情況登記表和滿地滿屋的各種花瓣和香味，把茶杯遞到粉香面前後，又把那問話說一遍，等著粉香回答時，粉香卻用驚怔、懷疑的目光盯著朱穎的臉。

——「真的可以擋住把炸裂升為超大城市嗎？」

——「孔市長回到你身邊，你有市長丈夫了，你打算給我啥兒比小琴和阿霞更好、更多的報酬呢？」

——「如果我什麼都不要，你真的能設法讓我再見一次市長的弟弟明耀嗎？能讓他和我結婚過到白頭到老嗎？」

到這兒，一片安靜中，窗前的光亮如火一樣燃在半空裡。這幢五層樓的紅絨窗簾上，開滿春花、蕩滿仲春的清香味。從窗縫飛擠過來柳絮楊花在空中浮舞著，落下時能在地上弄出一片沙沙沙的響，如一片雨滴落下樣有力有重量。看著那些輕極的絮花從空中砸在地板上，落在她們分冊登記的四朵、五朵花的保母和被染拿下來的男人名單上，轉眼把那些字跡全都浸染模糊了，使屋裡漫滿淚味鹹味兒。且有一朵柳絮落在京城一個部長的名字上，那名字墨淚相加，一會就沒了字跡、沒有他的電話號碼了。這時候，朱穎僵在那，看著那濕染丟掉的名單和電話號碼表，頭上的頭髮嘩的一下全都枯白了，再也沒有一絲黑的了。

——「出了什麼事？出了什麼事？」粉香望著朱穎的滿頭白髮連連地問，接著又看見朱穎臉上的皺紋立刻又多了幾條十幾條，人在一瞬間，徹底老了樣，似乎背也微微佝僂彎下來。「炸裂該不該升格為直轄市，孔明亮已經知道都是哪些人要去投票了，他有把握讓半數以上的專家都投炸裂了。」喃喃自語著，朱穎的臉上成了蒼黃蒼白色，汗從那張臉上汪汪嘩嘩流下來，直到滿屋都池滿了她的慌亂和汗水，她也就木在那慌裡，讓目光落在腳下和桌上那還沒有被淹濕的保母和那些男人的名冊上，過一會，待臉上的汗珠少些時，朱穎用舌尖舔舔自己皺乾的唇，過去拉開幾天沒有打開的絨窗簾，讓窗外的光亮進來照在屋裡的慌亂和滿屋的水汁上。

——「今天是幾號？」

——「是上午還是下午呀？」

——「去往北京的火車是晚間八點十分還是九點半？」

回頭問了這些話，朱穎又把目光扭回去，投到窗外邊。窗外技校的草坪上，仲春的陽光，文火一樣在燒著，正頂的日色像一層遇物賦形的薄金曬在草坪和草坪四圍的樓頂上。草坪有球場那麼大，從歐洲進口的碧草正在吱吱生長著，一片厚綠絨氈在那兒，有許多鴿子、孔雀很悠閒地在那草上走著晃動著。那些暫時還沒有被派往北京的姑娘們，她們從屋裡走出來，有的在草地鋪一張竹床曬太陽，有的鋪一張床單在那草上慵懶著，還有的正在描眉和化妝。一片的眉筆、妝盒、鏡子在草地閃著光。還有兩個專在姑娘們的胸上、背上、腕上或小肚和隱私的兩側紋身的美容師，她們四十幾歲，身著白褂，因為日光充裕，就把紋身手術床從屋裡搬到草坪正中間，在那床上鋪了雪白雪白的衛生單，讓那要紋身的姑娘們，全裸著躺在那床上或爬在那床上，床邊掛著她們的紋身器械箱，把專門供姑娘紋身忍疼——也沒有那麼疼——的毛巾捲成胳膊一捲兒，讓那紋身的姑娘咬著仰著頭，看著她們面前掛的各種各樣的紋身照片圖。

要紋身的姑娘不是一個或兩個，而是十幾、二十個，她們懶在那紋身床下邊，全都脫了衣服曬著太陽等在那，如海灘上的一片美裸樣。朱穎推開窗，望著那草坪上個個年輕貌美的姑娘們，望著那些半裸、全裸等著紋身的保母們，她看見有個從窗下走過的姑娘脫了上衣，穿著運動短褲和一雙網球鞋，走過去像一股龍捲風。而在她戴了乳罩的後背罩帶間，沒有如一般女生那樣紋隻蝴蝶或者一朵什麼花，而是紋著一本書，且那書名讓朱穎看得清晰如看見描在自己指甲上的指甲花。

書名是莫名其妙的五個字：新華大字典。

不知道她為何要把一本字典紋在自己的後背上。望著她從窗下走過去，朱穎看見從那紋身字典上掉下來的一個個的字，如一粒一粒的黑豆般。她聞到了少女們的美香味，也聞到了一股股的黑豆腥鮮味。待那姑娘從她窗下過去後，草坪上的鴿子、孔雀、黃鸝、天鵝、大雁和小燕，全都飛來跟在她身後，啄那豆子和從她紋身字典上掉下來的方塊字，直到那姑娘走遠也走進那頭的草坪間，直到朱穎看著那些孔雀、天鵝們，也半飛半走地跳到草坪那頭的草上路邊上，她才轉過身，咬了嘴唇想了一會後，用很低很重的聲音說：

——「粉香妹，我們沒路可走了。你帶著這八百個技學的姑娘進京吧。把今晚八點半的火車全部座位包下來。」

——「這八百個姑娘哪也不要用，全部用在第二本花名冊上的那些院士、教授和專家的身上去。對她們說，誰染拿下一個專家或教授，獎她們五十萬塊或者八十萬，把一個院士染拿弄到床上了，最少獎給她一百萬塊或者一百二十萬。如果這個院士剛好是投票人的組織者，染了他最少獎她二百萬。」

——「姊不能離開這炸裂，」朱穎解釋說，「只要有人見我離開炸裂到了京城去，孔明亮就知道我們要幹啥兒了。」

——「算是姊求你。也真是姊求你。你帶著這八百個姑娘今晚就進京，人不夠了把那燒飯、掃院的姑娘全都帶出去，只要年齡沒有超過三十歲，有幾分姿色和水色，全都把她們撒到京城的大街小巷裡。」

——「你要信姊一句話，天下男人最難應對的是那些當官的。而最好應對的，是那些讀書讀成教授、專家的人，哪怕你給他一個四十歲的徐娘他都會嬌嬌貴貴捧在手心裡。你要信姊的——姊信你一到北京，不用幾天你們就能把那名單上的一半男人拿下來。」

——「姊求你，需要你失身了你也去失身，只要把那名冊上的一半男人染拿下，孔明亮就是姊的了，炸裂就是姊的就是我們女人的，到那時，姊不光把姊現在全部的財產都給你，姊還保證安排你去見我兄弟孔明耀，還保證穿針引線讓他喜你、愛上你，這樣你們就可以結婚過日子，白頭偕老一輩子。」

——「我說粉香啊，姊求你你要信姊一次哪怕就信這一句話，姊真的保證你能見上孔明耀，能讓明耀喜你、愛上你，能讓你們結婚過日子，白頭偕老一輩子。」

二、沿革中曲

1

粉香帶著八百個姑娘和需要用姑娘身子去染拿的名冊到京城去了半月後，在京城西郊的賓館裡，由一千一百一十人組成的專家開始第一輪的論證投票了。是由北方的炸裂升格為中國的又一個直轄市，還是由南方沿海的那個城市升格為直轄市，最後的決斷落在了這些專家手裡邊。原來所有到了京城的炸裂工作團的人，都以為投票結果會是百分之八十的專家把票投給炸裂市，可結果，投給炸裂的只有三成的票，而投給南方沿海城市的倒有四成票，另外三成的票權既沒有投給南方城，也沒有投給北方城。

他們像扔掉一張用過的手紙一樣棄權了。

明亮在投票的前一天，從北京回到了炸裂市。因為該見的所有領導和專家一應全都見著了，該送的不可人知的豪禮也都送去了，那些專家處於公心與民族之公義，僅僅就是為了國家發展之前程，也都一邊倒地認為該把炸裂升格繁榮為超級大都市——畢竟整個中國今後幾十年，改革的方針是改變和扭轉國家南富北貧那局面——要讓北方的中國富起來，就要以炸裂為龍頭，把炸裂建成超級大都市。明亮知道炸裂升格已成定局了，專家投票只是履行程式的合法而水到渠成著。

在最後一次要去一個要人領導家裡坐坐感謝時，那可能左右哪個城市升格為大都市的老人在寧靜的四合院裡說：

——「你不守在炸裂，你跑到京城幹什麼？」

——「你不知道你身為一市之長，這時守在北京是最大忌諱嗎？」

——「你孔明亮現在最該待的地方是炸裂，是炸裂的基層、農村或山區，最好哪兒有災了，比如炸裂有了讓全國震驚的洪水、地震了，你就待在災區的前線指揮部。」

因此間，在萬事俱備只欠東風後，明亮留下幾個副市長和他的一干人馬們，自己帶著幾個祕書從北京回來了。他沒有在這個時候裡，為了讓自己待在災區而下發檔在炸裂弄出洪水、地震的災情來。他擔心在這專家要投票的節眼上，因為地震、洪水、颶風等突發性自然災害，而使那些投票的專家認為炸裂的地理位置和自然條件不宜升格為直轄市。他以為他哪也不去只待在他的市府園，等著專家們的投票結果就行了。也就在六一兒童節的這一天，讓工作人員把一張茶桌從市府園的茶室搬出來，擺在市府園院內最大的一棵葡萄藤架下，在茶桌邊上擺了他愛坐的藤蔓椅，把直通京城心臟的紅色電話扯來放在茶桌上，把兩部很少有人知道號碼的手機放在茶桌下的茶盒上，然後讓所有的祕書和工作人員都退去後，泡了一杯並不喝的龍井茶，半閉著眼睛等那部紅色電話響起來，或者茶盒上只有個別人知道號碼的手機響起來。就響了。

他上午十點獨自坐在那兒等，十一點一號手機響起來，比他預計的響鈴早了半小時。去接拿一號手機時，他身子沒有站起來，而是用屁股拖著藤椅朝前挪了挪，可從接聽電話到聽完那電話，他的臉色從興奮紅很快轉到瞭望著遠處的鐵青鎮靜裡。電話是一個副市長從北京的香格里拉酒店打來的，說的第一句話是：「市長，你千萬別生氣……」掛電話前的最後一句話是，「我馬上把船彎在哪兒的原因查出來，你放心，我一定找到路從哪兒出岔拐彎了。」接聽完了手機後，明亮想的是把手機摔到地面上，做出的卻是慢慢把那手機放在了茶桌上。接下來，他想的是二號手機該響了，果然二號手機就響了。他想一定是祕書長程菁打來的，果然就是程菁打來的。她的聲音暗啞神祕，像她邊上有人她怕被聽了去，不僅把手機貼死在耳朵上，還用另一隻手捂在嘴前那樣兒，使電話的聲音有種神祕輕輕的刺鳴聲。

——「知道吧，專家同意炸裂升格的只有四百一十票，而他娘的反對的竟有八百二十票。」

——「這贊成和反對的票數和你當年同朱穎爭當村長時是一模樣——現在你該相信輪回命運吧？該知道問題出在哪兒吧？當初你當斷不斷，現在事情全都毀在你那破女人、黃臉婆的身上了！」

——「你敢相信嗎？今天投票的那些男人專家們，有一半家裡的保母都是婊子、都是炸裂人，都是從炸裂那個你我都沒聽說過的特殊技校培訓出來的婊子們。」

——「孔市長——我的炸裂兩千萬人民的孔市長——你知道那個特殊技校的校長是誰嗎？

就是你們家的那個老婊子——那個黃臉婆！那些從炸裂來的婊子保母們，她們接觸不到要害的高級幹部時，就和他們的司機、祕書和廚師有染了。把那些專家、教授、院士拿下了！」

程菁在電話上說到最後是有一絲哭腔哀求的：「孔市長，現在你聽我一句話，今天、明天就和你老婆離婚吧。你不用和我結婚，我已經不想這件事情了。可為了炸裂，為了炸裂的人民，我求你馬上就派人把離婚證送到你老婆的手裡去，讓她斷了想念，再也不用想著你和炸裂的未來了。」

這次掛了電話時，孔明亮想的是鎮靜，可他卻把手機用力扔掉了。擲在了面前路邊的一盆月季上。那盆正盛的月季花，開得火烈暗紅，彷彿一個女人在月經期中不顧一切和人做愛而流出來的血。他盯著那盆花，心裡有股惡念升上來，想要一腳上去把紅花揉著踩在腳下時，原來那盆裡只有一朵花，其餘全是綠的葉，可在他過去抬腳要踩時，那盆裡轉眼沒有綠葉了，全都在眨眼間大盛大開了，一堆一團數十朵，重重疊疊如一團堆起來的火。

再往別處看，路邊和葡萄架下每幾米一盆的月季也全都沒有綠葉了，都在一瞬間開成熟盛熟盛的火，連剛剛扔掉的二號手機也在燒瓦花盆裡成了一朵花。

市長不知道為何他的一道惡念會讓所有的月季都開花，且開盛到每盆花裡沒有一片葉。他就那麼盯著那一片片的月季看，直到茶桌上的那部和京城心臟相通的紅色電話響起來，鈴聲如抽風倒地的羊角瘋病人吐在嘴外的沫。他慌忙上前去抓那跳著顫抖的手機時，又把手按在手機上，讓急躁穩了穩，禮貌熱情地「喂！」一下，等待著那來自北京的哪個要人或領導的聲音傳過來，可從那手機中傳將過來的，卻是三弟孔明耀那鐵硬鐵硬的聲音來。

「二哥，我什麼都知道了。如果依家事而論，我們應該讓二嫂滅掉消失掉。可以國事炸裂事，不光要留著二嫂子，你還要回家去對二嫂好。」

明耀說：「我的二哥孔市長，你一生都會毀在女人手裡了。」

還又說：「只要炸裂能在下一輪投票升格中過半數，你就是回去給二嫂跪下也值得。只要二嫂有要求，讓有的人死掉都值得！」

——「你領著全市幹部去給二嫂跪下吧。二嫂讓誰死你就讓那人蹲監死掉吧，只要二嫂不再阻攔炸裂升為大都市。」

——「下文件讓全市人民都給二嫂跪下吧，為了炸裂為了兩千萬的炸裂人民們！」

放下明耀打來的電話後，明亮把面前的茶桌掀翻了，把那部通往京城心臟的紅色電話線扯斷，把電話摔在了掀翻的桌腿上，還莫名地朝向他跑來的祕書臉上摑了幾耳光，把腳下瞪著眼睛看他的松鼠一下踩在腳上邊，擰著把牠踩死草地上，讓從松鼠嘴裡流出的血，噴在地上、噴在他的腳面上，待那松鼠尖叫一聲不再吭氣了，他還擰著腳尖兒，像粗漢一樣撕著嗓子對著市府園的天空喚：

「朱穎你這畜生你這婊子你這一輩子害我的臭婆娘，我孔明亮如果不把你送進監獄，我就不是市長不是孔明亮！」

他喚道：「市府園所有的人員、樹木、花草你們都聽著，待炸裂改為直轄市，我不弄死她朱穎，你們就把我弄死在這市府園，就讓我這市府園成為我的陵園、墓地和墳場！」

又喚道：「你們聽見沒？到了不是她死就是我死的時候了，你們都睜大眼睛看著我為了你們，為了炸裂，我是怎樣善待、處置這個婊子的，是怎樣讓她死了都還朝我磕頭朝著政府感激和感恩！」

喚完了這些話，孔明亮站在那兒，嘴角流著咬破嘴唇的血，可他的眼上卻不知是愛是恨的掛著兩滴渾濁的淚。

2

到午後，孔市長決定要回去向妻子哀求了。

他知道，如果真的有三千個野雞保母被撒到了京城的大街小巷裡，穿針引線進到了那些投票專家的家裡去，那朱穎就能阻住炸裂最後升為大都市。在市府園的葡萄藤架下，等自己最終鎮靜後，除下打了數十個電話到北京，指揮人馬進行各種遊說活動外，他還是決定要親自回去面見他的妻子朱穎了。因為差派了三個祕書帶車去朱穎家要接她到市府園裡來，去的人都回來告訴市長說，朱穎連大門都沒給他們開。最後市長明亮知道自己不能不親自去朱穎家裡了，像三十年前，他要當村長時親自到朱穎家裡去一樣。那時候，村委會就在朱家隔壁不遠處，明亮幾十步也就走到了。可現在，從市府園到炸裂的老城街，有幾十公里遠，他需要坐車四十分鐘後，才能到老城街的街口上。且他沒想到，炸裂升格為大都市在北京受阻還沒批下來，街上就有很多人的手裡都舉著一面小國旗，拿著一枝木槿花，在大街上說著、忙著、遊動著。還有很多年輕人，集會在廣場、街角和市中心花園空地上，他們輪流站在石頭或桌子上演講和呼口號，慶祝國家的發展和改革，慶祝炸裂在改革中即將成為中國的又一個直轄市。口號的聲音像雷聲一樣在市裡捲動著，紅旗和到處都掛著的橫幅讓整個城市都成了煮沸的水。有的汽車還停在公路邊上鳴著喇叭，像慶祝節日一模樣。

為了躲開那來往慶祝和聲援的人群及熱鬧，他從車上下來，繞著小路步行朝著老城的方向去，沿著人行道逆著人群朝前走。六月一日的陽光，像一層透明的薄金鍍在街上的高樓、橋梁和遠處明耀替他建的最高的雙子星座大樓上。他從成為縣長後，十餘年沒有在他的城裡、城市這樣獨自走過了。這個城市是他的。人民是他的。高樓大廈和立交橋，十字街的街心花園和路邊的每盆花與每棵草，都是他的歸他管屬的。他下一份檔說句話，所有的柳樹都會開出槐花來；知道他出門去哪了，所有的汽車自行車，都會為他讓路停在路邊上。為了不讓有人認出他，他還隨手從哪弄來一面小旗舉在手裡邊，像普通上街慶賀的市民一模樣。臉上有汗了，就用手裡的小旗擦一把。待從大街到了那叫德仁路的胡同時，他把那小旗扔在了路邊上。德仁胡同是從炸裂主街伸向老城街的一條道，當年修這胡同小道時，路名是他親自給起的。因為路是伸向老城街，繁華熱鬧都在新城區，在這胡同裡，他稍稍喘口氣，還在路邊的龍頭上喝了幾口水，才又朝著炸裂老街急急慌慌走。

當他終於走到老城街的街口上，偏西的太陽又倒退回來到了街口頂，把紅亮的光色傾瀉流到老城街，讓老城街的房上、牆上、地上都是紅光，都是紅的、黃的、藍的彩色標語和橫幅。標語和橫幅一律都是寫著「歡迎孔市長歸來！」那樣的話。他不知道那些標語是樹上、牆上和半空如秋末果到那樣自然生成的，還是有人提前安排寫下掛上的。前一段路上安靜如野，彷彿各家各戶和各幢居民樓上的百姓和市民、人民們，都到人民路、廣場和市政府門前遊行慶賀了，街上沒有一人一動靜，可等他走完德仁胡同後，豁然到了老城街，這兒就又紅天紅地了、熱鬧異常了。紅地毯早就從街口鋪到了朱穎家門口，遠遠望著那兒的紅山紅海洋，明亮看見那兒的樹葉是紅的，老房的藍色舊磚是紅的，天空飛過的麻雀、斑鳩、烏鴉也是紅顏色。老城街上的居民和人民，很多已經不再是當年出生在炸裂村和炸裂鎮的人。他們是外地移民湧進炸裂的人。因為孔市長青少年時期曾經住在這條老城街，他們就高價買房住在了老城街。站在老街的地毯兩邊上，人們看見市長出現時，開始自發地鼓著掌，「歡迎孔市長歸回老城街！」的口號有節奏地響在他們的掌聲中，且還有佩戴著紅領巾的男孩、女孩們，在道路兩邊高舉著花環，唱著一首又一首的歡迎歌，然後就有預先安排的兩個小學生，迎著孔市長跑過來，給他獻了花，戴了紅領巾。在市長臉上沒有顯出興奮時，隨行人員就及時過來爬在他的耳朵上說，讓他們停下吧，前邊就是朱阿姨的家裡了。這時候，明亮哼一下，點個頭，工作人員就在半空用右手食指頂著左手心，做了一個讓人們安靜的手勢兒。歡迎的人群立刻鴉靜無聲了。大家站在路兩邊，像做了錯事樣，手裡的花束、花環全都葉落花敗了，有的從空中拿下垂在手裡邊，有的不知所措地僵在半空中，如舉著一把苦敗的草。孔明亮就在這說來就來的鴉靜中，踩著地毯朝朱穎家大門走過去。他很快重新記起了那大門原是啥樣兒，朱家的圍牆是啥樣，還想起多少年前那圍牆磚縫中生的什麼草。看見當年朱家那兩扇高大的油漆紅鐵門，現在紅漆已經不在了，呈著鏽污的黑灰和暗紅，且有很多的鐵鏽斑塊結在門面上，彷彿那兩扇鐵門不是三十年前的門，而是三百年前哪個朝代留下的。

到那門前市長站住了。他看看那門樓、院牆和前後左右退到遠處的人群們，確認了那門外沒有鎖，而是在門裡門鎖著。也就知道現在朱穎一定不在屋子裡，而是站在院裡門後聽著、盯著門外的動靜和聲音，然後他就把一隻手按在了門口右邊的一個石獅子的頭頂上。

有一股涼氣從石獅子的頭上傳到他手上，他藉著那涼氣，讓自己的情緒穩了穩，咳一下，清清嗓，輕聲對著那門說：「朱穎，開一下門──我是咱們炸裂市的孔市長。」然後豎著耳朵聽一會，見沒有動靜就走上台階站在門前邊，用手輕輕在那門上拍敲著。

遠處圍觀在老城街的居民們，都把呼吸抃死在了喉嚨口，生怕弄出一點響動驚了市長和門裡的朱穎讓他們心煩不高興。從天空飛過的一隻小燕兒，落下一根羽毛像一根木棒一樣砸在大街上，噹的一響，所有圍觀的人都把手捂在了嘴巴上。都尋著聲音盯著那一根羽毛看，直到那羽毛在大街上彈兩下又安靜下來後，才又把目光落到市長敲門的手指上。

市長又敲了幾下門，隨著敲聲把說話的聲音提高了。

──「我是咱們炸裂市的孔市長！」

聲音再高些：

──「我是你男人孔市長！」

聲音扯到最高處：

──「你連你男人市長的聲音都聽不出來嗎？」

有人給孔市長搬來一個凳，市長就站在門前那凳上，拉長脖子、扯著嗓子大喝著：

「朱穎──我說朱穎啊──你可以不給我開門，但我必須以市長的身分把話給你說清楚──

炸裂在今天上午北京投票定奪是否升格為超級都市時，有四百一十票贊成，八百二十票反對和棄權。為什麼不是八百二十票贊成，四百一十票反對呢？為什麼這個票數和三十年前你我爭當村長時贊成你和反對我的票數一模一樣呢？現在我心裡明白了——是因為你要告訴我，我們夫妻才是創造歷史、創造城市的功臣呢。你是這個城市的母親孕育者，我是這個城市的父親創造者。這個城市的高樓、道路、機場、車站、商業大街和開發區，外國居民區和位數還不多的幾個國外駐炸裂領事館和辦事處，還有這炸裂市所有的花草和樹木，人民和動物園，他們都是你的兒女、我們的後代和繼承者。現在炸裂要升格為超級都市了，可你卻把那整整三千個姑娘、保母和技校的特殊女生撒到京城的特殊家庭和特殊崗位上，讓她們以保母的身分染拿下有投票權的專家、教授和院士——我說朱穎你想過沒，你改變了專家投票的結果，可阻攔的卻是炸裂的高速發展和繁榮。阻攔的是炸裂兩千萬人民理想、願望和美景。你要成為炸裂的罪人你知道不知道?!」

——「朱穎啊，我以市長的名譽請求你，趕快通知你的那些姑娘們，讓她們告訴她們染拿下來的那些男人、專家們，明天上午九點鐘，第二輪的投票都投我們炸裂的贊成票。再不通知就來不及了呢。來不及你就真的成了炸裂和人民的罪人了。炸裂和人民會因此把你碎屍萬段的結果你想沒想？」

——「我說朱穎啊，你把門開開。開開門我倆好好談一談，為了炸裂，為了人民，為了歷史和未來，你有什麼條件我都答應你。」

——「開開門吧，算我市長求你了。」

——「把門打開吧，我雖然是你丈夫，可我畢竟還是一市之長啊！」

——「把門打開吧，為了炸裂，為了人民，為了歷史，你打開門我可以朝你跪下來！」

——「我可以跪在你面前，任你打，任你罵，任你朝我臉上吐痰摑耳光！」

——「為了歷史，為了人民，我一切都在所不惜了。」

——「朱穎啊，你到底希望我做些什麼呢？我不僅可以給你跪下來，還可以組織成千上萬炸裂市民、人民給你跪下來。只要你支持炸裂升級成為超級大都市，我可以把你討厭的任何人從炸裂重要的位置上撤下來，甚至把他們送進監獄去……」

天將黃昏時，市長在那凳上站著喚話嗓子喚出了血，使整個炸裂的城街上，都布滿了市長嗓子的血傷味，且他因為喚得過久，嗓子愈來愈啞，到最後幾乎喚不出任何聲音時，市長從那凳上扶著站下來，在朱家門前果真跪下了，用低沉的聲音對著門裡說：

——「朱穎哦，我是你的男人呀，你的男人回到你的面前了。」

——「把門開開吧。你開門看一看，你門外跪的不光是我明亮一個人，還有整個炸裂老城街的人。還有多少炸裂的居民和人民。」

就在這時候，門外所有的老人、孩子、男人、女人都跟著市長跪在朱家門前時，朝門裡朱穎喚話都喚到啞嗓時，把那句「為了炸裂，為了人民，你把門開開，讓市長和你好好談一談」的話，像風來葉落一樣堆滿老城街，又漫過朱家院牆，把朱家淹著時，那朱家大門還沒開，只是期間有很奇妙的響動傳過來，人們都以為這時門要打開了，朱穎要出現在門口了，可結果，那個聲音又沒了。從門裡走近門口的腳步又朝院內的遠處走去了。這樣三次兩次後，人們相信朱穎不會再打開那雙扇大門了。她要到死同市長和人民作對了。她就是寧可成為炸裂的罪人也不願炸裂成為大都市，不願孔明亮成為大都市的市長了。到這兒，太陽最終不耐煩地西去了，最後一抹紅光在街上和跪著的成千上萬的人頭上，將要成為一種發亮的黑色時，人群中有了一股強烈的抱怨和憤懣。不斷有低語和紙條從人群傳到市長的手裡和耳朵裡。「砸開門，把她拖出來！」的話如一道地下河樣在人群湧動著。已經有人從跪著的人群悄悄站起來，找到了棍棒、石頭準備到朱家門前去砸門，而這時，有一個還不到十歲的孩子在那跪著的人群出現了，他單瘦、方臉，頭髮是指節長的小平頭，揹著的書包上，畫有巧克力樹和橄欖樹，走一路都從那書包往外掉著巧克力和橄欖糖豆兒。他不知道這兒正在發生著啥兒事，這看看，那望望，最後來到市長面前時，望著市長先是看一個不相識的人，後又像看一個似曾相識的人，到末了，他朝那人面前走兩步，用很輕、很囁嚅的聲音問：

「你是我爸嗎？」

市長看見這孩子，先是驚一下，後是臉上顯出一種驚喜的蒼白色，最後當他聽到那孩子試著叫了他一聲「爸！」，臉上騰起一層血漿似的紅，過去拉著孩子的手，就把孩子抱在懷裡了。隨後又把孩子架在了自己的脖子上，然後他就那麼架著孩子，在最後的夕陽裡，又朝那關死的鐵門走過去。

站在那鐵門前，市長用驚喜哆嗦的聲音對著鐵門裡喚：

——「朱穎，我和孩子一塊回來了。」

——「沒想到孩子長得和我一模樣，瘦身子，四方臉，一說話臉上就有小酒窩。」

待這喚話一落下，那雙扇大門嘩的一下就開了。

夕陽從那門裡朝著門外灌過來，照在穿戴齊整、梳妝漂亮的朱穎後背上。她面對著架著兒子的孔明亮，看著他面前一街兩岸都是跪著求她開門的炸裂人，先是雙手哆嗦著橫攔在門框上，及至看到兒子和無數炸裂老街的孩子樣，揹著書包，坐在父親孔明亮的脖子上，她的眼淚嘩的一下就從眼裡流出來，叮叮咣咣落在門樓下。

門前跪著的人們和人民，都在這時從地上站將起來了，都為眼前這一幕紛紛鼓著掌，大喚著「炸裂可以成為超大城市了！炸裂可以成為超大城市了！」

這時候，當兒子從父親的肩上伸著胳膊去抱母親時，太陽還未徹底落下去，而月亮已經升起來。整個炸裂、整個世界都又日月同輝了。

三、直轄市(三)

1

那天從黃昏到天明，朱穎為了給所有在外地有過染拿經歷的姑娘打電話，讓她們無論如何要做通那些被染拿的專家、教授在來日都投炸裂升格的票，她用壞了兩個座機，三部手機，還累斷了幾根電話線。

第二天中午一點鐘，第二輪的投票結果出來了，和孔明亮當年和朱穎爭當村長時一模樣，共有八百二十票贊成炸裂成為中國新的直轄市，而南方沿海的那座和炸裂一樣著名的城，只有炸裂的半數四百一十票。消息傳回炸裂後，這個城市徹底沸騰了。每一個市民都為這份榮耀亢奮得不停地說話和走動。為了慶祝炸裂成為新的中國直轄市，炸裂的大街小巷都是遊行的隊伍和高呼口號的人群們。學校停了課，工廠停了產，公司放了假。連市裡所有的外國人，都在大街上舉著中國的國旗，喝著啤酒，談論中國是世界的奇蹟，炸裂是中國的奇蹟這件事。凡是那些不願意或不相信炸裂升格為超大城市的市民和年輕人，會被相信和支持的絕大多數把口水吐到臉上去。如果再為此爭吵和辯論，為炸裂不該升格說出理由一、二、三的人，會在爭吵中被對方打一頓。為此掉了門牙和斷了胳膊的，在那幾天不是什麼新鮮和了不得的事。

東城區為此打死了一個教師年輕人。

城南有個中年學者問了一句話：「成為直轄市，我們百姓就不過百姓的日子了？」這一問，在一場質疑的辯論中，有人往他後腦勺上打了一棒子，從此他就永遠閉嘴了，一生沒有疑問的可能了。

街巷上的樹，法國梧桐和楊柳們，六月初是剛好泛綠到青旺的，可那時卻已旺到如盛夏一模樣，綠至青黑和深藍。往年的槐樹在四月開花一週就成熟落謝了，可這年六月間，槐樹、榆樹、杏樹、桃樹都第二次開了花。使城市的大街和小巷，都成花的河流花的海洋了。且在這年的季節裡，白槐花又大又紅，紅桃花每片瓣兒都是金黃色。這些花兒最大的花朵可以大到和大碗公、籃子樣，掛在路邊和郊野，整整一個月還牢牢長著不肯落下一片兒。榆錢兒和銅元、金幣一模樣，一疊一層地串著把所有的榆枝都壓彎壓折著。應該在七月、九月成熟的杏和桃，五月底就在市裡開始賣售了。所有的花都比往年開得早、花朵大和花期長。所有的時令水果都從聽到炸裂得了三分之二的贊成票，即將成為直轄市開始迅速成熟脹大著。蘋果樹幾乎是沒有來得及開花就直接掛了果，當大街上有蘋果一樣大的杏子賣著時，不幾日，櫻桃、芒果和梨子，也都上市了。

葡萄大得和核桃樣，透明發亮如是火龍果。

每天的炸裂大街上，都充滿著春天的清新和夏天、秋天的果香味。喜鵲、鴿子也比往年多得多。沒有人知道那些鴿子是從哪兒飛來的，彷彿全世界的鴿子都遷徙飛到了炸裂來，有時鴿群從炸裂的上空飛過去，會遮天蔽日讓地面成為一層雲黑的涼。

朱穎是在打完電話、狠狠睡了一覺醒來後，知道京城的那個投票結果的。那時候，男人已經離開她，回到市府準備應對炸裂成為直轄市更多的工作和榮耀，而她醒來時，聽著門前門後、大街小巷的鞭炮和歡呼，有一種興奮後加倍的孤單朝她襲過來。為了逃開這孤單，加入到慶賀的熱鬧裡，她起床洗了一把臉，從家裡走出來，漫無目的地走在街街巷巷的人群裡。在路過一家學校的門口時，她看見那原來在門口賣鉛筆和作業本的小推車，開始專賣被人禮來送去的鮮花和國旗了，且在夏秋才有的玫瑰花，這時就和國旗一道水淋淋地擺在攤位上，每一枝花和每面小國旗，都能賣出學生一學期的學費價。再一回身朝學校門裡的花池看，那為偷懶種在池中不修不剪的冬青樹，這時樹棵野到房子那麼高，樹上結滿了細碎的丁香花，散發著刺鼻烈烈的桂花味，有很多人從樹下走過都會被花香刺得打噴涕，她也就相信炸裂是真的要成為大的都市了。因為她男人明亮大功告成了。於是就匆匆離開學校朝前走，且還邊走邊偶而跑幾步。她不知道她這麼忙匆到底為啥兒。就那麼急腳快步地走，穿過胡同，走過炸裂紀念館，從十字路口轉彎時，竟還錯了路，直到看見那被列為一級文物的孔家老宅院，這才明白她這麼匆忙走來走去著，其實是想找到孔家和誰說說話。

到老宅家門口，太陽已經高掛到炸裂東區的樓頂上，斜過來的明亮裡，樹影、人影、樓影都長得比原物多出一倍多。有遛狗的一個老人從街面走過來，朱穎看一下，認出他是當年往父親身上吐痰最多的孔二狗，她沒想到他會變得那麼老，有些驚異地站下來，攔住老人問：

「你不認識我？」

老人淡腳望著她。

「我是朱穎呀。」

那老人站著想一會，沒說一句話，就朝另外一條胡同拐過去，只有那朱穎說不出名字的黃色寵物狗，朝她望一望，吠叫幾聲顯出了熱情和好奇。也就只好盯著狗和老人走遠後，嘩地推開她已經很少進出的孔家老宅門，一下看見四弟明輝坐在院裡陽光下，正伏在一張小桌旁。在那桌上擺了一盞酒精燈，燈上是個小鋁鍋，然後那鍋上放了一塊大玻璃，玻璃上擺著那還沒有徹底一頁一頁揭完的舊曆書，又在書上再壓一塊玻璃板，下邊是酒灶熱蒸氣，上邊是強光的太陽照，可蒸氣又不能穿過玻璃透進書頁內——這熱潤正可以把最後幾頁模糊沾連的萬年曆書潤開來——明輝專注地坐在那，盯住油爐火，盯著兩塊玻璃間的潤哈氣，聽到嫂子把大門推開後，只是抬頭朝門口看了看，就又把他的目光僵在了他那將要全部揭開的最後幾頁曆書上，像沒有聽見門響沒有看見朱穎樣。

「你二哥成功了，是我幫他讓炸裂成為了新的直轄市。」朱穎站在那小桌前，驚喜的聲音和鞭炮一模樣：「現在滿城人都在慶賀炸裂成了中國新的大都市，你不出去看一看？」

明輝又一次抬起目光來。

「大街上所有的樹木都開著各種各樣的花，你不出去看一看？」

明輝又低頭去扭著酒精燈的火苗大小鈕，讓燈火變得小一些。

「聽說北京最近幾天就會把炸裂升格為直轄市的檔批下來，你們孔家應該好好為你二哥慶賀慶賀呀。」

明輝把萬年書上的玻璃端下來，用一張餐巾紙去那曆頁上吸捲落在上邊的玻璃汗，開始慢慢試著去揭那一頁潤濕了的紙。前後他唯一嘟囔著給嫂子說的一句話，就是「你等我一會兒」，後來就再也沒有抬頭看嫂子。他左手按住舊曆上，右手的食指和拇指揭著那一頁的書角兒，慢得像要把黑夜拉長到一個季節或是一整年，後來就徹底忘記嫂子了。忘記了他的面前還站著一個人。

朱穎在明輝面前沒站多久她就出來了。她在他的死心專注裡，最後對他說了一句話。

——「明輝，孔家就你好，也就你呆癡知道不知道?!」

她從孔家老宅走出來，發現老城平靜得如一潭死水般，而新城的開發區，和東城區與西城區，那兒的天空飛起的煙花像流星一模樣。盯著那熱鬧的天空和高樓，朱穎忽然明白自己現在該做什麼了。那些進京做染拿事情的姑娘們，有一部分今天該要從京城回來了，她最應該去做的，是到市府找到自己的丈夫孔明亮，讓他和自己一道去車站接她們，是到城郊的保母學校看她們。就急急打了車，讓司機朝城中心她已經可以進出的市府園裡開過去。

2

到了七月一日這一天，炸裂被北京正式批覆升格為又一中國的大型城市直轄市，孔明亮被任命成了副國級的市長了。起於這一天，炸裂直轄市給他的全市市民和所轄各縣、區的人民放假整一週，以慶賀炸裂的遷升和巨變。從都市到鄉村，自高樓磚再到耙耬草，那些天的鞭炮聲，一刻一秒都未歇息過，滿天下的樹上和牆上，貼滿了慶賀炸裂成為直轄市的紅色橫幅與標語。所有影院、劇院滾動的放映與演出，日日夜夜都如甜糖葫蘆一樣串演著。來自民間的地方鑼鼓戲，在街頭晝夜不停的上演和敲打，使成千上萬的炸裂人，都在慶賀中沒有瞌睡、不知飢飽了。成了副國級的市長孔明亮，簽發了一份文件後，直轄市的街巷、花草、果木都被染成了龍紅和龍黃。所有的樹種和植物，全都開著深紅、淺紅、紫紅和粉紅色的花。所有的牆壁上，都結著紅蘋果、黃桔子和橙色、桔紅的石榴與紫色的大葡萄。明亮又寫了一個便條簽上自己的名，天氣預報中的陰天變成晴天了。七月將來的雷陣雨，都又挪移到了八月九月份。那些天，市裡的數家日報都出特號和專號，並且每天出兩份，成為半日報，全部刊載數十年來炸裂的改革發展與巨變。被改為週刊的月刊和雙月刊，全都連載著明亮市長帶領人民把炸裂從一個數百人口的小村變為兩千萬人口的都市的事蹟和傳記。電視上所有的頻道都在日夜不停地播出市長、副市長的電視講話和來自北京、上海、廣州、天津以及各省的慶賀信與國外上百個國家的賀電和特意派人送來的各種賀物紀念品。可就在慶賀到了最高潮，連大街上的廁所和垃圾桶上都開滿鮮花，擠滿了唱歌跳舞的人們那一刻，多日不見的明耀出現在了各家各戶、日夜不關的電視螢幕上。他身穿將軍服，臉上掛滿了汗水和被鎮定壓下去的暗黃色，站在一個麥克風前，告訴炸裂的人們說，一個月前他獨自划船從山東的煙台出海了。經過中國的黃海進了太平洋，途經幾個島嶼到了大西洋。期間先後去了台灣、日本、韓國、朝鮮、印度和越南，菲律賓和柬埔寨。之後又從美國的西海岸登上去，到了紐約和華盛頓、舊金山和鹽湖城，接著從邁阿密划船到了英國倫敦的東港口，在英國滯留幾天後，把所有歐洲的大小國家走了一個遍。他說他見到了美國總統奧巴馬和英國首相卡梅倫，德國總理默克爾和法國新任總統奧朗德，在和美歐的三十七個國家領導人的談話中，證實了為什麼台灣想要獨立、日本如此囂張，連越南、菲律賓這樣的小小鄰國都敢在中國的頭上拉屎撒尿之根源——那就是美國和歐洲對中國的傲慢與偏見。是他媽的美國在為他們撐腰和打氣，是歐洲在暗地為他們搖旗和吶喊。明耀在電視上端莊嚴正的站立著，沒有念稿子，就那麼脫口滔滔不絕著，幾分鐘他臉上被鎮靜壓下去的暗黃沒有了，完全成了激動、激奮和激情。他就這麼在激情的燃燒下，沒有念稿子，脫口滔滔不絕著，一口氣講了二個小時二十分，最後用有些沙啞的嗓音呼籲道：

「現在糾正美國和歐洲傲慢的時機到來了——新直轄市的人民們——我只借用你們三天時間就夠了。只要這三天，你們聽我的，跟我走，中國就不再是今天這個樣。世界就不再是今天這個樣。我們炸裂的每一個人，也不是今天這個樣！」

講到這兒，明耀在麥克風前頓了頓，把他將軍服的脖釦解開來，壯年的臉上閃著青年人的光，然後用幾乎流血的嗓子喚：「同胞們——兄弟姊妹們——我親愛的人民們——世界不會賦予我們太多的時間和機遇，而在今天美國又一次陷入無可挽救的經濟衰退時，統一的歐洲各國又將要解體分崩離析時，請你們跟我走。我們用三天時間去助他們一臂之力，從此他們在世界就不再傲慢與偏見，不再蠻橫與無理！

「三天時間，解決了美國就把歐洲解決了。解決了美歐就把所有的中國問題、世界問題全部解決了。這是上天賦予我們的機遇，世界歷史賦予我們的責任。那麼就讓我和我們炸裂人，把這個世界擔在肩上吧。讓我們從直轄市的新炸裂挺起胸膛出發吧!!」

之後電視螢幕上又有了明耀和他的軍隊演習勝利的畫面與場景。而整個的炸裂市，便從那一刻安靜起來了，直到那一天的黃昏到來時，整個城市都是朝機場、車站和郊外奔跑集合的腳步聲。整個城市都不知道這一刻這個城市發生了什麼事，無法知道市長孔明亮這時候是如何死在了他市府園的辦公室。而他的妻子朱穎趕來把車停在市府園的門口時，落日正從天空瀉下來，那如凱旋門樣新造的仿古門樓上，布滿了血紅和寂靜。那時候，有兩個連或一個營的軍隊正持槍從市府園中跑出來，他們的腳步聲一頓一頓砸在地面上。就是這一刻，朱穎預感到有什麼事情發生了，她沿著每天丈夫都要經過的葡萄架下的木廊和甬路，衝進市府園孔明亮的辦公室裡時，丈夫已經死在他那張紅木闊大的辦公桌子上。他死前被強制簽發的最後一份「同意孔明耀將軍借用人民使用三天」的檔被軍隊拿走了。而他在簽發了這份檔後，軍隊擔心他再簽發一份檔把人到中途的人民收回來，還為了收拾了世界局勢後，回來重新收拾炸裂這個城市或國度，有一把並無什麼特殊的匕首從他的後背刺進去，從他的前胸又露出一個指甲樣的匕首尖。匕首的尖上還凝著一滴血，他就那樣如同瞌睡樣爬在他辦公桌的桌沿上，而從前胸沿著匕尖流出來的血，都是烏黑烏黑的墨汁色，沒有一滴流在桌子上，全都流著滴到他的左膝褲腿上，又流進他的皮鞋裡，漫出來後灘在桌下地板上。

市長在死前，用他的右手食指沾著他內心的血漬在大辦公桌上歪歪扭扭寫了一行字：

「我的人民，我對不起你們了!」

朱穎衝進市長的辦公室裡，在男人的身邊僵住呆站片刻後，慌汗像雨樣掛在她的額門上。

她看了看桌上的那行字，扳起丈夫的肩頭看了一眼他因為疼痛而扭曲的臉，之後她在那一片死寂中呆一會，從辦公室裡走出來，又看了看成千上萬隻從草地、林地出來的松鼠和鳥雀，牠們全都站在市府園的草坪、果樹和花木枝丫上，看著朱穎沒有一點一滴的叫聲和聲息，所有的目光都是不安和慌恐，如同牠們知道將要到來的是什麼災難樣。

朱穎從那松鼠、鳥雀的目光中蹚著寂靜出去了。

她沒有回到自己家，而是再次逕直跑到孔家的老宅裡。那時候，明輝剛好也從家裡開門出來站在老街上，手裡拿著他終於全部從模糊沾連中揭開弄清的萬年曆，站在門口，望著炸裂的城區，臉上是一層不知所措的驚慌和忙亂，像他也知道炸裂發生了什麼事情樣。就這時，他看見二嫂風風火火從胡同那頭快步走過來，立在他面前，說了如下幾句話：

——「你二哥死掉了，是你三哥派人下的手。」

——「你三哥現在正把軍隊和全市的人民朝機場、車站、港口集合哪，我會帶幾百上千的姑娘和他一塊走。」

——「他的軍隊需要這些姑娘們。為了你二哥，我會讓你三哥不死在我手裡，就死在這些姑娘手裡邊。」

——「我把你侄兒勝利託付給你了。他是我和你二哥唯一的血脈，也是你們孔家的一條根。」

說完這些話，朱穎就急急返身走掉了。可她走了幾步後，又返身走回來，抱著站在那兒發呆的四弟孔明輝，用冰冷的嘴唇在他臉上親一下。「你二嫂這輩子經了無數的男人，可你二嫂一生沒有主動親過任何一個人——也包括你二哥。」二嫂說，「今天你是二嫂這輩子主動親的第一個。二嫂求你把你侄兒帶好長大後，不要對他說他爸他媽這輩子都幹過什麼事，就說他爸媽是突然遇到車禍死掉了，死後連完整的死屍都沒留下來。」

二嫂就走了。

那一夜她整整招募了一千個姑娘姊妹們，以勞軍女部的名譽加入了明耀的隊伍裡。那一夜，明耀帶著他的軍隊和炸裂所有能帶走的人民離開了，在亂糟糟的一片腳步和車輪的響聲中，到處都隱隱約約響著明輝嘶啞的喚聲和哀求：

「三哥——你在哪？把老人和孩子留下吧！」

「三哥——你在哪？把老人、孩子和婦女留下吧！」

「三哥——兄弟一場我求你——就把老人、孩子、婦女和有殘疾的人都留下吧！」

隨著這喚聲，那些朝車站、機場和公路上運動著的軍隊、市民、人民們，沒有誰停下腳步來，但有老人、孩子和婦女被從那人群推了出來了。且所有的軍隊軍人們，在路過市府園前的馬路時，都依照明耀的命令正步走，朝著市府園死去的城市之父二哥默哀三分鐘，莊重地致了軍禮和沉默禮。

那一夜，朱穎帶著她所有能帶走的姑娘也隨著軍隊離開了，還有數百個姑娘是剛從京城回來，沒有出站就從這列火車上了那列火車上。之後的一段日子裡，炸裂的街街巷巷中，商店關門，公司歇業，一個城和死城一模樣。偶爾出現在街上走動的人，都是留下的老人和孩子，病弱和殘疾，目光中都是驚恐的惶惑和詢問的光。

一個城市的繁華就此結束了。

一段輝煌的歷史告一段落了。

一個月後的清晨間，首先出現在市中心廣場、街道上的不是炸裂人。而是不知道先從誰家扔出來的不再走動的破鐘表。接下來，大街上的垃圾箱，長野了的花壇邊和隨便哪兒的地上和台階上，到處都扔著突然壞掉、無法修復走動的各種各樣的鐘表和不值錢的壞手表。整個炸裂城，所有的鐘表、手表上的時針、秒針都在一夜之間不走了，有多半鐘表的時針、分針、秒針都從表上、鐘上掉下來。一個城市就像一個壞鐘表的垃圾場，老人、孩子都因為大街上堆滿了壞鐘、壞表路都無法走。一個城市就這樣被壞鐘壞表淹沒了。

在所有留在炸裂的人們用幾天時間收拾、清理了滿城滿地的破鐘壞表後，明輝扯著他過完十歲生日的侄兒勝利朝新城的大哥家裡走去了。那時大哥孔明光，正在照顧媳婦生孩子，第二胎。頭胎是男孩，二胎是一對龍鳳胎，剛巧嫂子順產把龍鳳生下來，大哥正端著一個盆子要把從兒女身上剪下的臍帶和留在盆裡的羊水出門掩埋掉。弟兄倆就站在一片空靜的樓下邊，彼此相望著，說了如下的話：

明光大聲道：「兒女雙全了，我們孔家有自己的後代了。」

明輝說：「二哥、二嫂和三哥，他們一塊開車出門，遇上車禍他們都已經不在了，孔家只有我們了。」

明光問：「今天是幾號？我得記住兒子的生日啊。」

明輝答：「是該去墳上哭哭啦，從炸裂村子改為鎮，直到鎮成縣，縣成市，市又成為直轄市，至今炸裂人都忘了哭墳的習俗了。」

也就在這天的黃昏間，留在炸裂的老人們，他們想起他們幾十年沒有去墳上訴說他們的歡樂苦難了。就有人在日落月升時，哭著朝自家的墳地走過去。到了月亮真正升起時，先是從誰家墳地傳回來了斷斷續續的哭訴聲，接著就哭聲連連，一片一片，整個空寂死去的炸裂的老城和新城，東區和西區，都嗚咽泱泱，連天扯地，一個世界都是訴說苦難的眼淚了。留下來的炸裂人，也就都從家裡走出門，跪著哭著朝自家祖先的墳地挪過去，邊哭邊訴著他們的悲苦和命運，呼喚著他們逝去的親人的大名和暱稱。也就在那絡繹不絕的哭隊裡，借著月光，有人看見了從老城老街和老宅中哭著出門的孔家人。老大孔明光、老四孔明輝，還有剛生完兒子的老大媳婦和已經個頭很高的朱穎的兒子孔勝利，他們團團圍圍、互相挽扶，跪著哭著從炸裂老街的博物館那兒走出來，朝郊外的墳地哭過去。而在他們跪著走過的街道和土路上，留下了一路磨破了膝蓋浸出的血。

到來日，太陽應該依時東懸時，人們發現太陽沒有走出來，天空中布滿了炸裂從來沒見過的黑霧霾，大白天三五幾米就什麼也看不清楚了。在那霧霾中，所有的鳥雀如鳳凰、孔雀、鴿子、黃鸝等，都被霧霾毒死了，而人在那霧霾中，個個都咳成了肺病、哮喘病。當三十年不散的霧霾散去後，炸裂再也沒有鳥雀、昆蟲了。可在三十年後活著的人們卻看見，三十年前他們跪著走過的路面上，那些跪出的膝血和淚水打濕的泥，等日光落在那些血漬、泥漿上，又生出了豔麗的牡丹、芍藥、玫瑰來。而孔家跪流過的血路上，三十年後不光開出了各樣的花，還又長出了各品各樣的樹。

第十九章　主筆後言（尾聲）

親愛的讀者們，《炸裂志》終於寫完了，我就像一頭老牛拉著一列火車終於爬上了山頂樣。

第二天，列印裝訂，攜著幾本似書成冊的列印稿，我興奮異常地從北京的首都機場乘坐頭等艙（是炸裂市政府幫我買的票），直飛到炸裂飛機場。走出機艙門，看見炸裂市政府的人員就等在飛機下。他們和我握手寒暄，獻了鮮花，把我接上專車，就在三輛警車的鳴笛開道中，把我拉到了炸裂市政府對面的炸裂迎賓館，住進了由許多國家領導人和名人、要人住過的總統套間裡。晚飯炸裂市的孔市長親自設宴接待了我。自然他和我在《炸裂志》書中寫的一模樣，五十幾歲，中等身材，方盤兒臉。雖然話不多，卻是每一句話都落地有聲到噹啷噹啷響。那餐晚宴的飯菜之好若說兩個字，就是罕見了。若要說句話，就是在我的終生已經註定空前絕後了。吃飯間，我把列印好的志書交給主座正位上的孔市長，他欣喜地匆匆翻幾下，交給祕書說了一句話：

「閻作家有什麼困難都給他解決掉，需要多少錢，就給他多少錢。」

然後市長給我敬了酒，碰了杯，到另一個房間去照應比我早到一天的來自北京國家機關的重要客人了。

飯後無事。

一夜無語。

第二天上午十一點，孔市長的祕書到賓館把我叫到了市長辦公室。市長的辦公室裡也和我寫的一模樣，在市政府辦公大樓後邊的「市府園」。市府園內全部是近年新建的由葡萄長廊連接的一座一座的四合院。四合院有大有小，有的兩進，有的五進，但每座四合院的簷下都用黑、紅、黃、綠畫了古畫和中國佛教中的傳說與故事。我跟著市長的祕書從長廊和佛教故事中走過去，幾拐幾繞到了一座五進四合院。市長的辦公室，就在第三進的堂房裡。而那四合院的堂房和各座進院因為功能之不同，裝修、裝飾也不同。在那第三進的主堂裡，因是市長的辦公室，從外看窗子並不大，到了屋裡才發現，光線足到要從那屋裡溢出來。祕書把我帶進市長辦公室，就從市長奇大無比的辦公桌邊消失了。而我站在那張大約有六平方米的紅色辦公桌子邊，掃了一眼辦公室裡的書架、沙發和盆景，想對孔市長恭維幾句這辦公室的浩大與豪華，卻發現市長從我進門到站到他面前，始終冷眼看著我，沒有張口對我說一句話。他的臉是鐵青色，雙唇因為緊閉讓嘴唇成了烏紫的黑，而那一冊寸厚的《炸裂志》，則規規正正擺在他的面前桌子上。

「看完了？」我囁嚅著說：「是初稿，還可以改。」

「不用改了。」這麼說一句，孔市長動動身子，從桌邊拿過一個打火機，打著火後拿起那冊《炸裂志》，提著一角抖一下，就從下邊把那書稿點著了。待愈來愈大的書火將要燒著他的手，他把著火的書稿扔在腳邊上，又用腳踢著讓書稿直到書紙全部燒完只還有書脊和火燼，才抬頭對我說了三句話：

——「有我和炸裂在，你就別想在中國出版這本書。」

——「你要在中國以外的任何地方出版這本書，你一生就別想回到你老家耙耬山脈來。」

——「今天你就給我離開炸裂市。不離開我不知道我會對你做出什麼事情來！」

那時候，是正午十二點，當空的日光從紅格木窗的玻璃透進來。在那明亮的日光中，望著市長紫青色的臉，我對他笑笑說：「謝謝你，孔市長，你是這本書的第一個讀者，你的話讓我知道我寫了一本還不錯的書。」然後我就從市長的辦公室裡退將出來了。

從市府園裡退將出來了。

當天下午從炸裂機場退將回到了北京後，我從首都機場剛下機，黃昏的暴雨從頭頂傾下來，一口氣下了四個半小時，使這個城市水漫金山，交通癱瘓，讓我和無數的旅人在機場整整滯留十個多小時。來日從機場回到家，打開電視才知道，這場雨是北京六百年來最大的一場雨，淹死了三十七個人，塌陷了無計其數的房屋和人心。一個都城繁華的尖銳也就從此變得遲鈍萎糜了。

國家圖書館出版品預行編目資料

炸裂志／閻連科著. -- 二版. -- 臺北市：麥田出版：英屬蓋曼群島商家庭傳媒股份有限公司城邦分公司發行, 2024.10
面；　公分. -- (麥田文學；269)

ISBN 978-626-310-746-5 (平裝)

857.7　　113012172

麥田文學 269

炸裂志

作者　閻連科
責任編輯　林秀梅　莊文松　杜秀卿

版權　吳玲緯　楊　靜
行銷　闕志勳　吳宇軒　余一霞
業務　李再星　李振東　陳美燕
副總編輯　林秀梅
編輯總監　劉麗真
事業群總經理　謝至平
發行人　何飛鵬
出版　麥田出版
台北市南港區昆陽街16號4樓
電話：886-2-25000888　傳真：886-2-25001951
發行　英屬蓋曼群島商家庭傳媒股份有限公司城邦分公司
台北市南港區昆陽街16號8樓
客服專線：02-25007718；25007719
24小時傳真專線：02-25001990；25001991
服務時間：週一至週五上午09:30-12:00；下午13:30-17:00
劃撥帳號：19863813　戶名：書虫股份有限公司
讀者服務信箱：service@readingclub.com.tw
城邦網址：http://www.cite.com.tw
麥田部落格：http://ryefield.pixnet.net/blog
麥田出版Facebook：https://www.facebook.com/RyeField.Cite/
香港發行所　城邦（香港）出版集團有限公司
香港九龍九龍城土瓜灣道86號順聯工業大廈6樓A室
電話：852-25086231　傳真：852-25789337
電子信箱：hkcite@biznetvigator.com
馬新發行所　城邦（馬新）出版集團
Cite（M）Sdn. Bhd.（458372U）
41, Jalan Radin Anum, Bandar Baru Seri Petaling,
57000 Kuala Lumpur, Malaysia.
電話：+6(03)-90563833　傳真：+6(03)-90576622
電子信箱：services@cite.my

封面設計　蔡南昇
排版　宸遠彩藝工作室
印刷　前進彩藝有限公司

2024年10月　二版

定價／520元
ISBN 9786263107465
9786263107441（EPUB）

城邦讀書花園
www.cite.com.tw